戲非戲263

雪中悍刀行

第三部

（六）

夫子上武當

烽火戲諸侯　作

高寶書版集團

道門真人飛天入地，千里取人首級；佛家菩薩低眉怒目，抬手可撼崑崙。

誰又言書生無意氣，一怒敢叫天子露戚容。

踏江踏湖踏歌，我有一劍仙人跪；提刀提劍提酒，三十萬鐵騎征天。

◆目錄◆

第一章　密雲山北涼大捷　龍駒河御使懷舊

密雲山口東端的出口處，猛然收束，纖細如女子蠻腰，謝西陲憑藉此等地利，阻擋了北莽騎軍一波又一波的瘋狂攻勢。

專門從龍象軍抽調出的五百敢死精騎已經全軍覆沒，加上一千二百多衝出隘口的種檀部戰死騎軍，雙方將士連同戰馬的屍體一併倒在出口處，重重疊加，形成一道半丈高的天然矮牆，鮮血流淌，滑膩而猙獰。

這大概是戰爭史上最另類的拒馬陣，無論勝敗，都必將載於史冊。

左右兩翼的鳳翔、臨瑤兩鎮騎軍原本戰損稍輕，但是隨著屍牆的不斷增高，源源不斷的北莽先鋒騎軍不得不放棄正面突破，轉向左右進攻，試圖為後方主力大軍鑿陣而出。

若非謝西陲接收了曹嵬一萬騎的強弩馬弓，輔馬所負箭矢極多，足夠對撞出密雲山口的北莽騎軍進行密集攢射，恐怕他們早已經被悍不畏死的種檀部精銳打開門戶。而一旦被北莽騎軍在山口外鋪展出完整鋒線，任由種家精騎作為箭頭破陣，相信到時候絕對是一場毫無懸念的屠殺。

謝西陲的騎軍來源駁雜，整體戰力在流州不算出眾，無法與涼州邊騎組成的曹嵬部騎軍相提並論，加上唯一稱得上百戰老卒的那五百騎龍象軍也全員戰死，這讓謝西陲始終處於命懸一線的險峻境地，真正是一步都後退不得。

弧扇形的防禦陣地，只要任何一處出現漏洞，被北莽騎軍抓住機會，就必然會出現兵敗如山倒的狀況，這與流州青壯和兩鎮騎軍是否敢於慷慨赴死沒有關係，沙場之上，敵我雙方很多時候就是爭一口氣，氣衰則亡。

所幸謝西陲在這種關鍵時刻發揮出西楚雙璧的卓絕才華，就像一個獨具慧眼的縫補匠，兢兢業業查漏補缺，一次次恰到好處地調兵遣將。若說螺螄殼裡做道場是一個貶義說法，那麼謝西陲硬生生將這個說法變成了褒義的化腐朽為神奇。

一千個膂力出眾的流民青壯一律棄馬提矛，加上臨時抽調出來單獨成軍的六百騎各持輕弩馬弓，這一千六百人在謝西陲的調度下，七次堵住搖搖欲墜的陣地缺口，阻止了北莽騎軍以洪水決堤之勢一擁而出。

在這期間，幾乎每一次險象環生，都是謝西陲與北莽主將種檀的勾心鬥角，後者多次故意隱匿親衛扈騎的真實戰力，夾雜在普通莽騎之中，然後一鼓作氣撞陣，都被料敵機先的謝西陲準確識破。

謝西陲對麾下這支還不算熟悉的騎軍，真正做到了最被兵家推崇的四個字，或者說一種境界——「如臂使指」。這不但需要謝西陲對整個戰場所有細節都胸有成竹，包括己方輕弩箭矢剩餘數目、騎弓與步弓攢射對士卒膂力的折損程度、兩翼騎軍陣形的厚度等，也需要對敵方騎軍態勢洞若觀火，更需要對己方兵力進行不容絲毫差錯的輪換，既不減弱整座陣地的防禦能力，又能保持足夠支撐一場持久戰的必需體力。

謝西陲的指揮堪稱無懈可擊，在這種固若磐石的形勢下，最直觀的代價就是五名傳令騎卒人人嗓子沙啞，謝西陲雖然沒有親自上陣，卻同樣嘴唇乾裂，臉色蒼白，但是他的眼神始終清澈明亮，熠熠生輝。這位進入西北邊關還不足半年的年輕武將，已經贏得麾下所有北涼騎軍的敬重。

有些人，天生為沙場而生，註定要在那部流血的青史上，留下一個讓後世繞不過的名字——春秋兵甲葉白夔曾經是，白衣兵聖陳芝豹始終是，謝西陲也會是。

事實上，停馬在密雲山口內山壁下的北莽騎軍主將種檀，在親眼目睹了這場雙方死傷極快的血腥廝殺後，雖然恨不得親手砍掉那名年輕北涼主將的腦袋，但是內心深處不得不佩服此人的用兵。

作為北莽種家全族傾力扶持的新一代軍中砥柱、大將軍種神通嫡長子，種檀與身為武道宗師的叔叔種涼截然不同。種檀自幼志不在江湖，少年時，就將視線投向涼莽邊疆。他一次次與父親對著桌上的兩國邊境形勢圖秉燭夜讀，桀驁自負的種神通曾經有次對少年種檀吐露心扉，說涼莽沙場，北涼燕文鸞或是我朝楊元贊之流，固然是當之無愧的大將，足以獨當一面，但比起陳芝豹、董卓、褚祿山這類人，仍是稍遜一籌。

衡量一名武將能否成為一國柱石，就看兩件事。第一件事是在一場戰役中攻防皆能運轉如意，用兵滴水不漏。再就是在決定一國存亡的戰役中，達到兵力多多益善的高度，在戰力相當的前提下，擁有一千士卒能夠殺敵一千五，擁有十萬甲士能殺敵二十萬，那麼等到手握百萬鐵騎，那就是坐擁天下的時候了。

一名出身種家的副將滿甲鮮血，離開山口外的戰場後策馬來到種檀身邊，隨手折斷一根釘入鐵甲的箭矢，氣喘吁吁道：「公子，再給我五百騎死士，一定攻破北涼陣形！」

種檀收回思緒，望向遠處的戰場，搖頭道：「我種家兒郎已經死得七七八八了。」那名兩次親自上陣殺紅了眼的副將一臉愕然，環顧四周，這才發現種家嫡系騎軍確實已經戰損驚人。這次接觸戰，種檀毫無藏私，毫不猶豫地用種家騎軍作為先鋒迅猛破陣，如果不是這般狠辣果決，北涼五百龍象精騎絕不至於當先戰死，與龍象騎軍屍體堆積在一起的北莽一千兩百騎，正是清一色的種家私騎。

當時北莽騎軍差一點就大功告成，正是五百龍象軍死士拚死也要殺掉戰馬的舉措，險而又險地成功阻滯了種家後續騎軍的順利前衝，在這之後種檀分別以兩到三百名種家精騎數次破陣，也都被那名北涼武將擋在即將成形的潛在缺口。

副將恨恨道：「若是換作別處，再給流州五千騎，也不夠咱們砍殺的！」

看到嫡系騎軍傷亡慘重的種檀笑意苦澀，感慨道：「是啊，只可惜，恰好是這密雲山口的盡頭，進退不得。」

從沒有想過撤退的副將聽到這個古怪說法後，無比納悶道：「公子，怎就退不得了？再說了，這場仗還有的打，打贏是有些難，估計還得死個三、四千人，但咱們絕不至於撤退啊。」

種檀回望一眼後，重新轉頭望向山口外：「連你也知道北涼山口外那些兵力，是必輸的結局，為何那名北涼主將仍是死戰不退？從密雲山口到鳳翔、臨瑤兩鎮，一馬平川，騎軍馳騁無礙，北涼為何偏偏要死守此地？明擺著要死這麼多人，難不成就是純粹為了互換兵力？」

副將心口一顫，望向北莽騎軍身後的隘道，喃喃道：「公子，咱們西京廟堂那幫大人物不都口口聲聲說流州戰事無足輕重嗎？北涼在流州安置這麼多兵力，難道就不管涼州關外防線了？」

種檀深呼吸一口氣，自嘲道：「我也是在遇上這支兵馬後，才知道北涼瘋了，最終選擇流州作為第二場涼莽大戰的勝負手。」

種檀用刀尖指向山口外，獰笑道：「沒關係，只要我們能夠衝出這密雲山口，北涼這次孤注一擲的豪賭，就會輸得很慘！」

種檀沉聲下令：「所有種家騎軍，隨我一同衝陣！」

兩名早就躍躍欲試的千夫長紛紛抱拳領命。

副將猶豫了一下，小心翼翼問道：「公子當真要親自衝鋒？」

種檀豪邁笑道：「我要親自會一會那名北涼主將！」

直覺告訴這位北莽夏捺缽，殺了那名北涼將領，比殺了一萬北涼騎軍還有意義！

◆

密雲山口，一萬騎奔馳如雷。

為首騎將正是曹嵬，身後一萬騎，人人都已經換馬多次，不斷有累癱在山口中的輔馬，許多戰騎口吐白沫，甚至有數百匹戰馬直接倒地斃命。

曹嵬的一萬騎拉伸出一條極長的陣線，這種全然不計馬力、不顧陣形的長途奔襲，隨便換成另外一處戰場，絕對能夠讓將領破口大罵，簡直就是視若兒戲！

一萬騎如滔滔江水東流。

此時此刻，這座密雲山口就像那條廣陵江。

不斷有疲憊不堪的戰馬雙腿一軟，馬術精湛的騎卒唯一能做的事情就是駕馭戰馬稍稍轉頭，盡量倒在進軍路線的左右兩側，然後摔落在地的騎卒根本顧不得心愛坐騎的死活，迅速換乘戰馬繼續前衝。

好在槍矛、騎弓、輕弩三物大多都交給謝西陲部騎軍，某種程度上減輕了曹嵬部戰騎輔馬的負荷。

曹嵬喃喃自語道：「姓謝的，你小子可千萬別想著讓老子幫你收屍！你要是堅持不住，給北莽蠻子在山口外頭來個守株待兔，加上跟在老子屁股後頭吃沙子的爛陀山僧兵，老子這一萬騎就算交待在這鳥不拉屎的地方了！」

一路奔襲。

曹嵬感到自己每一次的細微呼吸都清晰如雷鳴，甚至蓋過了馬蹄聲響。

這意味著他的一萬騎幾乎臨近體力極限了，也意味著這樣疲憊至極的騎軍，事實上已經喪失來回衝鋒鑿陣的可能。

曹嵬就是賭謝西陲那小子不但能守住密雲山口出口處，還能夠將種檀騎軍的主力重創。

這很不可理喻。

曹嵬在心中默念道：『姓謝的，我知道這很難，可是……你他娘的是西楚雙璧之一的謝西陲啊！』

臨近密雲山口最東端，一直碎碎念「讓老子聽到點動靜，一定要有點動靜」的曹嵬突然哈哈大笑，差一點笑出眼淚。

已經能夠聽到前方廝殺聲的曹嵬猛然勒馬而停，轉頭怒吼道：「換馬！披甲！」

很快曹嵬啞然失笑，嘿嘿道：「事到如今，換個屁的馬！」

拉伸極長的一萬騎漸次而停，然後人人披甲抽刀。

遠離中原版圖的西域，這支在曹嵬率領下好似橫空出世的北涼一萬騎，他們的短暫停馬休整，如同一條驟然間靜止的廣陵江，靜止之後，便是洶湧東流！

曹嵬高舉涼刀，策馬向前狂奔，竭力喊道：「殺！」

密雲山口一役，被後世譽為春秋之後騎戰第一。

◆

天下無不散的筵席，北涼這對柿子、橘子與陳望分道揚鑣，後者繼續前往家鄉，年輕的宦官自然仍是為這位陳少保做車夫，前者轉入涼州東門戶的險隘潼關，略作停頓後，便繼續西行。

根據拂水房諜報，離陽朝廷的送旨車隊，距離年輕藩王不過半天腳力的路程。印綬監三位衣蟒宦官怎麼都想不到理應留在清涼山接旨的北涼王，其實就吊在他們的尾巴上。沿著遠比中原地帶發達的那條主幹驛路，雙方一路西行，徐鳳年和徐北枳拒絕了潼關精騎的護送，故而身邊僅有麋奉節、樊小柴擔任扈從，四人四騎，倒像是悠遊山水的富家子弟。

麋奉節本就是一步一個腳印的指玄境修為，小街雨中一戰，體悟良多，隱約有瓶頸鬆動的跡象，反觀樊小柴，則並無絲毫裨益，這大概就是只可意會不可言傳的各自機緣了。

麋奉節為此專程向徐鳳年請教了許多有關天象境界的玄妙，言談之中，又流露出對老劍神李淳罡成名絕技兩袖青蛇的嚮往。徐鳳年何嘗不知道糜奉節的那點心思，也與這位大器晚成的劍客開誠布公：兩袖青蛇固然威勢無匹，可惜卻不適合糜奉節的自身劍道，尤其不適合此時改弦易轍。

糜奉節略作思量也就想通其中關節，只不過仍難免有些遺憾。

他與徐鳳年不一樣，辛苦練劍四十餘載，自身劍術劍意早已成為「定式」，兩袖青蛇需要融入練劍之人的精氣神，糜奉節不是不能研習兩袖青蛇，也不是沒有可能破而後立，以此百尺竿頭、更進一步，只是此刻糜奉節恰好觸及天象境界的門檻，沒有必要在這個緊要關頭孤注一擲。這就像一名廟堂官員已經躋身工部二把手的侍郎，偏偏要冒冒失失轉入吏部從員外郎做起，即便吏部確實更為權重，但是風險太大，也有可能水土不服，到頭來竹籃打水一場空。

徐北枳大致聽徐鳳年講過雨中一戰的形勢，以他在北涼官場出了名的沒心沒肺，也有點心有餘悸。

四騎停馬在路邊茶肆休息的時候，徐鳳年喝著一碗完全敵不過秋老虎的寡淡茶湯，突然對徐北枳說道：「稍後喝過了茶，我們跟上印綬監。」

徐北枳不怕冷，卻最是怕熱，這個時候一邊喝茶，一邊跟茶肆老闆要了一柄蒲扇使勁搖動著，打趣道：「怎麼，要獅子大開口？給那古怪宦官拾掇了一頓，就把滿肚子火氣撒在印綬監那幫閹人身上？」

徐鳳年沒理睬這傢伙的冷嘲熱諷：「趁著這個機會，我打算跟朝廷多要一名北涼道節度副使和經略副使，先跟他們打聲招呼，省得他們措手不及。」

徐北枳皺眉道：「這可不好辦，若是尋常官員告身也就罷了，可是副節度使和副經略使的告身，屬於『將相告』，需要門下省的大佬點頭才行。雖說陳望剛好就是門下省左散騎常侍，勉強能算名正言順，可他這次出行註定不會攜帶官印。何況以陳望的謹小慎微，也絕對不會答應你臨時起意的做法。」

三品以下官員告身，歷來文出吏部、武出兵部。這二十年來，徐驍在世的時候，吏部、兵部先後三次丟給北涼總計七百多份空白告身，任由北涼道自行選拔裁選官員，朝廷無非掛個名頭。

這倒不是北涼道跋扈割據，事實上除去淮南王趙英的藩地，哪怕是勢力最弱且最靠近太安城的膠東王趙睢也能做到這些，當然數量上絕對無法跟北涼道或是燕刺道相提並論。但是如六部尚書或是一州刺史、將軍這類封疆大吏的告身，自大奉王朝起便被譽為「將相告」，一律由門下省主官書寫在金花五色綾紙上，然後遞交君主，紙張品次又與官銜掛鉤，北涼道副經略使宋洞明先前之所以不被中原認可，就在於少了這道不可或缺的流程。

徐鳳年笑道：「大不了再讓太安城回頭補辦就是了，不過一趟驛騎的小事。」

徐北枳的語氣遠沒有徐鳳年這般雲淡風輕：「楊慎杏會不會有想法？」

徐鳳年搖頭道：「我已經跟楊慎杏通過氣，老人看上去如釋重負。」

徐北枳冷笑道：「你也信？」

徐鳳年平淡道：「也許有一天，楊慎杏會由衷感謝北涼。」

徐北枳轉頭跟茶肆老闆又要了碗茶，接過茶碗等老人走遠，問道：「你那個讓人不省心的老丈人陸東疆，由涼州刺史升任副經略使？如此一來，會不會有明升暗降的嫌疑？」

徐鳳年輕輕放下茶碗，緩緩道：「陸東疆本就是要名多於要權的人物，加上李功德三番五次請辭經略使一職，所以陸東疆只會覺得跟北涼道文官第一把交椅更近了一步。」

說到這裡，徐鳳年低頭望向空落落的茶碗，怔怔出神，抬起頭笑道：「那麼說定了，你出任副節度使。」

徐北枳下意識「嗯」了一聲，喝了口茶後，猛然回神，瞪眼道：「不是涼州刺史？」

徐鳳年哈哈大笑道：「那位置給白煜留著好了。」

徐北枳緊緊盯著這位年輕藩王，咬牙切齒道：「放你個屁！」

徐鳳年默不作聲。

糜奉節和樊小柴全然不知兩人為何驟然反目。

徐北枳怒極而笑：「我徐北枳需要你來安排退路，需要你徐鳳年為我將來在離陽朝堂架梯子？」

第二場涼莽大戰，必然要分出一個勝負，一旦北涼輸了，必然會出現離陽朝廷吸納大量北涼官員的局面。北涼武將一般來說都會戰死關外，牆頭草不會沒有，但應該不多，最多就是曹小蛟之流會離開西北。

而北涼文官在關外那座拒北城淪陷後，存在意義已經不大，是死守北涼還是撤離西北，徐鳳年都不會強求，那麼徐北枳作為執掌北涼道關內兵權的副節度使，不出意外會是品秩最高的武臣，就會被離陽王朝視為最值得收入囊中的香餑餑。

一個北涼道的從二品武將，到底意味著什麼，如今舉世皆知。如果北涼僥倖贏了，這個副節度使的官身，自然也算錦上添花。那時候北涼三十萬鐵騎，能夠剩下幾人，只有天曉得，北涼與中原兩處官場的融合，極有可能是大勢所趨。民生凋敝大傷元氣的北涼轄境四州，恐怕也需要有人在朝中為官，為北涼百姓出聲，僅有一個陳望遠遠不夠，何況陳望未來一樣不適合為北涼公然表態。

徐北枳畢竟不是剛剛進入北涼的那位橘子，在官場砥礪多年，很快就想明白年輕藩王的良苦用心，嘆息一聲，語氣堅定道：「把這個機會留給陳亮錫，我就算了。」

在北涼越發強勢的徐鳳年破天荒沒有堅持己見，點頭笑道：「隨你。」

麋奉節和樊小柴不約而同抬頭望向天空，一粒黑點出現在視野。

一頭神駿猛禽倏地破空而墜，裹挾清風落在四人圍坐的小桌上，親暱地啄著年輕藩王的手背。

徐鳳年嫻熟地摘下繫掛在這頭六年隼腳上的拂水房祕製蘆管，輕輕倒出那份諜報，攤開一看，嘴角勾起，好像在辛苦壓抑著笑意。

徐北枳問道：「西域的軍情？」

徐鳳年把卷紙交給徐北枳，後者接過一看，感慨道：「這次是真的如釋重負了。」

關於曹嵬、謝西陲兩人擅自更改都護府既定的流州方略，臨時決定於密雲山口截殺種檀部騎軍，驛騎火速將軍情從鳳翔、臨瑤、青蒼一路傳到清涼山和懷陽關，轟動了北涼高層，一些老成持重的邊軍將帥，若非顧及北涼王的臉面——畢竟曹嵬、謝西陲兩位年輕騎將都是徐鳳年一手扶植起來的心腹——恐怕早就要公開破口大罵了。

可以說，徐鳳年力排眾議將大量兵力傾斜流州，尤其是讓曹嵬、郁鸞刀這些新人以及謝西陲、寇江淮這些同樣年輕的外人擔任流州戰役的主將，自身承擔了極大壓力，一旦戰況不利導致整個流州戰場糜爛不堪，徐鳳年憑藉第一場涼莽大戰積攢起來的巨大軍中威望必然嚴重受損，而且與流州同氣連枝的涼州也註定陷入危殆境地。

徐北枳嘖嘖道：「這兩個小子真是亡命之徒啊，竟然就在爛陀山僧兵的眼皮子底下，一口氣吃掉了種檀的騎軍。」

徐鳳年笑咪咪道：「曹嵬、謝西陲拚了命才搗鼓出這麼好的局勢，不能浪費了。」

徐北枳沒好氣道：「你一撅屁股我就知道要拉什麼屎，行吧，就讓我這個臨時的北涼道副節度使跑一趟爛陀山。」

徐鳳年玩味道：「怎麼改變主意了？」

徐北枳說了一句莫名其妙的話：「對我來說，其實都是一樣的。」

徐鳳年也不去刨根問底，轉頭對糜奉節、樊小柴說道：「你們兩人護送副節度使大人前往爛陀山，順便讓拂水房捎話給曹嵬、謝西陲，在配合你們三人登山說服爛陀山與北涼結盟之後，接下來他們如何用兵，可以不受流州刺史府、清涼山和都護府三處節制。」

徐北枳猛然起身，徐鳳年問道：「不用這麼急吧？」

徐北枳白了他一眼，徑直走向那幾騎，徐鳳年只好跟著起身送行。

糜奉節在跟茶肆老闆掏錢結帳的時候，徐鳳年突然笑道：「多給些銅錢，我再要兩碗酒。」

徐北枳上馬後，俯視著年輕藩王，板起臉道：「記住，不要得意忘形！」

徐鳳年滿臉無辜道：「我什麼大風大浪沒見識過，哪能啊。」

徐北枳冷笑拆臺道：「嘴巴都快咧到耳後根了！」

徐鳳年訕訕然，也不還嘴。

麋奉節和樊小柴視線交錯，老人眼中滿是笑意，顯然對這種北涼君臣相宜的畫面倍感欣慰，而樊小柴則有些惱意，似乎對那個徐北枳的態度有些不滿。

徐鳳年對三騎揮手送行。

等到三騎身影消失在視野，徐鳳年這才反身坐回桌子。

桌上已經擺了兩大白碗粗劣的綠蟻酒，徐鳳年一碗，那頭當年由褚祿山親手熬出的海東青一碗。

徐鳳年伸手撫摸著牠的羽毛，眼神溫柔，笑咪咪道：「老夥計，悠著點喝。」

兩次離陽江湖，一次北莽江湖，無數生死聚散，只有這個老夥計始終陪伴在他身邊。

茶肆老闆只是個眼窩子淺的普通老百姓，瞧見這幅鳥喝酒的光景後真是大開眼界，忍不住湊近坐下，好奇問道：「公子，這是啥鳥啊，瞅著真俊！」

徐鳳年端起酒碗喝了一口，哈哈笑道：「遼東那邊的海東青。」

根本沒聽過海東青的老漢「哦」了一聲，然後試探性問道：「養得起這麼靈氣的好鳥，公子的家世可了不得吧？」

徐鳳年咧嘴笑道：「那可不是！我爹打了一輩子仗，才攢下今天的家業，交到我手上之後，好些北涼以外的大人物都眼紅惦念著。」

老漢覺得眼前這個年輕人，就像那些地方上的北涼將種子弟，最喜歡拿父輩的軍功與人說事，說大話一點也不怕噎著。誰不知道咱們北涼的有錢人，哪怕是陵州那邊的富家翁，見著了隔壁州郡的大族老爺，也向來不太直得起腰杆子，從不敢說自己兜裡銀子多？

徐鳳年摘下腰間懸掛的玉佩，說道：「老哥，我今天高興，請你喝酒！身上沒銀子，就把東西當在這裡，回頭讓人用銀子贖回去。」

老漢先瞥了眼那枚不知道真假的玉佩，又瞥了眼桌上低頭啄酒的鳥，猶豫不決，最終還是點了點頭，去拎了兩罈子賣不出去的上好綠蟻酒。

老漢起先喝酒很適度，等年輕公子哥喝完一大碗酒，他才喝了小半碗。老漢酒量很好，真要放開肚子痛快喝酒，恐怕七、八碗也扛得住，只不過茶肆生意就老漢一人打理，他擔心真要喝醉了，這年輕人腳底抹油一走了之咋辦，那他還不得給家裡婆娘從今天罵到年關？

何況家裡有個在村塾讀書的年幼孫子，老人就想著今年過年的時候，用攢下的碎銀子，給那孩子買那叫啥文房四寶的稀罕物件。前不久孩子回家說，村塾裡來了位原本在大書院求學的年輕先生，學問比天還要大呢，跟他們說了好些江南的事情，說那裡的小橋流水人家，還說了他家的園林景致……其實孩子說不真切，連書都沒摸過的老人更聽得不明白，只是聽著聽著，一輩子苦哈哈過日子的老漢就覺得心裡頭，多出一些盼頭。

他們一個村子百來戶人家，第一次關外跟北莽蠻子打仗，家底好些的幾戶人家都偷偷跑出去了，等到關外打贏了仗，又都跑了回來。結果這次又要打仗，再沒有人藉口走親戚去往陵州或是離開北涼了。

經營茶肆的老漢常年迎來送往，到底見識比起一年到頭跟莊稼地打交道的同村人要多上一些，聽多了茶客酒客的閒談，老人不知不覺明白了一個粗淺道理：好幾百年來，最強大、最統一的草原勢力，號稱百萬鐵騎百萬甲，卻在這整整二十年裡，始終無法南入中原半步。

因為以前有大將軍徐驍，現在有新涼王徐鳳年。

因為北涼有徐家父子兩代人。

老人不懂什麼藩王割據對朝廷的危害，也不懂北涼跟離陽趙室的磕磕碰碰，生活在北涼的老人，只知道咱們北涼在關外打仗打得再慘烈，北涼境內，二十多年來，也沒有見過一個騎馬佩刀的北莽蠻子。

手無寸鐵的老百姓，能過上太平日子，只要肯出氣力就能養活家人，天底下能有比這更舒坦的事情？沒有了。

一來二去，老漢也逐漸喝高了，喝高興了。

那位公子哥也喝醉了，說了好些胡話大話，說他小時候在家裡大堂上給很多大將軍敬過酒，還用了文縐縐的說法，說是啥「呼兒將出換美酒」，說那時候他家大堂裡坐著燕文鸞、何仲忽、陳雲垂、鍾洪武這些老武將，坐著李功德、嚴杰溪這些文官老爺，還有陳芝豹、褚祿山、袁左宗、齊當國、姚簡、葉熙真這些年輕人。

已經醉了七、八分的老漢哈哈大笑，也不當真，笑話了這個年輕人一句「盡胡咧咧，瞎扯談」。

最後像是讀過些詩書的年輕人開始放開嗓子高歌，說是有些話說與中原聽。

君只見，君只見聽潮湖萬鯉跳龍門！
獨不見清涼山，有名石碑不計數！
君只見，君只見葫蘆口頭顱築京觀！
獨不見高牆下，死人骸骨相撐拄！

君只見，君只見涼州北策馬嘯西風！
獨不見邊關南，琅琅書聲出破廬！
君只見，君只見三十萬鐵騎甲天下！
獨不見北涼人，家家戶戶皆縞素！

到後來，每當年輕人在「君只見」會說到「中原」二字，老人也恰好在「獨不見」之間扯開嗓子高喊「北涼」二字。

老人什麼也不懂，只是想這麼湊個熱鬧而已。

年輕人的嗓音很淒涼，就像那些北涼隨處可見的升底兒尖柿樹，在冬日裡空落落，只有枯枝。

最後，茶肆老漢趴在桌上昏昏睡去，年輕人搖搖晃晃站起身，將那枚玉佩放入老人的手中，幫著老人握緊手心後，這才走向那匹馬。

夕陽下，一人一騎，緩緩西行。

年輕人一邊騎馬，一邊打著瞌睡，隨著馬背起伏，身形搖搖晃晃。

人睡如小死。

一睡不醒即大死。

◆

離陽印綬監的車隊在過潼關進入涼州轄境後，馬蹄終於加快，密集地踩踏在驛路之上，就像一場秋日裡的暴雨。畢竟幾千人的京畿騎軍，氣勢還是有些的，也引來不少北涼百姓的視線。

北涼騎軍絕大部分都屯紮在涼州關外，北涼道境內騎軍除去潼關這類兵家必爭之地的重要險隘，更多還是白馬義從這種扈從精騎較為常見，除非是倉促調動，否則兩千騎以上的兵馬疾馳，並不常見。

這支兵馬作為名義上的天子使臣，一路往西，真真切切領略到了北涼的貧瘠苦寒，只是貧寒之餘，沿途秋日裡的莊稼，又別有生氣，鬱鬱勃勃，格外扎眼。

偶有收秋忙碌的鄉野村夫婦人停下勞作，擦拭汗水，遙望著這支浩浩蕩蕩的陌生騎軍，神色安寧，若是有在田間嬉戲打鬧的稚童，甚至還會指手畫腳一番。這與薊州、河州一帶是截然不同的光景，大概這就是北涼跟北莽死磕二十年後積攢出來的獨有精神氣了——天下騎軍千千萬，唯我北涼甲天下。

車隊在青馬驛下榻。此地距離涼州城不過八十餘里，印綬監三位蟒服太監歷經千辛萬苦終於快要見到那座王府，大概是難得心情舒暢了幾分，在吃過晚飯後相約結伴出行，沿著一條名叫龍駒河的河岸隨意漫步，身邊跟隨兩位手腳伶俐的宦官，以及六名懸佩有皇家賜刀的御前侍衛。

掌印太監瞇眼望向河床。入秋以後，相比夏天汛期河水已經下降許多，水落石出，靠近兩岸的河床裸露出如同游魚背脊的黝黑石板，一塊塊簇擁在一起，給人無比生硬的感覺，不說與江南水鄉相比，便是京師和京畿也絕對瞧不見這般景致。

三名印綬監大佬宦官都是多年養尊處優的身子骨，雖說在太安城裡也習慣了秋寒冬凍的氣候，到了西北之後也未有太多不適，可是沿著河岸走走停停了大半個時辰後，便是兩名年輕宦官心底也有些叫苦不迭，印綬監二、三把交椅更是氣喘吁吁，只是掌印太監不說停步，無論是宦官還是御前侍衛，都習慣了規矩森嚴，自然也就無人開口提醒若是再不原路返回，恐怕就要冒著夜色打著火摺子摸索回驛館了。

印綬監掌印太監姓劉，本名在晚輩宦官裡頭早已少有知曉。與許多年邁宦官一樣，都是亡國遺民身分，當年離陽兵馬每破一國，便有一大批宦官跟隨亡國君臣遷入太安城，只不過洪嘉北奔註定青史留名，他們這些閹人的顛沛流離，又豈能入得了讀書人的眼，相信沒有誰願意為他們在史書上寫上一、兩筆。

尤其是他們這些宦官在離陽朝野素來以老實本分著稱於世，宦官干政是不用想了，離陽三代皇帝都是明君，朝堂上又是文臣武將交相輝映的氣象，老輩閹人們人人自覺能夠安安穩穩老死在皇宮裡頭，就是天大的幸事，故而從韓生宣到宋堂祿兩代宦官執牛耳者，都是謹小慎微、滴水不漏的秉性。

一行人又走了小半個時辰，終於瞧見一座大石崖，巍巍峨峨屹立在河岸右側，劉公公率先走上石崖，一時間百感交集。

身材略顯臃腫的掌司太監實在熬不住雙腿痠痛，就要一屁股坐在地上，認他做師父的年輕宦官趕忙做牛馬狀跪在地上，年邁太監欣慰一笑，大大咧咧坐在年輕宦官的腰背上。另外一名小輩宦官依葫蘆畫瓢，也想給掌印太監劉公公如此獻殷勤，不料才彎下腰想要當凳子，就看到劉公公擺了擺手，只好訕訕然退下。

劉公公抬起手臂向上游指了指，然後轉頭跟一站一坐兩位蟒服老太監笑道：「宋公公、馬公公，你們應該知道咱家曾是北漢人氏，祖上……嗯，用太安城某些年輕人的說法，就是也曾闊過。」

兩位印綬監大佬笑著點頭。

劉公公背對眾人，繼續說道：「咱家在家族犯事流徙之前，其實到了祖父一輩就不太景氣嘍，只能勉強算是個士子，不過及冠之前也做過負笈遊學的事情。那會兒同樣是負笈遊學也分三六九等，最上等是去西楚的上陰學宮，其次是去那天下三大書院，再就是江南道四大姓氏的藏書樓。

咱家去不起那麼遠，委實也沒那份世交情誼，當時只有兩條路，要麼往東去，也就是今兒的太安城，要麼是往西走，就是今兒的北涼了。由於當時姚大家的學識已經享譽中原，咱家就一路往西走，然後，就經過這裡，只是其實記不得這條河叫龍駒河了，就只記住了這座石崖，以及前邊的一個小渡口。」

那位沒能給掌印劉公公做牛馬的年輕宦官頓時眉開眼笑：「難怪公公寫字格外有風骨，先帝爺也誇過好些次，原來公公是地地道道的讀書人出身。」

劉公公原本對這些不痛不癢的溜鬚拍馬早該習以為常，只是今天此時卻尤其開懷，揉了揉沒有半點鬍鬚的下巴，眺望遠方，尖銳嗓音也柔和了幾分：「咱家之所以對這座無名石崖記得這般清楚……」

就在所有人都靜聽下文的時候，這位位高權重的掌印太監卻已經漸漸壓抑聲音，細微若蚊蠅顫翅，以至於讓人分辨不清老人到底有沒有自言自語。

老人當然在說話，有些話爛在肚子裡大半輩子了，不吐不快，可當那些言語悠悠然爬到嘴邊，就又像吝嗇的老酒鬼，拎出一罈珍藏數十年的老酒，只願獨飲了，最好是旁人能看不能喝，只能看著我一人喝。

老人其實在說一樁無足輕重的小事。也不知道為何經歷了那麼多人生起伏，老人先是家族淪落，接下來更是國破山河碎，之後便是在那座天底下最大的宅子裡勾心鬥角。這輩子見過了無數意氣風發的將相公卿，見過了許多蕩氣迴腸的梟雄英雄、可敬人、可憐人，遇過許多能夠讓人事後想起也汗流浹背的陰謀詭計，可是真正在遲暮之年心心念念掛在心頭的事情，竟然都是些年輕時候早早一笑置之的雞毛蒜皮。

老人模糊視野所及的是一個也許在涼州地方縣誌上也籍籍無名的小渡口，但正是在那裡，當時還年輕的北漢劉姓讀書人，也是在這般初秋時節，渡口無舟，為了過河，就只能由著河邊村人背負過河。

既有體格健碩、肌膚黝黑的青壯，也有上了歲數的老漢、老嫗，絕大多數都上半身赤條條。甚至連中年婆姨也不例外，就那麼光著大半身子，胸口沉甸甸的，就像墜著兩粒天底下最飽滿的稻穀，以至於初見這一幕景象的幾位北漢遊學士子，幾乎所有人都有些臉紅。倒是那些做渡口營生的村民，無論男女、無論年歲，都樂得不行，而那中間，他一眼就看到了一位黃花一般的少女。

與別人不同，她身上穿了件縫補厲害的單薄衣裳，也許她算不得姿色出眾，可是在那群粗鄙的村民當中，她便顯得十分不一樣。在之後漫長的宮廷歲月裡，老人只有兩次感受到如此強烈的突兀感。一次是當今太后趙稚在她還是離陽皇后的時候，厲色斥責公認英明神武的皇帝陛下；還有一次，則是遙遙看著那位以異姓藩王身分頂著大柱國頭銜的人屠徐驍，在入京參加朝會的退朝時分，群臣退散如同滿塘鯉魚，唯有徐驍始終像是一人獨行。

老人收起思緒，眼神安詳，遠遠望去。

當年在那裡，還記得他羞赧地挑中那名黃花少女背自己過河，兩名結伴遊學的同鄉士子都默契地揀選了兩位中年婦人。到了龍駒河中段的時候，他還親眼看到那個平日裡求學最為嚴謹刻板的傢伙，偷偷摸摸捏著那婦人豐滿微黑的胸脯，他同窗好友臉上的那種滿足神情，如同進士及第。

另外一位同窗雖然平日裡膽大包天，在那會兒反倒縮手縮腳，倒是背他的婦人爽朗笑著，騰出一隻手來抓住他的手掌，「啪啦」一下往自己胸口上按去，然後用濃重的西北地方鄉音說了句，「摸一下不收錢，可要想摸個夠，只要五文錢。」

唯獨他始終規規矩矩，既是讀聖賢書之人的禮數約束，內心也有幾分不忍，更是趴在她纖細的腰肢後背上，生怕自己一個嚇著她，結果她一個身形不穩，兩人就真要變成同命鴛鴦做一雙水鬼了。

背過河後，他也想與兩位同窗一樣多給幾文錢，只是她不要，低下眼眉，輕撚著衣角，羞羞怯怯。

那次相遇與相別，就再無相聚了。

也許他對她的念念不忘，不是真的有多喜歡她，而是懷念那個仍是讀書人的自己罷了。但也許，那個年輕劉姓讀書人，的的確確始終喜歡她，說不出清淺，說不出多少，而且也不用去思量到底有多喜歡。

老人突然沒來由湧起一股衝勁，抬頭看了眼天色，轉身沉聲笑道：「咱家要去渡口那邊瞧上一眼，宋公公、馬公公，你們二位就不用跟著了，咱家去去就回，盡量爭取不要摸黑回驛館。」

坐在年輕宦官後背上的那位蟒袍太監立即站起身，善解人意道：「既然都到這兒了，也就是一口氣的事情，摸黑返回又何妨，反正都不耽誤正事。」

另外那位身材最為高大的馬公公也笑著附和道：「能夠陪著劉公公舊地重遊的機會，這輩子恐怕也就這一遭，這點路程算不得什麼勞累，這趟咱們三人為天家辦事，可是好幾千里都走下來了。」

劉公公笑著點頭，越發神態慈祥。印綬監雖說在離陽皇宮十二監四司八局裡，算不得太過顯赫的衙門，比起宋堂祿掌印的司禮監更是不可同日而語，但是也不容小覷，畢竟手裡幫著一國之君看管著那些鐵券、誥敕、貼黃印信。

在太安城的時候，印綬監也絕不是眼下這種和和氣氣的氛圍，應該是這趟出使西北，給三位印綬監大佬帶來巨大的壓力，真正變成了一榮俱榮、一損俱損，先前的蠅營狗苟自然而然就暫且擱置起來。

老話說望山跑死馬，真是不假，當時劉公公遙遙指向依稀可見的小渡口，仍是讓印綬監一行人走得精疲力盡，就連劉公公都不得不跟兩位汗流浹背的蟒服同僚致歉。

渡口猶在，只是比起當年二十餘人等著背人過河賺錢的場景，如今只有稀稀拉拉四、五人而已。劉公公舉目望去，有些失望，村夫都是些粗糙不堪的老人，沒有青壯也無婦人，在渡口去往對岸的旅人更是寥寥無幾。

劉公公本想就此返回，只是又有些不甘，就走向那幾名紮堆閒聊的老漢。那些人顯然也發現這一行人，尤其是印綬監三位太監的蟒服玉帶，太過新鮮了，哪怕是一輩子連縣太爺都瞧不上幾次的井底之蛙，但只要不是瞎子，都曉得是招惹不起的權貴人物，也清楚絕不會是來此過河的客人。

雖說龍駒河在涼州是首屈一指的大河，但是隨著十幾年前官府先後架起兩座橋，分別給駐軍和百姓使用後，即便是夏秋兩季，也幾乎沒有生意可言了。有橋不走，非要往河水裡逛蕩，吃飽了撐的不成。

除非是實在太北邊的商賈行人，趕路比較急，不想多走二十幾里的冤枉路趕往南邊的那座橋，才會涉水渡河，只不過如果是跟官府關係好的大商巨賈，其實也能借用北邊一些的那座驛橋，只是聽說隨著年輕藩王上位後，管得就比較嚴了，地方駐軍和官府衙門都不敢像以前那樣睜一隻眼、閉一隻眼地與人方便了。

就在劉公公準備打道回府的時候，對岸那邊突然有人掠河而過，白衣飄飄，腰佩長劍，在河面上幾次蜻蜓點水，便渡河而過。

動作瀟灑地落在岸邊後，那名白衣劍客不理會那些鄉野村民的驚訝眼神，轉身望向河對岸的那撥江湖好友。

他們打賭誰能夠踩水最少過河，以此來計較誰的門派輕功更為上乘。

只是這位出身名門的江湖少俠雖然擺出一副拒人於千里之外的倨傲神態，但何嘗不是極為忌憚身後那幾位衣蟒腰玉的宦官？

北涼什麼時候會有宦官露面了？世人皆知北涼王府不同於離陽王朝其他藩王府邸，從來沒有使用過宦官閹人。

而離陽江湖在那位姓徐的老人屠率領鐵騎馬踏江湖之後，對於朝廷官府一向是要麼敬而遠之井水不犯河水，要麼削尖了腦袋去刻意攀附結交，從來沒有聽說過哪座宗門、哪個幫派能夠跟官家人掰手腕的。

這位玉樹臨風站在河邊的少俠對於官場規矩不陌生，可對高高在上的太安城並不熟悉，也不確定到底什麼位置的宦官，才有資格穿上那襲扎眼的大紅蟒袍，可想來肯定不會是些小魚小蝦，否則也無法光明正大地離開皇宮辦事，雙方無論身分地位皆是天壤之別，他也就乾脆假裝什麼都沒有看到。

那位當牛做馬的年輕宦官擅長察言觀色，發現三位公公都皺了皺眉頭，立即小聲解釋道：「先前徽山那位女子武林盟主軒轅青鋒，號召江湖群雄赴涼圍剿幾名魔頭，一路殺到了西域才停步，事後好些江湖人士都沒有急著離開北涼道，想必這些人物都是出自中原武林的年輕人。」

劉公公冷哼一聲：「俠以武亂禁，就連那西楚逆賊曹長卿身為儒家聖人，也屢次在太安城耀武揚威！」

胖墩墩很有佛相的宋公公低聲笑道：「憑恃武力亂禁的可不光是江湖人啊。」

劉公公和馬公公都沒有說話。

之後又有兩名年齡相仿的江湖兒女陸續掠過龍駒河。

劉公公突然轉頭向一位御前侍衛統領笑問道：「錢統領，這些年輕人修為怎樣，與那江湖上傳說中的宗師境界差距如何？」

那名神情木訥的魁梧侍衛平淡道：「劉公公，不說一品四境，便是二品小宗師，也絕不是這些繡花枕頭能夠達到的高度，以他們幾人的資質根骨，除非有大機緣，才能在二、三十年後躋身二品境界。」

劉公公點了點頭，就再沒有半點探究的興趣了。

江湖遠，廟堂高。

什麼武道宗師，只要不是那些屈指可數的武評登榜人物，都無非就是君王隨意豢養的籠中雀、池中鯉而已。

◆

就在劉公公正要轉身離去的時候，他突然眯起眼睛，使勁向河水中流望去。

一名正在過河的年輕人大概是只擅長外家功夫，輕功連他這位印綬監太監都覺得不堪入目，多次踩在河面不說，濺起的水花更是聲勢驚人，如果說別人是草上飛，那這位仁兄就真是草裡打滾了。

但這不是讓劉公公留心的事情，老人看到一個年輕人背著位依稀像是位老婦人的渡客，緩緩過河，結果被那位輕功糟糕的江湖少俠的踩踏，濺得滿頭水。

龍駒河中，老婦人幫著年輕人擦拭額頭上的河水，有些和藹，也有些心疼，無奈道：「吃苦頭了吧，早說了婆婆可以自己過河，非要背我。婆婆我啊，背人過河背了幾十年，就算瞎了眼都能在發大水的時候過河，哪裡需要你背。」

年輕人笑道：「當年那次暴雨，我行囊裡的那疊銀票都快變成糨糊了，當時手邊也沒帶銀子，送婆婆玉佩又不收，這份人情都欠了這麼多年，好不容易這趟遇上婆婆，怎麼說都該背婆婆一回的。」

老婦人柔聲道：「別說玉佩，就是碎銀子，婆婆也不敢收的，過河一趟就是三文錢，再小的碎銀子也大了。」

有些窮人，過著苦日子，如果覺得苦日子再過得不安心，就真的痛苦了。

老婦人突然笑問道：「公子，當年跟你一起過河的老黃呢，就是一笑起來就缺門牙的那位，婆婆可記得很清楚，當時他就跟在我們後頭，他個子也矮，河水都快到他脖子了。」

年輕人輕聲道：「老黃他啊，走了，在一個離北涼很遠的地方走的，我沒能見上面。」

老婦人嘆息一聲，不知道如何安慰這個只因為五文錢就記掛了這麼多年的年輕人。

可能她的村子裡，我欠誰、誰欠我一文錢也能記住半輩子，可背著自己的這個年輕人，到底瞧著就不像是個窮人家的孩子啊。

哪有人背他過河一次，只因為手頭沒有銅錢，就能送出一枚玉佩的？哪怕再不值錢的玉佩，那也是玉佩啊。

老婦人笑問道：「公子，成親了吧？有沒有孩子啊？」

年輕人有些尷尬道：「快成親了。」

兩人臨近岸邊渡口的時候，老婦人問道：「累不累？」

年輕人笑道：「婆婆妳這麼輕，怎麼會累。」

然後年輕人打趣道：「婆婆妳年輕的時候肯定很好看，上門求親的人肯定很多。」

雖然窮苦但穿著乾淨的老婦人會心一笑，沒有點頭，也沒有說不是。

到了岸邊，年輕人把老婦人輕輕放下，她問道：「公子，你把那匹馬就那麼放在河對岸，真不打緊？」

年輕人笑道：「沒關係，丟不了。」

老婦人幫著這位為了背她捲起袖管的年輕人輕輕放下袖子，說道：「等到成家以後，可不能事事都這麼想了。」

年輕人笑咪咪點頭道：「曉得了，過日子會精打細算的。」

老婦人上岸之後，對站在河邊淺處的年輕人擺了擺手：「趕緊回去，看看馬背上的物件少了沒有。」

放下了袖子可還捲起褲管的年輕人笑著應聲。

老婦人緩緩走向渡口，然後她看到了一位衣著稀奇古怪的老人，一眼就看到了，哪怕他身邊站著兩位同樣身穿「紅衣」的老人。

離陽印綬監掌印太監，劉公公，也是如此。

他欲言又止，而她只是輕輕淺淺笑著，微微撇過頭，伸出枯瘦手指，理了理鬢角。

他望著她，剛想要向前踏出一步，最終還是自嘲一笑，收回腳步，轉身大步離去。

而她，對著那位年輕讀書人的背影，依舊是像很多、很多年前的那位黃花少女那樣，輕輕揮手。

天色昏黃，蟒服太監和御前侍衛率先離去，覺得再難有生意的渡口村民和那位老婦人一樣，都離開了河岸。

而那個蹚水走向對岸的落魄年輕人突然轉身，一路小跑上岸，雖說皮囊極好，可終究人靠衣裝、佛靠金裝，誰會正眼瞧一個背人過河賺取銅錢的窮酸小子？他在那七、八號江湖少俠女俠的不屑眼神裡，湊近他們，展顏一笑，莫名其妙說了一句話：「老子當年和兄弟一起狗刨江湖的時候，早就想對你們這些飄蕩過河的高手做一件事情了。」

於是，無論是白衣飄飄的英俊劍客，還是美豔動人的妙齡女俠，都被這個好像腦子給門板夾過的傢伙一人一腳踹在屁股上，給踹到了龍駒河裡，那幅畫面，就像下了一鍋餃子。

靴子還脫在對岸的年輕人光腳站在渡口，看著那些正對自己破口大罵的落湯雞，一本正經道：「技術活兒！」

那些江湖少俠、女俠如果知道這個瘋子的身分，大概就不是惱羞成怒、破口大罵，而是感恩戴德了。

能夠被武評四大宗師之一的人物踹一腳，按照江湖規矩，也就等於是過招了，這可能是他們所在宗門的開山鼻祖都要豔羨的待遇啊。

這種幸運事，能吹牛吹上三十年。

那位武評大宗師雙手叉腰站在岸上，哈哈笑道：「英雄我行不更名、坐不改姓，西北道上第一號人物，江湖人稱『神拳無敵、腿法無雙、天下第一刀兼劍術通神玉面小郎君』，徐鳳年是也！」

仙風道骨，大俠風範，宗師氣度……自然是半點都沒有的。

那個剛剛踩水濺了他一身河水的少俠，氣急敗壞道：「徐你大爺！」

眾人只聽那位滿臉小人得意神色的王八蛋玩意兒笑問道：「不服？不服來打我啊？青山不改綠水長流，後會有期！」

這一次就連落水也要竭力保持矜持的女俠仙子們，也真沒辦法忍了。

只是等他們剛想要興師問罪時，就驟然感到身形跌落，下一刻，所有人面面相覷，目瞪口呆。

原來所有人都坐在了河底，河床依舊浸潤，卻無河水，舉目望去，視野盡頭，上游無水來，下游無水去。

不知是誰第一個抬頭才發現真相，怔怔出神。

原來河水依舊在流淌，只是卻在眾人頭頂。

就像一條青龍，在天空掠過。

等到所有人嚇得魂不守舍，屁滾尿流地跑到岸上，那條懸掛在空中的河水長龍才恰好重重摔在河道之中，向兩岸濺起巨大的水花，只是此時此刻，已經沒有人會計較自己再度變成落湯雞了。

很遠處，一人牽馬而行，緩緩走向那座青馬驛。

江湖依舊。

可馬不是當年劣馬，他也已經不年少。

身邊少了缺門牙老黃，也少了木劍遊俠兒。

第二章　北安鎮群雄畢至　小酒樓風波驟起

以京師太安城為中心的離陽驛路，是當之無愧的官道大路，曾經被老兵部衙門譽為國之血脈，更將一統中原的盛世王朝，比喻為一位前無古人、後無來者的陸地神仙，精血之雄壯，可謂冠絕古今。

涼州青馬驛由於已經臨近州城，設置在一座繁華小鎮的鬧市。由於此處是進出涼州城的必經之地，不但驛館規模頗大，還擁有北涼道眾多驛館裡唯一的遊苑，驛夫多達七十人。附近也常年駐紮有一支輕騎為主的駐軍，據說年輕藩王的親衛扈從白馬義從，早年半數兵源便是來自這支騎軍，戰力自然不容小覷，例如如今已經在北涼軍中步步登天的瘋子洪書文，便出身這支不顯山、不露水的行伍。

這些年始終牢牢把持北涼文官第一把交椅的李功德，早年下榻青馬驛，興之所至便揮毫潑墨，留下一幅「別有洞天」的墨寶，只是不知是驛館太過珍視的緣故，還是那四個字太過「鐵畫銀鉤」的關係，這麼多年來一直沒有裝裱懸掛。

青馬驛所在的北安鎮，也是異常繁華的八方通衢之地，陵州素來有塞外江南之譽，北安鎮則有小陵州之稱，足可見這座涼州大鎮的與眾不同。最近幾年隨著年輕藩王的強勢崛起，北安鎮更多了許多聞訊而來的中原草莽，魚龍混雜，一同擁入北涼江湖，久而久之，北安鎮的本土居民也就習以為常。

而作為涼州城鎮裡少數不設夜禁的地方，北安鎮更是一處名副其實的銷金窟。就像毗鄰的兩座酒樓青樓，就連袂打出「不登兩樓，枉來北涼」以及「天下第一花酒」的兩塊金字招牌，口氣大得很。

酒樓說自己擁有天底下所有最好的美酒，不輸朝廷貢品，而青樓則自稱他們的姑娘，不輸帝王家的選秀宮女，許多不信邪的外鄉江湖人士抱著砸場子的心態紛紛登樓，結果幾乎無一例外，都是豎著進、橫著出，都把自己喝趴下了，或是趴在了小娘的床榻上，如此一來，北安鎮的兩樓就越發聲名鵲起，響徹北涼道和兩淮道。

尤其是一位青樓花魁與求學於青鹿洞書院的赴涼士子出現私奔的鬧劇，照理說應該勃然大怒的青樓非但沒有棒打鴛鴦，反而主動燒毀那名花魁女子的賣身契，甚至資助那名讀書人千兩白銀購置百卷書籍。

這樁成人之美的風流美談，震動北涼士林文壇，連中原江南一帶都有所耳聞，以至於一位文壇名士大佬當眾嘖嘖稱奇，親口誇讚那北涼市井處處有俠氣。若是擱在三、四年前，敢為北涼說一、兩句好話，恐怕這位文壇名宿不管如何德高望重，也要淪為過街老鼠，連累家族一起被千夫所指，只是如今，雖說附和寥寥，卻也絕對沒有誰會當真較勁。

等到印綬監三名蟒服太監從龍駒河小渡口返回北安鎮，已是夜幕沉沉。先前青馬驛那邊唯恐出現意外，不得不出動二十餘京畿精騎出鎮遠行迎接，一旦找尋不到蹤跡，青馬驛肯定就要跳過當地官府，直接通知二十里外的那支駐軍了，畢竟這夥送旨宦官象徵著離陽趙室的天家顏面。

徒步進入北安鎮的劉公公一行人已是饑腸轆轆，於是經過那座格外人聲鼎沸的酒樓，聞著酒香不怕巷子深的那股子濃郁酒味，難免都有些意動。

劉公公自覺有些對不住兩位累得像狗的同僚，就笑著說大夥兒去酒樓打打牙祭如何；身材高大且氣勢凜然不似閹人的馬公公比較謹慎，雖未拒絕，仍是建議最好回青馬驛換一身尋常服飾。

體型臃腫卻能夠在皇宮內身輕如燕健步如飛的宋公公本想說多大點事啊，難道這北涼王府的眼皮子底下還能有刺客行凶不成？只是既然印綬監「大掌櫃的」劉公公點了頭，這位到了北涼道轄境就沒怎麼順氣過的宋公公，也只能悄悄把話咽回肚子。

回到青馬驛一番洗漱更衣過後，三名大太監身邊僅有那位姓錢的御林軍統領跟隨，四人一起步入名字就叫「酒樓」的那棟酒樓。

因為隔壁就是北安鎮最負盛名的勾欄，依稀可聞那些軟糯誘惑的鶯歌笑語，這讓劉公公沒來由一陣啞然失笑，如果四人的喝酒之行傳入京城那邊，多半會以訛傳訛變成印綬監的太監上青樓？那就是天大的笑話了。

酒樓有三層，雖是深夜，一樓大堂依然人滿為患，二樓座位也所剩不多，擅長察言觀色的酒樓夥計就給四人領到視野最佳的頂樓雅間。說是雅間，其實就是用繡工精緻的大幅落地屏風隔斷而已。

宋公公落座後，舒舒服服癱靠在剖開後木心天然呈現葫蘆狀的黃花梨木椅背上，輕聲笑道：「這兒格局倒是跟咱們那邊的坊市有些相像。」

換過衣衫更像一位關外大漢的馬公公環視四周，還算滿意，相比底下兩層都要安靜素雅許多，瞇眼點了點頭。

劉公公跟那位肩頭搭有一塊棉巾的酒樓年輕夥計和顏悅色道：「薊州老窖、江南杏花釀、熟花大酒，各來兩壺，至於菜肴點心，你們酒樓看著辦即可。」

年輕夥計笑顏逐開，弓著腰溜鬚拍馬道：「這位老爺可真是行家，當得『酒仙』的稱號嘍！尋常客人到了咱們酒樓，出手闊綽是不假，可多是揀選西蜀貢酒劍南春燒來喝。在小的看來，那酒好是好，論醇厚餘味其實比不得熟花，論入喉燒烈，更是遠遠不如咱們北涼地道的綠蟻。對了，四位爺，小的多嘴一句，咱們酒樓有個不成文的規矩，到了這裡，只要客官想喝綠蟻酒，一律不收銀子，想喝多少都行！」

宋公公好奇問道：「就算喝十罈、八罈的也不要錢？真不怕喝窮了你們酒樓？又如果有人到了你們酒樓只喝綠蟻酒，你們這個規矩還作數？」

一提起這茬，原本諂媚彎腰的年輕夥計頓時自豪道：「作數，怎麼不作數！來者是客嘛！咱們掌櫃早就發話了，肯喝以及能喝咱們北涼綠蟻酒的好漢，喝垮了他這份營生算不得什麼，就當跟豪傑們交了回朋友。掌櫃的為此還特地立下個規矩，誰要能一口氣喝掉六壺本樓的招牌綠蟻酒，別說一桌子酒席的銀子都免了，便是想去隔壁那棟樓睡一晚，咱們酒樓也一併幫著掏腰包！」

劉公公微笑道：「這般開門做生意的酒樓，還真是少見，有些意思。」

宋公公嘿嘿一笑，雙手扶著古色古香、入手舒適的椅沿，打量著那個伶牙俐齒的年輕夥計說道：「看來你們掌櫃的雖然滿身銅臭，倒也算不得俗人，今兒咱家……今兒爺心情不錯，就給你們掌櫃一面兒，讓他來給我身邊這位劉老爺敬一杯酒。實話告訴你，這份面子，錯過了可就這輩子都撈不著了。」

年輕夥計聽著這個胖子的滿嘴中原官腔，看著他們擺出比郡守老爺還要大的架子陣勢，腹誹不已，不過臉上沒流露出絲毫，討饒道：「這位爺，真是對不住了，咱們大掌櫃不是咱們北安鎮上的人物，就連小的也沒見著過一眼，不湊巧，管事的二掌櫃，剛好在隔壁那地兒有桌推不掉的飯局。不過幾位爺放寬心，就衝你們點的六壺酒，只要二掌櫃回了酒樓，小的立馬去他跟前知會一聲，怎麼也不會讓二掌櫃錯過了四位老爺。」

又沒能稱心隨意的宋公公已經有幾分不悅神色，正要發作，眼角餘光瞥見劉公公從錢囊中掏出一塊分量不輕的銀子，沒有跟一般豪客那般徑直拋給酒樓夥計，而是擱在桌面上，緩緩向前推去，笑道：「賞你的，別嫌少。」

年輕夥計本就對這位坐在主位的老人觀感最好，就像慈眉善目的富家翁，也像是書香門第裡走出來的上了年紀的讀書人，對誰都和和氣氣的，這在兜裡有錢沒錢都是大爺的酒樓，很少見。

年輕夥計猶豫了一下，就聽到那名先前一直沉默寡言的魁梧中年人冷聲道：「讓你收下就收下。」

等到那名年輕夥計小心翼翼收起銀子離去，劉公公小聲問道：「如何？」

在太安城御林軍中和刑部衙門都聲名顯著的錢統領輕聲道：「沒有異樣，一路看過來，這棟酒樓夥計都是不曾習武的尋常人，只不過這三樓有幾桌……很不簡單。」

劉公公淡然笑道：「往最壞處想，這裡離青馬驛不過半炷香路程，騎軍策馬而來更是轉瞬即至，何況相信暗中盯梢的北涼諜子也不會是些無用擺設，咱們喝咱們的，不用多心。」

謹小慎微的馬公公還有些隱憂，心比天寬的宋公公已是大呼道：「喝酒、喝酒！錢老弟，稍後你可要嘗嘗咱家鄉那邊的熟花大酒，那種滋味，我啊，可是惦念了半輩子！」

享譽朝野的六壺好酒很快就拿上來，得了賞銀的年輕夥計，更是自作主張跟酒樓多拎了兩罈上等綠蟻酒，反正是慷他人之慨，不肉疼。

相比雲淡風輕的掌印太監劉公公和萬事不上心的掌司宋公公，江湖沙場都走過的御林軍錢統領要有更多計較，他肩上終究擔著三位印綬監大佬的安危。往小了說，任何一位有資格身披蟒服的老宦官出了紕漏，那他在太安城的官場也就到了盡頭；往大了說，真出現彈壓不下的風波，他姓錢的加上整個家族甚至是背後的恩主也要吃不了兜著走。

所以看似臨時起意的一場喝酒，這位腰間懸佩有一把皇家御賜錯金刀的統領，一直是眼觀四方、耳聽八面。比如登上三樓後，每個雅間四面雖有屏風遮掩視線，可屏風之間仍有足夠間隙。

臨近樓梯的那兩桌並無特別出奇，瞧著就是尋常酒客，席上都有滿身風塵味的妙齡美人作陪，顯然是從隔壁青樓請來的勾欄女子。而這一桌的左右以及對面，三桌客人，卻是藏龍臥虎。

掌印劉公公左首邊隔著蜀繡屏風的那一桌，坐著四人，人人氣息綿長，一位年輕女子姿色出眾，尤其是她桌對面那位舉杯喝酒時也一手始終摸住刀柄的中年人，氣韻雄渾，哪怕當時自己只是驚鴻一瞥而去，這名當時背對他的刀客也瞬間有了微妙回應，雖未轉身或是抽刀，可是桌下那隻手顯然由摩娑刀柄變成了五指緊握，所以錢統領為防節外生枝，就乾脆放棄了對其餘兩位男子的審視打量。

而劉公公右首邊那座玉石山海圖屏風那一桌，六男三女，年齡懸殊極大，兵器各異，都大大方方擱置在桌面上或是懸掛在木架上，像是幾個江湖盟友門派的結伴出行，多半是為宗門內的年輕子弟積攢聲望經驗，這在中原江湖上屢見不鮮，言語之間也多是閒談江湖趣聞，此時就在說徽山那位紫衣盟主的事蹟，說到了那樁時下沸沸揚揚的傳說——去年冬末一個風雪夜，軒轅青鋒在大雪坪崖畔一夜觀雪悟長生，這讓錢統領如釋重負。

真正讓他感到棘手的還是劉公公對面的那一桌，這也是錢統領選擇坐在劉公公對面的真正原因。隔著兩座屏風，二十步外，酒桌上坐著一對夫婦模樣的中年男女。

男子身上有一種錢統領再熟悉不過的沙場氣息，而僅是看到一個陰沉側臉的女子，姿色平平，但是氣勢極為冷冽凶狠，她無形中散發出來的草莽氣息，與尋常江湖門派的高手截然不同，後者出手往往是切磋，只為名聲，而她出手肯定就是生死相向，只為殺人。

酒至半酣，又有兩撥人幾乎同時登樓。先到一撥真是無巧不成書，正是飛掠龍駒河小渡口的那些江湖少俠、女俠，只是不知為何人人神色複雜，既有敬畏也有興奮，好似白天見鬼了差不多。

奇怪的是這些年輕人也都更換了一身衣衫，難道喝個酒也要沐浴更衣？身負小宗師修為的錢統領掂量過他們的實力，雖然感到有些古怪，卻也未深思。他雖然自知這輩子躋身一品金剛境界比較艱難，可是在二品小宗師之中，尤其是面對那些沙場之外的江湖武道宗師，不敢說世間同等境界之中無敵手，但只要是捉對廝殺，他十分自信活下來的人，只會是自己。

要知道當年連那位當之無愧的天下第一刀法大家顧劍棠，都曾對他這個小小御林軍都尉的刀法頗為欣賞，如果不是當時正好被朝廷擢升為副統領，也許他就要跟隨顧大柱國一起前往兩遼重返邊關沙場。

至於第二撥人，三男兩女，為首的年輕人一副恨不得天下人都知曉的江湖少俠做派，入不得錢統領的眼，但是接下來四人，一位比一位讓他感到心驚膽戰。

那位「少俠」身邊的目盲女子，抱琴而行，而她身後背負劍匣的木訥中年人，劍氣極重，可這還是在他已經刻意壓抑的前提之下！

他身後夫妻模樣的男女並肩而行，少婦無比扎眼，身段豐腴妖嬈，且穿著五彩絢爛的紮染衣裳，雙手雙腳都分別繫掛有一串小巧玲瓏的銀質鈴鐺，人未露面，鈴聲先至，腰間歪歪斜斜掛有一柄刀鞘雪白的弧形短刀。

眼界極高的錢統領一眼就看出這分明是西南十萬大山裡的苗人裝束，而她就那麼挽住身邊五短身材男人的手臂，眉眼之中充滿毫不掩飾的得意神色，好像自己的漢子是世上頭等豪傑。在她襯托之下，原本不起眼的中年漢子也顯得鶴立雞群起來，身穿麻布對襟短衫，頭纏青色包頭，小腿上裹有綁腿白布。

一波未平、一波又起，錢統領已經吊到嗓子眼的那顆心差點就要當場脫口而出了。

沒到半杯酒的工夫，又有一名眾星拱月的年輕女子來到二樓，她身後跟隨四名扈從身分的人物，錢統領收回視線後臉色鐵青。

什麼身分的女子，雇得起四名最不濟也是二品小宗師起步的頂尖高手擔任供奉？

如此一來，小小一座酒樓，冷不丁就成了高手多如路邊狗的局面。

饒是見慣了大風大浪的錢統領，也開始大汗淋漓。

劉公公平靜問道：「有麻煩？」

錢統領苦笑道：「不一定，但只要起了衝突，就一定是捅破天的大麻煩，也許緊急調動一、兩千騎也無法擺平。」

劉公公擺擺手，一笑置之：「只要這裡是北涼，就夠了。」

那一刻，錢統領才真正對這位印綬監掌印太監刮目相看。

而在魚龍齊聚導致波詭雲譎的酒樓外頭，一名佩刀牽馬的年輕公子突然在街上停下腳步，他這一停步，也就讓青樓門口拉客的老鴇看清了他的模樣。

老鴇立即眼前一亮，她身邊兩位花枝招展的姑娘更是恨不得餓虎撲羊，把那位還捲著袖管的落魄俊哥兒給生吞活剝、就地正法了。

怔怔出神的年輕人似乎沒有聽到渾身脂粉氣的老鴇在說什麼，也任由她拉住自己的胳膊往那座青樓拽。他只是想起了很多年前，他跟李翰林、嚴池集、孔鎮戎他們三個，一起喝花酒的光景。

那時候從來都是李翰林出錢，從他那個北涼官場公認一毛不拔鐵公雞的老爹那邊偷來的銀子，每次都是一副今夜快活了隔天就要趕赴刑場的架勢。那時候被取了個「嚴吃雞」綽號的嚴池集總是放不開手腳，身邊不管如何依紅偎綠，從頭到尾倒像是他在被揩油。

孔武癡那個傻大個，每次上青樓都是救苦救難去的，一進門就撂下那句口頭禪：「樓裡哪位姑娘最長時間沒能接客了，我就點她！」所以每次有孔武癡在，酒桌上必然是一座青樓內最漂亮女子和最難看女子同時出現的荒誕場景。

年輕公子終於回過神，笑問道：「世子殿下喝花酒，能不能不給錢？」

那位胸脯亂顫的老鴇樂不可支回答道：「這位公子真是愛說笑話，就算王爺來了也得給銀子哪！」

已經被拉著胳膊拖曳了幾步的公子哥停下身形，依舊一手牽馬，苦著臉道：「那我就不進樓了。」

上了歲數的青樓婦人嫵媚地瞪了一眼：「公子可不老實，敢在這會兒佩這種刀走在大街上，會沒銀子？我可以先答應公子，就算身上沒帶一顆銅板兒，也沒事，欠著！」

就在年輕公子哥彷彿天人交戰的關鍵時刻，一位貌不驚人的男子突兀出現在他們身側，竭力掩飾他言語中的激動，壓低嗓音道：「二等房，地字號十六，有要事稟報。」

年輕人點了點頭，不動聲色地掙脫開三位青樓女子的手臂，對她們歉然一笑，然後牽馬前行。

年輕人轉頭望向那個眼神炙熱的拂水房精銳諜子：「有突發狀況？」

後者沉聲道：「剛剛發現有人意圖刺殺印綬監三位宦官，如果不是發現王爺的行蹤，屬下臨時擅作主張，此時屬下本該已經動用青馬驛祕密兵符，調動那支駐軍入城。」

說到這裡，這名在北涼拂水房已算地位不低的諜子低頭道：「請王爺恕罪！」

年輕人打趣笑道：「不愧是拂水房裡出來的，跟褚祿山一個德行，請什麼罪，請功還差不多。」

那名專門負責北安鎮大小情報的拂水房諜子明顯有些不知所措，略微失神之後，趕忙向這位牽馬而行的年輕人有條不紊地詳細彙報形勢。

年輕人正是年輕藩王徐鳳年，他聽過之後，點了點頭：「這件事情接下來你們就不用插手了，本王會自行處理。」

就在那名諜子準備領命轉身離去的時候，徐鳳年沉聲道：「辛苦了。」

拂水房諜子愣了愣，欲言又止，但最終仍是沒有說話，咧嘴一笑，然後默默離去。

徐鳳年牽馬緩緩走向那棟酒樓。

◆

一位年輕少俠踉踉蹌蹌越過屏風，正要扯開嗓子跟酒樓夥計多要幾壺劍南春燒，突然像是給人用繩子勒緊脖子，呆若木雞，死死望向那名離他不過七、八步遠的女子。

江湖兒郎行走江湖，想要遇見一位陸地神仙靠什麼？只能靠祖墳冒青煙！

那麼一天之內，在破天荒遇見了陸地神仙之後又能遇到名動天下的仙子，靠什麼？大概就只能希冀著老祖宗從棺材裡爬出來曬太陽了吧？

但是這位前不久才被神仙一腳踹入龍駒河的少俠，真的瞧見了那位江湖公認的仙子——天下十大幫派之一的幫主，北涼江湖的執牛耳者——劉妮蓉！

他狠狠揉了揉眼睛，然後瞬間漲紅著臉，根本不敢向前跨出半步，如同腳下就是一座雷池，只是鼓足勇氣戰戰兢兢問道：「敢問可是劉幫主？」

如果老天爺能夠再給他一次機會，他一定盡量把舌頭捋直了再開口。

原本要去會見一撥遠方貴客的年輕女子聞聲後停下腳步，臉色平淡，問道：「有事？」

在家鄉江湖也算風雲人物的年輕少俠脫口而出道：「沒事！」

她一笑置之，轉頭離去。

滿腹懊惱的他恨不得抽自己一耳光，不過到底是酒壯人膽，他略微提高嗓音，癡癡望著那個曼妙背影顫聲喊道：「劉幫主，在下霸陵郡宋觀想，師從浩然樓樓主青蚨劍客……」

那位高不可攀的女子已經繞過屏風進入雅間，很快消失在他的視野，他已經沒有那份膽識氣魄死皮賴臉地跟上去。也許年齡相仿的男女之間，只有一座不過丈餘高的蜀繡屏風，但是這位霸陵郡浩然樓的高徒，心知肚明，他與那位看似近在咫尺的女子之間，實則有著天地之別，猶如陰陽相隔。

離陽由永徽年號變更為祥符之後，離陽的江湖也出現一道界限清晰的分水嶺，除去那位無形中為兩代江湖承前啟後的新涼王，新舊江湖極為分明。包括武帝城王仙芝、春秋劍神李淳罡、春秋三甲黃龍士、人貓韓生宣、天下第十一王明寅、東越劍池宋念卿等等在內一大撥前輩宗師，都已逝去。

隨著桃花劍神鄧太阿淡出視野以及大官子曹長卿的戰死太安城外，更是為永徽江湖蓋棺定論。如今的祥符江湖，新人新氣象，為人津津樂道的人物，是那位以女子身分號令中原群雄的徽山紫衣，是以她領銜的祥符十二魁和四方聖人，是春神湖畔快雪山莊、金錯刀莊、江南道笳鼓臺、幽燕山莊這些新一代鼎盛幫派，是那位在劍道上突飛猛進、以一己之力將二流宗門送入十大幫派之列的太白劍宗年輕謫仙人，是南疆龍宮林紅猿、笳鼓臺柳渾閒這樣引無數英雄競折腰的年輕仙子。

如今的江湖，喜新而不念舊，老人與年輕人說起天下劍術出一姓的吳家劍塚，後者會說太白劍宗那位半年破三境的謫仙人肯定一人一劍，就能踏平那啥玩意兒的吳家劍塚。

老人與年輕人說起武帝城自稱天下第二一甲子的王仙芝，後者也許就會說也就是那姓王的老頭子幸虧死得早，否則等到太白劍宗謫仙人和金錯刀莊女子莊主這些武學天才再練個幾年刀劍，到時候膽敢自封天下第二十都算老傢伙臉皮夠厚。

唯獨提起那個手握三十萬鐵騎的新涼王，少有質疑。

相信那位年輕藩王如果還有機會再去離陽走一趟江湖，肯定會感到陌生。

這不是三十年河東、三十年河西，而是三年河東、三年河西。

劉妮蓉對於這種莫名其妙的搭訕早已麻木，一開始她還會鄭重其事去應酬，信奉父親那一輩老江湖所謂的待人以誠，與誰相處都發自肺腑地平起平坐，只是吃過一次苦頭後，她就開始不由自主地放棄父輩們的那套金科玉律。

先前曾有一位和她不過一面之緣的中原宗門俊彥，竟然對外宣稱與她這位魚龍幫幫主一見鍾情，以至於整個北涼江湖沸沸揚揚，事後不等她反應過來，幫內兩位祕密供奉便悍然殺人，將那顆鮮血淋漓的腦袋直接懸掛在陵州魚龍幫總部的校武場旗幟上，而那個因言獲罪的江湖俊彥所在宗門，非但沒有興師問罪，反而送了一封密信到魚龍幫，滿篇皆是請罪的小心措辭。

從那一刻起，她才真正意識到自己的身分，她即便再練武一百年、兩百年都登不上武評，但只要幫眾人數傲視離陽的魚龍幫存世一天，她就是江湖上最拔尖的權勢人物之一。這跟她姓什麼無關，如今的江湖便是這般勢利眼，她自知姿色遠遠稱不上傾國傾城，不說陳漁、姜泥這些登榜〈胭脂評〉的人間尤物，也不說那位容貌跟隨著武道境界攀升而脫胎換骨的徽山紫衣軒轅青鋒，就是相比一同被譽為離陽四大仙子的其他三人——龍宮林紅猿、金錯刀莊莊主童山泉和笳鼓臺柳渾閒，劉妮蓉也自認無論相貌氣韻都差了一大截。

如今事務繁忙的她偶爾脫身得閒，也會胡思亂想，覺得那些看似豪氣干雲、肝膽相照的江湖男子，他們仰慕心儀的劉妮蓉，只是她的身分罷了，哪怕她再醜上幾分，哪怕性格暴戾、喜怒無常，也一樣會有無數人爭做她的裙下之臣。所以她越來越懷念當年那個因為走投無路才去走鏢北莽的自己，那個什麼都懵懵懂懂的江湖雛兒。

劉妮蓉繞過屏風後，很快收起那份神遊萬里的可笑思緒，看著在座四位遠道而來的南疆貴客，她作為當之無愧的地頭蛇，仍是沒有著急落座，而是抬手抱拳致歉道：「路上耽擱了兩天，讓林宮主久等。」

距離這位魚龍幫幫主最近的男子，正是那名讓御林軍錢統領極為忌憚的刀客。雖說在劉妮蓉登樓之時就已經察覺到她身後的四股悠長氣息，等到劉妮蓉此時此刻站在他身邊，這名刀客卻依然置若罔聞，繼續喝酒吃肉，不過倒是鬆開了按在刀柄上的手，想必是以此來表態自己並非惡客臨門，至於劉妮蓉能否領會又是否領情，這位年已古稀卻滿頭黑髮的老人其實根本無所謂，他的確也有資格不在乎。

因為他是毛舒朗。

作為當世屈指可數的刀法巨匠，同時又是親身經歷過春秋十三甲那個燦爛時代的老人，他在巔峰時期曾與李淳罡並稱「北李南毛」，只可惜人生中最重要的兩場大戰皆是告負。刀劍之爭，輸給了李淳罡，那場大戰也被很多老輩江湖人視為刀劍的氣數之爭。後來顧劍棠嶄露崢嶸，一路南下挑戰毛舒朗，這場天下刀法第一人之爭，毛舒朗雖然體魄不曾遭受重創，但是原本趨於圓滿的無垢心境卻支離破碎，從此開始澈底封刀。

這二十年來一位位後起之秀在武道一途上勇猛精進，而他毛舒朗卻是如同在泥濘中向前艱辛爬行一般，從當年那個武力冠絕南疆的年輕天才刀客，淪為一個連沙場武夫王銅山都敢嗤之以鼻的廢物，老人始終沒有與江湖說一個字。

被劉妮蓉稱呼為林紅猿的女子嫣然一笑，緩緩起身說道：「劉幫主太客氣了，魚龍幫上上下下可是有好幾萬人，不像我龍宮，撐死了也就三百號人，想找點事情做都難，劉幫主能夠從百忙中抽身見我們一面，林紅猿已經是感恩戴德了。」

繼毛舒朗之後被公認為南疆第一高手的程白霜笑意略顯無奈，顯然知道林紅猿這個心高氣傲的閨女，始終對魚龍幫幫主劉妮蓉看不上眼，聽說上次跟隨徽山紫衣一起趕赴西域圍剿六尊魔頭，林紅猿就已經多次在公開場合對劉妮蓉表露出針鋒相對的端倪，至於為何如此，這種只可意會、不可言傳的女子心思，隱約知道些內幕的程白霜當然不願意摻和，何況於情於理，他也要護犢子護著幾乎是自己看著長大的林紅猿。

倒是作為南疆龍宮首席客卿的嵇六安，皺眉沉聲道：「宮主，不要耽誤大事。我們此次北涼之行照理說本該前往陵州，先行見過劉幫主，是宮主擅自更改行程，非要親眼看一看那太安城的閹人，怎可反過來怪罪劉幫主？」

林紅猿瞥了眼劉妮蓉，笑咪咪道：「嵇叔叔，劉幫主豈會跟我一般見識。」

劉妮蓉身後四名這些年陸續進入魚龍幫擔任供奉的高手，或多或少都有些怒意，畢竟廟堂上講究主辱臣死，江湖上也同樣講究打人別打臉。

林紅猿多次綿裡藏針地挖苦幫主劉妮蓉，魚龍幫的高手早就心懷不滿，再者魚龍幫尤其是地位超然的那撥人也都憋著一口惡氣，因為江湖上雖然敬畏人多勢眾的魚龍幫，卻認為魚龍幫事實上拿不出手一位真正的高手。

比如南疆龍宮就有老宮主和嵇六安兩大高手坐鎮，更不要說徽山大雪坪有黃放佛這樣的天象境宗師，太白劍宗擁有那一位驚才絕豔的劍道天才就足以服眾，笳鼓臺也有四方聖人之一的樂聖，金錯刀莊的女莊主同樣是一人就能夠力挽狂瀾。

幽燕山莊雖說也沒有頂尖宗師震懾江湖，卻因為龍岩劍爐的重新鑄劍，與各方豪傑籠絡交好，與江湖同道的香火情，遠不是在西北偏居一隅的魚龍幫可以相提並論。至於西蜀春帖草堂，只要稍稍想像一下胭脂評美人謝謝身後的那位白衣男子，就不會有誰敢有半分小覷，說來說去，就數魚龍幫的軟肋最為致命。

當初中原江湖正道領袖攜手追殺六位膽敢從大雪坪偷竊祕笈的六位邪魔，在那場蕩氣迴腸的大戰中，也鬧出過不少啼笑皆非的笑話，其中就有先前新評為江湖十位俊彥之一的竇長風，在他與魚龍幫幫眾起了衝突後，撂下了一句事後傳遍中原江湖的「名言」——你們魚龍幫人多了不起啊？

所以當林紅猿當著劉妮蓉的面「稱讚」魚龍幫幾萬人，雖然劉妮蓉神色淡然，但身後已經有一位正值壯年的魁梧客卿大步踏出，即便劉妮蓉已經試圖攔阻，後者仍是不管不顧走到桌邊，一隻手按在桌面上，冷笑道：「聽說龍宮有個叫嵇六安的劍道宗師，劍術超群，相當了不得啊！連那個被咱們王爺一巴掌拍死的王銅山都誇口，說是能算半個高手？」

左右腰間各懸佩有一柄劍中重器的嵇六安驟然眯眼道：「在下便是『半個高手』的嵇六安。」

魁梧漢子盯著嵇六安，皮笑肉不笑道：「原來就是你啊，來者是客，那我『開碑手』趙山洪就敬你一杯酒！」

只見他輕輕一按桌面，桌子紋絲不動，可嵇六安身前那只還有半杯綠蟻的酒杯卻砰然碎裂，碎片並不向四方濺射，只是同時摔落在酒杯原先位置的一寸之內。

那半杯綠蟻酒，竟是依舊凝聚不散。

這一手下馬威，很有餘味。

林紅猿對此完全視而不見，斜看劉妮蓉的眼神中有著毫不掩飾的幸災樂禍，似乎在說妳劉妮蓉這個幫主果然是個花瓶擺設，連一名原本應該成為嫡系心腹的供奉都駕馭不住。

對於林紅猿見縫插針的無聲挑釁，劉妮蓉依然面無表情。

相貌清雅如同一位年邁儒士的程白霜看到這一幕後，對看似一副泥菩薩沒火氣脾性的劉妮蓉悄悄高看一眼。

嵇六安笑道：「既然是敬酒，那嵇某人推託不得，就喝了這一杯。」

嵇六安伸出併攏雙指，在桌沿上輕輕一叩，那些碎片瞬間懸空合攏，重新凝聚成一只完好無損的嶄新酒杯。

嵇六安輕輕拎起酒杯，微微抬手，然後一飲而盡。

隨意放下酒杯後，嵇六安笑道：「喝過了敬酒，倒是有些想喝罰酒了。」

在進入魚龍幫成為供奉之前，開碑手趙山洪曾經穩坐薊州黑道第一高手十年之久，如果不是當時擔任薊州將軍的袁庭山那條瘋狗，把他辛苦積攢下來的家業連同兩百多號人人弓馬嫻熟不輸遼東精騎的兄弟在一夜之間掃蕩而空，過了十多年土皇帝愜意生活的趙山洪又豈會像條喪家之犬只能逃入北涼？

雖說這一年來安分守己許多，可是江山易改、本性難移，趙山洪在魚龍幫內是出了名的桀驁難馴，雖然在多達三十餘人的供奉客卿中座位並不靠前，但隨著他跟另外幾名實力相當且脾氣相近的實權人物在魚龍幫內儼然自立山頭，就越發氣焰囂張，否則趙山洪也不會在龍宮這些外人面前無視劉妮蓉的攔阻。

趙山洪獰笑道：「敬酒只是意思意思，罰酒嗎，可就沒那麼容易下嘴了！」

劉妮蓉終於轉頭冷聲道：「趙山洪！」

趙山洪全然不理睬這位名義上的魚龍幫幫主，只是輕輕擰轉手腕，盯住嵇六安。

就在這個時候，劉妮蓉四名扈從中最為年輕的一人，做出了一個魚龍幫、龍宮雙方都絕對意想不到的舉動——站在開碑手趙山洪身後的他一拳迅猛擊中前者的後腰眼。巨大的寸勁，幾乎剎那間就貫穿了趙山洪的腰部。

趙山洪雖然屬於窮凶極惡之輩，但確實是少見的武學天才，早年不過是憑藉一本極為不入流的拳譜，硬生生將外家拳練至爐火純青，後來因緣際會，得到半本殘缺的龍虎山的失傳心法，轉入道家吐納養身，內外兼修，因此資質卓然的趙洪山雖說受限於先天根骨，武道境界止步於二品小宗師，但也可以被視為大半金剛小半指玄的二品境怪胎，戰力極為不俗。

所以身後那名年輕供奉毫無徵兆的暴起出手，趙山洪憑藉本能猛然繃緊後背，幾乎在那一拳擊中他後腰眼的同時，趙山洪就開始向前迅速踩出幅度極小的三小步。即便如此竭盡所能卸去那股磅礴勁道，身材魁梧的趙山洪仍是搖晃了幾下。

他彎腰拉開一把椅子，順勢坐下，給自己倒了一杯酒，準確說來是半杯，在低頭喝酒的時候先吐出那口瘀血，悄然吐入酒杯後連鮮血帶酒一起咽下肚子。

不得不說趙山洪一貫對別人心狠手辣，對自己也好不到哪裡去。

趙山洪抹嘴轉頭，雙眼赤紅，咬牙切齒道：「到底還是自家人貼心，讓我喝了一杯好酒！」

那名年輕供奉平淡道：「回去再請你喝幾杯，管夠。」

劉妮蓉眼中的驚訝一閃而逝，印象中這位沉默寡言的年輕供奉在魚龍幫從不拉幫結派，是寥寥無幾的孤家寡人之一，所以聲勢遠不如喜歡抱團的趙山洪之流。

如今魚龍幫內山頭林立，像身後兩位老者就是她的心腹，只不過所謂的心腹，也僅是相對今日之前一直保持冷眼旁觀姿態的年輕供奉或是開碑手趙山洪而言，否則兩位老人也不會在趙山洪得寸進尺的時候袖手旁觀。

不過大體上在一些幫內事務上，兩位老人都能附和劉妮蓉這個幫主。而包括趙山洪在內的三座山頭，各有四、五名供奉客卿同氣連枝，經常會跟劉妮蓉掰手腕。剩下來又有兩撥人各自結盟，人數不多，可勢力頗大。一撥私下被稱作「涼刀系」，跟陵州當地的將種門庭關係莫逆；另外一撥人則被調侃為「文官系」，先前唯原陵州別駕宋岩馬首是瞻，在宋岩離任高升幽州後，如今與新任陵州刺史常遂打得火熱。

魚龍幫魚龍幫，當真是魚龍混雜，劉妮蓉父親當年取的這個幫派名字，一語成讖。

不過魚龍幫因為有過前車之鑒，在前些年曾經整肅過一大幫實權人物，趙山洪這些豺狼梟雄之流多少還是有些心存忌憚，不敢與劉妮蓉撕破臉皮。雖說如今魚龍幫掌權角色都可以斷定，劉妮蓉跟那位年輕藩王肯定沒有那種掰扯不清的關係，但是用膝蓋想一想也知道，偌大一個接近三萬幫眾的魚龍幫，別說是龍晴郡官府，恐怕陵州刺史府邸和清涼山都有人專門盯著，這才是趙山洪這些人沒膽子為所欲為的根源所在。

一旦惹惱了連離陽朝廷都只能睜一隻眼、閉一隻眼的清涼山，不說那位武評四大宗師之一的年輕藩王親自出馬，也不用調動什麼北涼境內騎軍，只要拂水房或是養鷹房殺過來，都不用傾巢出動，拎出一百名精銳即可，相信魚龍幫只會眨眼間便分崩離析，板上釘釘的樹倒猢猻散，然後就各回各家、各找各媽去吧，當然前提是沒被那些諜子死士列入必殺名單。

歸根結底，魚龍幫就如中原所說，缺少一位能夠力壓群雄的定海神針。其實魚龍幫內不是沒有聰明人暗自揣測，為何清涼山不直截了當找個人物，來頂替修為平平、手腕更是不夠強硬冷血的劉妮蓉，否則那個人只需要亮明來自清涼山的身分，哪怕是個比劉妮蓉還扶不起的廢物，可誰敢不乖乖俯首聽命？別說什麼下絆子穿小鞋，搖尾乞憐還來不及。

這一點，其實劉妮蓉也想不明白。她一開始認為是那個人希望北涼出現一個易於掌控的地下王朝，可是隨著魚龍幫的蒸蒸日上，那個人卻始終沒有收回這份本就是他栽培出來的莊稼，所以劉妮蓉根本不清楚那個人的心思。

放長線釣大魚？可這都要打第二場涼莽大戰了，清涼山從頭到尾都沒有強行徵用魚龍幫青壯的跡象，難道還奢望北莽馬蹄踏破拒北城後，魚龍幫能夠死守北涼道？

劉妮蓉有些心灰意冷——對這個與她年少時所憧憬的江湖很不一樣的江湖。

◆

徐鳳年將馬匹交給酒樓夥計後，沒有直奔三樓，而是在二樓挑了一個剛剛空出來的臨窗位置，點了兩份燜斷鱔和醬汁鯉魚，聽說綠蟻酒不要錢後，便要了兩壺。

北安鎮如此熱鬧有些出乎意料，不過也算情理之中。今年秋冬之際會有一場武當論武，這無疑吸引了眾多江湖草莽武林豪傑，明眼人都曉得顯然北涼道是要幫助武當山力壓龍虎山一頭。至於這個趁人病要人命的主意，出自副經略使宋洞明的手筆。

武當碩果僅存的兩位老人陳繇和俞興瑞其實不是沒有分歧，陳繇並不想如此招搖過市，如今山上晝夜不熄的鼎盛香火就已經讓這位老人忙碌得焦頭爛額，只不過任俠豪邁的俞興瑞執意要辦，陳繇也只好順從這個脾氣剛烈的師弟。

說到底，讓陳繇退步的理由，不是清涼山的暗示，也不是拗不過教出了現任掌教李玉斧這麼一個好徒弟的俞興瑞，而是山門牌坊上的那四個字——武當當興。

而李玉斧的一句話也讓陳繇徹底安心：「山上無人時，我修清淨；山上人海時，我也修得清淨。」

比起先前徽山紫衣引來江湖正道浩浩蕩蕩趕赴西域，這一次武當論武也許聲勢更大。大雪坪真正的話事人黃放佛，早已對中原江湖經放出風聲，屆時所有徽山客卿將會一同前往武當，而快雪山莊和幽燕山莊幾乎同時點頭，龍宮和箛鼓臺緊隨其後，太白劍宗那位風頭一時無兩的年輕謫仙人，更是揚言要與武當掌教李玉斧於紫虛宮論道，更要與北涼王徐鳳年於小蓮花峰頂論武！

如此一來，加上北涼本地的魚龍幫，離陽十大幫派宗門，就已經有七個明確參加武當論武。東越劍池和金錯刀莊則一直保持緘默，剩下一個春帖草堂。由於北涼、西蜀交惡是朝野上下路人皆知的事情，想必那位蟬聯兩次胭脂評的謝謝，斷然不會湊這個只會為他人作嫁衣裳的熱鬧。

而脫胎於春秋十三甲的祥符十二魁，軒轅青鋒一騎絕塵，獨占三魁，其餘九人幾乎人人動身，包括箛鼓臺樂聖在內的四方聖人也有三人會蒞臨武當山，江湖十大散仙和十大公子至少有大半肯定要在這場盛會現身。

根基不穩的快雪山莊、幽燕山莊、太白劍宗、笳鼓臺的確還需要拋頭露面，尤其是僅靠一人扛起大梁的太白劍宗，最需要向離陽江湖證明自己，而那位被譽為江湖百年位列劍道造詣第三人的年輕宗主，在向那位年輕藩王發出堪稱驚世駭俗的豪壯戰帖後，為太白劍宗贏得無數喝彩聲。

據說一些無比仰慕這位謫仙人的江湖知名女俠仙子，都已經紛紛公開為他鼓氣助威，大致措辭如出一轍，無非就算這次論武失敗，以你絕世的劍道根骨和一日千里的境界攀升，最多十年就能夠將那位年輕藩王從武評大宗師的寶座上拽下來。

徐鳳年剛剛要舉杯喝一口綠蟻酒，就看到酒樓夥計低頭哈腰地領著兩人走來，不用滿臉為難的夥計開口，徐鳳年就笑道：「拼桌是吧，沒問題。」

落座兩人，老人相貌平平，對徐鳳年笑了笑，然後坐在徐鳳年對面。另外那名女子頭戴帷帽、身穿黑衣，腰間懸佩了兩柄刀鞘磨損嚴重的橫刀，不分左右，而是在右腰一側交錯疊放，刀身比起尋常佩刀都要更長。

女子坐在老人和徐鳳年之間面對窗外的一側長凳上，摘下帷帽放在桌上，露出一張英氣勃發的面容。

她的姿色不算如何禍國殃民，但絕對當得起「不俗」二字，真能夠讓旁觀者見之忘俗，屬於那種你看過一眼就很難忘記的容貌，氣勢尤為凌厲，又不至於給人盛氣凌人的感覺。

徐鳳年笑道：「還真是好人有好報。」

年紀不大的女子聽到這句話後沒有絲毫異樣神情，甚至沒有皺一下眉頭。

她不是斜視這位有登徒子嫌疑的陌生人，而是轉過頭，正大光明地直視那個人，等她看過那個年輕男人的眼睛後，微微一笑：「謝謝。」

她與他，都擁有清澈的眼神。

老人哈哈一笑，相比應該是他孫女的年輕女子，他顯然要更為健談：「相逢即是有緣，這位公子，聽口音你是涼州當地人？」

徐鳳年點頭道：「祖籍遼東錦州，不過我家很早就在北涼定居了。」

老人開懷道：「老朽姓童，勉強算是個半吊子的江湖人，你喊我童老哥就行，若是不嫌吃虧，叫一聲童老伯也可。」

徐鳳年笑道：「還是喊童老哥吧，喊童老伯總覺著見外了，輩分差太多，說話不得勁。對了，我姓徐。」

老人使勁點頭道：「這話對胃口，等會兒老哥我要多吃兩碗飯。」

老人很快皺著臉嘆息道：「不承想在你們北涼開銷這般厲害，這才幾天工夫，就已經快要兜裡見底了啊，要不然老頭子我早就去三樓喝酒吃肉了。」

徐鳳年微笑道：「能吃飽就行。」

老人愣了愣，伸出大拇指道：「徐老弟這話有嚼頭，一看就是讀過書有學問的人物！」

徐鳳年啞然失笑，這麼多年了，還真沒幾個人稱讚過他有學問啊。當然褚祿山、李功德這些舉世皆知的「徐家佞臣」不算，再回過頭來瞅瞅，眼前這位老人的眼神多真誠。

徐鳳年趕忙給老人倒了一杯酒，看了一眼年輕女子，她搖了搖頭，徐鳳年也就沒有幫她倒酒。

老人苦著臉道：「不像我這孫女，要她學女紅就跟要她命一樣，死活要耍刀，耍著耍著連個對象都耍沒了，都是快三十歲的老閨女了，擱在咱們家鄉那邊，這歲數別說當娘，再過幾年都能抱上孫子了，徐老弟，你說老哥我能不愁嗎？」

徐鳳年忍俊不禁，只不過當著那個女子的面，他當然不好說什麼。

懸佩兩柄刀的年輕女子似乎有些無奈，對於自己爺爺這份天生的熱情勁兒，顯然她也沒法子。

老人小心翼翼瞥了一眼自己孫女，唉聲嘆氣喝了口酒，輕聲道：「借他人酒杯，澆自己塊壘啊。」

年輕女子無動於衷。

老人果真如他所說囊中羞澀，比點了兩個菜的徐鳳年還不如，雖說同樣是兩菜，可價錢就要差了一條街，好在有徐鳳年不停勸酒，老人酒興極高。

但是老人的酒量不行，酒品……也不咋的。

才半壺綠蟻酒下肚，就已經喝高了，面紅耳赤，大嗓門，唾沫四濺，偏偏還喜歡掉書袋，時不時來幾句讓聽者哭笑不得的大話空話。

「且與少年飲美酒，往來射獵西山頭。徐老弟，今兒跟你喝過酒，這趟北涼，就算沒白來了。」

「徐老弟，老哥我雖然沒本事，讀書不成，練武也稀拉，可是一直相信報應，相信救蟻得狀元之中，埋蛇享宰相之榮，你信不信？」

「貧賤人一無所有，臨死時脫一個厭字。富貴人無所不有，命終時擔一個戀字。此生孰勝孰負，想來那位高坐堂上翻閱生死簿的閻王爺，只會哈哈大笑吧？徐老弟，你說是不是這個理？」

徐鳳年總算明白了，這位童老哥讀過幾天書不假，但往往前言不搭後語，雞頭不對鴨嘴，簡單來說就是死記硬背，不過要說全然狗屁不通倒也不至於。

老人一隻腳踩在凳子上，就只差拉著徐鳳年劃拳猜酒了：「徐老弟，你別覺得老哥我喝醉了，我沒醉！」

徐鳳年只得笑道：「必須的，我醉了童老哥也不會醉。」

年輕女子只是正襟危坐，悠悠然下筷子夾菜，細嚼慢嚥。

老人突然望向窗外，感慨道：「古話說南方的士子北方的將，西北的黃土埋皇上。你們北涼啊，這裡明明有著天底下最厚重的土壤，卻種不出最豐收的莊稼。好在總算養育出了一支天下無敵的北涼鐵騎，沒委屈了這塊土地。」

徐鳳年跟隨老人的視線望向街上的燈火通明，默不作聲。

老人收回視線，猛然一拍桌子：「老哥我就是個江湖莽夫，沙場事不想管也管不著。徐老弟，咱們算是自家人了，說句難聽話，你別往心裡去。這一路走來，對你們北涼那個什麼魚龍幫真是瞧不上，什麼十大幫派之一，蛇鼠一窩！

我就不明白了，就像那南疆龍宮只是燕剌王給那納蘭右慈的一座庭院罷了，這魚龍幫之於清涼山，又好到哪裡去了？無非就是那姓徐的年輕藩王第二座聽潮湖。嘿，兩、三萬幫眾，跟清涼山飼養的那萬尾鯉魚有啥區別？當然了，江南道上的笳鼓臺也一個德行，據說是上柱國庾劍康嫡長孫搗鼓出來的玩意兒，天曉得那個瞧著挺不食人間煙火的柳渾閒，是不是某位大官官子弟的姘頭？」

老人低頭望著杯中酒，有些感傷：「哪怕是東越劍池這般擁有數百年悠久歷史的宗門，宋念卿為何會死，柴青山又為何會出現在太安城的城頭？徐老弟，你還年輕，不像老哥我活了這麼大歲數，很多事情你大概不會懂得的。

在那王仙芝坐鎮武帝城，或者說是坐鎮整個江湖的那幾十年裡，那時候的江湖不是這樣的。即便是早年與朝廷關係最為親近深遠的龍虎山，也是好似『山上君王』的羽衣卿相，能夠傲視公侯，更不要說兩禪寺當年還有一位能夠讓離陽老皇帝親自接駕的白衣僧人。」

老人不斷重複呢喃那句「那時候的江湖，不是這樣的」，最後一口喝光半杯酒，眼神茫然地望向徐鳳年，苦澀道：「王仙芝怎麼就會輸給你們那個年輕藩王？怎麼會死？王仙芝不該死，也不能死啊。他這一死，江湖就變味了。」

徐鳳年之前不是沒有懷疑過這個姓童的老人認出自己，不過很快就被否定。言語、臉色甚至是眼神，都能夠掩飾得天衣無縫，可是一名武夫的體內氣機，只要不曾躋身陸地神仙境界，在徐鳳年面前都一覽無餘。相反，徐鳳年刻意收斂氣息，就算躋身天象境界的高手，也未必能夠捕捉到蛛絲馬跡。

老人重重嘆氣一聲，咧嘴笑道：「老哥我畢竟是老江湖了，知道徐老弟身分不簡單，否則也不敢公然懸佩一把北涼刀隨意逛蕩，如果老哥沒有猜錯，老弟你是出身涼州數得著的將種大戶吧？」

徐鳳年點頭笑道：「是數得著。」

老人嘿嘿笑道：「這些都不是個事兒，喝酒喝酒，桌上沒酒了，再請老哥喝一壺？」

徐鳳年立即招手喊來酒樓夥計，多要了兩壺綠蟻酒。酒樓夥計轉過身後翻了個白眼，悻悻然去取酒。他娘的你這一老一少倆窮光蛋，需要掏銀子的菜肴沒點幾份，不用花錢的綠蟻酒倒還真喝上癮了？

不知不覺，這對鬼使神差坐在一張酒桌上稱兄道弟的哥兒倆已經喝掉了五壺綠蟻酒。綠蟻酒，可是被譽為能夠燙傷喉嚨燒斷腸的烈酒，所以那位年輕女子輕聲提醒道：「爺爺，差不多了，這酒後勁可不小。」

老人視線渾濁，搖搖晃晃，樂呵呵道：「爺爺難得痛痛快快喝上一回，妳從不喝酒，不知道世間唯有醇酒最是清涼藥，要不然古人為何要說功名利祿濃於酒，醉得人心死不醒？」

然後老人跟徐鳳年碰了一杯，又是「哧溜」一聲狠狠灌下一大口。

先前老人舉杯晃蕩來晃蕩去，徐鳳年好不容易才碰了這一杯。不過老人比起喝掉第二壺酒的時候已經口齒清晰許多，大概是大醉至醉醒了。

老人露出一個深意笑意，朝徐鳳年挑了挑眉頭，頭一回用上「徐公子」這個稱呼，問道：「覺得我孫女如何？」

徐鳳年無言以對。

敢情是打算亂點鴛鴦譜？

老傢伙看來是真的醉醒了。

年輕女子深呼吸一口氣，然後屏氣凝神，眼觀鼻、鼻觀心。

老人喟嘆道：「別緊張，我啊，人老眼不花，雖然你小子會是世上許多女子的良配，可惜卻不是我孫女會喜歡的那種男子。」

老人的眼神越來越明亮，雙指扭轉酒杯，自言自語道：「我跟你一般年輕的那會兒，喜歡闖蕩江湖，所以有幸見過很多老傢伙。有些是好似蛟龍的大人物，劍神李淳罡、酆都綠袍兒、報春人劉因公等等，也見過很多江湖市井裡頭的小人物，如今連我都記不得名字了。

可是不管怎麼說，那時候的江湖人，從心底相信被今人視為迂腐可笑的老規矩，會千金一諾，願意重俠義輕生死，所以我不喜歡你們北涼的魚龍幫，也不喜歡如今的離陽江湖。現在的江湖啊，就是廟堂階下的一潭死水，就算陸地神仙再多也無趣得很，畢竟江湖人是要走江湖，不是看江湖聽江湖。」

說到這裡，老人眼神慈祥地望向自己孫女：「可是她喜歡就好。」

老人笑了笑：「要說最不喜歡，還是北涼的徐家啊。」

徐鳳年臉色如常，低頭淺淺喝了一口酒。

口無遮攔的老人感傷道：「二十年前，離陽江湖不敢在徐家鐵騎之前談風骨，就那麼一寸一寸給徐家馬蹄踩斷了。如今，那個人屠好不容易去見閻王爺了，可是離陽江湖仍然不敢在徐家面前自稱高手。這江湖，好像真是越混越回去了。當年人屠徐驍好歹是仗著所向披靡的無敵鐵騎馬踏江湖，可如今，徐驍的嫡長子，他一個人就夠整個江湖喝上一大壺了。」

徐鳳年舉起酒杯：「老哥，來，我敬你一杯。」

原本已經打算不再繼續喝酒的老人猶豫了一下，還是倒了滿杯綠蟻酒，笑問道：「這是為何？咋的，老弟你姓徐，難道跟清涼山北涼王府沾親帶故不成？」

徐鳳年眯起眼眸，微笑道：「因為在這棟酒樓喝綠蟻酒不花錢啊。」

老人嘴角抽搐：「啥？喝酒不要銀子？」

徐鳳年點頭道：「飯菜賊貴，而且一文錢不能少，唯獨綠蟻酒不要一顆銅錢。」

年輕女子忍住笑意。

老人呆滯當場，猛然回神後吼道：「店小二，再拎兩壺綠蟻來！」

徐鳳年忍住笑意：「童老哥，我真不能喝了。」

老人瞪著這個傢伙，氣呼呼道：「臭小子，別喊童老哥，喊童老伯！」

突然，年輕女子伸手按住一把佩刀的刀柄，沉聲道：「樓上，有殺氣！」

徐鳳年一時間臉色古怪。

年輕女子以為這位氣息尋常的涼州公子哥沒有把她的話當回事，念在他陪著自己爺爺喝了這麼多壺綠蟻的情分上，破天荒繼續提醒道：「徐公子，三樓高手極多，最少有四、五股氣機堪稱渾厚磅礴，這些足以躋身一品境界的宗師一旦交手，我未必能夠照應得到你。」

徐鳳年豈會不知樓上的形勢。

南疆第一人程白霜、刀法宗師毛舒朗、龍宮首席客卿嵇六安、南詔第一高手韋淼、目盲琴師薛宋官，這就已經是五位了。

徐鳳年之所以神色異樣，是年輕女子這個「有殺氣」的說法，讓他想起了兩個曾經說過無數遍的口頭禪。

我胯下有殺氣。

襠下很憂鬱啊。

每逢兩個初出茅廬的江湖遊俠一起扯掉褲帶撒尿，都會比拚誰的「殺氣」更足。

夜深人靜輾轉反側或是清晨醒來時分，某人低頭看一眼襠下，總會念叨一句：「兄弟真是對不住了，是當大哥的沒出息，再忍忍。」

還記得當年那個傢伙配合自己當算命先生一起坑人銀子的時候，有次背著自己往籤筒裡丟了支「粉身碎骨渾不怕，要留清白在人間」的下下籤，結果被一位長輩領著前去抽籤算姻緣的小娘抽到，結果……可想而知。

不過當時那位黃花閨女的相貌，真的很驚天地、泣鬼神啊。

徐鳳年下意識望向窗外，連他自己都不知道，自己嘴角翹起，笑得很溫暖。

等到徐鳳年回過神的時候，三樓已經傳出巨大的轟響聲。

徐鳳年站起身，說道：「童老伯、童姑娘，三樓有我的朋友，我得去看看。」

他早就猜出那名女子的身分，南詔境內金錯刀莊莊主——童山泉。貨真價實的當世女子刀法大家，她走的武道路數，與武帝城拳法宗師林鴉如出一轍。

那麼她右腰疊佩的雙刀，分別是天下刀中重器第六、第九——武德、天寶。

老人神情凝重：「既然如此，就讓我孫女陪你走一趟。」

徐鳳年搖頭笑道：「童老伯的好意我心領了，放心，我知道輕重。」

老人還要說話，突然發現孫女扯了扯自己的袖子，低頭望去，她搖了搖頭。

老人雖然不知其中玄機，仍是憂心忡忡道：「千萬小心，一有不對，打聲招呼。」

萍水相逢，可輕生死。

也許，這就是老人那一輩人的江湖。

徐鳳年剛走出去兩步，驀地轉身猛然抱拳，笑道：「最後那杯酒，是替我爹敬童老先生的，他如果能夠親耳聽到，別說五壺綠蟻酒，就是十壺、二十壺，也要陪老先生喝個痛快。」

在徐鳳年走後，老人一頭霧水，納悶問道：「妮子，爺爺剛才說啥了？」

她一本正經道：「我忘了。」

腦袋難免還有些昏漲的老人晃了晃頭，乾脆不去想了，笑道：「妮子，爺爺我算是看出來了。」

她有些好奇。

老人認真道：「這個年輕人，不簡單！」

與太白劍宗年輕謫仙人並稱為江湖雙驕的女子深呼吸一口氣，緊抿起嘴唇，一言不發。

就在她大失所望的時候，老人語不驚人死不休地拋出一句：「他啊，就是那個北涼王徐鳳年。」

她悚然大驚。

老人低頭小酌一口後，嘿嘿笑著。

傻閨女，這妳也信？

◆

天家使者死在藩王轄境，既是陰謀，也是陽謀。

印綬監三位蟒服太監對此皆是心知肚明，只是刺客的毅然決然出乎想像，刺殺地點最終放在與涼州城近在咫尺的北安鎮，這種選擇也太過冒失，可恰恰是這種近乎不可理喻的愚蠢，為刺客帶來了一線希望。

率先發難的刺客如御林軍錢統領所料，正是掌印太監劉公公面對的那桌男女。

二十步，兩座屏風。

當一道身影瞬間憑藉利器破開第一座屏風，早有準備的錢統領就已經起身，拔出腰間那柄象徵身分的御賜金刀。當刺客氣勢如虹以直線路徑劈開第二座屏風，錢統領沒有一味退避採取消極守勢，而是不進反退，一刀迅猛劈向那名刺客。

其招至簡，其勢卻雄壯，一刀出去，無愧於「京城斬馬刀」的綽號。

錢統領的刀法摒棄一切架子把式，毫不拖泥帶水，並不以招數精細入微見長，已經蘊含幾分返璞歸真的止境意味。

天下刀劍相似，也有術意之爭，比如劍道上被譽為氣韻並肩呂祖的李淳罡與殺人術登峰造極的鄧太阿，又如武帝城同為王仙芝徒弟的兩名劍道宗師于新郎與樓荒，分別為天下劍士指明了兩條劍道登頂之路。

至於世間刀法大家巨匠，當年亦有號稱通曉天下刀法的毛舒朗與僅憑兩式便後來者居上的顧劍棠，這位遠離江湖沙場久居宮禁的錢統領顯然在刀法道路上追尋顧劍棠的背影，追求用最快的出刀在最短的距離上殺人。

這種略有武德淺薄嫌疑的毫不含糊，沙場上最為常見，在心有靈犀點到即止的江湖上當然極為少見。如今離陽江湖四方聖人裡的「雪廬槍聖」李厚重，就以「比武不讓步，出槍不留情，得勢不活人」名動天下，名槍「大雪錐」之下，少有生還者，也因此被稱為「三不瘋子」，雖然戰力在四方聖人中位居前列，江湖名次卻最終只能墊底，連累整座雪廬連淮一流宗門都算不上，笳鼓臺樂聖更是直言「李厚重此人武功太大，武德太少」，雖然同為四聖，卻恥與為伍。

果不其然，錢統領一刀斃敵，如果說先前那名刺客是一刀將屏風劈成兩半，那麼錢統領就是直落一刀將此人帶兵器一起從中劈開。

錢統領對於肩頭近乎露骨的恐怖刀痕根本無動於衷，迅速呼出一口濁氣，換上新氣。若是平時，錢統領想要與這名實力不俗的刺客分出生死，哪怕註定穩占上風，也絕不至於在電光石火間一刀成功殺人，只不過錢統領的出手不留餘地，不惜以受傷換人命，與那名刺客有意蓄力兩、三分以求後手形成鮮明對比，這一來一去，造就了錢統領僅是身負輕傷卻無損戰力的大好局面。

江湖高手之爭，爭勝負和爭生死，其實天壤有別。看來這個道理，對江湖沙場都不陌生的錢統領懂，不曾在戰場上廝殺磨礪的刺客則不懂。

錢統領身後，掌印太監劉公公巋然不動，繼續舉杯飲酒。

掌司太監宋公公雙手按在椅沿上，兩頰雪白的肥肉顫顫巍巍，嘴唇鐵青，好像在念念有詞。

體型魁梧如同關外大漢的馬公公在錢統領出刀迎敵之時，就已經放下筷子站起身，腳步沉穩地來到劉公公身邊。

這位深藏不露的僉書太監在看到錢統領一刀分屍之後，並未流露出絲毫驚喜神色，相反很快出聲提醒道：「小心！」

在察覺到酒樓三樓的異樣後，時時刻刻都如履薄冰的錢統領自然不會掉以輕心，事實上他等的就是刺客的真正後手，甚至連那一口看似匆忙的換氣，也是引蛇出洞的假象。

所以那名給他印象極深的陰沉女子，幾乎在男子屍體劈開的同時一掠而至，可以說是從兩半屍體中筆直而來，這一幕說不出的古怪血腥。

錢統領以比她想像中最少快了七、八分的出刀「開門迎客」，依舊是斬馬開山一般的沉重劈刀，而那名女死士根本沒有以劍橫胸阻擋刀勢，依舊是劍尖直刺錢統領心口。

她眼神冷漠，手握三尺青鋒的那隻纖細手臂，更是沒有一絲一毫的顫抖。

殺人如此鎮定，連被殺也是如此，大概這才是真正的頂尖刺客。

錢統領在千鈞一髮之際讓身體微斜些許，躲過了致命一劍，但那綠瑩瑩的劍尖仍是在胸口割出一條血槽。

至於那名心狠手辣的女子刺客，已經斃命於錢統領的第二刀之下。刀勁雖未像先前那般將她的身軀砍瓜切菜，卻也將她的屍體撞得倒飛出去，撞得那張酒桌崩碎炸裂，滿地狼藉。

她的屍體倒在血泊中，從眉心到腹部緩緩出現一條觸目驚心的猩紅血線。

她的頭顱附近，剛好位於一只酒罈摔落的地方，酒水在地面上緩緩蔓延，寂靜無聲。

死時有酒。

這場刺殺從頭到尾，從生到死，她與同伴皆是一言不發。

這種沉默，遠比殺氣沖天的搏殺更給人震懾。

據說如今那個逐漸浮出水面的割鹿樓，被武林視為天下第十一宗門，專門培養殺人如視草芥的刺客殺手，拿人錢財替人消災，無論所殺之人是什麼身分，不管是公門修行的達官顯貴還是已經在江湖上揚名立萬的頂尖高手，只要給得起價，割鹿樓都會接下生意，哪怕出動的刺客身死，損失慘重，割鹿樓也只會繼續派遣第二撥、第三撥，不達目的誓不甘休，而且殺人之後一律割下頭顱，以此向雇主彰顯割鹿樓的信譽。

江湖盛傳早年徐鳳年還是世子殿下的時候，在襄陽城外替他殺死王明寅的刺客，以及後來殺死天象境界宗師柳蒿師的死士，都出身於割鹿樓傳說中最神祕的第九樓。只不過真相如何，隨著徐鳳年登頂江湖後就變成一件千古懸案了，雲遮霧繞的割鹿樓不會給出答案，也沒有人敢去年輕藩王面前詢問。

斬殺兩名極有可能出自割鹿樓的刺客，錢統領臉色慘白，輕輕顫抖的左手迅速抬起，在胸前幾大竅穴叩指輕彈，讓原本按照正常脈絡流淌的體內氣血，立即另闢蹊徑。他必須將傷口附近的那條血槽變作一塊孤立無援的死地，因為那名女子死士的劍尖淬有劇毒，一旦深入滲透骨髓，陸地神仙也難救。

只是如此一來，暫時性命無憂，錢統領也失去了繼續再戰的實力，唯恐刺客還有蟄伏暗處的策應之人，所以趕緊轉頭沉聲道：「三位公公，我們必須撤離此地。」

其實從第一名刺客劈開屏風，到錢統領開口說話，不過是短短幾個眨眼工夫而已。

就在此時，一聲怒喝從劉公公右首邊的屏風外傳來，一陣滄桑嗓音從印綬監三位蟒服太監和錢統領頭頂響起，言語之間有著道不盡的酣暢快意：「太安城的閹狗！到了我們北涼地盤耀武揚威，還想走？」

臃腫身軀擠得那張黃花梨木椅上的宋公公連人帶椅都向後推移，可見這位印綬監大宦官的驚懼失措。

那位脫去大紅蟒服便極有豪傑氣概的馬公公，不知何時已經繞到劉公公右側，仰頭看著飛撲而下的一人一劍，這名魁梧太監一手負後，一手握拳放在腹部，輕聲冷笑道：「等的就是你們這些亂臣賊子！」

坐姿穩如泰山的劉公公瞥見那名滿頭霜雪的持劍老者後，眼神複雜，輕輕嘆息一聲，將手中那杯綠蟻酒一飲而盡。

右座屏風後頭那張酒桌剩餘的眾人，也都先後跟隨輩分最高的白髮劍客一起拔地而起，向三位京城公公這邊飛來，一時間屏風之上好似蜂蝶紛飛舞，煞是好看。

這夥人除了原本摘下刀劍就近擱置在桌面上的幾個，其餘並未起身去懸掛刀劍的木架那邊取回兵器，這也是錢統領沒有能夠第一時間告知三位太監的原因。

在錢統領眼中，這九人先前還在熱鬧聊著大雪坪軒轅紫衣一夜觀雪悟長生、四小宗師之中太白劍宗謫仙人最有望在將來獨占鰲頭，就是平平常常行走江湖的武林草莽，哪裡能夠為幫派積累聲望，就削尖了腦袋往哪裡湊堆？

與江湖名宿攀附關係，與武林同道切磋武藝，與意氣相近者投帖結拜，這樣的江湖人物，曾經靠著一把鐵刀打天下的錢統領在十多年前就見得太多了。這種貨色，比起那兩位真正的死士，不可以道里計，但錢統領心底沒來由感到一股濃重的不安，下意識握緊手中御刀，轉頭望向那些照理說屬於登堂入室的江湖高手，卻絕不能算是入流的刺客。

以獅子搏兔之勢撲殺而下的年邁劍客突然眼前一花，然後這位一向對自己劍術極為自信的老人，就只覺得胸口如同大錘撞鐘，來時快，去時更快，還未落地，就已經是一具七竅流血的屍體。

老者倒飛出去的屍體，與他身後一名白衣飄飄的年輕女子撞在一起，掀翻屏風後，二人一起跌落在酒桌上，然後帶著一桌子酒菜碗碟滑落在地，女子生死不明。

錢統領突然厲聲道：「小心屏風下方！」

原來，酒桌九人，高高越過屏風的刺客，只有八人。缺少的那一人，才是壓箱底的撒手鐧。

先是拋出兩條人命的誘餌作為障眼法，然後示敵以弱，最後奇正相合。這種機關算盡的刺殺，縝密且陰毒，一環接一環，讓人防不勝防。

錢統領意識到不對勁後，那看破殺機的速度已經可謂極快，那位一出手就盡顯凌厲無匹的馬公公的反應也不慢，但是那名好似「優哉游哉」從屏風後走出的第九人，實在是堪稱神出鬼沒。

他的出手石破天驚，僅僅腳尖一點，身體前掠便快若滾雷，雙手向前，袖中藏短劍兩柄，因為身形前突過於迅猛，長不過五寸的短劍劍氣，竟在空中宛如留下兩條纖細卻璀璨的白虹。

所幸聽到了錢統領的提醒，馬公公後撤一步，那兩柄袖劍才沒有當場刺透胸膛，但即便如此，胸口仍是被刺出兩個鮮血窟窿。

怒極反笑的馬公公瞪大眼睛，雖負重傷，一身雄渾氣勢卻不墜分毫，五指如鉤，抓住那名刺客的腦袋，隨手一揮，將那顆頭顱上釘入五枚釘子一般的屍體摔向牆壁。

袖劍刺客死時癱坐在地，背靠牆壁。

嘴角有笑意。

他好像已經看到了最後的戰果輝煌。

馬公公有些無奈，與錢統領一樣不得不彈指叩竅穴。袖劍有毒，當下看來並不致命，但以這些著魔了一般拚命的瘋狂架勢，估計也足以致命了，只是早晚之差罷了。

事後北安鎮青馬驛和京畿鐵騎即便把這座酒樓踏平，於局勢又有何裨益？

酒樓三樓這一局棋，牽動的有可能會是整個天下的風雲大勢。

掌印太監劉公公的正面和右首邊屏風都已經不在，那麼剩下的那一座屏風，就顯得格外突兀。

宋公公扶著椅沿鬼鬼祟祟起身，倒是顯得很合情合理，遇上這種他衣蟒腰玉也不管用的情況，腳底抹油跑路才是人之常情。

就在此時，劉公公眉頭一皺，今夜第一次澈底放下酒杯，轉頭望去。

一個陰森森的嗓音在三位大宦官耳畔不輕不重地響起：「敢在北涼道上肆意聚眾殺人，是當我們魚龍幫不存在嗎？」

那個嗓音的主人很快露出真容，屏風從中而斷，原來是被他的一記手刀當中截斷。

劉妃蓉對於這名心腹供奉擅自插手那場莫名其妙的風波，沒有阻攔。

她雖然不知道這樁刺殺的首尾，但是先前「京城閹狗」這個說法，已經讓她意識到這件事情的不同尋常。

這些年作為魚龍幫明面上的魁首，與北涼各地官府少不了打交道，知道這次太安城興師動眾進入涼州宣旨，不管清涼山那座王府到底持何種態度，送旨大軍中那幾位身分特殊的蟒服太監絕對不能公然暴斃，否則不說離陽趙室那個已經對三十萬北涼鐵騎做出退讓的年輕皇帝必然龍顏震怒，天下風評也一定會一邊倒地質疑北涼徐家居心。

這些年跟各地官府打交道，雖然不勝其煩，可眼界眼光都不是幾年前的那個女子了。作為北涼江湖群龍之首的魚龍幫，實力再雄厚，也是在北涼道這個湖裡撲騰的蛟龍，即便不對清涼山王府俯首聽命忠心耿耿，但在這種敏感時候，面對幾步之外殺氣騰騰的局面，斷然沒有置身事外的理由。劉妮蓉不會阻止那名供奉的出手，甚至還清楚這種複雜晦澀的形勢，必須要快刀斬亂麻！

與劉妮蓉共坐一桌的龍宮首席客卿嵇六安，身為實力雄甲一方的武道宗師，看出那幾位太安城閹人已經到了技窮於此的慘澹地步，就算剩餘五名刺客在他眼中屬於不值一提的烏合之眾，可說不定仍然能夠在亂局裡僥倖得逞，在得到宮主林紅猿的點頭首肯後，嵇六安微微一笑，伸手一揮，只見桌上五只白瓷酒杯飛旋而至身前，滴溜溜旋轉不停，充滿靈氣的酒杯之間，輕輕撞擊的聲響異常清脆悅耳，就像五隻嘰嘰喳喳的小白雀。

酒杯一閃而逝。

下一刻，那五名刺客還未能接近馬公公和錢統領的身前，就全部腦袋向後一個晃蕩，倒地不起。

五隻可憐蟲的額頭處，無一例外都是通紅一片。

沒了屏風遮掩視野，馬公公和錢統領得以看到那五只酒杯，返回酒桌後微微顫抖搖晃，好似邀功一般。

馬公公瞇起眼，不動聲色。

錢統領倒提御賜金刀，轉身向嵇六安抱拳致謝。

原本應該就此落幕的這場血腥風波，因為某人的一個隱蔽動作，變得尤為動人心弦。

劉妮蓉臉色駭然。

就連一直表現得隔岸觀火很快樂的林紅猿也微微錯愕，俊俏臉龐上帶有幾分玩火上身的懊惱羞憤，以及那雙秋水長眸深處隱藏的忐忑不安。

如同年邁儒士的南疆第一高手程白霜更是皺緊眉頭，眉宇間浮現清晰怒意。

這位老者方才正在思量一件涉及國運移轉的大事，所以才會有這一瞬失神。

原來誰都沒有想到魚龍幫那位前去「救駕」的供奉，竟然對著那個剛剛戰戰兢兢起身的胖子宦官，當頭拍下！

這一掌下去，以他輕描淡寫一記手刀，割開屏風如同切豆腐一般的不俗功力，還不得輕而易舉地拍爛整顆頭顱？

一直看似低頭沉悶喝酒的毛舒朗其實已經按住刀柄，只是突然鬆開了手指。

毛舒朗中途放棄攔截，程白霜是措手不及。

南疆兩大宗師都沒有出手，那麼照理說，這一掌下去是鐵定要鮮血四濺了。

只不過失心瘋的魚龍幫供奉的的確確是把手掌拍了下去，只是卻沒能夠馬到成功而已。

因為他的胳膊斷了。

所以落在掌司太監宋公公腦袋上的斷手，倒像是一位家族前輩面對晚輩稚童那般的親熱拍頭。

遠處一座屏風後方，一位目盲女琴師身前的桌上，露出那架古樸的焦尾古琴，她尾指彎曲。

純粹對於指玄境界感悟之深，她穩居天下前三。

不服氣？可這是某位武評大宗師的蓋棺定論。

前三，分別是早已躋身陸地神仙的鄧太阿，曾經擅長以指玄殺天象的人貓韓生宣，接下來就是這位在中原江湖毫無名氣的目盲女子——由北莽進入西蜀的女子琴師，薛宋官。

劉公公瞥了眼從鬼門關打了一個轉卻滿臉茫然的同僚，在這位掌印太監的長久凝視下，後者終於收斂起那份江湖門外漢的滑稽表情，嘿嘿一笑，陰沉而自負，一切盡在不言中。

直到這一刻，馬公公才意識到這個伶人一般的可笑同僚，竟是修為不在自己之下的武道高手。

今夜這眼花繚亂的螳螂捕蟬、黃雀在後，以及種種出手和未曾出手的彈弓在下，到底還有沒有盡頭？

馬公公心情複雜。

◆

一個鬼哭狼嚎的嗓門驟然響起：「這這這……這到底是鬧哪樣啊！」

左右雅間之間的過道上，一位衣衫鮮亮的中年男子臉色如喪考妣：「怎麼死了這麼多人，我們酒樓還怎麼做生意啊！」

然而當他看到滿臉冰霜的劉妮蓉後，更像是死了爹娘結果又死了兒子一般，滿臉絕望：「大掌櫃的，妳聽我解釋，這些人殺來殺去，真的跟我無關啊，這是無妄之災啊……」

馬公公瞥了中年男子一眼，隨即轉頭死死盯住劉妮蓉，冷笑道：「好一個魚龍幫！」

宋公公也一邊揉著脖子一邊扭頭，嘿嘿笑道：「好一個北涼魚龍幫才對。」

劉妮蓉的臉上瞬間蒼白無色。

她身邊那名年輕供奉滿眼怒意，殺氣騰騰，開碑手趙山洪則有些幸災樂禍。

這場一團糨糊卻精彩紛呈的刺殺，劉妮蓉到底是不是得到清涼山的授意，他不關心，他只知道這場刺殺失敗後，劉妮蓉清白不清白，都不重要了，在北涼道如日中天的魚龍幫，很快就要迎來一場大換血。一朝天子一朝臣嘛，至於劉妮蓉這個娘們還能不能活著捲舖蓋滾蛋，估計只能靠求香拜佛、菩薩保佑了吧？

劉妮蓉沒有向兩位印綬監大宦官解釋什麼，只是望向那個不斷哭爺爺、告奶奶的酒樓二掌櫃道：「郭玄，我只問你一句，今夜之事，你到底有沒有參與？」

名叫郭玄的中年男子算是新魚龍幫元老人物，資歷之老，別說開碑手趙山洪，就算比起她身邊兩年前進入的年輕供奉也要勝出一籌。

只不過郭玄武力平平，但善於商賈經營，也算是走了條終南捷徑得以很快脫穎而出，最終成為北安鎮這棟酒樓的二掌櫃、事實上的一把手。

當時在魚龍幫這種調動只能算作發配流放，因為郭玄是幫內少數忠心於劉妮蓉的人物，跟魚龍幫的太上皇即老幫主都能隔三岔五喝個小酒。郭玄夾著尾巴灰溜溜離開陵州，說到底還是劉妮蓉被架空的一個縮影。

之前誰都不看好無兵無將也沒幾個錢的郭玄真能夠東山再起，在北安鎮這個地方殺回魚龍幫高層謀得一席之地。但郭玄很快就讓所有人刮目相看，酒樓以及隔壁青樓的生意能夠如此紅火，郭玄功不可沒，原本就對此人有些愧疚的劉妮蓉，當然對魚龍幫在北安鎮的欣欣向榮樂見其成，甚至有意明年將他提拔為魚龍幫實權執事，位不高卻權重，能夠掌握魚龍幫上下的半數生意往來。

郭玄幾乎帶著哭腔委屈道：「劉幫主，我就是一個手無縛雞之力的老百姓，放著日進斗金的大好生意不做，殺人圖什麼啊？」

城府深沉的宋公公貌似人畜無害笑道：「大掌櫃、二掌櫃，你們這是要唱白臉黑臉嗎？是不是有些晚了？」

酒樓外街道上，馬蹄陣陣。

那種鐵騎推進的沙場殺氣，與江湖宗師一人敵國的殺氣，截然不同，卻同樣讓江湖肝膽欲裂。

就在此時，一個帶著明顯笑意的溫醇嗓音在整座三樓響起，充滿了不合時宜的打趣意味：「宋公公，話可不能這麼說，否則今晚的綠蟻酒，就要收你們銀子了。」

這個聲音其實就在郭玄耳邊，但是他全然不知自己身邊怎麼就多了個人。

本就一肚子火氣的他，感覺又給這傢伙不懷好意地架到火堆上，哪裡還能有個好臉色，轉頭憤怒道：「收你娘的銀子，這酒樓綠蟻酒收不收錢，老子說了算！」

然後他看到一張英俊的年輕臉龐。

再然後，看到此人雙手攏在袖中，腰間懸掛一柄北涼刀。

如今的北涼道，已經再沒有任何鮮衣怒馬的將種子弟膽敢私佩涼刀了。

一個都沒有。

有這份膽子的英雄好漢，要麼還在官府裡吃牢飯，要麼就是已經把牢飯吃過了的。

如今北涼除去關外邊軍和境內駐軍，被清涼山准許可以公然懸佩涼刀的人物，只有兩種——一種是軍功卓著卻已經退出行伍的武將，一種是出身老字營的百戰老卒。

這兩種人，幾乎都是老人了，要不然就是正值壯年已經轉入官場牧守一方的封疆大吏。

這個年輕人笑咪咪看了眼郭玄，環視四周，最後微笑道：「在北涼，都是我說了算。」

來酒樓一擲千金的普通豪客那叫一個膽戰心驚。比如那位蹲在一張酒桌下抱頭痛哭的官老爺，作為一縣父母官，原本這趟是藉著來北安鎮體察民情的幌子，喝個無傷大雅的花酒，準備祭五臟廟後就去隔壁青樓那邊的床榻上，以五十高齡馴服一、兩匹胭脂烈馬，這般老當益壯的「投筆從戎」，何其壯哉！

他得知死人後倒是也清楚此地不宜久留，只不過一來實在兩腿發軟走不動，二來也怕那群殺人都不帶眨下眼的凶神惡煞萬一嫌他礙眼，就直接給濫殺無辜了。

這張酒桌上，唯一還坐在椅子上繼續喝酒的，就只有那位今年在衙門裡頭幾乎沒有立錐之地的赴涼外鄉士子了，身為文弱書生的他甚至緩緩移開屏風，只為了視野開闊，將那處江湖神仙打架的血腥戰場一覽無餘。

什麼叫每逢大事有靜氣？大概這就是了。只不過他這個盡顯名士風流的荒誕舉措，無疑引起了桌底下同僚和北安鎮豪紳的同仇敵愾。

也不是所有豪客都樂意束手待斃，有幾桌江湖人士就在那名佩刀公子橫空出世後，貼著靠窗牆根躡手躡腳地想要下樓，只不過在樓梯欄杆上，站著一名身穿深紅袍子的絕色女子，如一尊菩薩巍巍然立於佛龕，不怒自威。

根本不用她開口，所有江湖豪傑就都識趣地返回原位。

有個心思靈活的傢伙悄悄打開窗戶，試圖一躍而下，結果嚇得差點魂飛魄散。

他瞅見窗外倒掛著一顆腦袋。

大眼瞪小眼之後，他什麼話都沒有說，緩緩關上窗戶，應該是生怕還留有縫隙，不忘使勁往里拉了拉，這才坐回椅子上，嘴中默念道：「舉頭三尺有神明，有怨報怨、有仇報仇，就算妳是冤魂厲鬼，但別看我王健三十好幾的一條漢子，其實我還是童男之身啊，陽氣最重，妳找上我，小心兩敗俱傷……」

此時此刻，氣氛微妙至極。

目盲女琴師薛宋官那邊，屏風已經被衣裳絢爛的苗人少婦虛空一手拍倒，她雙腿盤坐在椅子上，神采奕奕，盯著佩刀公子哥的那張側臉，舔了舔嘴唇，嘖嘖道：「真俊！」

作為她男人的那位南詔武道第一人，韋淼笑著點頭，對於妻子的離經叛道，這個貌不驚人的漢子從不以為意。

天下好事萬千，以自己媳婦開心最好。

而真實身分是西蜀亡國太子的蘇酥，在又一次見到那個傢伙後，心情複雜，醋味翻湧。僅憑這一點，他就能夠跟劍塚當代劍冠吳六鼎當成難兄難弟。

劉妮蓉那一桌，除了毛舒朗只是放下酒杯卻依舊沒有起身，程白霜和嵇六安都已經離開椅子，如今貴為南疆龍宮之主的林紅猿更是一彈而起。

更遠一些的位置，那位一日之間見過陸地神仙又見過江湖仙子的霸陵郡少俠，好像馬上就要淚流滿面了。

他覺得今天這一天光陰，就已經把一輩子的江湖走完了，就算明天就退隱江湖娶妻生娃也無怨無悔。

好像剩下唯一還被蒙在鼓裡的酒樓二掌櫃郭玄，剛要對那個癩蛤蟆打哈欠吞日吐月的年輕人怒目相向，就立即閉上嘴巴。因為他發現那位被稱為宋公公的胖子如遭雷擊，臉頰雪白肥肉顫抖得厲害，卻說不出半個字。

被嵇六安一只酒杯砸得倒地不起的一位中年刺客咬牙切齒道：「徐鳳年！」

幾乎同時，今夜落座後就再沒有起身的司禮監掌印劉公公終於緩緩起身，微微弓腰，謙恭卻不顯諂媚，嗓音沉穩道：「咱家見過北涼王，先前在龍駒河渡口，是咱家有失禮數，還望王爺海涵。」

太安城宦官，無論品秩高低，都沒有向一名異姓藩王下跪行禮的道理，哪怕是宗室藩王也不行。

一旦手捧聖旨，照理說連皇親國戚也要跪迎聖旨才對。

只不過面對這位西北藩王，劉公公這位坐印綬監頭把交椅的不敢如此奢望，司禮監掌印太監宋堂祿都不會有此念頭。

以前是只是因為他身後的北涼三十萬鐵騎，現在又多了一個只跟他本人有關的理由，就是欽天監那場天人之戰。曾經承受離陽趙室歷代香火的一幅幅龍虎山祖師爺掛像，如今所剩無幾了。

後知後覺的郭玄正要將功補過，就聽到年輕藩王輕聲笑道：「二掌櫃的，行了，別演戲了。」

郭玄愣在當場。

徐鳳年看著三名太監和如臨大敵的御林軍錢統領，收回視線後，重新打量起眼前這位酒樓二掌櫃：「殺人何須用武功，躺在地上的那幫三腳貓也好，割鹿樓的四名刺客也罷，甚至加上蟄伏在魚龍幫的那名供奉，都不是真正的殺招，到頭來還是要靠你這位主心骨，靠你在他們酒菜裡下的毒，對不對？」

遠處那位苗疆女子拍手叫好道：「你這娃兒模樣俊，眼光也俊！」

郭玄臉色陰晴不定，最終如釋重負，悄然挺直腰杆，轉身正視這位年輕藩王，哈哈大笑道：「不愧是武評四大宗師之一！不愧是北涼王！不愧是人屠徐驍之子！」

連續三個「不愧」。

這個機關算盡太聰明的中年男人，他的笑聲，瘋癲而蒼涼，無比悲壯。

徐鳳年再次環視四周。已經死絕的割鹿樓刺客，那些亡了國的春秋遺民，站著的印綬監宦官，還有更遠一些的林紅猿那一桌。他自言自語道：「都是技術活兒。」

郭玄冷笑不已，竟是毫無懼意。

徐鳳年撇了撇嘴：「你重金購置或是精心調製的這種毒藥，毒性發作極為緩慢，病入膏肓後，他們應該在到達清涼山前後發作身亡。這曾是春秋南唐朝廷專門針對江湖宗師的手段，號稱可以輕鬆摧破金剛不敗之身。」

郭玄眼中充斥著刻入骨髓的恨意和快意，獰笑道：「怎麼，王爺覺得能從我嘴裡撬出解藥的配方？」

徐鳳年欲言又止，最終只是搖頭淡然道：「不奢望，有些事，道理講不通。」

郭玄嘴角突然滲出一絲血跡，漆黑瘆人，在他倒地而亡之前，這位苦心孤詣製造出這場刺殺的春秋遺民，呢喃道：「我郭玄象，苟活半生，死得其所……」

地上那名喊出徐鳳年名字的中年男子，高高舉起手臂，就要竭力拍碎頭顱以求自盡；

可是倒在他身邊不遠處的一名妙齡女子，本該在江湖上享受無數年輕俊彥愛慕垂涎的美人，卻仰起頭望向那位年輕藩王，神情崩潰，滿臉眼淚鼻涕的可憐模樣，哭泣道：「北涼王，不要殺我，我不想死！我真的不想死啊……為了報仇，我已經付出太多了，已經不欠家族什麼了……」

女子的淒厲哭腔，在酒樓裡刺耳回蕩。

也許沒有人意識到，在今夜這場前仆後繼人人爭死的廝殺中，這是唯一的哭聲。

將離陽人屠徐驍視為中原陸沉罪魁禍首的春秋八國遺民，面對山河破碎的人間慘況，有些人選擇殉國，於是有了西蜀京城內，樹樹白綾、井井沉屍；有些人選擇逃避，這些人就形成了洪嘉北奔；有些人選擇躲藏，於是各大王朝覆滅之地的各大江湖門派，一夜之間多出許多陌生供奉和幼年弟子，許多庭院深深的富貴門戶，多出許多襁褓之中的嬰兒，許多好似因一見鍾情便匆忙嫁娶的男女，許多寺廟書院甚至是青樓勾欄，前者多出滿身書卷氣的老人，後者多出許多分明氣質雍容如同大家閨秀的風月女子。

春秋戰事，離陽大將軍徐驍殺得一柄柄戰刀卷刃，殺得中原無處不狼煙，殺得曾經坐看歷朝歷代開國又亡國的春秋豪閥，皆成為過眼雲煙。

之後徐驍率領麾下鐵騎馬踏江湖，從南到北，幾乎把江湖殺了一個通透，可一樣殺不完那些宗門幫派中身懷國仇家恨之人。

斬草無法除根，便是春風吹又生。

所以曾經的北涼世子殿下，每一次出行，都會死人。春秋遺民在死，拂水房也會死。

那些年偷襲清涼山慷慨赴死的刺客，更是多如過江之鯽。

最後連梧桐院朝夕相處的丫鬟也會死，那兩位世子殿下親自幫她們娶過綽號的女子，臨終之時，仍是死得雖有小愧而無大悔。

徐鳳年還清楚記得第一次驚動梧桐院的那樁刺殺，那個正值冬雪的夜幕中，他沒有穿靴子，跑出屋子站在臺階上，看著那座戒備森嚴的小院，入眼之處，盡是死屍，大雪被鮮血浸染，然後又被大雪鋪蓋，最終白茫茫一片。

當時腿還沒那麼瘸背也沒那麼駝的男人，一樣沒有穿上靴子，走上臺階跟少年並肩而立，讓身披鐵甲的王府護衛將那些屍體抬走，笑道：「爹這輩子，仇家太多了，數不清，也懶得去數！兒子，你怕不怕？」

少年不知道是凍得還是嚇得，牙齒打戰，但仍倔強道：「怕個卵！」

當時還未滿頭雪白的男人，把自己身上那件老舊貂裘脫下，給少年披上，哈哈大笑道：「是咱們老徐家的種！」

少年翻了個大大的白眼，雙手抓緊溫暖貂裘，趕緊跑回屋內。

而那個自從媳婦去世後就沒有被兒子喊過爹的男人，轉身走下臺階，大踏步離開院子，只是剛出院門，就再沒有豪氣可言了，凍得差點跳腳，瞥見緊隨身後的義子袁左宗後，二話不說就踹了一腳，後者茫然，男人瞪著眼睛壓低嗓門，從牙縫裡狠狠擠出兩個字：「脫靴！」

只可惜，那滑稽一幕，少年看不到。

◆

此時三樓，一聲怒喝打斷了女子哭腔：「閉嘴！」

女子頓時愕然，然後由撕心裂肺的哭號轉為低聲抽泣。

那個出聲的中年刺客對年輕女子厲色道：「我崇山宋家！世代忠良，絕無讓祖輩蒙羞之子孫！」說完這些，中年男子眼中閃過一抹複雜神色，終於還是猛然抬起手臂，狠狠拍向那名女子的額頭。

二十年屈辱而活，只為清白而死，這就是這位宋氏男子的唯一心願。

至於家族年輕子弟如何想，他顧不得了。

那名女子雖然可以鼓起勇氣向北涼王求饒，卻耗光了所有精神氣，此時再沒有任何勇氣抗拒家族長輩的憤然狠手。

一直還算言語溫和的徐鳳年突然勃然大怒，下一刻就出現在地上那名男子身前，一腳踏在那個試圖大義滅親的男子腦袋上，這名瞬間斃命的刺客倒滑出去數丈遠。

徐鳳年深呼吸一口氣，迅速平穩體內氣機。

驟然迸發的那股氣勢，尋常武人還不覺得如何壓抑，即便是林紅猿也僅是覺得些許窒息，但是像韋淼、毛舒朗、程白霜、嵇六安和薛宋官這五名武道宗師，幾乎不約而同地將各自氣勢攀升至頂點，目盲女琴師甚至雙手重重按住了琴弦，站起身的毛舒朗則差點直接拔刀出鞘。

徐鳳年看向劉妮蓉身邊的那名年輕供奉，點了點頭。

後者默然向前，打了個晦澀手勢。隨著這名年輕供奉做出這個動作，三樓很快就走出三名身分截然不同的男女：一位隔壁青樓出身的陪酒清倌，一位肩頭搭著棉巾、手裡還提著一只酒壺的年邁夥計，還有一位原本陪著一群新結交的外鄉豪傑看熱鬧的北涼本地江湖人物。

四人一起開始清理戰場，將地上那些還活著的春秋遺民全部拎走下樓。是拖出去殺了一了百了，還是生不如死的嚴刑拷打，已經沒有人感興趣，如果這個時候還沒有人看出這四人的身分，那就真是腦袋給驢踢過了。

要麼是拂水房培養的諜子，要麼是養鷹房豢養的死士，又或者兩者兼有。

酒樓是魚龍幫的，但是劉妮蓉始終都像個局外人。

徐鳳年轉頭望向印綬監三位公公，面無表情道：「中毒的事情，不用擔心。還有，你們到了清涼山把聖旨放下，就可以返回太安城。」

劉公公沒有說話，率先走向樓梯。

只是經過年輕藩王身邊的時候，有意無意放慢腳步，眼神中充滿詢問。

徐鳳年在這位印綬監掌印太監與自己擦肩而過的時候，好像打啞謎一般輕聲道：「跟他說，她很好。」

劉公公直視前方，不過微微彎了一下腰，這才加快步伐。

等到這夥權柄顯赫卻略顯狼狽的京城宦官下樓離去，徐鳳年走向劉妮蓉那一桌，落座前對蘇酥他們招手笑道：「酥餅、薛姑娘，還有齊大叔，來來來，都一起坐這兒來，人多才熱鬧！」

身穿一襲朱紅大袍的女子自然是徐嬰，而那個先前倒掛在窗外曬月亮的女鬼，顯然就是呵呵姑娘賈家嘉了。

她們兩人都是今夜才趕至北安鎮。理由很簡單，在清涼山待著，很無聊。徐渭熊也不太放心徐鳳年，就乾脆讓她倆接人來了。

一張酒桌最多只能擺下九張椅子，但是現在卻有這麼多，自然不可能人人都有位置。

好在徐嬰和呵呵姑娘根本不稀罕坐在椅子上，兩人掠至不遠處一座倖免於難的屏風上，徐嬰站著，少女蹲著，後者使勁啃著天曉得從哪裡順手牽羊來的烤雞，三兩下就吐了滿地的骨頭，然後油膩的雙手在徐嬰的大紅袍子上擦了擦，徐嬰只是開心一笑。

在徐鳳年率先落座之後，反而是能被在場任意一人單手撂倒一百個的蘇酥，搬了張椅子過來第一個坐下。

趙山洪則是第一個跪下，雙手撐在地上對年輕藩王顫聲道：「魚龍幫趙山洪，叩見王爺！」

這位薊北黑道第一高手，是被瘋狗袁庭山收拾得像條喪家犬，這才來魚龍幫寄人籬下的，如果他沒有記錯，眼前這位年輕藩王，恰好曾經在太安城皇宮當著大柱國顧劍棠的面，往死裡揍過那個跋扈至極的袁瘋狗。

對於信奉拳頭就是王法的開碑手趙山洪而言，能夠跪一跪這位北涼鐵騎共主，就是他膝蓋上輩子修來的福氣！

徐鳳年「嗯」了一聲：「起來吧。」

然後徐鳳年轉頭望向魚龍幫幫主，笑問道：「怎麼不坐？難道是當上了大幫主，就擺架子了？」

原本只想站著的劉妮蓉猶豫了一下，最後還是坐在原先的座位上，湊巧就在徐鳳年的右首邊。

那名平日裡還會對劉妮蓉倚老賣老、擺擺架子的供奉老者，咽了咽口水，如果有塊夠硬的磚頭在手裡，他都想自己把自己拍暈了。

趙山洪起身後，低眉順眼地悄悄來到劉妮蓉身後，與那名同樣滿臉肅穆恭敬的老供奉並肩而立，有些同病相憐。

酒樓三樓，除了他們，走得乾乾淨淨。

除了劫後餘生的欣喜，還有些不足為外人道的小心思。

行走江湖，除了本事，見識很重要。

見識見識，見過了一面，就等於是認識了嘛。

既然認識了既是陸地神仙又是西北藩王的徐鳳年，在江湖何處不能吹噓個七、八年？

林紅猿、毛舒朗、程白霜、嵇六安重新落座，韋淼、苗疆女子都各自搬了張椅子過來坐下。

薛宋官不管蘇酥怎麼勸，都只是抱著古琴站在他身後，而姓齊的舊西蜀鑄劍大家，一樣沒有坐下。

如此一來，剛好九人。

徐鳳年打開一壺綠蟻酒的泥封，只是給靠近自己的劉妮蓉和毛舒朗各自倒了一杯酒，再給自己倒滿後，笑道：「我就不客氣了，大家各自倒酒，都隨意。酒品如何，都是自個兒喝出來的，勸酒勸不出來，至於勸別人喝的人，酒品更是不行。」

嵇六安向年輕藩王舉杯，一飲而盡：「龍宮嵇六安，有幸見過王爺！」

程白霜也舉起酒杯：「南疆草民程白霜，這杯酒與嵇兄一樣。」

韋淼自顧自喝了一杯酒，沉聲道：「韋淼！」

徐鳳年各自回敬一杯。

林紅猿剛想要舉起酒杯，不知為何跟年輕藩王視線交錯後，就放棄了。

苗疆女子不用酒杯，直接拎起酒壺仰頭灌了一口大酒，直愣愣盯著徐鳳年的臉龐笑道：「你模樣這麼俊，你娘一定長得很好看！」

徐鳳年笑臉燦爛道：「這位姐姐一看就是個耿直人！」

韋淼會心一笑。

唯獨蘇酥雙臂環胸，冷哼一聲。

徐鳳年斜瞥了眼這位相識於北莽的老朋友：「喲、酥餅，不對，如今得尊稱你一聲蘇大俠了，聽說在西蜀南詔江湖闖下了偌大名頭啊，咋的，這趟來北涼也是參加武當論武？你就不怕有你在，其他人都只能去爭天下第二？」

蘇酥憋屈得滿臉通紅，差點當場憋出內傷，脫口而出道：「姓徐的！放你的狗屁！」

徐鳳年趕忙給自己倒上一杯酒，故作驚慌道：「不愧是打遍蜀詔兩地無敵手的蘇大俠，我得喝杯酒壓壓驚。」

蘇酥站起身，一拍桌子怒道：「我喝你大爺！姓徐的，找削不是？」

別說是林紅猿這撥南疆客人，就連劉妮蓉和韋淼兩夥人都有些咋舌，實在想不明白這傢伙的缺心眼，是不是從娘胎裡帶來的。

這姓蘇的傢伙武功稀爛，不承想竟然渾身是膽啊。

趙山洪和供奉老者則堅信這位看似武功不入流的年輕人，一定是位真人不露相的當世頂尖高手！

徐鳳年呵呵一笑：「來削來削，我求你削！」

蘇酥以迅雷不及掩耳之勢一屁股坐下，大義凜然道：「君子動口不動手！」開碑手趙山洪都快把眼珠子瞪出來了。

經過蘇酥這麼一鬧，原本略顯沉悶的氛圍輕鬆許多。

一張酒桌，各自背景複雜，自然不好深談什麼。

徐鳳年約莫喝了一壺半後就說要下樓跟人打聲招呼，結束了這桌酒局。

林紅猿與劉妮蓉因為本就有事相商才在此地碰面，就順勢留在三樓，而蘇酥一行人也沒有留下的念頭，倒是韋淼起身主動向程白霜和嵇六安敬了一杯酒。

雙方勉強算是舊識，早先各自代表蜀王陳芝豹和燕剌王趙炳前往遼東一座小鎮，會見大柱國顧劍棠。當時三方皆是不歡而散，世事無常，誰都料不到最後恰恰是這兩位藩王聯手起兵造反了。

天下豪傑之間，往往即便各為其主，也不耽誤惺惺相惜，何況此時都算是「一家人」了，就更不會心懷芥蒂。

◆

徐鳳年重新來到二樓，果然看到空蕩蕩的二樓，只剩下了坐在原先那張臨窗酒桌的爺孫倆人。

看到徐鳳年安然無恙地返回，老人如釋重負，金錯刀莊莊主童山泉雖然看似面無表情，卻也眉頭悄然舒展了幾分。

老人在徐鳳年坐下後，問道：「如何？」

今夜喝了不少酒的徐鳳年長呼出一口氣，不知除了酒氣，還有沒有鬱氣，他笑道：「沒事了。出門在外靠朋友，雖然樓上動靜很大，但我的朋友擺得平。」

年紀不算小的黃花閨女，卻是年紀輕輕的刀法宗師，她重新皺起眉頭，沉聲道：「方才有一人氣勢尤為雄壯，最少是天象境界巔峰高手！」

老人臉色不悅道：「肯定是那個韋淼！這傢伙投靠蜀王後，底氣也就更足了。放著好好的江湖宗師不做，非要去官場當走狗！算我瞎了眼，早些年還覺得他是條響噹噹的漢子。」

對此徐鳳年不置一詞。

剎那之間，童山泉已起身，左手按住右腰間一柄長刀的刀柄，寶刀出鞘寸餘！

不過不知她所握之名刀，是武德還是天寶。

徐鳳年有些無奈。

三人臨近的那扇窗戶，此時正倒掛著兩顆腦袋，目不轉睛盯著他們三人。

徐鳳年揉了揉眉心，苦笑道：「童莊主，不要誤會，她們都是我家裡人。」

童姓老人呆若木雞，看了看那位徐老弟，又看了看窗外那兩顆腦袋。

以童山泉不動如山的堅毅心性，都微微張開了嘴巴，由此可見，徐嬰和呵呵姑娘的露面形式，尤其是在這大晚上的，不太受人待見。

賈家嘉呵呵了三聲，撇撇嘴，一閃而逝；徐嬰也依葫蘆畫瓢笑了三聲，跟著消失了。

接下來氣氛尷尬，誰都沒有開口說話。

好在這個時候蘇酥一行人走下三樓，只聽他嘖嘖道：「喲、姓徐的，又跟陌生姑娘花前月下了啊，真忙啊！」

然後蘇酥提高嗓門，對童山泉一臉真誠道：「這位姑娘，千萬別搭理那個色胚，他家裡早就有三妻四妾了，連孩子都能爬樹掏鳥窩了！」

徐鳳年氣笑道：「滾！」

蘇酥豎起大拇指朝下：「你先教我？」

徐鳳年作勢要起身，蘇酥乾脆俐落地一溜煙跑了。

韋淼和苗疆女子要比蘇酥、薛宋官和負匣鑄劍師三人稍晚下樓，童姓老人轉過頭重重冷哼一聲，這讓原本想要跟老人打聲招呼的韋淼只好繼續下樓，倒是那位身段妖嬈的苗疆婦人，對徐鳳年拋了個肆無忌憚的媚眼，還不忘伸出大拇指。

在徐鳳年登樓後就一直沒有喝酒的老人，下意識伸手去拿起酒壺，晃了晃，空落落的，放下酒壺後，沒好氣道：「徐公子，你給老頭子透個底，給句痛快話！」

徐鳳年認真道：「要不然我再跟老哥喝兩壺，否則我怕喝不成酒了。」

老人臉色陰沉道：「不喝！」

徐鳳年繼續道：「按照酒樓的規矩，有人能夠一天喝掉六壺綠蟻酒的話，連飯菜都不收銀子，我再喝一壺半，就成。」

老人不愧是老江湖，立即殺伐果決道：「那就喝！」

這次換成童山泉揉了揉眉心。

二樓已經沒了招徠生意的夥計小二，所以那兩壺酒還是徐鳳年親自跑去櫃檯，好不容易翻箱倒櫃拎出來的，順手弄了兩碟花生米。

他兩腋夾酒壺，雙手端碟子，就只差沒有在肩頭搭一塊棉布白巾了。

童山泉當時看到他這副模樣後，低聲問道：「爺爺，這能是那個人？」

當時本就是跟孫女隨口胡謅的老人嘴角抽搐，沒說話。

喝酒歸喝酒，沉默還沉默。

百無聊賴的徐鳳年只是偶爾在桌面上指指點點。

就這麼枯燥乏味地喝掉了兩壺酒，老人身形搖晃地站起身，平淡道：「走了。」

徐鳳年點了點頭：「那我就不送了。」

老人擺擺手，大步離去。

徐鳳年看向童山泉越行越遠的背影，笑問道：「敢問童姑娘，哪一柄是世間名刀第六的武德？」

童山泉停下腳步，右手輕輕扶住腰間一柄長刀刀柄。

徐鳳年緩緩道：「快刀割水，刀不損鋒，水不留痕。」

童山泉說了之前與徐鳳年見面後同樣的一句話。

「謝謝。」

第三章　青蒼城待客種檀　逃暑鎮宗師聚首

這個祥符三年的秋天，尤為多事。

中原燕剌王趙炳、蜀王陳芝豹共同起兵，廣陵江以南的半壁江山盡陷，離陽朝廷不得不讓盧升象與吳重軒再度領兵南下。兵部侍郎許拱代替因病請辭的蔡楠升任節度使，負責節制北涼道與兩遼之間的所有北部邊軍。

朝廷敕封北涼王徐鳳年為大柱國，同時大肆追封包括劉寄奴、王靈寶在內所有關外戰死英烈，並且在北涼道破格設置兩名副經略使和節度使，原涼州刺史陸東疆一躍成為北涼文官二號人物，徐北枳與楊慎杏一起擔任副節度使。

密雲山口一役，曹嵬與一名原本籍籍無名的謝姓武將，一舉殲滅種檀部騎軍，僅有夏捺鉢種檀率領十餘名種家精騎突圍而出，此役成功迫使已經接受北莽國師稱號的爛陀山倒戈，兩萬僧兵馳援流州青蒼城。

郁鸞刀率領萬餘輕騎繞過君子館、瓦築數座姑塞州邊境重鎮，孤軍深入，直插北莽南朝腹地，鋒指西京，震動北莽兩朝。

北莽王庭傳出女帝聽聞密雲山口慘敗後，怒急攻心，臥病不起，太子耶律洪才臨時主持南征事務，三朝元老耶律虹材領西京首輔銜，輔佐太子殿下。其中王帳成員耶律東床破格擔任西京兵部右侍郎，同時受封鎮國將軍，節制包括君子館、瓦築在內四座重要軍鎮。

隨後，離陽兩位藩王的叛軍並未立即向北方展開攻勢，而是迅速蠶食廣陵江以南的廣袤版圖。

但就在整個離陽官場和軍伍都誤以為燕刺王將自立為帝之時，中原迎來了一場影響深遠的巨大震動——傳言兩大藩王將要把那位因忠心趙室正統而享譽朝野的靖安王趙珣，扶上帝位！

世人的眼光和心思，都放在這一連串令人瞠目結舌的變故上。

其中燕刺王世子趙鑄，依舊不動聲色，不為世人所矚目。

也不曾留意那個名叫北安鎮的涼州小地方，在那個夜晚裡，濃郁血腥背後隱藏著的真正血腥。

真正的血腥，不見血。

相反，會是曾經的溫情脈脈，會是曾經的同生共死。

◆

偌大一座酒樓二樓，徐鳳年獨自坐在長凳上，閉眼打著盹。

等到徐鳳年睜開眼睛，劉妮蓉獨自一人站在桌旁。

看到她不是自己意料中的女子，年輕藩王鬆了口氣。

哪怕註定要與另外那名女子見面，可即便只是晚一些，也總是好的。

這就像遊歷江湖歸來的世子殿下，明知道徐驍開始老了，但是慢一些，就是好的。

看著這位魚龍幫幫主，徐鳳年柔聲道：「坐吧。」

劉妮蓉「嗯」了一聲，坐在他對面。

徐鳳年笑問道：「是不是覺得很累？」

劉妮蓉笑了笑，神色疲憊，可眼神明亮：「大概比你要輕鬆一些吧。」

徐鳳年給劉妮蓉倒了一杯酒，玩笑道：「我不勸酒，妳真的隨意，孤男寡女，醉倒誰都不合適。」

劉妮蓉一笑置之，沒有故作豪邁地一口喝光，只是淺嘗輒止，意思到了，意味就有。

徐鳳年沒有喝酒，雙手插袖，緩緩道：「熱惱清涼，只在心境，故而佛國無寒暑，仙都似三春。只是我們終究是凡夫俗子，很難有這份境界，偶爾有，也未必長久。到最後世上就只有兩種人活得最輕鬆，一種是真正大度人，有人罵老拙，老拙只說好，有人打老拙，老拙自睡倒；還有一種是真正小氣人，睚眥必報，講究有恩報恩、有仇報仇，甚至可以心安理得地以怨報德。前者只管往後退，後者只管向上爬。」

劉妮蓉問道：「那麼你呢？」

徐鳳年咧嘴笑道：「我當然是後者裡頭的前者，真小人不夠分量，偽君子也當不好，兩頭不靠，所以當下很憂鬱啊。」

劉妮蓉沒有被逗樂，相反低下頭，語氣低沉：「魚龍幫……」

徐鳳年打斷她的言語，說道：「知道我為什麼要妳做魚龍幫的幫主嗎？妳可能覺得我或者是需要一個額外的兵源之地，或者是覬覦妳的美色不是一天、兩天了。」

哭笑不得的劉妮蓉抬起頭，結果發現他的神情其實十分正經。

徐鳳年平淡道：「都不是。我當初的念頭很簡單，覺得咱們北涼的江湖，需要有一、兩個我年少時憧憬的那種女俠。她武功高不高不重要，但是她要滿身正氣，神采飛揚，意氣風發，指點江山。她天生有一副俠義心腸，願意路見不平、拔刀相助，然後我找來找去，就只找到了一個小幫派裡那個叫劉妮蓉的女子，她剛好也是喜歡江湖的，又曾經跟我一起患難與共。妳看，就這麼簡單。」

劉妮蓉突然笑了：「我相信。」

徐鳳年打趣道：「因為妳傻啊，所以別人說什麼妳就信什麼。」

劉妮蓉自嘲一笑，沒有否認。

徐鳳年這一刻才知道，她是真的累了。

如果是當年那個走鏢北莽的劉妮蓉，早就跟自己針鋒相對了，哪怕心虛也喜歡強嘴。

徐鳳年說道：「魚龍幫幫主的位置，我會找個人頂替妳，還要麻煩妳跟老幫主替我說聲對不起，畢竟『魚龍幫』這三個字，是他老人家一輩子的心血。」

劉妮蓉點了點頭。

好似終於無事一身輕的她判若兩人，好奇地問道：「今晚到底是怎麼一回事，能說說看嗎？過江龍、大湖蛟、山野蟒、洞口蛇、池塘鯉，感覺都湊齊了。」

徐鳳年笑道：「這有什麼不能說的？在我還是尚未世襲罔替，仍是北涼世子的後期，其實就已經沒有幾個傻瓜，願意跑去清涼山自己找不痛快了。

在我當上這個王爺後，又成了武評大宗師，很大一部分心懷死志隱藏在北涼的春秋遺民都接近絕望死心了，他們既無法去清涼山刺殺我，更不可能在關外鐵騎的虎視眈眈下白白送死，怎麼辦？大概就只能滿腔憤懣地等死了。

然後魚龍幫火速崛起，當時又有傳聞說我跟妳的關係拎不清，當然就有很多人死馬當活馬醫，潛入魚龍幫伺機而動，這座酒樓的二掌櫃郭玄，便是其中之一。他本名郭玄象，是舊北漢忠烈之後，其父與樊小柴的爺爺同為一國砥柱，一文一武享譽春秋。只不過拂水房也沒有想到，當年連屍體都確認過的郭家幼子竟然還活著，而且就在我們的眼皮子底下。

至於你們魚龍幫那名試圖一掌拍爛印綬監掌司太監腦袋的供奉，隱藏更深，就連化名齊撼石待在妳身邊的那名養鷹房死士，直到今天也沒能挖出此人的真實根腳。如今一死，就很難順藤摸瓜了。

那個自稱崇山宋家的中年人，是舊南唐名門望族出身，雖說南唐滅國是顧劍棠做的，但為何最後會把帳算到我頭上，其中曲折，想必也會有他們宋家的理由。

那四名刺客應該來自那個叫割鹿樓的門派，風格鮮明，不容小覷。我想那些春秋遺民請得動割鹿樓一般殺手，卻絕對請不動那種水準的割鹿樓精銳死士。所以這裡頭的門道，到底有多深不好說，但肯定不算淺。」

說到這裡，徐鳳年微微一笑，像是看到碟子裡還剩下些花生米，便從袖子裡抽出手，撿起一粒丟入口中：「別人暫且不管，但既然這割鹿樓有膽子在江湖上開宗立派，又敢大搖大擺跑到北涼跟我掰手腕，那我就當收下一封生死自負的戰帖了。」

劉妮蓉納悶道：「你要親自登門？」

徐鳳年啞然失笑：「涼莽大戰在即，我跑去中原做什麼？不過當初吳家劍塚派遣了百騎百劍赴涼，都歸我調遣，不是所有劍士都願意戰死關外，再者不少人也想著返回故土，大概有二十餘騎，原本我是想讓他們象徵性去幽州葫蘆口外廝殺一、兩次，每人殺敵百人就當雙方都有臺階下了，現在……」

劉妮蓉也彎腰，伸手拈起一粒花生米，放入口中：「讓那吳家二十騎直接去找割鹿樓的麻煩？」

徐鳳年挑了下眉頭：「當然不是，北莽蠻子還得殺夠一百人，然後再去中原踏平割鹿樓！」

劉妮蓉白了一眼：「你倒是會做買賣。」

徐鳳年哼哼道：「這叫燕子銜泥，持家有道！」

揚揚得意說完這句話後，堂堂北涼王高高拋起一粒花生米，仰頭張嘴接住。

劉妮蓉實在是無話可說。

一小碟花生米很快就被兩人瓜分乾淨，劉妮蓉思量許久，終於還是忍不住問道：「那些人明明連刺殺你的念頭都沒有了，為何還要這般不擇手段？難道他們就不知道一旦北涼、離陽為此交惡，真正吃大苦頭的不僅僅是北涼鐵騎，就算中原百姓……」

徐鳳年連連擺手，輕描淡寫道：「我前邊在樓上不是跟那個郭玄象說了嘛，有些事，公說公有理、婆說婆有理，這道理是講不通的。」

劉妮蓉臉色晦暗，欲言又止，唯有一聲嘆息。

徐鳳年想了想，緩緩道：「有些人的確是什麼都沒了，活著就只是硬生生靠一口氣吊著，妳要他們把那口氣咽回肚子，那比殺了他還難受，所以妳能說什麼？妳沒有真正經歷過春秋戰事，有些東西，比較難以體會。

我呢，只因為是我爹的兒子，才比妳多瞭解一些。不管怎麼說，父輩的恩恩怨怨就擺在那裡，父債子還，天經地義。不過，誰如果真有本事殺了我，我認，但假若沒有本事就找上我，那也別怪我殺人不嫌刀子快。道理往深處想總是好事，可麻煩往簡單了解決，也不是什麼壞事。」

劉妮蓉問道：「你就這麼心平氣和地說這些事情？」

徐鳳年沒好氣道：「要不然能咋辦？別人都要拿刀捅我了，我還要讓那些大俠好漢先把刀子放下來，先講一講冤家宜解不宜結的道理？明擺著浪費氣力，心還累，何必呢。很早以前我就想通了，為這種事情生氣犯不著，不然就以我那小肚雞腸的臭脾氣，早被那些死得一個比一個理直氣壯的王八蛋、兔崽子、老混帳氣瘋了！」

劉妮蓉臉色古怪。

徐鳳年有些訕訕然，突然眨了眨眼睛，拍了拍腰間那柄涼刀：「徐驍留了這個給我，我怕誰？退一萬步說，就算哪天真要被氣死，我肯定也死在那些人後頭，最少一百年！」

劉妮蓉打了個哈欠。

徐鳳年起身後關心道：「妳早點睡，要不然眼角皺紋更多了。」

劉妮蓉笑咪咪道：「請！滾！遠一點！」

徐鳳年伸出大拇指：「這位女俠果然是性情中人……」

不等徐鳳年拍完馬屁，劉妮蓉已經站起身，雙手負後，腳步輕盈地轉身離去。

原來她一如當年，還紮著馬尾辮。

輕輕柔柔一晃一晃。

像微漾的江湖。

◆

徐鳳年離開酒樓，走在大街上。離開酒樓、青樓越遠，就越寂寥安靜，然後徐鳳年看到了那個身影。

他明知道她會等自己，卻又最不希望她出現。

他原本舒暢幾分的心情，逐漸沉重起來。

當林紅猿見到這位年輕藩王後，依舊是那個當年在春神湖畔帶給她無數噩夢的傢伙，看似吊兒郎當，實則精明陰險至極。

兩人結伴而行，雖是閒聊，只不過畢竟雙方身分擺在那裡，不可能是雞毛蒜皮的家長裡短，而是涉及類似廣陵道戰事的近期走勢、離陽趙勾對時下江湖的大力滲透、顧劍棠麾下兩遼邊軍的最新部署。

最終，談不上盡歡而散，也談不上不歡而散。

總之，就是不溫不火。

徐鳳年今夜就要離開北安鎮，而林紅猿則要返回鎮上客棧，之後還要以龍宮宮主的身分參加武當論武。

所以是徐鳳年破天荒先把林紅猿送到客棧門口，後者受寵若驚的同時，漂亮臉蛋上也寫滿了「你徐鳳年不是想要老娘幫你暖被窩吧」的幽怨表情。

徐鳳年當然沒有那份閒情逸致，轉身就走。

林紅猿曾經有過喊住他的念頭，但到最後也沒有開口。

她看著那個漸行漸遠的修長背影，他雙手抱著後腦勺，優哉游哉。

之前在酒樓，很多事情，徐鳳年跟劉妮蓉都開誠布公了。

但有些事情，徐鳳年沒有說出口。

比如為何林紅猿四人會臨時起意，最終選擇北安鎮作為與妳的見面地點，為何又恰好是在印綬監太監下榻青馬驛的時候，又為何妳劉妮蓉更恰好在路上耽擱了一天路程。

小乞兒，你想當皇帝，我知道。那麼你為什麼不自己來到北涼，來這裡請我喝頓酒，然後直截了當跟我說：「兄弟，那張龍椅我趙鑄坐定了，如何？」

但是他沒帶酒來，卻是林紅猿到了北涼。

世間沒有不散的筵席啊。

徐鳳年走出北安鎮後，向西一掠而去，徐嬰和呵呵姑娘只是遠遠跟隨。

他前往人跡罕至之地，當空長掠如虹的徐鳳年突然飄落在地，高高舉起手臂，雙指併攏作劍，大喝道：「兩袖青蛇！」

一抹璀璨劍罡滾動如青龍，在深沉夜幕中，尤為驚豔壯觀。

徐鳳年一次又一次地重複喊出「兩袖青蛇」四字，於是在北安鎮和涼州城的天地之間，一道道青虹連綿不絕。

劍氣沖霄。

我有一劍，烘日吐霞，吞江漱月！

我有一劍，氣開地震，聲動天發！

我有一劍，摧山撼城，千軍辟易！

臨近涼州城，汗流浹背的年輕藩王仰面躺在地上，拚命大口喘氣。

他使勁望著天空，咧嘴笑道：「無醇酒美人，不願來此人間。無快劍摯友，不願老此江湖。羊皮裘老頭，你說得真好。」

◆

在流州成為被離陽朝廷認可的北涼道第四州之前，清涼山其實就已經開始打造兩條大型驛路，分別起始於控扼涼州西大門的清源軍鎮，以及陵州西北的雞脖子關隘，通往流州刺史府邸所在的青蒼城。

戰況慘烈的密雲山口戰役才剛剛落幕，便有三支車隊在關內精騎和拂水房死士的聯手嚴密護送下，陸續進入青蒼城。

三支車隊的主心骨，身分如出一轍，皆是一州刺史和將軍，可謂當之無愧的封疆大吏：涼州有石符、白煜，幽州是宋岩、皇甫枰，陵州則是常遂、韓嶗山。

六人當中，三位刺史又都是在這個祥符三年上任，尤其是白煜這個新鮮出爐的涼州刺史，讓北涼道內外官場都大吃一驚，誰都沒有想到龍虎山的白蓮先生，竟然會成為一位「徐家臣子」。相比之下，因為有士子赴涼在前，作為上陰學宮道德宗師韓谷子的高徒，又是徐渭熊的師兄，常遂一步登天榮升陵州刺史，就算不得如何令人咋舌了。

至於原陵州別駕宋岩順勢邁上一個臺階，成為幽州文官第一把手，更顯得雲淡風輕。如今北涼官場都曉得這位推崇法術勢的酷吏，在新涼王當年臨時擔任陵州將軍的時候，就已經搭上線，算是第二撥投靠年輕藩王的從龍之臣，僅次於李功德、皇甫枰、韓嶗山之流。

而在三支車隊由東往西進入青蒼城之際，沒多久便有一撥人從西往東疾馳入城，加上流州刺史楊光斗，總計七位封疆大吏連袂出城相迎，在北涼道無論軍政，這都是極為罕見的奇高規格。

城門視野所及，是人人負劍的八十餘騎，斜提一杆鐵槍的徐偃兵，還有兩位拂水房大襠頭糜奉節和樊小柴，以及不知為何沒有披掛甲冑也無佩刀的二十餘騎。

馬隊在城門外停下，為首一輛馬車掀起簾子後，跳下一位風塵僕僕的年輕文官，在向諸位刺史將軍微笑致意後，便轉頭望向第二輛馬車，招呼道：「到了。」

跟隨著年輕文官的視線，這些祕密會晤於青蒼城的北涼道高官看到了一雙緩緩下車的男女，年紀不大，相貌姿色也都不出眾。

男子身材高大，腰扣北莽權貴獨有的鮮卑頭玉帶；女子身段偏豐腴，腰間別有一枚看似熏衣祛穢的精緻香囊，繡有半面琵琶妝女子花紋，只可惜破損得厲害。

他望向青蒼城並不顯巍峨的西城大門，神情淡漠。

圍繞這架馬車的那二十騎如臨大敵，每人都是神情戒備，雖然這些來歷不明的騎卒手無寸鐵，但是作為身經百戰的老卒，仍是選擇坐在馬背上，擺出隨時展開衝鋒的決然架勢。

騎卒戰死於馬背，即是善終。

腰扣鮮卑頭玉帶的年輕男子用北莽話平淡道：「下馬。」

那些騎卒雖然滿臉不甘，卻還是毫不猶豫地下馬落地，很多人顯然都負傷在身，可人人腰杆挺直。

兩位年齡相仿的年輕人，都是北莽人氏，且出身顯赫，只是最後命運截然相反。前者正是原北莽北院大王徐淮南的孫子，如今以北涼道副節度使身分拜訪爛陀山的徐北枳；而後者身分僅在刺史邸報將軍諜報上得以告知：北莽夏捺鉢種檀，種家嫡長孫，北莽廟堂上數得著的新一代名將。

應了那句老話，逃得過初一，逃不過十五。先前在幽州葫蘆口突出重圍的種檀，這一次卻被徐偃兵領著吳家劍塚八十騎，成功攔截在姑塞州邊境，然後與徐北枳在臨瑤軍鎮會合，一同來到青蒼城。

當種檀憑藉朱魍諜報分別辨認出城門口那些人物後，本就沉重的心情越發沉入谷底。他之所以會輔助黃宋濮指揮流州戰局，看似是葫蘆口戰役失利的後遺症，被北莽朝廷拋棄到了最能夠撈取軍功的主戰場之外，但是此次出征，不但種家對他的東山再起寄予厚望，便是那位太平令也同樣極為關注。

而在密雲山口戰役分出勝負之前，種檀距離大功告成已是只有一線之隔，一旦數萬爛陀山僧兵歸順北莽，與黃宋濮大軍左首呼應，這就意味涼莽雙方在流州戰場的格局，不僅僅是兵力上的懸殊，而是北莽率先在局部戰場上成就「大勢」。

一口吃掉龍象軍是必然之果，而且對以清源軍鎮為支撐的涼州西境甚至是直接對在第一場涼莽大戰置身事外的整個陵州，都將形成巨大的威懾。無論黃宋濮在流州何等慘勝，最後只需要剩下兩萬到三萬騎軍，就可以在陵州西北地帶長驅直入。打爛了陵州，就是打散了北涼邊軍的元氣，而徐家鐵騎的戰略縱深也必然急劇縮小。

但是這些都成了可笑的「如果」，非但如此，種檀還看到這些北涼頂尖官員齊聚於此，直到這一刻種檀才完全確定，北涼是鐵了心要在流州有一番大動作，所以密雲山口戰役絕非兩位年輕北涼將軍的臨時起意。

富貴險中求，求得了，那往往就是一場大富貴。

種檀微微嘆息。自己何嘗不是如此，只不過他種檀的運道，實在太糟糕了些。事後他得知爛陀山在發現曹嵬部騎軍後，並沒有隔岸觀火，相反迅速攏起了兩萬僧兵趕赴戰場，甚至有三千騎撇下了主力大軍，幾乎咬住了曹嵬部騎軍的尾巴。

爛陀山不可謂不果斷，只要再給他種檀小半個時辰，就能攻破密雲山口外謝西陲用屍體堆積出來的血腥防線，或者只要曹嵬慢上片刻，就會被三千騎爛陀山僧兵澈底纏住。

種檀實在想不通，曹嵬也就罷了，畢竟是土生土長的北涼武將，可為何謝西陲願意為北涼如此死戰不退，為何甚至不惜將性命交給曹嵬。

種檀只覺得這場敗仗，輸得很冤枉，也輸得一點都不冤枉。

種檀此時此刻還不清楚，他輸給了曹嵬和謝西陲的聯手，將會被後世史家譽為雖敗猶榮，因為曹謝兩人，在祥符之後的整整三百年裡，都穩穩占據了名將前十之列。

許多年後，種檀成為第一位躋身中原廟堂中樞的北莽人，與曹嵬各自成了兵部衙門的左右侍郎。那個時候，朝野上下呼聲極高，最有資格與寇江淮爭奪兵部尚書一職的謝西陲，卻在廟堂之高和江湖之遠中選擇了後者。後世笑言若是謝西陲沒有放棄仕途的話，那麼那座兵部衙門就可以稱為密雲山口了。

在來青蒼城的路上，種檀與徐北枳這兩位分屬不同陣營的一武一文，有過幾次開誠布公的談話，種檀大致知道淪為階下囚後，自己的腦袋暫時不至於被北涼邊關鐵騎用來祭旗，或者是直接砍下來丟到葫蘆口那邊，去給那些座巨大京觀「添磚加瓦」。

種檀從不相信生不如死這個說法，只要人還活著，就有死灰復燃的希望。所以一路行來，種檀沒有任何自討沒趣的小動作，當然，這也是因為他心知肚明，除非是北莽軍神拓跋菩薩親自領軍趕至，否則以徐偃兵和那八十騎吳家劍士的恐怖戰力，當真是陸地神仙也救不了。

就在此時，一輛馬車從城門處駛出，從馬車上走下三人，三位官身比起那些刺史將軍還要高的北涼道大人物——北涼道副經略使宋洞明、副節度使楊慎杏，還有北涼王，徐鳳年。

年輕藩王在和楊光斗等人略微寒暄過後，就來到徐北枳和種檀身前，看著這位北莽夏捺缽和他的貼身侍女，用地道純熟的北莽官腔開口道：「當年河西州持節令府邸一別，咱們又見面了。」

種檀淡然道：「如果早知道王爺的身分，當時我怎麼都會留下王爺。」

徐鳳年搖頭笑道：「當時我雖然境界不高，但就算你和這位來自公主墳的高手盡力攔阻，也未必攔得住我跑路。」

種檀冷笑道：「王爺別忘了，當時我父親和小叔都在附近。」

徐鳳年說了一句莫名其妙的話：「事先說好，沒有別的意思，我只是一直很好奇，你叫種檀，你弟弟叫種桂，你叔叔叫種涼，都是兩字姓名，為何你爹叫種神通？」

種檀皺了皺眉頭，沒有回答這個問題。

徐鳳年讓宋洞明、楊慎杏與那些刺史將軍先行去往流州刺史府邸，他則拉著種檀和徐北枳步行入城。

年輕藩王和離陽最年輕的副節度使並肩而行，種檀和侍女劉稻穀這對主僕緊隨其後。

種檀看著那個背影，開門見山問道：「敢問王爺，我是死是活，死是何時死，活又是能活多久？」

徐鳳年沒有轉身，微笑道：「這得看你自己。」

種檀沉聲道：「如果王爺是想讓我說服種家陣前倒戈，那就既高看了我種檀的分量，也小覷了我種家的家風。」

徐鳳年忍不住停下腳步，轉頭望向這位神色堅毅的夏捺鉢，笑意古怪道：「這話說早了。」

種檀對此百思不得其解，也懶得刨根問底，猶豫片刻，問道：「流州這邊，北涼用誰針對黃宋濮大軍，用誰孤軍深入直奔西京？」

徐鳳年放緩腳步，與種檀並肩前行，坦誠道：「原本是用我弟弟黃蠻兒和流州將軍寇江淮針對黃宋濮，現在可就要加上謝西陲領軍的爛陀山僧兵了。郁鸞刀的幽州騎軍也會有曹嵬部騎軍遙相呼應，共同進入你們南朝腹地。」

種檀點了點頭：「流州境內戰事，你們北涼本來是勉強能戰，如今卻是勉強能勝。我們大好形勢，功虧一簣。」

徐鳳年笑道：「種將軍是大功臣啊。」

種檀神色淡然，而他的那位貼身侍女可就沒有這份老僧定力了，殺機四溢。

徐鳳年無動於衷，繼續說道：「先前我說你話說早了，意思是說你不用著急。如果北涼關外戰事不利，比如拒北城失守，那麼你種檀肯定會死。但若是關外戰事走勢出人意料，比如我們北涼鐵騎能夠在明年重新奪回虎頭城，那麼你自然而然就有『分量』了。」

種檀面無表情道：「那我拭目以待。」

徐鳳年突然打趣笑道：「我當年去北莽那趟，從頭到尾都必須說著你們北莽言語，你種檀運氣比我好，到了這青蒼城也不用說中原官腔。」

種檀一笑置之。

倒是那位公主墳女子高手冷笑道：「聽說北涼徐家與離陽趙室恩怨極深，不料王爺倒是有一副以德報怨的菩薩心腸，死心塌地為離陽皇帝看家護院！」

不等徐鳳年說話，種檀就輕聲喝道：「稻穀！」

她眼神陰沉，嘴唇緊緊抿起，毫無懼意，與那位身為武評大宗師的年輕藩王對視。她視死如歸。

一直沒有插話的徐北枳突然不輕不重地撂下一句：「這話說得……有些傷感情了，不太厚道。」

種檀將劉稻穀拽到身後，第一次流露出認輸服軟的神情：「還望王爺恕罪。」

徐鳳年瞥了眼她腰間的那枚破舊錦囊，問道：「喝沒喝過我們北涼的綠蟻酒？」

她言語滿是譏諷道：「早年喝過一次就再不願喝了，粗劣得很，不過下毒的綠蟻酒，我倒是想喝，王爺記得到時候別太小氣，一杯不夠，來一壺。」

種檀轉頭怒喝道：「劉稻穀！妳想死別拖上我！」

徐鳳年從她臉上收回視線，有些意興闌珊，繼續向前走去：「行了，你們主僕二人就別演戲了。一個想著自己血濺當場死了，好讓那位王爺減少怒火，為主人多賺一絲生機。一個想著跟貼身丫鬟撇清關係，以免被人遷怒。說到底，你們倆啊，比綠蟻酒的滋味，粗劣多了。」

種檀和她在被揭穿後皆是啞然無語。

徐鳳年抬頭望向遠方，怔怔出神。

之所以問了那個有關綠蟻酒的無聊問題，是在看到這位公主墳的諜子死士後，沒來由想起了梧桐院那名被自己取了個「綠蟻」綽號的丫鬟。

男子願為家國壯烈而死，士為知己者死，死得慷慷慨慨。

有些女子卻是只願為男子而活，只為悅己者容，最後便是死，也死得柔腸百轉。

◆

臨近刺史府邸，種檀劉稻穀和那二十餘種家精騎，在麋奉節和樊小柴和幾名拂水房諜子的「護送」下離去。

徐北枳站在官邸外的階下，望著那行人的背影，自嘲道：「本來我都想好了措辭，讓你別急著殺種檀，都白費了。」

徐鳳年笑而不語。

徐北枳問道：「怎麼，想招降這位用兵不俗的北莽夏捺缽？可不像啊，否則就該是禮賢下士、相見恨晚這個套路了。」

徐鳳年搖頭道：「我用誰都不會用種檀。」他很快補充道：「再說了，你也沒把他五花大綁嘛，我怎麼快步上前趕忙為其親自解縛？」

徐北枳齜牙咧嘴道：「倒胃口！」

徐鳳年突然笑問道：「你說種檀有幾顆腦袋？」

徐北枳愣了一下，白眼道：「說笑話？一點都不好笑。」

徐鳳年望向遠處，輕聲道：「幽州葫蘆口內，有臥弓城、鸞鶴城兩座城，可他種檀脖子上只有一顆腦袋，不夠分啊。」

徐北枳點頭道：「那就先留著吧，反正說不定以後大有用處。一旦北莽真被我們逼得內亂橫生，種檀所在的種家確實可以添一把大火。」

徐鳳年「嗯」了一聲。

徐北枳似乎記起一事，好奇問道：「種檀也就罷了，怎麼連那名北莽女子也沒殺，是憐香惜玉不成？這我可就得說說你了，那名侍女的姿色那麼平庸，你果真下得了嘴？」

徐鳳年無奈道：「你這話說得也不太厚道。」

很快，這位柿子就摟住橘子的肩膀，嬉皮笑臉道：「難道你剛才沒發現那女子看似視死如歸，其實早已經是汗流浹背了？而且我當時那麼重的殺氣，你也沒察覺到嗎？我當時都差點忍不住提醒你一句，『我殺氣太重，快躲開』！」

徐北枳只打賞了一個字：「滾！」

徐鳳年撇了撇嘴。

徐北枳收斂神色，低聲道：「種檀有句話說得真妙，拭目以待！北莽西線主帥王遂、河西州持節令赫連武威、太子耶律洪才、新任西京兵部侍郎耶律東床，以及深深紮根在北莽版圖上的某些春秋棋子，如今再加上一個種家。真是……」

徐鳳年接過話，緩緩道：「離陽這邊也有蠢蠢欲動的顧劍棠、兩淮道經略使韓林、膠東王趙睢、薊州韓芳楊虎臣！所以真是……好多的殺氣啊。」

整個天下，殺機四伏。

◆

武當山腳的逃暑鎮因為是燒香南山道的起始，又由於傳聞是祁嘉節那萬里一劍的收官之處，加上臨近武當論武，一座原本名聲不顯的小鎮頓時變得熱鬧非凡。

武當山上大、小道觀早就人滿為患，所以逃暑鎮諸多客棧下等房都賣出了上等房的高價，酒樓生意更是用日進斗金形容也不為過。

一些慕名遠道而來的江湖人士，一開始在街上認出了快雪山莊莊主尉遲良輔，那還會一驚一乍，等到進了酒樓驚喜發現隔壁兩桌外，就坐著幽燕山莊的少莊主張春霖，然後聽說樓上還坐著江南道笳鼓臺的眾多仙子，緊接著看到大步走入酒樓的十六散仙之一的遼東紫檀僧，看客們就徹底麻木了。

尋常時分行走江湖，鳳毛麟角的宗師那都是神龍見首不見尾的稀罕存在，這下倒好，就跟爛大街的白菜一樣，想不見到都難。

小小一座逃暑鎮，臥虎藏龍。

於是在這個時分，無論是何等宗門背景的年輕俊彥，何等修為的一方梟雄，都再沒有誰敢大嗓門說話了，怕就怕不小心隨地吐了口唾沫，都會濺到某位武道宗師的衣服上，那就真要吃不了兜著走了。這可絕非危言聳聽，先前魚龍幫捎話給武林同道，在北涼道境內點到即止的切磋無礙，卻不准因私怨鬥毆傷人，否則一經發現，境內徐家鐵騎立斬不赦！

先前半旬，就有兩個觸霉頭的可憐蛋，因為某人吃飯瞥了一眼鄰桌，雙方一言不合便拔刀相向，一人當場重傷，另外一人豪氣縱橫地揚長而去，結果後者僅在一炷香內就給當地騎軍絞殺，頭顱懸掛鬧市示眾。

這讓人明白了一個道理：行走江湖，尤其是原本一直游離於中原之外的北涼江湖，沒事千萬別瞎瞅，更別胡亂動手，會死人的。許多武林豪傑專程趕去湊熱鬧，親眼目睹了那場別開生面的騎軍追剿，那名輕功不俗的成名高手，竟然在北涼兩百騎的一次衝鋒下就斃命，什麼水上漂草上飛，什麼三品武夫體魄，面對訓練有素的輕弩激射之下，根本毫無還手之力。

北涼騎軍的正面衝鋒、周邊游弋、快馬堵截，一氣呵成，相比之下，中原那邊官府捕快跟綠林好漢的過招，就像是潑婦撓人打情罵俏，天壤有別。

小鎮外的官家大道側有座茶攤，正值晌午，茶攤販賣武當著名的定神涼茶湯，加上香氣彌漫的春曉餅，生意火爆。路邊槐柳站滿了陪主人一起歇腳的高頭大馬，六、七張油垢桌子都坐滿了外鄉茶客，人人氣韻不俗，顯而易見都是奔著武當論武而來的江湖人。

兩張桌子圍坐著八位身前各自放有古箏、箜篌、忽雷等樂器的妙齡女子。一張桌子坐著並無攜帶兵器的青壯漢子，雙眼精光外泄，坐姿雄壯，一眼便知是登堂入室的外家拳高手；一張桌子上的年輕人每人都背有一根白杆槍，雖是日常練手的木槍，但是四人木槍樣式截然不同，有相對煩瑣的鴉頸槍，有線條簡潔的錐槍、大蜀筆槍和東越裂馬槍，如果不是那種吃飽了撐著的裝神弄鬼，那麼這四位用槍的年輕人必然師出名門。

這四張桌子眾星拱月一般圍著居中那張「主桌」，桌邊坐著看似年齡懸殊的三人。年輕女子腰佩一支晶瑩剔透的青玉長笛，婀娜動人；雙鬢微霜的男子身負長短兩只布囊，中年男人身材矮小，比前者足足矮了一個腦袋，但是神色間顧盼自雄。

其餘兩張桌子，大概都算是這五桌抱團人物的外人，位置也相對靠近道路，一旦有車隊馬匹路過，塵土飛揚，也就不知道到底是喝茶還是吃灰了。

此時一輛馬車緩緩停下，有三名騎士擔任馬車扈從，年輕馬夫轉身掀起簾子，車廂內彎腰走出一位身穿白衣的俊雅男子。

他習慣性瞇起眼，依稀望見逃暑鎮的輪廓，竊竊私語過後，男子返回車廂，年輕馬夫跳下馬車，從一名扈從手中接過馬匹韁繩，那名扈從接手成為馬夫，馬車繼續向小鎮駛去。

三名扈從僅有一騎跟隨年輕馬夫留在原地，是位腰間佩刀的年輕女子，容顏出眾，可惜臉色陰冷，白白清減了許多風采。

大概是大戶人家僕役的這對年輕男女牽馬走向茶攤，正巧也有兩位與他們年齡相仿的男女從遠處河畔散步返回。

女子背著一只裹在西蜀紋錦套內的琵琶，唇薄嘴小，婉約且嫵媚，只是那名結伴而行的男子就要遜色太多，長了一張相當辟邪的蛤蟆臉，委實太過少年老成，笑起來的時候怎麼看都不像一位江湖俊彥，屬於那種哪怕有良民戶牒在身也會被城門護衛當作採花賊的角色。

當兩對年輕男女同時走向茶攤時，蛤蟆臉小眼睛滴溜溜地轉動，狠狠打量著那名馬夫身後的女子佩刀扈從，這位已經碗裡有肉吃的仁兄顯然不太知足，又盯上了鍋裡的肉，只不過礙於佳人在側，不好意思露出太難看的吃相，終究沒有上前搭訕。

當他發現那名陌生女子投來冷冽的眼神時，他微微咧嘴，挑了下眉頭，然後就察覺到她竟然單手握住了刀柄，一副拔刀相向的架勢，他更是樂不可支。喲，還是匹胭脂烈馬，若是往日，他可是最好這一口，忍不住習慣性地伸出舌頭舔了舔嘴唇。

這個動作惹來佩刀女子的一聲冷笑，蛤蟆臉倒是沒覺得怎麼奇怪，但是那居中一桌三人幾乎同時都屏氣凝神，如同二虎相遇於一山，矮小漢子沉聲道：「長風，回來！」

與此同時，先前給人擔任馬夫的年輕人也停下腳步，拍了拍身旁女子的肩膀，後者頓時神意內斂、殺氣盡瀉。

蛤蟆臉悻悻然，和嘴唇纖薄尤為給人印象深刻的女子一起走向長輩桌子。剛好臨近官道的一桌客人結帳離去，那對男女便順勢坐下，只要了兩大碗定神湯。

佩刀女子放低嗓音娓娓道來：「那名駐顏有術的女子，是淮南道縹緲峰的宗主陸節君，二品宗師修為，不知為何與北派錬氣士淵源頗深，得以身負兩種指玄神通，如今與徽山大雪坪交好，和離陽刑部關係也不錯。

剛才開口的男子叫馮宗喜，拂水房諜報紀錄此人曾經在永徽末年，敗在武帝城拳法大家林鴉手上，交手了四十餘回合，離陽江湖人稱中原神拳，與飛嬋仙子陸節君、紫檀僧等人並列為十六散仙。

至於那名背負槍袋的男子，從他與隨行弟子的行囊推測，多半是祥符十二魁之一的槍魁李厚重，同時也是四方聖人之一。拂水房先前對於此人事蹟並無入檔，是新近冒頭的中原武人，三人之中，其實也就李厚重還算有幾分真本事。」

同桌男子正是護送白煜離開流州青蒼城去往逃暑鎮的徐鳳年。白蓮先生和兩禪寺白衣僧人李當心，曾經在十年一度的龍虎山佛道之辯打過機鋒，況且剛剛得到消息，至交好友齊仙俠也已經與東越劍池柴青山結伴赴涼，所以這場武當論武是如何都不願錯過的。

背對那一桌人的徐鳳年「嗯」了一聲，輕聲道：「雖說比徐偃兵還差許多火候，但應該跟韓嶗山修為相差無幾，路數也相同，都是大開大合，而且大器晚成，有機會成為槍仙王繡那般的大宗師，妳與他交手，勝算不大。」

與糜奉節一起成為拂水房乙字房掌事的女子淡然道：「我只知道，我自己絕對能夠殺掉他。」

徐鳳年啞然失笑：「以命換命的賠本買賣，有什麼值得驕傲的。」

樊小柴默不作聲。

徐鳳年瞥了眼不遠處那位獨占一桌的青衫年輕人：「拂水房沒有此人的檔案？」

樊小柴愣了一下，搖頭道：「沒有。」

徐鳳年解釋道：「太安城祁嘉節和北莽劍氣近黃青，還有武帝城捨道求術的樓荒，遇上旗鼓相當的死敵，皆是滿身劍氣。世間登堂入室的劍客大半如此，劍氣遠遠重於劍意，即便返璞歸真後不顯山、不露水，可一旦出手，便會一覽無餘。

只有極少數劍客才會天生意氣風發，也就是那種所謂的天然劍胚，這種罕見的天才，只要開竅，再加上一點氣運，往往可以達到陸地劍仙的成就，遍觀春秋之前的江湖，歷代劍道魁首莫不是如此。」

樊小柴用眼角餘光打量著那名貌不驚人的年輕人，皺了皺眉頭：「他也是？」

徐鳳年點頭道：「這些年走了那麼多位劍道宗師，自然會有人應運而起。例如顧劍棠和南疆盧玄朗突然死了，大概只需要五、六年，就會有人一鳴驚人。」

樊小柴眼神古怪，瞥了眼腰間還懸掛著涼刀的年輕藩王。你這位使刀的武評大宗師若是死了，又會給誰帶去那份滔滔如廣陵江的氣數恩澤？是王生、余地龍和呂雲長這三位徒弟？還是那位也是劍胚的姜姓女子？助她一步躋身陸地神仙？

猜出她心思的徐鳳年狠狠瞪了她一眼。

樊小柴一手端碗喝茶湯，桌底下那隻手按住刀柄細細摩娑。

曾經十指不沾陽春水的纖纖玉手，如今卻握著殺人飲血刀。

樊小柴突然問道：「當真不登山？」

神情略微古怪的徐鳳年搖頭道：「我就算了，不過妳要是想湊熱鬧，就不用隨我去拒北城了，褚祿山那邊我幫妳打聲招呼。我覺得妳不妨去趟武當山，畢竟這種盛況，以後未必見得著了。」

樊小柴笑道：「武當山再高，有你高？」

徐鳳年白眼道：「拍再多馬屁都沒用，我就算英年早逝，也不會把氣運過渡給妳。」

樊小柴一笑置之，喝過了那碗定神湯，她還真有幾分氣定神閒的意味。

樊小柴猛然間握緊刀柄，氣勢勃發。毫不掩飾的濃郁殺氣，就連遠處那位蛤蟆臉都感受到了。

這即是拂水房大檔頭樊小柴的作風——她要殺人，從來都是光明正大，不分勝負，只分生死。

那名她看不穿深淺的年輕劍士，起身端著茶碗向他們走來，很不客氣地一屁股坐下，跟年輕藩王相視而坐。

徐鳳年微笑著不說話，對於那名不知名劍客的冒昧打攪並不以為意。

那人落座之後，神情肅穆，一本正經道：「不料世間竟有與我一般英俊的男子，幸會幸會。」

樊小柴忍不住嘴角抽搐。她這輩子見過不要臉的，還真沒見過這麼不要臉的。

然後那人轉頭凝視樊小柴：「姑娘的刀好，刀法更好，只可惜刀勢不盡如人意。」

樊小柴一臉笑意：「哦？」

那人提了提手中茶碗，如同私塾的教書先生，一板一眼道：「我家鄉那邊，盛產一種大家閨秀鍾情的青花壓手杯，握於手中，微微外撇的杯沿正好壓合於手緣，大小分量適中，穩貼合手，故有『壓手』之譽，無論飲茶喝酒，都可熨貼女子體量。

反觀姑娘先天體魄並不出眾，只是憑藉家學淵源或是宗門底蘊，融會貫通，靠著氣盛心胸才有今日修為，但是長此以往，必然傷身。須知氣勢氣勢，最重順勢二字，姑娘修行，卻是反其道行之，恰似酒量平平的女子故作豪邁，以大碗飲酒，絕非長久之計。」

樊小柴語氣平淡地撂下一句：「你是我爹？」

那人略作思量，平聲靜氣道：「自然不是，不過我可以做姑娘的夫君。」

喝茶比樊小柴要慢許多的徐鳳年聽到這句話後，差點一口噴出去。

樊小柴微微一笑，好似並不惱怒這個登徒子的浪蕩言語，只是刀卻已出鞘寸餘。

那人原本右手提碗，左手擱在桌底膝蓋上，這個時候他的左手突然高高舉起。

分明只是一個輕描淡寫的平常動作，竟讓殺人如麻的拂水房頭等殺手剎那間頭皮發麻，生出一股荒誕不經的錯覺。

刀出鞘之時即是死！

樊小柴握刀的那隻手，微微顫抖。

哪怕是對上無論是武道境界還是對敵經驗都勝出一籌的糜奉節，樊小柴都不曾有過這種悚然感覺，關鍵是她自認從不畏死。

那名深藏不露的年輕劍客並沒有乘勢出手，只是轉頭跟茶攤老闆喊道：「添三碗定神湯。」

徐鳳年笑道：「厲害。」

徐鳳年對樊小柴說道：「不用緊張，這位公子沒有惡意。」

樊小柴臉色蒼白，眼神越發陰沉。

等到茶攤掌櫃的把三碗定神湯端到桌上後，那人點頭道：「當然沒有惡意，我自入江湖以來，一直以為會與徽山大雪坪那位軒轅紫衣結為神仙眷侶，但是見到眼前這位姑娘以後，便覺得那名女子必定要錯過我這良配了。」

徐鳳年不得不重複道：「厲害。」

那人又轉頭對樊小柴善解人意道：「姑娘想殺我也並非不可，不過最好喝過了茶湯，再尋個僻靜寬敞的地方，屆時我肯定不還手，任由姑娘出刀。」

樊小柴深呼吸一口氣，五指死死握緊刀柄，咬牙切齒道：「你找死？」

結果那人給出一個誰都沒有想到的混帳答案，他神色無比認真：「我找妳。」

樊小柴眼神中透出視死如歸的毅然決然，不顧一切地拔刀出鞘，就在刀尖即將澈底露出渾身氣勢攀至頂點的瞬間，一直臉色刻板的年輕劍客破天荒微微一笑，身體微微前傾向樊小柴，左手雙指併攏，電光石火之間，指向了樊小柴眉心，停留在距離她眉心寸餘的位置。動靜之中，大有意味。

樊小柴身體迅猛後仰，試圖避其鋒芒。

但是那人鬆開雙指後，手掌輕輕按住她的肩頭。

樊小柴嘴角滲出觸目驚心的猩紅血絲。

徐鳳年瞇起眼。

那人這一手，的確了不起，不在招式驚奇或是氣勢高絕，而是其心意之深。

樊小柴抬起手臂隨意擦拭掉血跡。

年輕劍客依然扶住她的肩膀，收斂了笑意，語重心長道：「姑娘，論及氣勢雄壯，浩然正氣是，凶邪戾氣也是，區別在於前者就如這條驛路，數騎並肩也無妨，後者卻是那僅有立錐之地的獨木橋，掉頭不易，人之鬱氣沉屙，積重難返。為何世人有不吐不快一說？便是此理啊。我輩武道修行，無論刀劍還是拳法，都是長久事，哪能一鼓作氣登頂的？任由妳是陸地神仙，與人死戰，也需要換上一口新氣。」

樊小柴嘴唇緊閉。

事實上，她此時此刻已是滿口瘀血，連說一個「滾」字都做不到了，但她仍然不願意吐出。

如果說北涼王徐鳳年是她這輩子最想殺的人物，那麼眼前這個腦子被驢踢過不止一次的傢伙，可以排在第二位，已經超過早年親手將她變成拂水房死士的褚祿山！

徐鳳年嘆息一聲，舉起剛送來的那碗定神湯，往先前那只空碗裡倒了大半，這才遞給樊小柴。

她猶豫了一下，這才接過白碗，抖落那人按在她肩頭的手掌，轉過身去，低下頭，將鮮血吐入茶碗，連同茶湯一飲而盡。

也許除去徐鳳年，附近那些個江湖人物，就只有雪廬槍聖李厚重想透了些許玄機。

即便是在縹緲峰陸節君和拳法巨匠馮宗喜看來，年輕劍客的出手除了快，貌似並無絲毫出奇之處，而這種快，似乎也僅是快而已。

至於其他人，更是滿頭霧水莫名其妙。

那名年輕劍客望著樊小柴的背影，欲言又止，最後還是沒能說出什麼話。

他轉頭看向徐鳳年，問道：「你要麼是不曾習武的平常人，要麼是擅長鍊氣的頂尖人物，否則我不至於捕捉不到你氣機流轉的獨到之處。但既然你有膽子懸佩涼刀招搖過市，身邊又有這位姑娘同行，相信身分不簡單，那麼……」

徐鳳年安靜等待下文。

這一次年輕劍客果然又沒有讓人失望：「那麼敢問這位姑娘的芳名？」

徐鳳年微笑道：「以前叫樊小釵，釵子的釵，如今叫樊小柴，柴火的柴。」

那人點頭道：「如我所料，都是好名字！」

徐鳳年無言以對。

自己闖蕩江湖這麼多年，終於遇著臉皮厚度不相上下的對手了！

只是自己當年最落魄的那趟江湖，好歹除了臉皮還是靠臉的，與村婦小娘兒們討水喝，堪稱所向披靡從無敗績，可眼前這位，那純粹是靠一張臉皮啊。

那人想了想：「算了，本來還想跟你打聽一件事，現在不需要了。反正去不去武當山，已經無所謂。」

已經知道年輕劍客身分的徐鳳年笑問道：「為什麼無所謂？難道你真的不去跟那位北涼王一爭高下？」

年輕劍客滿臉錯愕道：「你知道我是誰？」

徐鳳年點頭。

他揉了揉下巴，恍然大悟道：「你能夠僅憑相貌就猜出我的身分，殊為不易，不過話說回來，也在情理之中。」

徐鳳年開始有些理解樊小柴的心情了。

樊小柴已經轉回身，白碗擱放在桌面上，死死盯住那人：「我必殺你！」

那人既無譏諷也無惱火，咧嘴一笑，陽光燦爛：「隨妳喜歡。」

徐鳳年好奇道：「你不是開玩笑？」

那人正襟危坐，沉聲道：「我從不與人開玩笑！真正喜歡一個人，難道不應該正是一見鍾情才對？我想不是相濡以沫才會喜歡上一個人，而是喜歡上一個人後，才會相濡以沫。怎麼，你不信？」

徐鳳年看著這張年輕臉龐，有些恍惚。

他想起了羊皮裘老頭兒和那位酆都綠袍。

原來，如今江湖，亦有癡人。

不可理喻，不用理喻。

徐鳳年笑著輕聲道：「我相信。」

樊小柴面無表情問道：「你是誰？」

徐鳳年情不自禁地揉眉頭。

果不其然，對面這個傢伙又開始傷人於無形了：「小柴姑娘，我喜歡妳，與妳喜歡不喜歡我，沒有關係。」

然後他對樊小柴眨了眨眼睛：「如果有一天，我不再喜歡妳了，不要奇怪。」

樊小柴的情緒幾近崩潰，怒吼道：「你到底是誰！」

年輕劍客直到這個時候，才按住腰間劍柄，眼神清澈，望著她笑道：「太白劍宗，陳天元！」

他略作停頓，大聲道：「所以！我不喜歡妳之時，只有陳天元劍斷之時！」

附近那幾桌，只要是剛好在喝茶湯或是嚼餅的年輕男女，無一例外都當場一口噴出。

太白劍宗，謫仙人陳天元！

百年江湖，群峰競秀，可自春秋劍甲李淳罡之後，陳天元仍是當之無愧的劍道天賦最高！破境最快！

陸節君和馮宗喜同時悄然望向雪廬槍聖李厚重，後者微微點頭。

應該就是太白劍宗那一位。

與三位前輩坐在一張桌子上的蛤蟆臉和薄唇美人面面相覷。

不是說太白劍宗謫仙人，初出江湖，便以白衣白馬懸佩白鞘長劍名動天下嗎？

不是說那位謫仙人丰姿如天上神仙嗎？

徐鳳年慢悠悠舉起茶碗，沒有急著喝茶湯，舉目遠望，怔怔出神。

此人此時此景。

他人別時那景。

曾經有位喜歡摳腳的糟老頭，氣哼哼說：「什麼老劍神！就是劍神！」

曾經有位窮得叮噹都不響的木劍遊俠兒，豪氣萬丈說：「如果有天江湖上出現了一位姓溫的絕代劍客，不用懷疑，那就是我了！」

有人已不在世間。

有人已經不在江湖。

有人則還在眼前。

◆

徐鳳年回過神之後，放下茶碗，對那邊戰戰兢兢的茶攤掌櫃喊道：「有沒有綠蟻酒，來兩壺！」

如今北涼道轄境已經禁止釀酒，所以大大小小的酒肆酒樓，新釀綠蟻是註定喝不上了，多是往年窖藏。這座茶攤因為趕上趟，要做外鄉江湖豪客的生意，畢竟一碗定神湯才幾文錢，遠遠不如賣酒來得容易賺錢，特意與酒樓買了些相對粗劣的陳年綠蟻酒過來，現在還剩下四、五罈，就給這一桌拎了兩罈過來。

如今一罈的價格約莫是前幾年的四罈綠蟻了，好在北涼這邊從無兌水的習慣，綠蟻有好

壞，但都地地道道。隨著中原江湖人蜂擁趕赴武當山，也不知是誰率先喊出來的，說是「不喝綠蟻酒，就白來了北涼」。

陳天元問道：「你請客？」

徐鳳年點頭道：「你請我定神湯，我回請你綠蟻酒，有何不妥？」

陳天元認真道：「沒有不妥，只不過我不喝酒。」

徐鳳年訝異道：「天底下還有不喝酒的劍客？」

陳天元指了指自己，一臉天經地義道：「我就是啊。」

徐鳳年看著桌上兩罈綠蟻酒，有些尷尬。

徐鳳年、陳天元那一桌之外，心情最為複雜的人物，肯定是蛤蟆臉、薄唇女子這些心高氣傲的年輕人。他們若是在離陽一州之內，毋庸置疑，俱是頭等風流，可這人就怕貨比貨，就像那名背負琵琶的冷豔美人，不管她在淮南道江湖有多少裙下之臣跟風之徒，真正走入更大的江湖，有幸接觸到一品四境的頂尖武夫這些「天上風光」，都會心虛。

對於太白劍宗的年輕謫仙人遠在天邊之時，作為年齡大致相當的江湖子弟，既有驚豔，又有質疑，更多是豔羨，當下冷不丁換成了近在眼前，就更是百感交集，覺得對方高不可攀，難免自慚形穢，又奢望能夠言語攀談一二。

他們心知肚明，自己更多是靠宗門靠師父才得以風風光光走江湖，但陳天元截然不同。據說北莽有人曾一人即宗門，那麼在短短一年內連破二品、金剛和指玄三境的陳天元，也遜色不多了。

這位在同齡人中一騎絕塵的年輕劍客，是有資格與他們的靠山平起平坐的，至於前程，更是不可估量，離陽江湖公認四小宗師之中，無疑以陳天元未來成就最高！

到底有多高？可能是劍甲李淳罡和涼王徐鳳年有多高，陳天元就有多高。

蛤蟆臉向那位綽號響噹噹的馮宗喜小聲問道：「師父，這位太白劍宗的年輕人，如今武道修為真的進入指玄境了？」

身材矮小卻獨具氣勢的拳法宗師點頭道：「應該不假。」

薄唇女子眼神熠熠，秋波流轉。

她怎麼想不到那個貌不驚人的青衫男子，一眼斜斜瞥過就不願再看第二眼的傢伙，正是心目中的未來天下劍道領袖人物。

落差很大，但驚喜也很大。

雖說陳天元不是傳聞中的李淳罡第二，最不濟看上去就並非風流倜儻之人，但只要他的劍道天賦沒有太大水分，就足以讓她心甘情願地竭力依附。

馮宗喜小聲笑道：「長風，藉此機會，跟你說一樁祕事。你可知為何天下劍道登頂之人，往往能夠成為那一代江湖的天下第一人？」

竇長風嘿嘿笑道：「師父請說，徒兒洗耳恭聽著呢。」

馮宗喜緩緩道：「習武之人萬萬千，拋開三教中人不言，就是世間劍士最重氣數，此消彼長，都在爭個一枝獨秀。說到底，臥榻之側豈容他人鼾睡。」

竇長風似懂非懂。

坐在縹緲峰陸節君身側的薄唇女子柔聲問道：「是不是就像陸地神仙的人數那般，都有定數。」

身負指玄祕術的陸節君微笑點頭。

竇長風「哦」了一聲：「那跟官場差不多嘛，六部尚書，六把交椅，一個蘿蔔一個坑啊。」

雙鬢霜白的雪廬槍聖低頭喝茶，扯了扯嘴角，滿是不屑。

竇長風小心翼翼問道：「師父，我去謫仙人那一桌坐坐？嘿，就當沾沾仙氣了。」

馮宗喜「嗯」了一聲。

這位蛤蟆臉屁顛屁顛一路小跑過來，十分熱絡地說道：「在下竇長風，能否與……」

陳天元根本就沒有理睬這位離陽江湖新評十大公子之一的俊彥翹楚，直接轉頭望向馮宗喜。他先前幾乎與這個姓竇的同時看到樊小柴，竇長風的那副嘴臉，陳天元都清清楚楚記在心頭。

與縹緲峰陸節君同樣在大雪坪躋身前列席位的拳道宗師馮宗喜，心底對於這名風頭一時無兩的晚輩有些不悅，但是臉色如常，只不過卻也沒有按照陳天元的意思，把熱臉貼冷屁股的徒弟竇長風喊回原位。

竇長風天資平平，性子更是不堪，馮宗喜既然能夠達到今日武道高度，加上需要常年奔波在外，少不得與三教九流打交道，自然早早練就了火眼金睛的識人本領。只不過竇長風是位身世顯赫的世家子弟，出身嫡房卻非長子而已，家族供奉更是一位退出江湖隱姓埋名的前輩宗師，早年曾經有恩於馮宗喜，竇長風這才成了這位中原神拳的得意弟子。

況且馮宗喜這輩江湖人，最重臉面一事，講究人敬我三分、我敬人一丈，只喝敬酒、不吃罰酒。陳天元雖說名聲極大，與龍虎山齊仙俠、武帝城江姓打潮人、金錯刀莊主並稱為新武評四小宗師，可是馮宗喜還真不怵這位宗門遠離中原的年輕謫仙人。

退一萬步說，他身邊還有宗門勢力盤根交錯的陸節君，更有大雪錐槍下唯死人的李厚重，因此馮宗喜豈會自降身分向一位晚輩示弱，傳出去後他還怎麼混江湖？有師父撐腰的蛤蟆臉竇長風頓時心思大定，既然拉攏不了這位太白劍宗的天才劍客，那麼借勢踩上幾腳，毀掉一位江湖名聲還要在自己之上的傢伙，天大的美事一樁啊。

一襲青衫的陳天元緩緩站起身，臉色平靜：「今日起，我佩劍更名為『木柴』。」

這句話，顯然只是向樊小柴一人而說。

徐鳳年忍住笑意，瞥了眼她，後者像是全然無動於衷。

馮宗喜皺了皺眉頭。如果是中原江湖那邊的不成文規矩，假若衝突雙方實力並不懸殊，又都知根知底的話，肯定都是坐下來談，不坐下來也行，即便最後還是要打，可也會站著先磨一磨嘴皮子，他沒有想到這位後起之秀根本就不懂那套「禮數」。

竇長風唯恐天下不亂，煽風點火道：「陳公子，我並無他意，為何連這點面子也不給？好，就算陳公子你不願與我竇長風結識，算我自作多情便是，沒關係，但是我師父與雪廬宗主和飛嬋仙子都在場，你又何必報出劍名，咄咄逼人？」

背對樊小柴的陳天元柔聲道：「放心，我不會輸。」

徐鳳年忍俊不禁——你難道不清楚，樊小柴這會兒是想著你給人亂刀砍死嗎？

一人撐起一座宗門的年輕人在說完這句話後，氣勢渾然一變，哪怕連劍柄都不曾握住。

滿身無劍氣，劍意卻沖霄。

腰懸三尺，如掛大江。

徐鳳年抬頭望向武當山大蓮花峰方向，有些頭疼了。

這一刻，馮宗喜終於神情微變。

他自認已經有意高估這位劍道謫仙人了，可他現在才知道，仍是低估了很多。

就連已五十高齡卻貌若十八的縹緲峰陸節君，都不得不站起身充當和事佬，她嗓音沙啞地勸說道：「陳公子，萍水相逢即是緣，何須刀劍相向？」

陳天元沉聲道：「理在我這邊，劍在我腰間。」

陸節君苦笑無言。

年輕人啊，真是不曉得江湖的水深水淺，你陳天元贏了這位中原神拳又如何？馮宗喜在離陽江湖兢兢業業混了三十年，才攢下了當下那份口碑聲望，可謂好友遍及大江南北，尤其是與大雪坪大管事黃放佛相交莫逆！

太白劍宗既然已經躋身十大宗門之一，將來必然要與中原江湖牽扯來往，偏居一隅的太白劍宗本就沒有地利優勢，一旦與馮宗喜交惡，就不怕中原江湖門派、地方官府，甚至是太安城刑部衙門，都對你們太白劍宗懷有成見？說不定下屆江湖評就會直接抹去你們！

給人感覺沒心沒肺的陳天元不知是靈光乍現還是如何，這一次竟然直指人心道：「我太白劍宗既然是劍宗，就當以劍立身！提劍平丘壑，只向直中取！」

徐鳳年灌了一大口酒，笑道：「說得好！」

就在馮宗喜和陸節君都猶豫不決之際，氣象森嚴的雪廬槍聖李厚重已經摘下兩只大小槍囊，淡然道：「槍名大雪錐。」

突然，徐鳳年火急火燎地跟樊小柴說道：「我得先走了，妳幫忙盯著這個傢伙，如果需要就出手，當然不是讓妳殺他，是幫他！實在不行妳就報出身分。」

徐鳳年剛起身準備風緊扯呼，一個清脆嗓音就在眾人頭頂遙遠處清晰傳來：「姓徐的！」

徐鳳年一臉苦相，喃喃道：「沒道理啊，這麼遠也看得見我？」

已經「因病暴斃」的隋珠公主趙風雅，如今恰好就在武當山上，而小泥人也在。

更湊巧的是這兩位公主殿下，早年就在山上針尖對麥芒過，徐鳳年哪裡想得到趙風雅進入北涼後鐵了心要在武當山隱居，又哪裡想到小泥人更鐵了心要在山上打理那塊菜圃？

徐鳳年可不覺得她們兩位會同病相憐，不打架就燒高香了。

陳天元側過身仰起頭，第一次握住了那柄原名為「大意」的木柴。

他是百年難遇的天生劍胚，那一位，更是。

一個江湖，遇上了千年難遇的大年份，就不講道理了。

所有人都不約而同望向天空。

有女子負匣御劍凌空而來！

她從大蓮花峰破開那壯闊雲海中，如同仙人下凡，飛掠而至。

老人總說，行走江湖，要講派頭。

她這種派頭，大概已經不能再大了。

陸地劍仙，御劍千里，朝遊崑崙，暮至東海！

只不過這位女子劍仙在眾人瞠目結舌之中，飄然落地後的舉動，更讓人呆若木雞了。

她沒有繼續神仙風采地馭劍歸匣，而是直接提著那柄大涼龍雀劍，用劍尖指著某位笑臉牽強的傢伙，怒道：「想跑？」

某人坐回長凳，理直氣壯道：「怎麼可能！我剛才還想著上山給妳帶壺綠蟻酒呢！」

她瞪大眼睛。

他回瞪過去，貌似毫不露怯。

她始終漲紅著臉，怒氣衝衝。

大眼瞪小眼。

旁邊還有一大堆人陪著這兩位一起瞪大眼睛。

最後她瞥了眼桌上一壺尚未啟封的綠蟻酒，板著臉道：「你自己結帳！」

徐鳳年嬉皮笑臉道：「我知道妳出門喜歡攜帶錢囊，先借我，回頭就還妳。」

見她就要舉起長劍砍人，徐鳳年立即低頭摸出一紙錢袋子：「咦？明明記得我沒帶銀子的啊！」

陳天元看到這一幕後，覺得這人，真不要臉。

她重重冷哼一聲，御劍而返。

天上來，天上去。

他還不忘高聲提醒道：「慢些，天上風大。」

等到她身形消逝於滔滔雲海，所有人都轉頭望著那個沒有骨氣的傢伙。

他一拍桌子，惱羞成怒道：「怎麼？男人心疼媳婦，有錯？」

姜泥這一趟御劍來回，無疑給馮宗喜一夥人找了個臺階下，真正見識過年輕謫仙人的劍意大勢，就再沒有切磋的心思了。

馮宗喜自認捉對廝殺，肯定要輸給陳天元這位江湖聲勢正值如日中天的後起之秀，若是與陸節君聯手對敵的話，只會淪為一樁笑談。兩人加在一起都活了九十多歲了，合夥欺負一個還沒到而立之年的年輕晚輩，算怎麼回事？輸了晚節不保，贏了也不光彩，不值當。

就連先前已經報出大雪錐名號的雪廬槍聖李厚重也猶豫了一下，在瞥了眼徐鳳年後，重新收起了那杆與王繡「剎那」以及陳芝豹「梅子酒」齊名的名槍。

這位在中原江湖被視為武力極重卻武德有虧的宗師，原本以性格暴烈著稱，只是李厚重比馮宗喜、陸節君兩位江湖越老膽子越小的「朋友」，要多出一份說不清、道不明的直覺。

他其實並不忌憚銳意無匹的陳天元，反而對那名氣機平平的佩刀公子，更為上心。

躋身指玄境，便心有靈犀，便未卜先知，便見微知著。而李厚重作為擁有金剛體魄的純粹武夫，他的指玄境，腳踏實地，一步一個腳印，與江湖名聲不顯的北涼劍道宗師糜奉節如出一轍，遠比道教中人的真人更能料敵機先，也就更能殺人。

陳天元看那雪廬槍仙沒了生死廝殺的念頭，也就順勢坐回原位，心思更多放在那名御劍女子身上，疑惑道：「武當山何時多出一位隱居的女子劍仙了？」

徐鳳年當然不會回答這個問題，沒必要交淺言深，欣賞這位年輕謫仙人是一回事，如何打交道又是一回事。

他收起錢囊，一手拎起一壺綠蟻酒，然後丟了個眼色給樊小柴，後者默默掏出一粒銀子放在桌子上，準備跟隨徐鳳年登山，兩人一起走向那兩匹坐騎。因為是產自纖離牧場的優等北涼戰馬，無須拴繫，也不會走失，更不會被陌生人任意騎乘。

陳天元猶豫了一下，剛要開口結伴而行，就被樊小柴轉頭冷冷瞥了眼，有信心一人力敵三位江湖名宿的年輕劍客頓時有些氣餒，坐在原位上，喝了口定神湯，感覺沒滋沒味。

突然，遠處有人騎毛驢沿著驛路悠然而來，蹄聲嘀滴答答，比起馬蹄的雄壯密集，毛驢踩踏出來的聲響，實在是有些軟綿滑稽。

徐鳳年愣了一下，看著那名騎毛驢看山河的中年人，臉色複雜。

樊小柴不認識中年人，可是她從年輕藩王臉色的蛛絲馬跡裡，猜出了那名劍客的身分。騎毛驢、腰佩劍，且能夠讓徐鳳年駐足等待，世間劍士唯一人。

不料陳天元看到這位中年劍士後，面癱一般的表情綻放出驚喜的神采，猛然起身，大步前去，搶在徐鳳年和樊小柴之前，激動萬分，顫聲道：「見過師父！」

中年人跳下毛驢，無奈道：「跟你說過多少次了，我不是你師父，而且我的徒弟只有一個。」

陳天元笑臉燦爛道：「認不認我做徒弟，是師父的事情，我認不認師父，是我陳天元的事情。」

中年人沒好氣道：「也虧得你還算劍術小成，否則就憑你這種不討喜的執拗脾性，早就給人打得你爹娘都認不得了。」

他牽著毛驢走到徐鳳年身前，打量了一番，奇怪問道：「不就是一個洪敬岩嗎，怎麼這麼慘？」

徐鳳年輕聲道：「挨了拓跋菩薩傾力一拳，沒死已經是賺到了。後來陳芝豹在懷陽關找到我，又點到為止地打了一架，稍稍耽擱了氣機休養。」

中年人恍然，「哦」了一聲。

這次輪到心比天高的陳天元目瞪口呆。洪敬岩加上拓跋菩薩，再來個陳芝豹？

徐鳳年想了想，決定先不登山，領著牽驢子的中年人走回茶攤，瞥了眼他腰間的佩劍，笑問道：「最早在東海武帝城外，第二次在北莽敦煌城，還有上次在太安城，三次見面，都不曾見你佩劍，這次怎麼？」

鄧太阿一本正經道：「大秋天的，上哪兒去折桃花枝，難不成北涼這會兒還有桃花盛開？」

徐鳳年嘆息一聲。桃花劍神也好，謫仙人陳天元也罷，為什麼這些劍客，總喜歡說一些不好笑的笑話。

鄧太阿拍了拍腰間佩劍，微笑道：「我那徒弟孝敬師父的，如何？」

徐鳳年瞥了眼平淡無奇的佩劍，只好說道：「禮輕情意重。」

鄧太阿搖頭道：「二十兩銀子呢，可不輕。」

徐鳳年笑道：「聽潮閣其實還有幾把好劍，如果想要新鑄之劍，我與幽燕山莊還有一些交情，如今他們龍岩劍爐和水龍吟爐也都在鑄劍……」

鄧太阿擺手打斷徐鳳年的盛情好意：「我要那些劍做什麼。」

徐鳳年笑咪咪道：「知道你肯定不要，可這些話還是要說的。」

鄧太阿冷笑道：「不愧是徐驍的兒子，可惜了隨吳素的相貌。」

徐鳳年有些訕訕然，落座後問道：「喝酒還是喝茶？」

鄧太阿酒能喝，卻談不上喜歡，至於喝茶更是覺得無趣，既然到了北涼道，就入鄉隨俗要了壺綠蟻酒。

啟封的時候，鄧太阿斜眼陳天元，隨口問道：「這副模樣是怎麼回事？」

陳天元笑了笑，伸出兩根手指，輕輕扯掉那張天衣無縫的生根面皮，露出一張英俊至極的容顏，不輸西楚宋玉樹，不輸北涼郁鸞刀。

徐鳳年終於理解為何這廝見到自己後會惺惺相惜了，原來還真不只是因為臉皮厚。

徐鳳年問道：「江湖傳聞你教過他劍術，我本來還不信。」

鄧太阿淡然道：「談不上傳授劍術。在李淳罡萬里借劍之後，我從北莽返回，剛好在南詔境內見到此人在一座山頂悟劍，就點撥了幾句，後來東海訪仙歸來，從南海觀音宗登陸，順道又見了他一次。」

徐鳳年深深望了一眼陳天元，感慨道：「難怪。」

難怪陳天元能夠在劍道上一日千里。李淳罡不願飛升，死後身負劍道氣運，自然而然散落人間，而小泥人因為當時坐擁西楚王朝氣運，不可能繼承羊皮裘老頭兒的這份江湖氣數，想來那個幸運兒，就是鄧太阿找到的陳天元了。

於是徐鳳年脫口而出道：「陳天元，你想不想學兩袖青蛇和劍開天門？」

陳天元皺了皺眉頭，搖頭道：「為何要學？」

徐鳳年沉聲問道：「你敢不學？」

陳天元針鋒相對道：「我有何不敢？是李淳罡的成名絕學又能如何，你是徐鳳年又能如何？」

樊小柴有些奇怪，印象中這位年輕藩王雖說城府深重，卻也不算是如何肆意囂張跋扈的人物才對，至於那位太白劍宗的謫仙人，無論做出任何舉動，樊小柴都不會感到絲毫驚訝。

只是即便見識了「真人露相」的陳天元，樊小柴仍是打心眼裡不喜歡，甚至可以說更加深惡痛絕。

你喜歡我，不需要理由；我不喜歡你，有萬般理由。

世間情愛，自古辛酸。

徐鳳年與陳天元之間的劍拔弩張，後者渾身劍意勃發如旭日東昇，讓原本以為息事寧人的幾桌人都如臨大敵。

陳天元正色道：「我來北涼，本就是找你一戰。」

一向在江湖中置身事外的鄧太阿破天荒開口道：「不可退讓的必死之戰，拔劍也就拔劍了，無謂的必輸之戰，拔劍作甚？」

陳天元握住劍柄，臉色冷漠：「是他咄咄逼人在先！」

徐鳳年輕輕吐出一口氣，譏諷道：「不學就不學，估計羊皮裘老頭的兩袖青蛇，你這種人想學也學不來。」

陳天元冷笑道：「天底下就沒有我陳天元學不會的劍招！」

徐鳳年轉頭望向樊小柴：「妳有沒有覺得這傢伙長著一張欠揍的臉？」

樊小柴點了點頭，只是她又有大不敬嫌疑地補充了一句：「跟某人一樣。」

陳天元倍感欣慰，女子的胳膊肘果然往自家拐啊。

徐鳳年忽略了樊小柴一箭雙雕的忤逆言語，瞥了眼陳天元：「你長得這麼醜，比李淳罡差遠了。」

陳天元冷笑道：「彼此彼此。」

徐鳳年喝了口酒，得意揚揚道：「誰跟你彼此彼此，你陳天元有名正言順的媳婦嗎？」

陳天元看了看近在咫尺卻像遠在天邊的樊小柴，看了看小人得志的年輕藩王，不禁有些憂鬱，人生第一次有些想要喝酒澆愁。

鄧太阿倒了些綠蟻酒在手心，轉過身去，那頭老毛驢馬上屁顛屁顛湊近，舔盡酒水。

徐鳳年問道：「怎麼來北涼了？」

徐鳳年根本不覺得一場武當論武，就能讓這位超然物外的桃花劍神聞訊趕來。

鄧太阿平淡道：「離陽、北莽怎麼打仗我不管，甚至涼莽怎麼死磕我也不上心。」

結果徐鳳年等了半天，鄧太阿都始終話說一半，沒有給出答案。

鄧太阿好不容易才意識到年輕藩王在等自己開口，這才嘖嘖道：「這綠蟻酒……真烈，讓我緩一緩。」

然後徐鳳年和鄧太阿不約而同地抬起頭，只不過兩人抬頭方向截然相反。

◆

逃暑鎮方向，是東越劍池柴青山、龍虎山齊仙俠。

兩位劍道宗師之前結伴赴涼，悄然上山，暫住在武當最新開峰的那座青山觀，並沒有像許多江湖大佬那般惹人注意。

驛路東面，則是一輛馬車，年邁馬夫背負長劍而非腰間佩劍。

柴青山和齊仙俠連袂而來，很快就被馮宗喜、陸節君認出身分。尤其是馮宗喜，曾經多次造訪東越劍池，與上任宗主宋念卿也算熟識，只不過當時面對宋念卿，如今不過不惑之年的馮宗喜自然是以晚輩自居。

柴青山從春雪樓首席客卿入主東越劍池之後，馮宗喜更是第一撥客人，口必稱先生，對柴青山這位昔年離陽東南第一高手無比尊敬推崇。陸節君認出柴青山，緣於縹緲峰與刑部關係深厚，上次曹長卿兵臨太安城，陸節君本該與柴青山並肩作戰，只是由於閉生死關才錯過那樁堪稱蕩氣迴腸的盛事，但是陸節君在江湖上一直放言，東越劍池無論宗學底蘊還是劍道立意，皆要高於吳家劍塚，是舉世皆知的倒吳派。

所以當柴青山出現，馮宗喜、陸節君兩人都迅速起身，神情恭謹，竇長風和那些縹緲峰弟子更不敢坦然而坐，如地方官場胥吏得見位列中樞的紫黃公卿。

柴青山並不是那種拒人於千里之外的武道宗師，面對馮陸兩人的殷勤熱絡，也是和顏悅色地客套寒暄，順便介紹了身邊那位忘年交的齊仙俠。

齊仙俠神色和煦，君子如玉。

他原本是在山腳逃暑鎮等待同出龍虎的白蓮先生，無意間感知到此處的濃郁劍氣後，這才和柴青山趕來。

此時此刻，武評四大宗師，有徐鳳年和鄧太阿兩位。

新武評四小宗師，也有陳天元、齊仙俠兩人。

與此同時，東越劍池和吳家劍塚的當家之人，事實上也都到了。

柴青山，吳見。

馬車停在驛路旁，吳見緩緩下車，背對老人的鄧太阿冷哼一聲。

他這位橫空出世的桃花劍神，對於那座劍塚，可從沒有半點好感。

江湖近百年，只有寥寥三人得以走出吳家劍塚。最早是李淳罡大搖大擺取走了那柄木馬牛，然後是上一代劍冠吳素澈底與家族決裂，最後是鄧太阿以無敵之姿瀟灑離開。

老人很不客氣地坐在徐鳳年身邊的長凳上，笑咪咪道：「小太阿啊，咱們多少年沒見面了？」

鄧太阿板著臉低頭喝酒，不樂意說話。

徐鳳年面對這位娘親娘家的長輩，欲言又止，感覺古怪。

老人伸出乾枯手掌，輕輕拍了拍徐鳳年的手背，然後對鄧太阿和藹笑道：「生不同祖堂，確實是我吳家對不住你在先，你離家之時揚言死不共墳山，難道真要如此？」

鄧太阿冷笑道：「怎麼，堂堂吳家劍塚，還需要我一個姓鄧的外姓人來撐起臉面？」

老人笑呵呵道：「你若願意認祖歸宗，也是可以的嘛。」

鄧太阿估計是差點就要罵髒話了，好在還是忍下嚥回肚子，狠狠灌了一口酒。

老人眼神似乎有些恍惚：「我吳家劍山之巔，曾經樹立四劍——木馬牛、太阿、大涼龍雀、胸臆。」

老人接過徐鳳年遞過來的酒碗，低頭淺嘗輒止，望向武當山那邊，道：「木馬牛給李淳罡拿走，斷了。幸好素丫頭取走的那柄大涼龍雀還算完整，也有了繼承之人。素王劍本是我的佩劍，後來假借六鼎之手送給了翠花那孩子。唯獨古劍胸臆不曾認主，至今更是孤零零插在劍山之頂。」

不僅僅是徐鳳年、鄧太阿和柴青山這位劍道宗師，就連陸節君、馮宗喜都聽聞遠處有劍鳴於匣，足可見附近必然有一柄絕世名劍藏於匣中，且微顫不止。

鄧太阿臉色冷漠，無動於衷。

老人唏噓不已，也沒有繼續勸說鄧太阿。

鄧太阿放下酒壺：「吳素當年在劍山救我之恩，我早已在東海武帝城救徐鳳年一命時，就已還清。吳素傳我吳家劍術之恩，我亦以十二飛劍贈送徐鳳年，也已兩清。」

老人似乎有些疲態：「你說什麼就是什麼，我只是替那柄太阿劍感到遺憾罷了，它何嘗不是棄兒？」

鄧太阿終於抬頭第一次正視這位老人。

在他還是孩子的時候，獨自苟活在死寂如同陰曹鬼府的那座劍山之上，只有饑餓之時，才下山覓食，否則就是待在萬劍叢林之中，任由森森劍氣侵襲體魄，一次次昏厥，一次次醒來。那種痛楚，深入骨髓。

那些年裡，只有兩人登上劍山——徐鳳年的娘親吳素，變著花樣傳授他最基礎的劍術，還有一人，便是眼前老人。

曾經背著昏死過去的少年登頂劍山，俯瞰劍塚。

直到離開劍塚之日，鄧太阿才知道那個古怪老人的身分。

劍鳴大震。

如女子掩嘴嗚咽不止，如泣如訴，哀怨至極，幾乎刺破耳膜。

除去老人、徐鳳年、鄧太阿和柴青山四人而已，就連陳天元和齊仙俠、李厚重都皺起了眉頭；馮宗喜、陸節君更是氣機流轉不停，以此來抵抗那股動人心魄的無形劍氣，竇長風之流更是拚命摀住耳朵。

倒是茶攤老闆這位普通人，只覺得那個聲音嘈雜了些，並無絲毫受傷。

老人沒有轉頭，只是伸手指了指馬車那邊：「三十餘年來，那柄劍三次自行飛離劍山。第一次是你離開吳家，它被你強行留下；第二次，是你登上東海武帝城挑戰王仙芝；第三次，是你在北莽與拓跋菩薩死戰。

在太安城，你與徐鳳年、曹長卿三人之戰，它並未離開劍塚，只是在原地悲鳴而已，大概是它覺得主人此生都不會將它握在手中了。自古傳世重器皆有靈，我相信如太阿劍這般可憐，也算屈指可數了。」

徐鳳年突然自嘲道：「同為武評四大宗師之一，本來曹長卿死後，等我重返巔峰，三人之中，拓跋菩薩很難更進一步，我自認最為接近天下第一人。」

老人看了看徐鳳年和鄧太阿，開懷笑道：「反正都一樣。」

鄧太阿重重嘆息一聲。

徐鳳年忍不住打趣道：「老鄧啊，矯情了不是？」

老人深以為然點頭道：「就是！」

鄧太阿神色落寞。

老人收斂玩笑意味，沉聲道：「別忘了，你鄧太阿先祖，曾是大破北莽萬騎的吳家九人之一！更是主持劍陣之人！」

鄧太阿深呼吸一口氣，凝視徐鳳年：「關外拒北城之北，交給我一萬北莽鐵騎！」

徐鳳年瞇眼笑道：「一萬少了點吧，兩萬別嫌多。」

老人扯了扯嘴角，自言自語道：「果然跟徐驍一個德行。」

鄧太阿猛然抬起手臂。

一道白虹飛掠而至。

鄧太阿手持太阿劍。

劍氣滿人間！

第四章　生養地陳望還債　武當山軒轅求籤

幽州沂河城郊外有一條灌溉溝渠，入秋時分，那一大片蘆葦蕩，竟似大雪茫茫般，幾個臨河村莊便錯落其中。一輛馬車由官道轉入小路，顛簸不停，馬夫是一位身穿古怪衣裳的年輕人，神情木訥。

馬夫身後坐著一位身穿素潔棉衣的男子，斜靠車壁，雙腿懸在車外，隨著起伏不定的馬車一起輕輕晃蕩。

黃昏裡的小路上，馬車趕上一位勞作完畢的老農。馬車越過老農時，棉衣男子轉頭望向那位正好向自己投來好奇視線的老人。

老人長了一張很不中看的臉，溝壑縱橫，只不過雖然身形傴僂，仍是比那些南方老人要高出半個腦袋，腳步也相當矯健，可見老人年輕時候肯定是位好把式。

棉衣男子輕輕喊了一聲先生，車夫便拎了拎韁繩，馬車緩緩停下，男子跳下馬車，笑著打招呼道：「四姥爺？」

老農滿臉錯愕，不曉得這位瞧著很面生的後輩為何要喊自己四姥爺，大概是震懾於棉衣男子的氣勢，老農囁嚅囁嚅，侷促不安，不敢搭話。

棉衣男子用最地道的幽州鄉土腔微笑道：「我啊，村尾的陳望，四姥爺，不認得了？」

老農瞪大眼睛，使勁打量這位自稱住在村尾的後生，然後猛然醒悟，皺巴巴的滄桑臉龐上綻放笑容：「小望？」

陳望咧嘴笑道：「是啊。」

老人唏噓不已，隨即納悶道：「怎的又回來了，不是上京趕考去了嗎？」

陳望笑道：「早就考完了，這趟回家看看。當年四姥爺還借我二兩銀子來著，我可不敢忘。」

老人擺了擺手，好奇問道：「考得咋樣啊？」

陳望輕聲道：「還行。」

老人「哦」了一聲，興許是擔心傷了年輕人的面子，沒有刨根問底，何況一輩子都跟黃土地打交道的老人，其實也問不出個所以然，只是嘆息一聲：「可惜了。」

陳望臉色平靜，好像沒有聽明白老人言語裡的惋惜。

陳望與老農並肩走回村子，聊今年莊稼地的收成，聊同齡人的婚嫁，聊村裡長輩是否還健在。

通過閒聊，陳望得知自己的黃泥房祖宅早已破敗不堪，一堵牆都塌了。這在情理之中，十年不曾還鄉修繕，本就簡陋至極的房子，如何能夠安然無恙。

陳望的爹娘在趕考前就先後過世，無主的房子，可不是那些看似柔弱的蘆葦，今秋一枯還有明春一榮？

老農有些話沒有說出口。其實在這位小望進京後，村子有位女子，原本會經常去打掃，收拾得乾乾淨淨，就像她自己的家一般，年復一年。好些偷偷心儀於她的年輕人，也都死了心娶妻生子，而那個黃花閨女逐漸變成了一位老姑娘。

只是如今她人都不在了，再與陳望說這些有什麼用？何況陳望到底是在京城待了那麼多年的人，指不定也記不得她了吧？否則若真有心，哪怕這麼多年無法回家，為何連一封信也沒有寄回？

已經臨近村頭，老人抬起頭望向炊煙嫋嫋的村莊，忍不住嘆了口氣。

那個閨女的家就在村頭，多賢慧的一個孩子，方圓百里都要豎大拇指。

早年媒婆差點踏破她家的門檻，可她不答應，她爹娘也沒法子，誰都沒料到，到頭來，竟然會發生那件慘事。

老百姓都認命，命不好，怨不得誰。這就跟得個病一樣，扛得過去就能活，扛不下來，是老天爺不賞飯吃了，就當入土為安。

陳望沒有進村子，突然停下腳步問道：「四姥爺，她的墳在哪兒？」

老人愣了一下，放低嗓音道：「你咋知道她……」

老人沒有繼續說下去，陳望同樣沒有說話。

老人指了指渡口那邊，道：「就那兒，墳頭雖小，也好找。」

陳望掏出一只沉甸甸的錢囊和一張信箋：「四姥爺，麻煩你幫我把村裡的帳還上，交給裡正或是附近私塾先生，上頭都寫清楚了。」

老人猶豫一下，還是沒有拒絕，小心翼翼地接過信箋錢囊問道：「不回村裡頭看看？」

陳望搖頭道：「我就不去了。給我爹娘上過墳，要馬上動身回京城那邊去。」

老人感慨道：「這也太急了些啊。」

陳望笑了笑。

老人才走出去幾步，突然回頭問道：「小望，你真在京城當大官啦？」

陳望似乎不知如何作答。太安城的大官？黃紫公卿，位列中樞，一朝宰執？

所以他只好笑道：「不算大。」

老人欣慰道：「那也很出息了，四姥爺很早就知道你小子肯定不差！」

陳望笑意恬淡。

老人臨了不忘多瞥一眼那位站在陳望身旁的年輕人，轉身離去的時候滿肚子狐疑，那身衣裳瞅著挺古怪。

◆

陳望與那位與國同齡的「年輕宦官」緩緩前行，他爹娘的墳在村外不遠處。

陳望抬起手，拂過那些蘆葦。

他當年寒窗苦讀的時候，都沒敢想什麼進士及第金榜題名，他爹娘就更沒那份奢望了，他們只覺得自己兒子能夠讀書識字，就已經是一件光耀門楣的大好事。

北涼苦寒，一家一戶能夠出一個讀書人，就很了不起了，跟中原尤其是富饒的江南那邊大不相同。那裡喜歡講究耕讀傳家，在北涼這裡，青壯投軍從戎的很常見，手裡捧書的人卻很稀罕。

他剛入京參加會試，北涼是唯一在太安城沒有設置試館的。人生地不熟更沒有科舉同鄉前輩的照拂，就只好借宿在一間小寺廟裡。

北涼口音讓他四處碰壁，同樣一本古籍，店家賣給他就要貴出許多。即便後來通過殿試，仍在官場上沒有半點同年之誼，北涼也算獨一份了。

晉蘭亭在太安城的飛黃騰達，嚴杰溪一躍成為皇親國戚，兩人出於私人恩怨，都故意沒有去改變這一點，就算姚白峰擔任國子監左祭酒，仍是心有餘而力不足。而他陳望，滿朝文武眼中的陳少保，堂堂門下省左散騎常侍，當今天子最為倚重的未來首輔，則是有心且有力，偏偏做不得。

陳望緩緩而行。

兩側是高過人頂的蘆葦叢，碩大鬆軟的蘆花，隨秋風而紛紛起，不知落在何方。

陳望到了那處墳頭，拔去紊亂雜草，然後正衣襟，跪下重重磕了三個響頭。

子欲養而親不待。

那位被這位棉衣男子尊稱為四姥爺的老人，可能這輩子都不知道，晚輩交到他手上的兩樣東西，錢囊、信箋，後者僅憑最後署名「陳望」二字，就是價值千金了。

北涼二十年來，在離陽官場只有寥寥數人，晉蘭亭官至禮部侍郎、嚴杰溪受封大學士、理學宗師姚白峰執掌過國子監，但是這三人加在一起，都未必有陳望一人的分量重。甚至可以說，這個背井離鄉的北涼讀書人，他的那兩封密信，很大意義上改變了北涼格局。

在原路返回的路上，陳望遇到了一位身材結實的同齡男子，看到他後，那人神情複雜，有憤懣、有敬畏、有驚訝、有不解。

那人重重呼吸一口氣，然後板著臉遞給陳望一個粗布行囊：「我妹留下的東西，都是你當年留下的書，還給你。」

陳望接過布囊，怔怔出神。

那人轉身大步離去，驀地停下身形，嗓音沙啞道：「望子，雖然我妹妹……但你別覺得她死得不清不白！她比誰都乾淨！」

陳望摀住嘴巴，望著那個早年經常與自己勾肩搭背喊一聲妹夫的背影，含糊不清說道：「對不起。」

那人喃喃道：「這話你對她說去。」

陳望默然，指縫間滲出猩紅色。

久久沒有挪步。

陳望捧著布囊，來到渡口，找到那座小墳。

宦官不知所終。

陳望盤腿坐在墳前，與小墳相對而坐。

有位不識字的女子，會在太陽底下尋找一個乾淨的地方，曬書，攤開一本、一本、一本，收起一本、一本。

有位沒有嫁人的女子，會在無人時前往那座小渡口等人，遠望一次、一次，轉身一次、一次。

陳望輕輕打開布囊，低頭望去，有再熟悉不過的《禮記》、《大學》，也有年歲更為久遠的蒙學讀本「三、百、千」。

當年，或是田間勞作，或是渡口擣衣，或是大雪時分，或是採摘蘆葦，他經常背書給她聽。

今年與當年，已是十年之隔。

他與她，也已是陰陽之隔。

陳望閉上眼睛，柔聲念道：「國有患難，君死社稷，大夫死宗廟，百姓最後死鄉間……君子曰：『大德不官，大道不器，大信不約，大時不齊。』察於此四者，可以有志於學矣……使天下之人，齊明盛服，以承祭祀。洋洋乎，如在其上，如在其左右……」

暮色裡，讀書人讀書。

風吹蘆葦輕輕搖晃，如女子點頭，笑靨如花。

◆

三騎一驢，繞過逃暑鎮，來到武當山山腳那座牌坊，徐鳳年、樊小柴和陳天元一起翻身下馬，鄧太阿落地後則拍了拍老驢的背脊，絮絮叨叨。

陳天元抬頭仰視呂祖親筆的「武當當興」四字，不似尋常練劍之人那般流露出高山仰止的神色，反而意氣風發，鬥志昂揚。

徐鳳年突然轉頭對樊小柴說道：「妳去一趟離陽東南，如果兩年內能夠找到那個傢伙，就幫我捎句話給他，說當年欠我的銀錢，得還。」

樊小柴皺眉道：「按照拂水房的諜報，那邊村莊鎮子星羅棋布，十里不同音，百里不同俗，憑藉先前那些零碎線索，並不好找。」

徐鳳年點頭道：「大海撈針，只能看緣分。妳當作是盡人事即可，我其實也不奢望妳真能找到那傢伙。」

樊小柴臉色古板問道：「能不能換一個諜子？我擅長殺人，也只會殺人，找人一事，拂水房有很多人更適合。」

徐鳳年笑道：「不能。」

樊小柴眉眼之間隱隱約約有些怒意，在那雙秋水長眸之中，如水草搖曳。她自然是敢怒不敢言。

徐鳳年調侃道：「說不定不用兩年，妳就會聽到我的死訊了，豈不省心省力？」

樊小柴生硬道：「世間第一等快事，莫過於手刃仇人頭顱。」

徐鳳年嘆了口氣，無奈道：「妳也就只敢在我面前這麼表露心跡，若是祿球兒在場，妳有這份膽識？」

徐鳳年沒好氣道：「所以說啊，惡人唯有惡人磨。」

樊小柴嫣然一笑，反問道：「褚祿山在嗎？」

樊小柴深深凝望了這位年輕藩王一眼，便重新翻身上馬，猶豫了一下，伸手握住腰間刀柄：「這把過河卒？」

徐鳳年微笑道：「暫借而已，一樣得還！」

樊小柴快馬離去。

陳天元先前始終沉浸在呂祖那四字壯闊劍意中，被一串漸行漸遠漸輕的馬蹄聲驚醒而回神，疑惑道：「她怎麼走了？」

徐鳳年淡然道：「我讓她去中原那邊做件事。」

陳天元「哦」了一聲，等到視線中那一人一騎澈底消失，這才上馬，目視她身影逝去的方向，豪氣橫生，大笑道：「願世間知我劍，唯有三者：青山、綠水、樊小柴！」

徐鳳年嗤笑道：「有本事這種話親口對她說去。」

陳天元上馬後微微扶正腰間那把名劍：「這種惹她厭的話，我說個甚？」

徐鳳年道：「可我和你的半個師父也都不愛聽。」

陳天元覆上那張生根面皮後，撂下一句「關我屁事」，快馬加鞭揚長而去。

鄧太阿笑了笑：「我倒還好。」

徐鳳年白眼道：「我是真受不了這位年輕謫仙人的脾氣。」

鄧太阿沒來由地感慨道：「說不定李淳罡初出茅廬那會兒，也是這般惹人厭。據我所知，江湖上的女俠仙子，偏偏就吃這一套。」

徐鳳年齜牙咧嘴訕訕道：「不能吧？」

鄧太阿一笑置之。

徐鳳年重重嘆了口氣，喃喃道：「當下……有些憂鬱啊。」

鄧太阿問道：「你這是等人？」

徐鳳年「嗯」了一聲，喟然道：「雖說當年宋念卿曾經攜十四新劍殺我，但不妨礙我對東越劍池一直心懷好感，至於接手劍池的柴青山，也算不打不相識。

江湖上有種人，無論敵我，都恨不起來。柴青山是如此，襄陽城外的王明寅也是如此，神武城外的人貓韓生宣更是如此。」

鄧太阿默然。

那位與他和年輕藩王都有深厚淵源的吳家劍塚老祖宗，在送劍之後就已返回中原，想來應該是澈底退出江湖了。

鄧太阿彷彿後知後覺，有些好奇地問道：「為何要讓那名女子在此時離開北涼，是希望她能夠帶著陳天元去中原？」

徐鳳年笑道：「主要是找人，順便正好把那位礙眼的謫仙人牽走，一舉兩得。」

年輕藩王按住刀柄，站在那座牌坊下，清風拂面，飄然欲仙。

桃花劍神隨他一起並肩眺望遠方，腰間一側懸太阿，當世劍仙第一。

徐鳳年輕聲問道：「羊皮裘老頭，王老怪還有曹長卿，他們都曾遺留氣數在人間，老黃當初也留了一部劍譜給我，鄧太阿，你呢？」

這位以劍術入道繼而與呂祖、李淳罡比肩立於劍林之巔的桃花劍神，臉色平靜地道：「我鄧太阿，生前不想死後事。」

徐鳳年羨慕道：「真是瀟灑。」

◆

鄧太阿看到遠處柴青山一行人緩緩而至，顯然沒有陪著徐鳳年一起等人的意圖，牽驢轉身率先登山。

柴青山與齊仙俠結伴而行，中原神拳馮宗喜和縹緲峰那些仙子也都湊了這份熱鬧，倒是雪廬槍聖李厚重和他的弟子並未出現，氣節高下，一眼可見。

徐鳳年左側肩頭突然給人重重拍了一下，他轉頭望去，無人，轉向另外一方，仍是無人。

徐鳳年做驚訝狀。

很快就有位蹲在地上的小姑娘嘩啦一下跳起身，哈哈笑道：「嚇到沒有？」

徐鳳年瞇眼微笑，嘴角翹起，笑意尤為溫柔。

他每次見到她，從初遇到重逢再到相逢，都只有開心。

徐鳳年伸出手，揉了揉她的頭髮：「喲、長個子啦。」

她雙手叉腰，高高揚起下巴，使勁挺起胸膛，毫不遮掩她的揚揚得意。

徐鳳年笑問道：「南北小和尚呢？」

她白眼道：「笨南北啊，正跟一個叫余福的小道童叨叨叨呢，我不樂意帶他們玩。你是不知道，一顆小光頭，一個小學究，這倆待在一起，最喜歡雞同鴨講，比以前咱們家那些大光頭、老光頭湊在一起講經吵架還無聊。」

「那妳爹娘呢？」

「愁死我了，前不久山上有個從江南來的女香客，不知怎麼認出了我爹，哭得那叫一個淚眼朦朧、梨花帶雨，把我娘氣得那叫一個七竅生煙喲！我爹都主動洗了好幾天衣服了也不管用，昨天還跟武當山牛鼻子老道士借了些銅錢，說是讓娘下山買些胭脂水粉……」

「然後妳娘沒肯？」

「哪能呢？你又不是不知道，我娘跟誰較勁都不會跟胭脂水粉較勁的，拿到錢就下山到山腳鎮上，滿滿當當回的山上，在屋子裡搗鼓了差不多個把時辰才肯見人。」

「妳爹給嚇著了？」

「屁咧！我爹一個勁兒說我娘國色天香、美若天仙。可惜啊，我娘好不容易才消了氣，那個女香客就藉口辭行找到了我爹娘，瞅見我娘的妝容後，那女子倒也沒說啥，就是斜瞥了我娘一下，然後嘴角一翹，就不搭理我娘了，只顧跟我爹客套寒暄。她在離開的時候，我瞧得挺真切，又對我娘悄悄撇了撇嘴。如此一來，然後，就沒有然後啦。」

「李子，妳娘算是遇上對手了。」

「唉，當時沒覺得，現在回想一下，的確挺傷人的。其實也怪我，我娘往臉上狠狠抹胭脂水粉那會兒，我沒怎麼上心，要不然我娘肯定會更好看些。」

「沒事，妳爹覺得妳娘好看就行。」

「話是這麼說，可沒奈何他有笨南北這麼個徒弟啊！當時我爹實在沒法子了，就問了一句，『笨南北，你是不是也覺得你師娘是天底下最好看的女子？』你猜怎麼著，笨南北回答了一句：『師父你說過，出家人不打誑語的。』

接下來就是我娘扯我爹的耳朵，我爹扯笨南北的耳朵……唉，這仨也真是，都跟長不大的孩子似的，把我給愁得不行。徐鳳年，要不然你帶我去清涼山玩玩唄？涼州城的肉包子可好吃了，就是貴了些。」

徐鳳年哭笑不得地看著歪腦袋的少女，又不願她失望，便彎曲手指在她額頭輕輕一磕：「去清涼山玩可以，不過得經過妳爹娘答應。」

她點頭如小雞啄米，然後扯了扯徐鳳年的袖子，放低聲音道：「到了山上見著我爹，你記得只要看到我爹轉身回屋子，你立馬跑路。」

徐鳳年一頭霧水。

少女訕訕然道：「這幾年，我爹沒事就喜歡磨刀。」

徐鳳年無言以對。

此時恰好柴青山一行人臨近牌坊，柴青山站在臺階下，老人點頭致意，身旁齊仙俠泰然自若，不卑不亢。

馮宗喜和陸節君這兩位如今赫赫有名的江湖大佬，其實相較於柴青山這種真正享譽朝野的武道宗師，都屬於「後起之秀」，兩人此時都畢恭畢敬地向那位年輕藩王抱拳行禮，朗聲自報名號。

徐鳳年伸手虛抬，輕笑道：「今日本王只是武當山的香客而已，諸位不用多禮。」

李東西偷偷做了個鬼臉，徐鳳年會心一笑。

她不輕不重咳嗽一聲，朝他眨眼睛。

徐鳳年忍住笑意，一本正經道：「給你們介紹一下，這位是李姑娘，最是任俠仗義，且武藝高強，江湖人稱……」

徐鳳年略作停頓，迅速轉頭望去，也朝她眨了眨眼睛。

當年他們一起闖蕩江湖的時候，最喜歡做的一件事情就是給自己取綽號。那時候除了老黃，三隻江湖雛鳥的眼窩子都淺，能夠想出來的名號，大抵上也就是馮宗喜的「中原神拳」之流，怎麼嚇唬人怎麼來，聽上去氣魄越大越好。

當年那位離家出走的李子姑娘就給自己取了不下二十個綽號，還老氣橫秋地教訓徐鳳年和那個挎木劍的傢伙，咱們武林好漢，只有取錯的名字，沒有取錯的綽號，所以江湖中人對待綽號一事，一定要慎重再慎重！

徐鳳年看清楚了她的口型後，不露痕跡地接著說道：「江湖人稱『通玄仙子』，只因李姑娘刀劍槍棍無一不精，熔鑄一爐，故而自成一家，足可開宗立派……」

少女顧不得擺女俠架勢，火急火燎地提醒道：「我的輕功呢，輕功別忘了說！」

徐鳳年只得乖乖查漏補缺道：「李仙子的輕功也是一絕，可謂獨步武林。」

馮宗喜、陸節君這些老江湖何等火眼金睛，雖然不清楚年輕藩王到底是在唱哪一出，但仍是很捧場地跟那位小姑娘做足了一套江湖禮數。

一板一眼還禮之後，過足了女俠癮的她樂得合不攏嘴。

突然，她小聲道：「徐鳳年，還記得咱們當年的那個約定不？」

徐鳳年笑著點頭。

過日子，能躺著絕不站著；混江湖，能飛著絕不走著！

她很不客氣地拍了拍徐鳳年的肩膀。

徐鳳年對眾人說道：「不好意思，本王要先行一步。」

然後他蹲下身，背起她後，身形如飛虹起於平地。

兩人到了大蓮花峰山頂，徐鳳年依舊背著這位女俠，就像當年她疲乏了要他背著一般。

她趴在他背上，輕聲道：「徐鳳年，你一直把我當妹妹，對不對？」

徐鳳年「嗯」了一聲。

她突然笑了：「沒關係的！」

徐鳳年稍稍轉頭，苦著臉道：「這話傷感情了。」

她用額頭撞了一下他的額頭。

徐鳳年重新轉過頭，滿是笑意。

她抱緊他的脖子，小心翼翼地問道：「徐鳳年，如果我帶著笨南北離開北涼，你會生氣嗎？」

徐鳳年輕輕搖頭道：「當然不會。打仗這種事情，妳一個闖蕩江湖的女俠，南北一個吃齋念佛的和尚，摻和什麼。」

她抽了抽鼻子。

徐鳳年安慰道：「我以後一定去找你們打秋風。」

她沒有說話。

山水之間，少女的心思，勝過一切山水詩。

臨近少女家，即一棟匆忙搭建的茅屋，一個原本坐在屋前小板凳上唉聲嘆氣給自己媳婦洗衣服的白衣僧人，見到這幕後，顧不得搓衣板，猛然起身，大踏步走向那棟簡陋茅屋。

李東西趕緊跳下後背，對徐鳳年大聲道：「風緊扯呼！」

徐鳳年二話不說就直接腳底抹油跑路了。

白衣僧人很快就手提菜刀氣勢洶洶地衝出屋子，舉目四望，殺氣騰騰。

這份殺氣，大概不比先前山腳鄧太阿手持太阿劍的風采遜色了。

須知昔年天下間，公認曹長卿的天象境最風流，鄧太阿的指玄劍最通神，最後便是兩禪寺李當心的金剛境，最無敵！

李當心之氣象，臥也佛，坐也佛，立也佛。

天底下最不怕李當心的人物，只有兩人而已——他媳婦、他閨女。

少女剛好是其中之一，所以她根本不理會爹，雙手負後，哼著小曲子，優哉游哉地去別處閒逛了。

這個不知道心疼爹的閨女啊。

白衣僧人重重嘆息一聲，放回菜刀，坐回板凳，繼續搓洗衣服。

等到南北小和尚回到茅屋前，就聽到師父在那裡自言自語。

小和尚搬了條板凳坐下，問道：「師父，念經呢？」

「算是吧，比較難念而已。家家戶戶、寺寺廟廟都有本難念的經哪。」

「師父，可是老方丈就說天底下就數經書最好念了。」

「所以方丈才是方丈，你呢，就只能是方丈的徒弟的徒弟。」

「唉，師父，徒兒以後要是找不到徒弟咋辦？」

「如果咱們寺沒被封山，倒也簡單，找個月黑風高的日子，師父陪你帶上只大麻袋，隨便抓個小光頭回來就是了。現在就難嘍。」

「師父……」

「我的徒弟比起老方丈的徒弟，真是差遠了。」

「師父，你直接說徒兒不如你好了。」

「那不行，哪有這麼不要臉的師父。」

「師父，今日余福給人解籤算卦，還幫人寫了一封家書，那兩位老人家一定要給余福銀子，余福怎麼推託都沒成功，知道我們師徒要經常開銷，就把銀子塞給徒兒了，徒兒這就把銀子還給他。」

「南北啊，師父能收你這麼個徒弟，其實心裡是很驕傲的。」

「師父，這錢我肯定是要交給師娘的。對了，師娘呢？」

「你師娘啊，睡覺呢。世人皆愛睡，深諳其中三味者，少之又少，要不然古人為何會說『書外論交睡最賢』？你師娘，比師父還厲害。」

「師父……徒兒只知道師娘的呼嚕聲，很厲害……師父能夠睡得比誰都香，更厲害。」

「嗯？笨南北，有長進啊。」

「嘿。」

一大一小兩人，幾乎同時，摸了摸自己的光頭。

白衣僧人摸著腦袋，望向遠方，柔聲道：「你師娘頭上的一根根青絲，就是師父心中的一座座寺廟；她眼角的皺紋，是師父看不厭的經書；她睡覺的鼾聲，是師父聽不厭的佛法……」

小和尚目瞪口呆，不知為何師父突然間這麼有詩情畫意。

然後只聽得師娘在兩人身後輕哼一聲，笑罵道：「死樣！」

小和尚轉頭瞥了眼走回屋子的師娘，再看向滿臉安詳的師父，感嘆道：「師父啊。」

白衣僧人沒有回首，低頭搓洗衣物，低聲道：「你師娘，覺得自己塗抹胭脂其實並不好看，只是想聽師父說她好看而已，可是她不知道，在師父眼中，她總是那麼好看，不能再好看了。」

小和尚囁囁嚅嚅道：「師父、師父，師娘已經走遠了。」

白衣僧人喃喃道：「煩惱清淨遠不遠？不遠。市井西天遠不遠？不遠。陰陽生死遠不遠？不遠。那麼師娘與師父，自然很近。」

小和尚懵懵懂懂，由衷敬佩道：「師父，你真有慧根！」

白衣僧人在笨徒弟光頭上打賞了一顆栗暴：「找打！哪有徒弟稱讚師父有慧根的？」

小和尚一臉無辜。

背對茅屋的中年僧人放低嗓音：「你師娘真走遠了？」

小和尚轉頭再回頭都只在剎那間，顯然這個動作早已嫻熟至極，點頭沉聲道：「師娘把屋門都關上了！」

中年僧人「哦」了一聲。

小和尚「唉」了一聲，搬動水桶和搓衣板。

白衣僧人微微一笑，讚許道：「徒弟啊，你也有慧根。」

小和尚不說話。

白衣僧人雙手疊放在膝蓋上，身體後傾些許，抬頭望向天空。

天下經文佛法，貧僧已悟透；世間良辰美景，貧僧已看遍。

唯有那張經常塗抹厚厚胭脂的容顏，總也看不夠。

白衣僧人笑了笑，摸著自己的腦袋：「立地成佛。」

◆

若是站在視野最為開闊的大蓮花峰頂俯瞰下去，摩肩接踵的南北兩條登山神道，宛如兩條蛟龍，巍巍然臥於武當山。

作為武當山頗為著名的風景勝地，洗象池更是人頭攢動，家眷結伴的遊人香客，在此流連忘返。有嗓門奇大的江湖草莽站在池畔青石上，高聲講述洗象池的種種奇觀軼事，說那武當前輩劍癡王小屏曾經在此閉關悟劍，這才有了後來能夠與武帝城王仙芝蕩氣迴腸的攔江一戰，又說當今涼王更是在此練刀數載，下山之前，便能夠一刀迫使瀑布倒流，浩大聲勢遠達十里之外……聽得年輕些的信男信女無不心神搖曳，初出茅廬尚且憧憬著江湖的少俠、女俠，更是人人心潮澎湃，好像親眼見證過那位年輕武評大宗師的絕世風采。

洗象池附近有一座涼亭，在池亭之間，攤位林立，既有販賣敬神香燭，也有替人解籤算命，更有出售種種靈巧物件，甚至還有小販就地起灶，武當春燒餅、道家素炒、定神湯等，一應俱全。

一個年輕公子哥肩挑水桶，目瞪口呆站在密密麻麻的人群周邊，這要想挑兩桶水的話，還不得殺出一條血路才行？只得沿著一條幽深的青石板小徑原路返回。

回到那棟女主人暫時不知所終的茅屋，他放下扁擔水桶，拿過一只葫蘆瓢，彎腰從水缸底舀起一瓢水，緩緩走向菜圃，悠悠然澆起水來。

入秋以後，菜圃那份綠意遠不如春夏濃郁，瞧著便有些孤單。他最後拎著葫蘆瓢蹲在菜圃邊緣，神遊萬里。

察覺到一股故意流露些許的熟悉氣機之後，他站起身走向茅屋，看到了牽驢而來的鄧太阿站在那堵矮小的紫竹圍欄外。等到看到主人，這位桃花劍神才輕輕推開，繫好韁繩，坐在年輕人搬來的小竹椅上，滿屁股涼意。

徐鳳年因為背著李東西飛掠武當山，反而比拾級而上的鄧太阿要更早登頂，此時笑問道：「去過呂祖亭了？」

鄧太阿點頭道：「如果不是那塊碑，還真認不出。」

徐鳳年又問道：「字如何？」

鄧太阿淡然道：「沒意思。」

徐鳳年心安理得道：「當年下山前我連一品境界都沒有，意氣不足也正常。」

原來那座簡陋的呂祖亭始建於七百年前，根據地方縣誌記載，年輕呂祖在將武當山作為修行之地前，獨自佩劍登山，在半山腰登高望遠，有老者拄著槐根拐杖出現，向當時名聲不顯的呂祖詢問長生大道，呂祖便以讖語相贈，助其證道。最後便有一首詩廣為流傳，相傳出自呂祖：「獨行獨自坐，舉世不相識。唯有老槐精，知曉神仙過。」詩文被武當道人篆刻在一塊古碑之上，只是歲月悠久，字跡幾近風化磨平。

徐鳳年練刀下山之前，某位騎牛的年輕師叔祖被他的師兄推出來，跟徐鳳年討要了那份改為行草的碑文。

鄧太阿環顧四周，怡然自得。

徐鳳年玩笑道：「這會兒武當山上的武道宗師真是爛大街了，僅是南疆一地就有刀法巨匠毛舒朗、試圖躋身儒家聖人的程白霜、劍道宗師嵇六安，蜀詔兩地也有韋淼和薛宋官。」

鄧太阿語不驚人死不休：「方才我登山時，見著了顧劍棠，隨後在呂祖亭內又看到了軒轅青鋒。」

徐鳳年皺了皺眉頭：「顧劍棠登山，我毫無察覺並不奇怪，只是軒轅青鋒近在咫尺……」

鄧太阿一語道破天機：「太安城外一戰，曹長卿好像對這名攔路女子青睞有加，軒轅青鋒因此受益匪淺，如今大概只有一線之隔。」

徐鳳年感慨道：「原來如此，這位大雪坪女當家的機緣，一向不可以常理論之。劉松濤、趙黃巢、王仙芝、曹長卿先後或者傾囊相授，或者點撥開竅，最終成為當世屈指可數的集大成者。」

鄧太阿略帶譏諷道：「你漏了個最重要的人吧？」

徐鳳年頓時滿臉尷尬。

鄧太阿突然問道：「需不需要我替你擋下意圖不明的顧劍棠？」

徐鳳年只覺得一頭霧水，不知這位超然世外的桃花劍神為何突然這麼菩薩心腸。

要知道王仙芝早就對鄧太阿的品性做出一番蓋棺定論，大抵意思是說鄧太阿極情於劍，最是無情，故而也最是契合天道。何況正處於離陽朝廷風口浪尖上的顧劍棠擅自離開轄地，選擇微服私訪武當山，算是單槍匹馬深入北涼腹地，明擺著不會在武當山翻雲覆雨，退一萬步說，即便徐鳳年不位於境界巔峰，對付藏拙多年的顧劍棠，贏面仍是較大。

就在徐鳳年百思不得其解的關頭，鄧太阿輕輕咳嗽一聲後，瞬間消逝不見，徐鳳年下意識望向紫竹柵欄那邊，竟然連那頭老毛驢也一併消失了。

臉色鐵青的徐鳳年僵硬轉頭，舉目望去。果然，茅屋東北角的那塊菜圃內，有些原本長勢喜人的綠意已經給啃得蕩然無存，就像一幅出自名家手筆的山水畫，給無知稚童挖出了一個窟窿！

之前曾有白衣僧人大踏步轉身入屋拎出菜刀，徐鳳年也是如出一轍，咬牙切齒地跑回茅屋，火速摘下那把懸掛在牆壁上的涼刀，出屋後憤懣至極道：「鄧太阿！有種就別跑！老子今晚上請你吃驢肉火燒！」

同為武評大宗師，鄧太阿一旦刻意掩飾氣機，就算是徐鳳年也無法捕捉到蛛絲馬跡。

徐鳳年蹲在地上，長吁短嘆，真他娘的是好大一樁無妄之災啊。

有些時候老天爺捶了你一拳，不是再給你一顆棗子吃，而是再當頭一拳。

當徐鳳年眼角餘光瞥見遠處姍姍而來的一襲衣裙時，如遭雷擊，屋漏偏逢連夜雨！

徐鳳年不愧是頭頂異姓王和大柱國頭銜的人物，當機立斷，別管什麼躲得過初一、躲不過十五，能躲一天就是多活一天啊。

於是在徐鳳年長掠而去的時候，背後傳來姜泥那滿腔悲憤的嗓音：「姓徐的！你今天死定了！」

姜泥背負紫檀大匣猛然御劍升空，氣勢如虹。

她踩在大涼龍雀劍身之上，飛劍驟然懸停後，她紅著眼睛俯瞰整座大蓮花峰，殺氣之重，驚世駭俗。

一方小菜圃，能夠讓兩位武評大宗師先後視若雷池，不得不說讓人匪夷所思

◆

徐鳳年出乎姜泥的預料，非但沒有直截了當溜下山去，甚至都沒有太過遠掠，而是老奸巨猾地躲藏在了洗象池附近的人流中，蹲在一個擁擠攤子後頭，跟那位風韻猶存的老闆娘買了兩張武當春燒餅，細嚼慢嚥，吃得極慢，好似品嘗斷頭飯。

婦人也好奇這位蹲在她腳邊的俊俏公子哥，為何不願落座。她俏臉微紅，他莫不是有那種心思？她心頭倒是沒有太多旖旎漣漪，只覺得早知是這般情況，剛才就該跟他多收兩文銅

錢的。

這個攤子隔壁就是一位山羊鬍老道人在給人解姻緣籤。老傢伙穿著一件縫補厲害的老舊道袍，看樣式顯然不是武當山上的道士，小桌上擺放有一只摩娑得油亮的青竹大籤筒，任由客人抽籤，然後解籤收錢。

徐鳳年抬頭望去，有些驚訝這個攤子的生意興隆，竟然有不下三、四十號信男信女在等著抽籤，老道人老神在在坐在桌後，瞇眼撚鬚。

桌對面搖籤的客人是位身段婀娜的妙齡女子，約莫是江南道那邊千里迢迢趕來武當山燒香的香客，個子雖然不高，容顏稍顯稚嫩，胸前分量卻很重。

老道人不動聲色地微微抬起屁股，方便瞥向她的腰肢。嘖嘖，真細的小蠻腰，他都要擔心她會不會一個風吹，就把腰肢吹斷了。

徐鳳年難免有些腹誹，當年自己落魄時，也曾幹過這種無本買賣，可哪裡遇上過這等好光景，往往等到熙熙攘攘的廟會結束，也沒有一雙手的客人。

瞅見徐鳳年的神情，婦人在閒暇之餘輕聲笑道：「公子，這位吳老仙長雖然不是武當道人，但是如今方圓百里，都聽說他的姻緣籤極其靈驗哩，我就親眼看到好些涼州那邊的千金小姐，專程趕來抽籤。甚至都有人在得償所願後，又趕來給吳老仙長送銀子，最多一人，足有十兩銀子，真真正正是心誠則靈。」

徐鳳年使勁啃了一口武當春燒餅，沒好氣道：「我若是在這裡擺個解籤攤子求財，也會捨得本錢雇請一些女子來演戲，久而久之，不靈也靈。」

婦人哭笑不得。作為一位寡居文君，也曾好奇多於希冀地跑去隔壁抽籤，聽到這個年輕客人這麼大吹法螺後，她也不好說些難聽重話，只好說道：「公子你真是……愛說笑話。」

徐鳳年一笑置之。

那名腰肢纖細、胸脯壯觀的小娘子搖出一支籤後，使勁攥在手中，怯生生低頭望去，有些茫然，伸手遞去姻緣籤，嬌嬌柔柔問道：「道長，此籤何解？」

她興許是出身大家門戶裡的女子，遞籤時雙指僅是小心夾住尾端，有些惋惜沒能假借接籤機會揩油的老道士，低頭看了眼手上的籤，又鄭重其事抬頭看了眼她，然後才端起茶壺喝了口茶，潤過嗓子，這才緩緩說道：「『再，斯可矣。』此乃二十八籤。」

小娘子忐忑不安，靜待下文。

老道人微微一笑：「姑娘放心，雖不是上吉絕佳之籤，卻也是不錯的上平之籤，意思是說姑娘心儀之人，若是一次求不得，切記莫要氣餒，總有柳暗花明之日。」

額頭都已經滲出汗水的小娘子如釋重負，笑意盈盈，那份北涼少見的婉約風情，差點讓老道人看得癡了。

小娘子讓身旁丫鬟多掏了一百文銅錢，欣喜轉身離去。

下位客人是個身材壯碩的年輕人，抓起籤筒就是一陣使勁晃動，甩出一支籤後，抓起來重重拍在桌上：「瞧瞧是啥籤！」

老道人眼皮子直顫，板著臉撿起竹籤，言簡意賅道：「『費長房縮不盡相思地』，十六籤，下籤。」

年輕人愣了愣，怒道：「連那小娘兒們的二十八籤都是上平，為何老子第十六籤卻是個狗屁下籤，老王八蛋！找削不是！」

老道人對此置若罔聞，微微偏移視線：「下一位。」

年輕人惱火道：「老子不給錢！」

老道人不愧是不食人間煙火的仙長，淡然道：「貧道替人解籤，有個規矩，無論籤好、籤壞，一律信則百文，不信的話，離去便是，貧道絕不為難。」

年輕人顯然給震住了，氣勢驟減，問道：「這費長房是啥玩意兒？」

老道人冷笑道：「是大奉王朝鼎鼎有名的一位道教長生真人！」

老人略作停頓，滿臉肅穆之色，沉聲道：「這位費師與貧道的本門祖師亦是至交好友，最後更是相約連袂飛升，人間盛況，莫過於此，莫過於此啊。」

年輕人不由地咋舌，最後竟是乖乖掏出一百文銅錢，輕輕放在桌上，憂慮重重地黯然離去。

經過這場不大不小的風波，老道士盡顯得道高人風範，以至於他身上那件破敗不堪的道袍，好像都有了一種滄桑的歲月感。

徐鳳年從頭看到尾，對他刮目相看，老騙子確實還是有些道行的，於是他看熱鬧越發津津有味起來。

接下來求籤客人的籤文都比較平淡無奇，既無極差下籤，也無大吉上籤，只不過有趣的是，許多內容都取自王初冬的《頭場雪》。像一位年輕少俠就求得一支「輕泉刀若土壤」，以及之後的「不忍重看卿鬢綠，卻遇客衫黃」，都是摘自《頭場雪》膾炙人口的佳句。

相傳早年離陽皇宮裡幾位尊貴至極的娘娘，都曾對《頭場雪》十分喜歡，不但如此，就連北莽棋劍樂府的三個詞牌名，都選用了《頭場雪》幾個首創的新穎詞牌名。可想而知，王初冬要是出現在中原士林，必是第一等的座上賓。

每聽到一句熟悉的言語，徐鳳年便眯眼微笑，最後又都有些神情恍惚。他記得當年有位遠嫁千里之外的女子，最是癡情於此書。

徐鳳年嘆了口氣，正要起身，突然又迅速蹲回去。

鄰近攤子那邊絡繹不絕的求籤之人裡，出現了兩個熟人。

幽燕山莊的少莊主張春霖，背負劍匣藏有四劍，應該分別是雛兕、僧廬、霜刀，以及無根天水。

徐鳳年當年正是在幽燕山莊，第一次遇上了那撥觀音宗的白衣仙師，其中就有賣炭妞。後來在西域，徐鳳年跟張春霖偶遇，沒想到這位年輕人始終把自己當作恩人，連鑄自水龍吟劍爐的那把佩劍都取名為「霜刀」，估計這種身為劍士卻不尊劍道的悖逆行徑，在江湖上肯定會惹人非議。

只不過好在如今的幽燕山莊如日中天，龍岩劍爐和水龍吟爐，陸續鑄出十多把名劍，使得幽燕山莊一舉躋身離陽十大幫派，排名還要在江南笳鼓臺和北涼魚龍幫之前。

另外一位則是春神湖畔快雪山莊的女子，也是少莊主尉遲讀泉。

不同於張春霖的孑然一身行走江湖，她身邊站著一位衣衫樸素卻氣象威嚴的中年男人，想必是她的父親尉遲良輔。

徐鳳年看著結伴而行的張春霖和尉遲讀泉，忍不住會心一笑，這兩人倒是門當戶對的一雙良配。

張春霖沒有抽籤的意思，只是站在尉遲讀泉身側，看著她小心翼翼搖籤的俏皮模樣，眼神溫柔。

老道人看人下菜碟的功夫早已爐火純青，只要不是那種確鑿無誤的下下籤，其實遇上被他認作是大富大貴的客人，都能無比嫻熟地把一支平籤說成上籤。歸根結底，他最近趁著那場武林盛事捎來的東風，瞅準機會在武當山上擺攤子解籤，不過是一錘子買賣，哪裡還計較什麼回頭客。

所以當那位一看就是出身不俗的年輕女子遞過竹籤，看清楚籤上的內容後，老道人毫不吝嗇笑臉，開懷道：「姑娘，妳這可是難得的上吉好籤啊！『滿殿英雄都在此，不知誰是狀元郎？』這裡頭還有一個典故，是說先帝一統中原後，大開科舉，第一次取士，看到站滿大殿的俊彥，龍顏大悅，故有此問！此籤寓意極佳，相信姑娘身邊不缺良人追求。哈哈，其實貧道已經不用多說什麼，只多嘴一句，就是姑娘莫要挑花了眼，白白耽誤了年華才好。」

尉遲良輔微微一笑。身為當之無愧的江湖巨擘，他自是看得出這名老道人的斤兩，但是不管怎麼說，自己閨女能夠抽中一支好籤，自然沒有不高興的理由。

尉遲讀泉扭頭對父親雀躍道：「爹，我就說這裡的籤很靈吧！」

尉遲良輔眼神滿是寵溺，微笑道：「靈，很靈。」

她想起什麼，轉頭試探性問道：「道長，我能拿走這支籤嗎？」

老道人有些為難。

只是當他瞥見女子父親的掏錢動作後，立即笑道：「姑娘取走也無妨，貧道當場重寫一支便是，舉手之勞，不打緊、不打緊。」

尉遲讀泉雙手接過竹籤後，對父親眨了眨眼睛。

尉遲良輔無奈一笑，乾脆就將整只錢囊都擱放在桌上。

她將那支竹籤高高舉過頭頂，秋日溫煦的陽光下，她仰起頭，專注而歡喜。

一旁張春霖也跟著開心起來。

因為兩座山莊同為離陽江湖名列前茅的新貴，又不像早先江湖上吳家劍塚與東越劍池或是龍虎山和武當山那種對立關係，快雪山莊和幽燕山莊雙方擁有天然盟友的潛質。

事實上尉遲良輔對於脾性溫良的張春霖，在年輕人第一次投帖拜訪的時候，便一眼看中，心底早已視為佳婿人選。尤其是驟然富貴的張春霖，進入江湖之後，並無沾染上呼朋喚友肆意江湖的惡習，作為偌大一座幽燕山莊的唯一繼承人，竟是僅負劍匣單獨登門，更讓城府深重的尉遲良輔十分認可。

況且年輕人的父母，幽燕山莊那對賢伉儷，素來以為人厚道享譽江湖，但是內心深處，尉遲良輔也有些不可與人說的考慮。如今離陽北派扶龍士凋零殆盡，江湖祕聞張春霖的母親出自南海觀音宗，曾是天賦異稟前途遠大的鍊氣士，尉遲良輔就不得不想得更深更遠——如果快雪山莊與幽燕山莊成功聯姻，表面看似是後者稍稍高攀，將來未嘗不是快雪山莊先見之明。

當然，若是自己女兒與張春霖無緣，尉遲良輔也不至於做出強扭瓜的勾當，畢竟，女兒的幸福，在充滿梟雄心性卻喪偶後便不曾再娶的尉遲良輔看來，也很重要，甚至比莊子的江湖地位更重要。

尉遲良輔從不否認自己為了快雪山莊的崛起，費盡心思，不乏冷血手腕。可是這個中年男人始終堅持，自己在江湖上的那般用心，就是為了獨女以後在江湖上，可以不用心。

得償所願的尉遲讀泉在與尉遲良輔並肩離去的時候，冷不丁湊過去腦袋，小聲問道：「爹，你打算還要耽誤柳姨幾年啊？柳姨可不年輕了哦。」

被揭穿老底的尉遲良輔老臉漲紅，雖說那名女子從未出現在山莊，可是莊子上下多少還是有些耳聞，不過尉遲良輔怎麼都沒想到誰吃了熊心豹子膽，竟敢讓自己閨女都聽說了。

尉遲良輔微微瞇眼，念頭急轉。

如果被他查出是誰洩露了天機，那就別怪他把那個傢伙丟進春神湖餵魚了。

尉遲讀泉好似全然不知她爹的難堪臉色和陰沉心思，彷彿漫不經心道：「那就娶了唄，多大點事啊！爹，藏藏掖掖的，真是一點英雄氣概都沒有，小心我以後不崇拜你了哦。」

尉遲良輔恢復正常臉色，輕輕「嗯」了一聲。

她莫名其妙加了一句：「可不許生氣。」

尉遲良輔微笑道：「知道了。」

就在張春霖跟隨那對父女轉身之際，眼角餘光掃到一人，立即瞪大眼睛，無異於白日見鬼，不過當他看到那人豎起手指「噓」了一聲之後，張春霖就強自鎮定，神色自若地繼續前行。

吃完武當春燒餅的徐鳳年在阻止張春霖出聲後，拍拍手掌準備起身離去。

小泥人在御劍當空尋找無果後，便氣呼呼地打道回府，估摸著這會兒差不多也消氣了，最不濟應該不至於見面後就拿劍砍人。至於是被痛罵幾句還是吃閉門羹，以徐鳳年厚如拒北城城牆的臉皮，都不算個事兒。

可就在此時，呂祖亭和洗象池之間的這股密集人流轟然分開，恰如武當老掌教王重樓的一指斷江。

徐鳳年揉了揉額頭，站起身，卻沒有就此離去。

是那名走出呂祖亭的徽山女子。哪怕今日不知為何沒有身穿名動天下的紫衣，也仍是給某位地位不俗的眼尖江湖人率先認出身分。

然後她就如同一尾蛟龍闖入蟻穴，身前道路上的人流，不由自主向兩側移步。

尉遲良輔停步抱拳笑道：「軒轅盟主。」

軒轅青鋒置若罔聞，直接與他們三人擦肩而過。

尉遲良輔好似習以為常，駐足原地，等到那位大雪坪缺月樓樓主走出去十數步，這才繼續動身前行。

尉遲讀泉忍不住轉頭望了一眼，那個讓整個離陽江湖無數豪傑臣服在紫衣裙下的傳奇女子——祥符十三魁，她獨占三魁。

傳言她曾將當今皇帝拒之門外，更傳言她在牯牛大崗上一夜觀雪悟長生。

尉遲讀泉呢喃道：「果真是好漂亮的女子，就是冷冰冰的。」

尉遲良輔趕緊瞪了女兒一眼。

◆

軒轅青鋒徑直走到老道人的攤子前，後者咽了咽口水，不知所措。

她俯視著那位噤若寒蟬的吳老仙長，淡然問道：「靈不靈？」

老道士又不是瞎子，更不是聾子，在知曉了這位漂亮女子當世獨一份的身分後，別說過過眼癮了，就是讓他突然之間變成了名副其實的道教大真人，也沒膽子生出半點歪心思。

大雪坪軒轅紫衣的喜怒無常，離陽朝野幾乎無人不知。

她敢在廣陵江上攔阻武帝城王仙芝赴涼，她敢在京城下馬嵬驛館攔阻北涼王徐鳳年，她敢在太安城外攔阻大官子曹長卿。

她敢如此瘋狂，因為她是軒轅紫衣啊。

離陽江湖再大，但是這般不可理喻的瘋子，又有幾人？

所以老道士在聽到她的問話後，硬著頭皮戰戰兢兢答道：「回稟盟主，不太靈。」

他是真不敢自誇半句，萬一不合她心意，這不是自己揮鋤頭給自己挖墳嗎？

軒轅青鋒扯了扯嘴角：「哦？」

心知不妙的老道士如喪考妣，趕緊亡羊補牢說道：「大多時候還算靈驗，卻不敢保證次次都靈！」

一旁看熱鬧的徐鳳年有些由衷佩服這個老道士的急智了。天底下任何的坑蒙拐騙，最關鍵的就是把話說圓，才能立於不敗之地。

技術活兒，一般人做不到，可惜他囊中羞澀，沒法賞。

軒轅青鋒面無表情，伸手握住那只裝有一百零八支姻緣籤的竹筒，微微抬起手臂，輕輕晃動。

她潤如羊脂美玉的手腕，緩緩擰轉。

籤筒每轉一次，老道人的心肝就要顫動一次。

以往那是意味著一百文錢入帳，當下則極有可能老命不保啊。

終於一支籤跳出竹筒。

她拈起後，緩緩道：「『兩世一身，形單影隻』，是第幾籤？」

老道人想死的心都有了。

這支破籤還需要他解籤？

老道人癱坐在長凳上，顫聲道：「是第八十四籤。」

生死一線，老道人靈光乍現，壯著膽子高聲道：「盟主！這次正是屬於不靈的情況！」

附近不少心善的香客都替老道長捏了一把冷汗。

軒轅青鋒將那支籤丟回竹筒，繼續轉動。

老道人目不轉睛地死死盯住那只籤筒，在心中念念有詞，把漫天仙佛菩薩都祈求了一遍，別說是坐鎮武當的那尊真武大帝，就連他河州家鄉的土地祠也沒忘記。

只是，當那名女子報出第二支籤的內容後，老道人就澈底心如死灰了。

「緣木求魚，終不可得。」

她依舊問道：「是第幾籤？」

汗流浹背的老道人輕輕哀嘆一聲，有氣無力道：「是五十四籤。」

她一手持籤一手握筒，既沒有把竹籤丟回籤筒，也沒有開口說話，只是瞇起那雙狹長的丹鳳眼眸。

老道人低頭頹然道：「我的籤，不靈的。」

老人都已經不敢自稱貧道了。

她不露痕跡地瞥了別處一眼，猶豫了一下，開始第三次搖動籤筒。

一支竹籤輕輕跌落在桌面。

老道人閉上眼睛，裝死算了。

只聽頭頂傳來那個清冷的嗓音：「卜以決疑，不疑何卜。」

已經接近崩潰邊緣的老道人眼神恍惚，一時間沒有回過神。

不知是誰，替他回了一句：「十一籤，中平之籤。」

終於醒悟的老道人滿臉狂喜，撕心裂肺道：「盟主！是中平之籤，真的是中平之籤！」

老道人一時間喜極而泣。

世情皆如此，鬼門關走過了一遭，回到陽間，相信只要有口冷水喝、有個冷饅頭吃，就已經是天大幸事了。

世人皆言事不過三，可出乎所有人意料，她陷入沉思，笑了笑後，第四次搖動籤筒。

這一回，認命的老道人不知哪裡來的精氣神，左右張望，試圖找出那位先前幫忙出言解籤的恩人。

只是茫茫人海，何其難哉。

軒轅青鋒這一次抽出那支竹籤後，沒有自報籤文內容，而是看過後便遞給老道人，如同最尋常的求籤之人，問道：「何解？」

老道人顫顫巍巍接過竹籤，驢唇不對馬嘴地大聲回答道：「中籤！中籤！中籤……」

老道人只是反復高聲「中籤」二字。

她也沒有生氣，等到老道人稍微平靜後，繼續問道：「何解？」

老道人抬起袖子狠狠抹了一把淚水，艱難站起身，雙手握籤作揖之後，臉色惶恐地說道：「回稟盟主，此籤是第九十六籤，『或十年，或七八年，或五六年，或三四年』。此籤是說姻緣一事，欲速則不達，需耐心靜待。」

老道人不忘說道：「未必準，未必靈。」

軒轅青鋒不置可否，伸出手。

老道人趕忙將那支竹籤遞給這位閻王爺一般的可怕女子。

然後她說了一句讓所有人驚愕的言語：「你的籤，挺靈的，很好。」

她低頭放下竹筒，先後從中抽出三支籤，其中兩支在離開竹筒後，就在她指尖瞬間化作齏粉。

於是她只留下兩支籤。

老道人情不自禁地瞪大眼睛，嘴唇乾澀。

她抬起頭，看向如同剛從洗象池裡爬出來的老道人，略作思量，說道：「你替我解了四籤。」

只聽她緩緩說道：「黃金一百兩、道教祕笈一本、北涼陵州宅院一座、徽山頭等客卿一席，你可以任選一樣。」

老道人喜極而泣，老淚縱橫道：「我要去徽山！去大雪坪做客卿！」

軒轅青鋒臉色冷漠地轉身離去，帶著那兩支姻緣籤。

恍若隔世的老道人站在那裡，自言自語，不知道在碎碎念叨些什麼。

突然，他一腳踢掉那條長凳，哈哈大笑道：「做個屁的道士！今兒起，我就是徽山客卿了！頭等的！」

顯而易見，即便老人打算繼續擺攤解籤，也不會有誰還有興趣求籤了。

老道士耳畔驀然響起一個略帶打趣意味的嗓音：「老仙長，這可是在滿山道士的武當，你這麼說話可不妥當。」

正是滿腹豪氣時候的老道士皺著眉頭轉頭望去，看到一位他覺得勉勉強強能稱為玉樹臨風的年輕公子哥，老道士冷哼一聲：「說了又如何？貧道可是徽山頭等客卿！就算陳老神仙和俞老真人這兩位，貧道若是現在遇上了他們，想必也能討杯茶喝！」

年輕人伸出大拇指，讚嘆道：「了不得！」

年輕人身邊的婦人氣笑道：「老吳，剛才正是這位公子幫你說話，你豬油蒙心了吧？」

老道士愕然，立馬轉變臉色，笑顏逐開道：「是貧道失禮了，公子莫要怪罪。」

老道士大踏步走向婦人的攤子，道袍大袖晃蕩得厲害，頗有龍驤虎步的風采：「韓妹子，來來來，幫老哥還有這位公子來兩張武當春燒餅，記得把餅攤大些，老哥不缺那銀子，何況咱也從不是小氣人！」

婦人自顧自搖頭，有些無奈。

她手腳伶俐，且熟能生巧，很快就分別遞給兩人一張分量十足的武當春燒餅，熱氣騰騰，香氣四溢。

接過春燒餅的時候，老道人想要順手摸一把婦人的手，後者更快一步抽回手，沒讓這個老不修得逞。

老道人咬下一大口春燒餅，笑咪咪道：「韓妹子，還做這苦累活計幹啥，起早摸黑的，也賺不到多少銀子，要不然陪著老哥我去那徽山如何？」

婦人白眼道：「去那中原作甚？」

老道人嘿嘿笑道：「老哥我的心思，妹子妳還不清楚嗎？」

婦人先是一愣，然後惱羞成怒道：「滾！」

老道人不死心道：「妹子，妳男人不是很早就在涼州關外那邊沒了嗎，這麼多年後改嫁又咋了？你們一家子孤兒寡母的，多可憐，有個靠得住的男人照顧才是好事啊。再說了，妳之前不也讓老哥解過籤嗎？」

已是怒極的婦人臉色蒼白，上前幾步，扯過老道人手中的春燒餅，摔在地上：「滾！我賣給誰春燒餅，也不賣給你這種噁心人！給再多銀子，我都嫌髒！」

老道士倒也不生氣，只是遺憾道：「唉、韓妹子，妳是好女人，可惜就是沒享福的命。罷了、罷了，就當咱們有緣無分。」

婦人不再理睬這個為老不尊的傢伙。

老道士自顧自唏噓一番，轉頭對那位年輕人笑道：「得嘞，貧道只好自個兒去中原享福嘍。青山不改綠水長流，公子，以後若是去徽山遊玩，報上貧道的名號即可。」

年輕人笑道：「好的。」

老道人瀟灑離去。

年輕人問道：「老道長，連攤子也不要啦？」

老道士沒有轉身，揮揮手，貌似豁達道：「要那麼些不值錢的物件做什麼，跌份兒！你要喜歡就歸你了！」

◆

等到老道士走出很遠，婦人對年輕人輕聲道：「連姓什麼、叫什麼都沒有與公子知會一聲，還報他的名號呢，見過臉皮厚的，真沒見過這麼厚的！幸好我聽說這個老傢伙是河州那邊的人，否則真是丟了咱們北涼的臉。」

徐鳳年笑問道：「聽口音，大嫂是咱們北涼陵州人？」

婦人眼神古怪，半晌才冒出一句：「公子問這個做什麼？」

正在吞咽武當春燒餅的徐鳳年差點噎到。

婦人掩嘴笑道：「瞧把你嚇的，嫂子逗你呢。」

徐鳳年委實哭笑不得，一邊咬著春燒餅，一邊走向隔壁攤子，扶起長凳，轉頭微笑道：「大嫂，請我吃春燒餅的傢伙跑路了，要不然我替妳解一籤，就當餅錢了？」

經過那名氣勢嚇人的女子一折騰，婦人攤子的生意都冷冷清清了，她坐在長凳上伸手輕輕捶打腰肢，看著那個笑臉溫和的年輕公子哥，懷疑道：「你會解籤？」

徐鳳年點頭道：「老本行了！」

婦人搖頭笑道：「公子你啊，可沒那個老傢伙能騙人，大嫂哪裡會上這個當。放心，餅錢就算了，大嫂請你。」

徐鳳年好奇問道：「大嫂，怎麼從陵州跑來這武當山擺攤子了？」

婦人平聲靜氣道：「我娘家是這邊啊。前些時候來山上燒香祈福，見到這裡的光景後，琢磨著自己剛好會這些手藝，閒著也是閒著，就覺得擺個攤子能多賺些。」

徐鳳年笑問道：「我猜大嫂家的孩子都在蒙館學塾讀書了吧？也對，咱們北涼這邊，書籍貴著呢，最吃錢。」

婦人又不說話了，直愣愣瞧著徐鳳年。

有些憋屈的徐鳳年無奈道：「大嫂，我真不是吳老頭那種人！」

婦人忍俊不禁道：「真是經不起逗，可不像咱們北涼的爺們兒。」

徐鳳年佯怒道：「大嫂別罵人啊。」

婦人擺了擺手，端了一條小板凳和一碗定神湯，坐在徐鳳年對面，笑道：「餅是送你的，這碗定神湯，就算是解籤錢了。大嫂不識字，可不許騙我。」

徐鳳年吃完春燒餅，俯身拿過定神湯喝了一大口：「哪能啊！」

婦人雙手捧起竹筒，眼神虔誠。

徐鳳年正襟危坐，微笑不語。

落籤在桌後，她以雙手拇指食指拎住首尾，大概是既然不識字，就不用多此一舉去細看什麼了。

她亦是用雙手遞給徐鳳年。

那份無言的沉重莊嚴，好像在交付性命。

從來與青史無緣的老百姓，總歸是相信頭頂三尺有神明的，會事死如事生，才願意相信來世福報，才會不辭辛苦地登高燒香祈禳。

徐鳳年接過竹籤，看過籤文後，嘴角翹起，柔聲道：「『忘足，履之適也。忘腰，帶之適也。』第七十二籤，上籤。」

婦人不識字，籤文內容則大致聽得明白，至於上籤二字，更是簡明扼要，毋庸置疑。

她釋然而笑。

徐鳳年收回竹籤放入竹筒，喝了口定神湯，笑道：「大嫂是好人有好報。」

她笑意恬淡。

之後兩人隨意閒聊，多是她說他聽。

她說起了她眼中的陵州鄉土風貌，當然最多還是家裡兩個孩子的蒙學情況。她說年齡大些的孩子還不錯，沒那麼頑劣，雖說也從沒人聽說學塾先生誇獎過什麼，多半是考不中秀才的，便是通過縣試成為童生估計都相當不易。可是每次看著那個孩子挑燈讀書，擺出那副讀書人獨有的搖頭晃腦模樣，她就會沒來由很高興。

而那個小些的孩子就讓她很頭疼了，寧肯下田勞作，也不樂意去私塾背書，小小年紀就想著打仗殺蠻子。她最後還說，如今不曉得北涼其他地方如何，前兩年最少陵州那邊大小私塾，孩子們都能拿到很便宜的書籍，便宜到讓她這種家境貧寒的人家都覺得便宜。是因為之前陵州有個姓徐的大官，是他的主意，好像是那位大官說了句北涼人少，但讀書人可以多些。她也不知道是真是假，反正那幾本蒙學書籍比前五、六年，的確是便宜了一大截。

所以她說，那個姓徐的大官，是個好人，只可惜聽說離開陵州去涼州當官了。

徐鳳年笑臉溫柔，望向遠方，輕聲道：「橘子他啊，什麼都好，就是酒品差了些。」

婦人沒聽懂，也沒有多問。

她攤子那邊有生意了，婦人問道：「公子，我能要回那支籤嗎？」

徐鳳年笑道：「那我得找找，嫂子妳先去忙，我找到了就給妳送去。」

她點了點頭，起身後，婦人突然臉色微紅道：「公子，喊我姨也好，別喊嫂子了！」

徐鳳年一頭霧水，婦人冷哼一聲，去隔壁攤子忙碌起來。

徐鳳年搖了搖頭，不明就裡，倒提竹筒，倒出竹籤，在尉遲讀泉和軒轅青鋒之後，原本一百零八支姻緣籤，就少去了五支。

他找出婦人搖出的那支竹籤，起身送去。

她發現這位遊手好閒到去當算命先生的年輕人，似乎仍沒聽懂她的意思，於是反而有些難為情了。

她瞥了眼竹籤便小心收起，抬頭問道：「是那支籤？可別騙我。」

徐鳳年搖頭正色道：「不騙人。」

她笑咪咪道：「去吧、去吧，嫂子就不耽誤你騙人銀子啦。」

有些鬱悶的徐鳳年坐回桌前，重操舊業，熟門熟路，開始大大咧咧招徠生意。

只是山羊胡老道人留下那麼個爛攤子，好事不出門，壞事傳千里，加上附近攤位認定徐鳳年是個鑽錢眼裡頭的神棍，而且年紀輕輕，當下又沒有披件唬人的道袍，自然給人嘴上沒毛、辦事不牢的印象，一撥撥香客遊人來往路過，顯然都沒停步抽籤的興致，難得兩、三位年輕女子欲語還休，想要上前搖籤，結果都給家裡長輩或是身邊同齡男子婉拒了事。徐鳳年只得小口小口喝著定神湯，委實百無聊賴。

徐鳳年逐漸從道貌岸然的正襟危坐，變成蹺著二郎腿，再變成趴在桌上晃動籤筒，最後乾脆自己搖出一支支竹籤，也不看那籤文，隨手丟回。

隔壁婦人抹了抹額頭汗水，調笑道：「哪有你這麼做生意的？天底下最難的事情，本就是從別人袋子裡拿錢，公子你倒好！」

徐鳳年嘆息道：「難道真要我去跟武當借件道袍？」

婦人納悶道：「公子也不像是缺錢的人，真稀罕那點銀子？」

徐鳳年下意識瞥了眼茅屋方向，柔聲笑道：「我媳婦最沒出息了，只喜歡收集銅錢，大的小的，她都不嫌棄，就像個守財奴。」

婦人樂不可支：「也虧得你媳婦不在！」

然後她勸解道：「女子持家都這樣，公子你想開些。」

徐鳳年深以為然：「燕子銜泥，積少成多，是這個理兒。」

婦人長呼出一口氣，抬手捋了捋浸透汗水的鬢角髮絲：「嫂子先回了。」

徐鳳年奇怪問道：「這麼早就下山？零零碎碎這麼多物件，搬得動？」

她指了指一位從呂祖亭外山路緩緩行來的年輕女子，笑道：「她是我侄女，在山上更高些的玉清觀那邊賣胭脂水粉，估摸著是早早賣完了，以前都要更晚才來幫我搭把手，今兒我也偷個懶，早點下山。」

徐鳳年起身道：「從這裡下山，可還有不少山路要走，嫂子，我還是幫妳挑一段路吧？」

她搖頭堅決道：「不用，我這兒東西瞧著多，其實都不重。」

徐鳳年玩笑道：「嫂子，就當我用心不良，好歹送你們到山腳牌坊那邊，行不行？」

婦人輕啐了一口，瞪了口無遮攔的徐鳳年一眼，氣笑道：「你不怕閒話，嫂子怕！我那侄女可潑辣得很。怎麼，難不成是你瞧上了她？那嫂子倒是可以當回媒婆。」

徐鳳年瞥了眼那名越來越近的年輕女子，倒抽一口冷氣。

她那腰肢，可不是啥柳樹，而是大槐樹啊，他只好苦笑道：「還是算了吧。」

她趁著年輕侄女尚未臨近相鄰兩座攤子，面對徐鳳年，眉眼柔柔低斂，輕聲問道：「你到底想什麼呢？」

此時此刻，她看到那個年輕人，模樣英俊，尤其是眼神清澈，乾淨得就像她年少時初次登上武當山見著的洗象池。

徐鳳年說道：「我去過涼州關外，去過懷陽關，也去過虎頭城。」

她臉色平靜道：「這樣啊。」

徐鳳年咧嘴一笑。

她沒來由問道：「你說北莽蠻子會一路打到這裡嗎，會打到陵州嗎？」

徐鳳年神色堅毅，說道：「只要我們北涼鐵騎還剩下一人，那麼北莽蠻子的馬蹄，就踩不到北涼關內的一草一木。」

她點了點頭，然後展顏笑道：「口氣真大，說得好像自己是大官似的。」

徐鳳年打哈哈道：「我可不是當官的。」

她沒好氣道：「這也用說啊。」

徐鳳年猶然不願死心：「嫂子，真不用幫忙挑擔子？」

她接下來一句話讓徐鳳年呆若木雞：「別嫂子、嫂子的，我這些天見多了江湖人，聽他們說啊，咱們那位年輕王爺以前闖蕩江湖的時候，有句口頭禪，叫什麼『好吃不過餃子，好玩不過嫂子』！」

徐鳳年伸手抹了一把臉，悲憤欲絕。

我在大雪坪之巔說的那句「還個屁」，沒人跟妳提起過嗎，難道不比這句口頭禪更加牛氣些？再說了，這句話也是某位吊兒郎當的木劍遊俠兒，不知在什麼地方道聽塗說然後非要教我的啊。

婦人眼神促狹，不再言語，轉身去收拾物件。

徐鳳年望向她的背影，終於沒敢再稱呼嫂子，只是問道：「官府那邊的撫恤銀子可有剋扣或是拖欠？」

她動作一滯，沒有轉身，搖頭道：「不曾，他的老伍長前些年還經常寄給我們額外的銀子，去年才沒有。」

她停頓了一下，輕聲道：「今年春我才聽說，老伍長死在虎頭城了。」

之後她始終沒有轉頭。

她其實知道，自己最先搖出的姻緣籤，並非懷中那支竹籤，她不識字，卻牢牢記得那支籤的字數，不過這也不算什麼要緊的事。

老百姓，日子再苦，只要還有盼頭，咬咬牙就能過下去。

她的盼頭在於兩個孩子，至於今天搖出的籤是好是壞，其實無所謂。

最後，她與侄女挑起擔子離去之前，無意間瞥見那個給人感覺總是乾乾淨淨的年輕人，他挺直腰杆坐在桌後，雙手握拳放在腿上，安安靜靜。

不怎麼像年輕人，倒像個上了歲數的老人，春光遠去，只能默然曬著秋季的和煦日頭。

第五章　顧劍棠挑戰白衣　徐鳳年盟約蘇酥

大蓮花峰幽靜處的那棟嶄新茅屋前，從未如此熱鬧過。

白衣僧人身材高大，給人感覺卻是異常協調，胸口那串掛珠色澤昏暗，顯然與中原諸多大寺高僧的珍稀佛珠，高下貴賤有天壤之別。

自萬里西行歸來，他便並無持珠、佩珠，只有這麼一串桃木材質的佛珠。這串掛珠算是他與媳婦的定情之物，她在贈送之後其實不是沒有悔意，因為後來聽說好像桃木是道教極為推崇的材質，能夠禳惡辟邪，只是在佛門裡頭，桃木佛珠，實在不值一提。

可是白衣僧人李當心，除了睡覺前將這串佛珠懸掛在牆上外，平時從不離身。佛門有「靜慮離妄念，持珠當心上」的說法，他俗名又叫李當心，故而當年白衣入京，離陽老皇帝御賜了一串價值連城的七寶掛珠，被他隨手丟入了箱子。

有了李東西這個閨女後，就被他媳婦隔三岔五摘下十幾顆珠子，編制成環，戴在閨女頭頂。喜歡在兩禪寺滿山瘋跑的小丫頭，哪裡曉得那些珠子的貴重，很快就會散亂丟失，好在這一家三口，誰也不會心疼。

此時白衣僧人對面，坐著來自兩座道教祖庭的三名道士：剛剛升任涼州刺史的白煜、同為龍虎山外姓小天師之一的齊仙俠、武當小柱峰青山觀的韓桂。

不遠處，李東西、吳南北、現任武當掌教李玉斧的唯一弟子余福、韓桂的徒弟小道童清心，四人湊在一起蹲著，在聽李東西講述她那些蕩氣迴腸的江湖履歷。

白衣僧人的媳婦已經午睡了，之前在得知三名道士攜手登門後，她斜靠屋門，嘖嘖道：「人多勢眾，來者不善啊。」

白衣僧人笑道：「吵架而已，不怕。」

她還是有些憂心，說道：「那我就不準備茶水了，讓他們口乾舌燥便是，但是你可以隨便找個藉口進屋子喝水嗎？」

「好的。」

「那會不會失了禮數啊？」

「不會。」

「對了，萬一真吵不過他們，動手的時候，千萬記得打人別打臉，白白落下話柄，記住了沒？」

「……」

「怎麼，難道打不過？那就算了，和和氣氣聊天吧。哈，出門在外，和氣生財嘛。」

「打得過。」

「哦。也要記得別打得太誇張，咱們閨女還想在山上多玩幾天呢。」

「曉得了。」

此時白衣僧人面對道教三人，相談甚歡，因為根本就沒有涉及佛道根柢之爭。

他問道：「李掌教在小蓮花峰閉黃庭關？」

作為武當近二十年來唯一「開峰」的道士，一向與人無爭的韓桂並未遮掩此事，點頭道：「掌教師兄之前有所明悟。」

白衣僧人笑道：「好事。」

他輕輕摩挲著那串桃木佛珠，淡然道：「地陷東南，四瀆俱流巽位，未嘗不是有始有終之意。」

韓桂一身素潔道袍，頭戴洞玄巾，有些感傷。看書看傷了眼睛的白煜習慣性瞇起眼眸，彷彿置身事外。齊仙俠仰頭望向大蓮花峰頂的滾滾雲海，滿懷感慨。

白衣僧人笑問道：「人生不得行胸臆，縱年百歲猶為夭。是不是曹長卿進入大楚棋待詔後說的？」

白煜搖頭道：「實為曹長卿授業恩師李密所言，曹長卿能夠由儒家聖人轉入霸道，這句話恐怕正是點睛之語。」

白衣僧人輕輕撚動佛珠：「如果說花好、月圓、人壽三事，是凡夫俗子的至樂願望，那麼心意順遂，念頭暢然，就是你們道教中人的追求吧？」

意態慵懶的白煜揉了揉眼睛，笑問道：「怎麼，要吵架了？可是這兒連一杯茶也沒有啊。」

白衣僧人輕聲道：「媳婦不讓準備茶水，貧僧可不敢擅作主張。至於吵架嘛……」

白衣僧人的視線越過眾人頭頂，望向不遠處，高聲道：「徒兒，來來來，跟咱們白蓮先生說說佛法。」

不承想年輕和尚微微抬起那顆小光頭，不情不願道：「師父，如果不是李子不讓我走，我還要給師娘去玉清觀那邊買胭脂呢。師娘說那邊有位貌美如花的年輕女子，這些天販賣的蜀葵花胭脂很是價廉物美，據說還有江南吳越煙柳坊特製的綿燕支，去晚了可就未必能留下一盒啦。」

白衣僧人瞪眼道：「你還好意思說那綿燕支？指甲片大小的一小盒，就敢賣五兩銀子？如果不是你跟師娘說起，她又豈會心心念念一晚上，昨夜說夢話，都是綿燕支、綿燕支！」

年輕和尚理直氣壯道：「徒兒只是覺得那種胭脂的確好啊，山腳逃暑鎮那些便宜歸便宜，可香氣也太嗆鼻了些，雖然盒子更大，可師父昨天又不是沒瞧見，因為覺著價錢不貴，師娘便撲了那麼多在臉上，吃飯時一低頭，就撲簌撲簌往飯碗裡掉，可瘮人啦。

師父你也真是，明明看得膽戰心驚，偏偏還要跟師娘說什麼『這等景象，真是天女散花，世間罕見』，然後師娘咧嘴一笑，胭脂掉得就更多了……」

白衣僧人咳嗽幾聲。

白煜只覺得十多年前龍虎山那場佛道之爭，如果這位兩禪寺的中年僧人沒有缺席，恐怕就沒有自己力挽狂瀾的份了。

青山觀觀主韓桂眼觀鼻、鼻觀心，一個道士卻似老僧入定。

齊仙俠好像偷偷揉了揉眉心。

突然，屋內屋外兩個嗓音同時響起，充滿驚喜：「煙柳工坊的綿燕支？」

屋內，自然是白衣僧人的媳婦，屋外，則是李東西。後者更是猛然起身，飛快跑向屋子大聲喊道：「娘！爹新近在經書箱子底下藏了四、五兩銀子，他藏銀子的時候，給我偷瞧見了！爹讓我守口如瓶來著，可我是誰啊，是娘的親閨女啊！」

茅屋內頓時劈裡啪啦，傳來一陣手忙腳亂翻箱倒櫃的急促聲響。

白衣僧人抬頭望向天空，面色悲苦。

若是外人不知曉其中緣由，肯定要驚嘆真是寶相莊嚴如佛祖悲憫世間苦。

一大一小兩名女子走出茅屋的時候，白衣僧人摸著光頭站起身，關懷道：「這大太陽的，要不要撐把傘？」

他媳婦想了想，大手一揮，氣概豪邁道：「綿燕支可是稀罕物，存貨定然不多，萬一錯過咋辦？」

李東西已經開始發號施令：「笨南北，你去屋內取傘，然後快些跟上咱們！清心和余福，武當山是你們地盤，有沒有近些去玉清觀的小路？有的話就前頭帶路！」

如今對女俠李東西已經佩服得五體投地的小道童清心挺起胸脯，自豪道：「有！」

然後一行人便浩浩蕩蕩殺去玉清觀，白衣僧人猶然不忘望著他們背影提醒道：「小路難行，走慢些。」

好像是也覺得氣氛有些尷尬，白衣僧人坐回小板凳，望向白煜，隨便找了個話題：「聽聞白蓮先生有『三怕兩喜』？」

白煜點頭道：「有三怕：怕打雷、怕走路、怕趙凝神問問題；有兩喜：讀書到快目處、說話到會心處。」

白衣僧人疑惑道：「趙凝神？」

白煜有些感傷道：「本名趙靜思，是老掌教的獨子，性情尤為質樸沉凝，下山後數次歷經磨難，因禍得福，如今其心幾近大道。」

白衣僧人「哦」了一聲：「是不是那個在春神湖上，請下天師府祖師下凡的年輕道士，結果給徐鳳年搬來的真武大帝法相一巴掌拍爛？」

白煜苦笑無言。

白衣僧人似乎對年輕藩王成見頗深，氣呼呼道：「打架就打架，還要裝神弄鬼，跟稚童哭哭啼啼回家找長輩出馬有何兩樣？尤其是那徐鳳年，更不像話，仗勢欺人，不成體統！」

如今算是北涼「徐家家臣」的白煜識趣地閉嘴不語。

白衣僧人哼哼道：「我家閨女就從不跑到貧僧跟前訴苦，她哪次出手，不是打得那些小光頭哭著跑回去找他們師父？」

韓桂會心一笑，似乎是想起了自己的徒弟清心，也想起了掌教李玉斧帶回山上的小道童余福。

方外之人，未必無情。

就在此時，三名道士中唯一「修力」的齊仙俠猛然站起身，轉身望去，如臨大敵。

白衣僧人依舊安然坐在小板凳上，緩緩撚動佛珠。

一名雙鬢微霜的男子出現在眾人視野，兩手空空。

只見他微笑道：「自方寸雷後，我近二十年又悟出兩刀，想要與兩人討教，如今王仙芝已死，便只好來此叨擾。」

李當心緩緩起身，淡然道：「趁貧僧媳婦不在，趕緊出手。不過事先說好，切磋也罷，論生死也好，可別毀了茅屋，否則貧僧真會生氣。」

聽到白衣僧人這番不留情面的言語後，他笑道：「我只管出刀，至於你生氣與否，我不管。」

李當心一笑置之，雙手輕輕合十，以禮相待。

烏黑佛珠，雪白袈裟，真可謂超拔流俗。

齊仙俠拉著白煜走向茅屋簷下，韓桂緊隨其後。

他們三人當然猜出了來者的身分，是意料之外，也是情理之外。

方寸雷。

這無疑是一個如雷貫耳的名頭。

就像每當世人提及春秋劍甲李淳罡，必然繞不開木馬牛，還有兩袖青蛇和劍開天門。

不說離陽江湖，即便是朝堂之上，也無人不知曉那位兵部老尚書的成名絕學，方寸雷。

正是憑藉此招，為離陽趙室平定了東越、南唐兩國的武將顧劍棠，戰勝了原本如日中天的刀法大家毛舒朗，以此奠定天下用刀第一人的超然地位。

顧劍棠之於刀，如李淳罡之於劍，王繡之於槍。

這種一覽眾山小的武道地位，無數江湖人夢寐以求。

只是顧劍棠最為難堪的地方，在於站在了世間用刀之人的頂點，歷屆的武評名次始終不出彩，別說像武帝城王仙芝那樣一騎絕塵，恐怕連名列前茅都算不上。更重要的是在刀劍之爭中，無論是老劍神李淳罡，或者是桃花劍神鄧太阿，無論是修為境界還是純粹戰力，離陽都公認為新老兩代劍道魁首都甩開了顧劍棠很大一段距離。

在某位世子殿下初入江湖之際，那時候的江湖，王仙芝、鄧太阿和曹長卿，便被譽為「唯三人卓然於世」，其餘七人，顯然淪為了陪太子讀書的角色。包括顧劍棠在內的七人席位，對整個中原江湖而言不可或缺，可躋身最拔尖十人之後，則可有可無。

用劍之人，更是在李淳罡重返陸地神仙境界後，揚言顧劍棠與李淳罡的差距，還隔著一個顧劍棠！

這二十年來，長久執掌太安城顧廬權柄的顧劍棠，從來沒有與人切磋，之後以大柱國頭銜總領兩遼軍政，更是深居簡出。只有那次西楚曹長卿攜帶姜姒闖入京城，本來都已經將心愛佩刀轉贈女婿袁庭山的顧劍棠才稍稍嶄露崢嶸。

顧劍棠似乎對武榜名次的高低從不在意，對刀劍之爭更是提不起興趣。

王仙芝有自稱天下第二便無人敢稱第一的霸氣，曹長卿有三過皇城如過廊的風流壯舉，鄧太阿有騎驢看山河的恣意逍遙。以至於最近這些年裡頭，新涼王徐鳳年橫空出世，大雪坪軒轅青鋒異軍突起，魔頭洛陽更是接連震動北莽、離陽兩朝。

顧劍棠依然江湖沉寂，看那新舊江湖潮漲潮落，無動於衷。

所以天生排斥那座太安城的中原江湖，對這位在廟堂上位極人臣的刀法大宗師，始終仰慕不起來。

但就是這麼一位只願意置身於江湖之外的一國砥柱，在今日登上武當山，找到了白衣僧人李當心，好像還要一刀摧破他的金剛不壞。

除去執著於劍道，齊仙俠一向清心寡欲，對於顧劍棠的登門拜訪，曾經在太安城以大毅力摒棄舊有劍道的小天師，其實並不關心這場巔峰大戰的勝負，也就更不會指手畫腳，或是故作驚嘆。

韓桂被老掌教王重樓譽為「心誠意正，大器晚成」，被前任掌教洪洗象視為至交好友，此時有些憂心，生怕聲勢鬧大了，武當無法收拾殘局，給年輕藩王增添沒必要的煩惱。

人生唯有「三怕兩喜」的白蓮先生，對於打打殺殺就更沒興趣了，搬了條小板凳坐在屋簷下，怔怔發呆，已是神遊萬里。

如今兩位藩王聯手攪得中原大地動盪不安，朝廷原本答應交給北涼道的漕糧，說不定就要節外生枝，以陵州刺史身分具體負責漕糧事務的常遂，已是密信清涼山，要求動用魚龍幫勢力，以此竭力滲透襄陽城至陵州的廣陵江漕運，萬不得已，還需要魚龍混雜的兩萬幫眾以鮮血開道，為北涼邊關鐵騎贏得那數百萬石的沾血漕糧。

以至於三人，都不曾在意顧大將軍為何沒有攜帶佩刀。

顧劍棠的符刀南華，與武當劍癡王小屏的符劍神荼，並稱於世。

顧劍棠身材高大，典型的北人體魄，青衫儒雅，則是南人氣度。

顧劍棠，劍棠。

他卻用刀。

戰勝毛舒朗後，他位於江湖聲望的巔峰，也被讚嘆為刀法聖人。

綽號有沒有取錯不好說，名字好像是真取錯了。

顧劍棠一手負後，一手緩緩抬起。

白衣僧人李當心由雙手合十，變作單掌行禮，視線低斂，默念一聲。

「阿彌陀佛。」

◆

真是峰迴路轉，許多別處江湖人士聽聞軒轅紫衣不但在武當山露面，而且曾經在洗象池附近的攤子，一口氣求了四支姻緣籤，徐鳳年所在的攤子立即就生意興隆起來。

雖說瞧見徐鳳年只是個年輕後生，而非印象中那種仙風道骨的世外高人，不過本就是湊個熱鬧圖個樂和，大多不吝銅錢，加上這名模樣英俊的解籤先生也確實能說會道，便是一些中下之籤，都能被他說得舌燦蓮花，天花亂墜，逐漸不只是江湖草莽和綠林好漢願意掏錢，很多不涉江湖的香客遊人也開始信以為真。

尤其是當一位外鄉女俠抽中一支大是吉利的姻緣籤後，更是讓人躍躍欲試，因為她那支第一百零八籤「但願人長久，千里共嬋娟」，不但是僅次於頭籤的好籤，而且此句出自那位女文豪的《頭場雪》。

世人皆有勝負心，至今為止，那支最為吉利的籤王尚未被人搖中，自然讓人摩拳擦掌，不少原本對搖籤斷姻緣一事嗤之以鼻的旁觀眾人，也紛紛一試手氣。

只可惜奇了怪哉，一個多時辰百來號人物都搖籤解籤完畢，仍是無人從竹筒中搖出那支籤王，這般猶抱琵琶半遮面的情景，澈底讓人生出一舉奪魁的爭勝心思，好些不信邪的傢伙乾脆再度搖籤。

眾人只見那名年輕解籤先生的武當定神湯是喝了一碗又一碗，銅錢是一百文又一百文，故而桌面上的大小銅錢，堪稱堆積成山，極為壯觀。

賺錢賺得盆滿缽滿的年輕藩王，在給一位搖了三次姻緣籤的壯碩漢子解籤後，伸手覆住籤筒，突然高聲道：「收攤了、收攤了！今日不宜再解姻緣！」

那個滿臉憤懣的漢子背後，一名苦等了將近半個時辰的年輕人頓時跳腳罵道：「姓徐的！你玩我？」

徐鳳年翻了個白眼，開始收攏銅錢。

那人一巴掌拍在桌上：「你要敢走，就別怪我蘇酥揭你的老底！」

徐鳳年抬頭斜瞥了眼這位舊西蜀流亡在外的太子殿下：「斷人財路，小心踩到狗屎。再說了，你小子給得起解籤錢嗎？」

蘇酥冷笑道：「一萬，夠不夠！」

徐鳳年停下收攏銅錢的動作。蘇酥的言下之意，整座武當山，大概就只有他這位北涼王聽得懂。一萬，那就是來自蜀詔之地的一萬兵源。

所以徐鳳年笑問道：「你說話能作數？」

站在蘇酥身後的齊姓鑄劍師輕聲道：「是老夫子的意思。」

徐鳳年笑咪咪併攏雙指：「這個數，我才幫你解籤。」

蘇酥滿臉怒意，身體前傾，雙手重重按在桌面上，壓低嗓音沉聲道：「你當我是撒豆成兵的道教神仙？」

徐鳳年這次豎起三根手指：「沒誠意！我加價了。」

蘇酥黑著臉，氣喘吁吁。

背負琴匣的目盲琴師薛宋官嘴角翹起，悄悄扯了扯蘇酥的袖子。

蘇酥冷哼一聲，雙臂環胸，破罐子破摔。

徐鳳年收回手的同時，也收起了那份玩世不恭，眼神驀然冷冽起來，仰頭望著這三位北莽舊人：「有些虧，我吃過一次就夠了。念在往日情分，我奉勸一句，千萬別學當初那些左右逢源的春秋豪閥，我們徐家怎麼跟他們打交道的，趙定秀老夫子肯定比你更清楚。」

蘇酥滿臉通紅，竟是氣得渾身發抖，羞憤至極。

熟悉內幕的薛宋官微微嘆息，然後輕輕握住他的手。

蘇酥竟是隱約間眼眶濕潤，握緊她那隻手，撇過頭，不知是不願看到年輕藩王那張臉，還是不敢。

當初逃亡至北莽陋巷市井，老夫子幾乎已經絕了西蜀復國的心思，之所以死灰復燃，並且下定決心重返中原，都是這位年輕藩王的功勞，甚至連他們早期的順風順水，大抵都歸功於北涼埋在蜀詔兩地的各種死士棋子。但是陳芝豹封王就藩於西蜀，不但截斷了北涼與他們之間的聯繫，更迫使西蜀真正的主心骨趙定秀改弦易轍。說好聽點，是他們審時度勢；說難聽點，就是過河拆橋了。

最開始老夫子甚至做了最壞的打算，著手準備迎接北涼尤其是拂水、養鷹兩房的震怒報復，只是不知為何，給他們背後捅了一刀的年輕藩王對此好似渾然不覺，這無疑讓飽受儒家仁義薰陶的老夫子深感愧疚，這才有了蘇酥三人的赴涼之行。

畢竟如今那位曾經將蜀詔兩地版圖玩弄於股掌的白衣兵聖，已是身在離陽廣陵道，為逐鹿中原運籌帷幄，藩王轄境的精銳兵力大多出蜀東奔，如此一來，就給了老夫子亡羊補牢，或者說是重新押注的機會。

齊姓鑄劍師摘下劍匣，輕輕放在桌上：「老夫子在臨行前與我說過，兩萬已是底線，再加上這把『滿甲雪』當個添頭。」

徐鳳年緩緩吐出一口濁氣，積鬱已久。

對於那位一心匡扶西蜀蘇氏的老夫子，徐鳳年確有怨氣。如果不是他們趕赴蜀詔豎起復國大旗，許多北涼暗中埋藏在那裡的棋子就不會那麼快浮出水面，哪怕留著不用，也遠比現在的尷尬形勢好。如果不是當初陳芝豹沒有澈底跟北涼撕破臉皮，那些曾經耗費北涼無數精力、財力的間諜死士就要十不存一。

要知道在師父李義山的既定方略中，一旦離陽朝廷在未來的涼莽戰事中打定主意拖後腿，北涼就會直截了當地鋒指蜀詔，以此作為北涼後繼糧草兵源的戰略大後方，故而對於蜀詔兩地的持續滲透，北涼稱得上不遺餘力，遠比中原更為重視。

因此某座郡王府兢兢業業的某位勤勉管事、傳道授業的古板私塾先生、奔波於市井的販夫走卒、青樓勾欄取媚恩客的手韻花魁，甚至是蜀詔軍伍中的實權校尉，都有可能是拂水房的死士。

退一萬步說，蜀詔和北涼由於被陳芝豹攔腰斬斷，就算徐家鐵騎最後不曾守住北涼，以至於那些拂水房棋子到最後都無法建功，但最不濟，那些人，能夠僅是帶著一種不為人知的遺憾，慢慢老死於蜀詔兩地，而不是像現在這樣，如遊魂野鬼，曝曬在光天化日之下，不但陳芝豹知曉他們的身分，甚至恐怕連離陽趙勾都開始悄悄錄檔，只等將來便於秋後算帳。

對於蘇酥，徐鳳年談不上如何記恨，這年輕人本就是連甩手掌櫃都算不上的牽線傀儡，大勢之下，更只能隨波逐流。在蜀詔兩地蘇酥拉著目盲琴師假扮少俠魔頭，混跡江湖，肆意遊蕩，未嘗不是一種類似借酒澆愁的情緒。而對眼前這位曾經贈送自己新劍「春秋」的齊姓鑄劍師，徐鳳年只有敬佩。

說到底，徐鳳年憤怒於趙定秀的臨陣倒戈，但是他更怨恨自己的大意。

某些時候，君王一言可興邦也可亡國，史官一言定人青史留名還是遺臭萬年，武將一言更是決勝負定生死。

兵者，國之大事，絕非戲言。

也許心思單純的蘇酥只是愧疚於他和老夫子的背信棄義，根本就想不到那些紮根蜀詔多年的北涼死士，想不到更深層次的涼莽大戰格局。這個出身天潢貴胄的年輕人，畢竟從他懂事起就只知道，自己是個在北莽混吃等死的普通遺民，只知道老夫子是個迂腐嚴厲的不得志老書生，齊叔叔無非是個力氣大些的打鐵匠。

什麼鐘鳴鼎食，什麼君王社稷，什麼西蜀皇叔死戰城門，什麼西蜀與國共同赴死之臣冠絕春秋，除了襁褓之中包裹幼兒的那幅金黃紋龍蜀錦，他沒有穿過一天太子蟒服，所以他全然不懂那些慷慨激昂。

蘇酥偷偷抽了抽鼻子，盡顯其性情軟弱，毫無梟雄心性可言。

他只憧憬江湖，並不喜歡那種陌生的廟堂官場。

亡國後蘇氏舊臣見到自己的那種熱淚盈眶，那種跪拜大禮，非但不會讓這個心無大志的年輕人感到欣喜，他只會覺得千斤重擔壓在了肩頭。

私底下，他曾經對心儀的目盲女琴師自嘲說道：「百無一用是蘇酥。」

不知何時，沒有和蘇酥三人一起來此的韋淼和苗女，這對夫婦已經站在齊姓鑄劍師的身後，無形中隔開人流。尤其是當服飾絢爛扎眼的苗疆女子笑嘻嘻地擰碎一名登徒子的手掌後，人群裡只是來武當山燒香的善男信女就開始鳥獸散，一些自負武藝在身的江湖人倒是大多沒有遠去，但也隔著些距離謹慎地冷眼旁觀。

韋淼上前幾步，開門見山道：「蜀王要我捎句話給你們雙方：『過境無礙。』」

徐鳳年發現齊姓鑄劍師皺了皺眉頭，心中了然，便問道：「他這句話是什麼時候遞給你的，春雪樓變故之前，還是之後？」

韋淼漠然道：「我不會說，這也不重要。」

徐鳳年不再理睬這名聲名遠播的南詔第一大宗師，望向齊姓鑄劍師：「也替我捎句話給陸老夫子。北涼與蜀詔的關係，不比北涼與中原別地，一旦我們守不住拒北城，蜀詔註定很快就需要直面北莽鐵騎，所以兩萬人是最少，而且必須是精銳，否則到了我們北涼，只會幫倒忙，也只能是送死。」

齊姓鑄劍師點了點頭。

塵埃落定，蘇酥剛要轉身離去，就聽到年輕藩王笑問道：「砸了這麼多本錢，稱得上天底下最貴的一支姻緣籤了，不試試手氣？」

蘇酥仍是執意要走，不料袖口被人扯住，轉頭望去，她雖閉眼，卻顯然滿臉希冀著。

蘇酥頓時心一軟，板著臉走回桌前，握起竹筒，一陣劇烈搖晃，終於搖出一支竹籤。

徐鳳年伸手拿起竹籤，瞥了眼，然後流露出憐憫神色。

蘇酥的心情瞬間跌入谷底。

經過先前那場深受內傷的風波，此刻雪上加霜的年輕人再無半點玩世不恭的風采，又紅了眼睛。

徐鳳年嘆了口氣。

蘇酥轉頭對目盲女琴師擠出一個笑臉：「走吧，這籤不靈。」

薛宋官微笑點頭。

徐鳳年挑了一下眉頭：「不靈？」

蘇酥連鬥嘴的精氣神都沒了，拉起她的手就要走。

只聽背後傳來一句：「第三十九籤，『意中人，人中意』，上籤。哦，原來是不靈的啊。」

蘇酥如遭雷擊，以迅雷不及掩耳之勢轉身就要搶奪徐鳳年手中的那支姻緣籤。

徐鳳年持籤的手臂高高躲過：「先給錢，一百文！」

蘇酥怒目相向：「還收錢？」

徐鳳年另外一隻手拇指食指輕輕撚動：「錢愛給不給，籤愛看不看。」

薛宋官笑了笑，默默掏出一只織工錦繡的秀氣錢囊，就要給錢。

蘇酥一把握住她的手腕，狠狠盯著徐鳳年，咬牙切齒道：「真是好籤？」

徐鳳年懶洋洋地撂下一句話：「愛信不信。」

就連性情木訥的齊姓鑄劍師都有些於心不忍，咱們太子殿下遇上了這位年輕藩王，真是糟心又遭罪。

薛宋官依然給了一百文，不過她伸出手攤開手掌。

籤，無論好壞，她都要收藏。

與此同時，當世指玄境造詣僅次於桃花劍神鄧太阿的目盲琴師，氣勢勃發。

她不給這位年輕藩王半點機會去更換竹籤。

籤，無論上下，她都要真實的那一支。

徐鳳年笑著遞出竹籤，蘇酥搶先抓在手中，然後愕然。

徐鳳年「唉」了一聲，薛宋官的黯然神色一閃而逝。

察覺到她的細微變化，蘇酥立即醒悟過來，氣急敗壞道：「姓徐的！你個挨千刀的王八蛋！」

徐鳳年哈哈大笑：「念錯了、念錯了，是第八十一籤，比上籤還要好些，上上大吉之籤！」

薛宋官猛然抬頭，面對蘇酥，她滿臉匪夷所思。

蘇酥狠狠抱住她，帶著哭腔道：「是真的好籤，真的！」

徐鳳年優哉游哉地搖頭晃腦道：「八十一籤，『可妻也』！」

薛宋官微微掙脫開蘇酥的懷抱，側過身，竟是破天荒臉頰緋紅，然後向年輕藩王鄭重其事地施了個萬福。

也許是感激他在此擺攤解籤，讓蘇酥搖出了這支她做夢都沒有想到的好籤。

也許是慶幸於當年他沒有死於那場北莽雨中小巷的刺殺，讓自己認識了蘇酥。

也許是感恩他在最後關頭的挽留，無異於幫蘇酥解開了心中死結。

徐鳳年擺了擺手，打趣道：「薛姑娘，說句心裡話，這只酥餅真配不上妳。他搖籤，當然會是大吉大利的好籤，可薛宋官妳卻是實打實的遇人不淑啊，所以換成是妳來搖籤的話，我敢斷言，肯定是下籤。」

蘇酥早就給徐鳳年折騰得不剩半點精氣神了，就連那句「放你娘的狗屁」也聽著綿軟無力。

徐鳳年痛打落水狗：「酥餅，既然是好籤，就再給一百文，多喜慶的事兒，這點小錢節省不得。」

蘇酥二話不說，牽著薛宋官就走。

雖是僅次於老夫子趙定秀的扶龍之臣，可齊姓鑄劍師到了蜀詔，卻從不摻和軍政事務，他向徐鳳年抱拳告別，徐鳳年同樣起身抱拳相送。

既然相逢於江湖，那就別於江湖。

只有江湖，沒有廟堂。

◆

春秋之後，有兩場宗師之戰，最讓離陽江湖心生神往。

一場是李淳罡和王仙芝戰於東海之上。

一場是新涼王徐鳳年、桃花劍神鄧太阿和大官子曹長卿，三人亂戰於太安城。

至於拓跋菩薩與鄧太阿之戰，或是徐鳳年和拓跋菩薩轉戰西域千里，由於旁觀者不多，遠不如前者更加聲勢浩蕩。

而今日茅屋之前，就更顯寂寞了。只有寥寥三名看客，而且都不是那種喜歡鼓弄唇舌的道教中人，想必到最後，江湖多半都不會聽說這場巔峰的矛盾之爭。

不過對戰雙方，一位曾是白衣入太安早早享受人間至譽的得道高僧，一位是手握王朝半數兵力權柄的國之砥柱，肯定都不在乎那些江湖虛名。

顧劍棠啞然失笑，突然收回手掌，搖了搖頭，欲言又止。

白煜眯著眼睛，瞧不真切，低聲好奇問道：「怎麼還不打？」

齊仙俠淡然道：「打完了。」

白煜愣了愣：「怎麼，如今江湖流行打架比吵架還要快了？」

齊仙俠身形筆直站在屋簷下，從他這個方向，雖然只能看到白衣僧人的背影，但是齊仙俠依然能夠憑藉那件雪白袈裟的細微顫動，看見快若奔雷，只是被李當心強行壓下罷了。

方丈天地。

一件袈裟，即一座小千世界。

那個世界只是白煜、韓桂看不清楚，一旦置身其中，就真是天翻地覆了。

簡而言之，顧劍棠看似輕描淡寫甚至彷彿沒有出手的一刀之威，如果換成另外一人來扛，身處雄山之腳，那便要被開山摧峰，身處大江入海口，大江就要被海水倒灌數十里。

白衣僧人胸前的那串掛珠緩緩安靜下來。

就在此時，大蓮花峰北方的一座大峰的峰頂轟然碎裂，聲響沉重如雷。

顧劍棠無奈道：「李當心，這不合適吧？」

白衣僧人笑道：「不好意思，貧僧在上山之後，看道士們每日清晨打拳，也有所悟，學了那四兩撥千斤。」

嘴上說著不好意思，可是中年僧人看上去真沒有半點不好意思的覺悟。

顧劍棠冷哼一聲。

白衣僧人猶豫了一下，臉色認真道：「力大氣莊，與王仙芝的一力降十會，有異曲同工之妙，換作王仙芝來扛，你也能讓他受傷，當然想要憑此勝過王仙芝，仍是不現實。」

顧劍棠平靜問道：「僅是如此？」

白衣僧人笑道：「當然，最關鍵的是你此招能損人氣數，若是給你接連砍上七、八刀，王仙芝也要迅猛跌境，要不然我也不會將你這一刀，取巧撥至後頭那座山峰。」

顧劍棠自傲道：「我能連出十二刀！」

白衣僧人沒好氣道：「你以為自己有姓徐的從高樹露那裡繼承來的天人體魄，並且同時身兼氣機流轉生生不息的武當大黃庭？王仙芝三、四拳就能砸死你！」

顧劍棠冷笑不止。

白衣僧人摸了摸自己的光頭：「你還真不信！當世真正知曉王仙芝厲害的人，屈指可數。李淳罡、徐鳳年，最多加上一個洪洗象，其他連鄧太阿、曹長卿都無法理解透澈，畢竟那兩人不曾與王仙芝真正有過生死之爭。還有，貧僧哪怕不用那武當拳法精髓，站著不動讓你砍十二刀，貧僧身形依舊能夠不動如山。只是不久以後要親自出馬做件事，沒辦法在這裡折損氣力而已。」

顧劍棠默然無言。

白衣僧人嘆息道：「顧劍棠，你若是能夠心無旁騖地執著於刀，未嘗沒有機會去爭那天下第一人。」

顧劍棠恢復常色，笑道：「刀在顧某人看來，只能是沙場殺人的凶器，用來爭奪江湖的名頭，太糟蹋它了。」

劍在江湖得風流，刀在沙場飲飽血。這興許就是大將軍顧劍棠心底的真實認知。

顧劍棠最後問道：「我想知道，天底下到底有誰能破你金剛體魄？」

白衣僧人摸了摸自己的腦袋，伸出三根手指：「鄧太阿的太阿劍。」

顧劍棠點了點頭，他已經猜到了。

白衣僧人繼續道：「貧僧媳婦的鼾聲。」

顧劍棠深吸一口氣，不打招呼就直接走了。

第三人，他根本不想知道。

白衣僧人猶然叨叨說道：「再就是貧僧女兒手裡的小木槌，喜歡拿她爹這顆腦袋當木魚敲。閨女不曉得心疼爹，當爹的自然是真疼。」

白煜和韓桂相視一笑。

天下難事，到了白衣僧人李當心面前，好像都不難啊。

韓桂突然臉色苦澀道：「先生，那座損毀山峰？」

白衣僧人轉頭笑咪咪道：「找姓徐的要錢修繕去！」

韓桂想了想：「倒也是個好法子。」

作為涼州刺史，白煜連忙擺手道：「要不得、要不得！咱們北涼如今銀子不多了！」

在顧劍棠離去沒多久，去購置胭脂的那一行人比預料更早返回。

前頭三人，李東西扯著吳南北的耳朵，李當心媳婦扯著自己閨女的耳朵。

後頭小道童清心、余福兩個孩子偷著樂。

婦人懊惱氣憤道：「李子，妳還是娘的親閨女嗎？要不是妳拉著笨南北聽妳說江湖，耽擱了時間，否則他早些去玉清觀，能買不著煙柳坊的綿燕支？」

李東西扯著笨南北的耳朵，氣咻咻道：「都怪你！什麼煙柳坊綿燕支都是你說的！也不曉得早些說！」

吳南北委屈道：「師娘、李子，我一開始就沒想到師父私藏了銀子啊。」

三人一起望向那位白衣僧人。

中年僧人雙手合十，抬頭望天，喃喃道：「佛祖保佑，今晚能有飯吃。」

此時，在場眾人，無人得知白衣僧人李當心胸口的那串佛珠，其實串起一百零八顆桃木珠子的繩線，既因為常年磨損，更因為顧劍棠那一刀，已是消散如煙。

雖無繩線，但是佛珠依舊成串，竟是李當心用一氣呵成。

世事無常。

當心如常。

◆

供奉真武大帝的那座大殿內外，香火鼎盛。

一名面容肅穆的年邁道人快步跨過門檻，看到一襲白衣的高大背影，老人定了定神，放緩腳步，並肩而立。

身形比一般北涼男子還要高出寸餘的白衣人，竟是一位容顏年輕的女子，面容隱約流光溢彩，大概這就是所謂的寶相莊嚴，宛如菩薩降世。

年邁道人本是來此接手敲磬功課，雖然他在武當山上輩分最高，更是掌管一山戒律數十載的大真人，但仍是事必躬親。方才臨近大殿之時，察覺到她的異樣氣機，老道士心知肚明，準確說來是她率先發現自己，才故意流露出蛛絲馬跡。

老道士順著她的視線，看到一名虔誠信士正在蒲團上三跪九叩，雖是身子骨孱弱至極的古稀之年，叩拜之禮節卻一絲不苟。

老道士對此已經最為熟悉不過。年少時便被師父黃滿山帶上山修行，與王重樓、宋知命他們做了師兄弟，如今年近百歲的高齡，因此老人如今看人燒香已有將近八十年。

老人感慨道：「世人白首求神仙，為長生，為解憂，為無苦。」

白衣高大女子淡然道：「那你們武當山為何要斷了天下修行人的念想？」

老人正是武當掌律真人陳繇，前任掌教洪洗象的師兄，現任掌教李玉斧的師伯，他灑然笑道：「澹臺宗主，貧道只曉得這座山上的條條框框，什麼該做、什麼不該做，還算清楚，可要是問貧道長生之術，或是更大一些的問題，就真是問道於盲了。如果妳早些登山，貧道的師父、師兄、小師弟，他們三人都能回答，或是哪怕早個十幾天，掌教也能回答。」

澹臺平靜收回視線，抬頭望向那尊氣勢威嚴的真武大帝塑像：「是很難想明白，還是不想明白？春秋為何覆滅，中原為何陸沉？是因為一小撮豪閥阻斷了整個天下的上升道路。顯而易見，如果當今離陽皇帝排斥白衣寒族，一味提拔世族子弟充塞廟堂，趙室氣數一樣無法長久。流水不腐，戶樞不蠹，道理何其淺顯。」

老真人笑了笑，點頭道：「澹臺宗師說得不錯。」

澹臺平靜又問道：「難道武當山野心之大，大到了要讓整個人間成為藩鎮割據的地步？」

老真人反問道：「澹臺宗主眼中，人間凡夫俗子，就要比天上仙人低上一頭？」

澹臺平靜又有些無禮地伸出手指，點了點那尊塑像：「難道不是？那為何這尊塑像能夠高坐俯視，讓人心甘情願地低頭叩拜，享受千年香火？」

老真人並不惱火這位昔年南方鍊氣士領袖的大不敬舉止，搖頭道：「還是貧道先前的那句話，世人白首求神仙，是心有所求，貧道斗膽也打個不恰當的比方，這就像山下官場或是市井，與人求情，總歸是要捎帶些見面禮，與人說話總歸是嗓音小幾分的。事是這般事，理是這般理，可這並不意味著被求之人就能夠肆意作為。」

原本並不健談的老真人竟是打開了話匣子，言語稍稍沉重幾分：「聽聞天上仙人，擅長垂釣人間氣數，人之壽命，國之國祚，皆在掌控之中。若僅是天道無情，故而不以人惡而早夭，不以人善而長壽，其實也無妨，可只是設身處地，想到連自己的姻緣、壽命、福祿等諸多命數，都盡為他人操控，何其悲哉？

貧道師父曾經與我們六位師兄弟說過，天行健，君子以自強不息，願為命途多舛而奮發，不願天生命好而坐享其成，不願事事皆有死板定數。雖然我們道士身為山上方外之人，卻不可忘記仍是世間之人，世間生，世間死。」

從呂祖到黃滿山，再到陳繇這一輩的王重樓、宋知命、俞興瑞、王小屏、洪洗象。皆不長生。

有些是不能且不想，如宋知命和他陳繇。

有些是可以卻不願，如王重樓、俞興瑞。

有些是不屑，如洪洗象、王小屏。

陳繇突然哈哈大笑，轉頭直視這位據說已經躋身天人境界的陸地神仙，毫無懼意：「人間百年，飛升又能有幾人？屈指可數的人物之中，又有誰不曾是謫仙人下凡？怎麼，澹臺宗師要為誰做說客？貧道只知道，讓澹臺宗主如此行事之『人』，絕對不會是這尊真武大帝。」

澹臺平靜皺了皺眉頭。

她嘴角泛起古怪笑意，問道：「那你有沒有想過北涼王徐鳳年和你們掌教李玉斧，是不是謫仙人，又為何偏偏他們要在這一世大逆不道？」

陳繇滿臉天經地義的神色，笑呵呵道：「貧道一個只管武當戒律的，管那些作甚？」

澹臺平靜臉色冷漠：「好一個武當山！不愧是呂祖道場！」

陳繇依舊微笑道：「過獎。」

澹臺平靜轉身望去，雙眸雪白。

俞興瑞站在大殿門檻之外，但她卻是直接望向大蓮花峰之外的那座小蓮花峰。

下一刻，她身形消散。

匆忙趕來的俞興瑞如釋重負。陳繇緩緩走向這位師弟，以不苟言笑著稱於世的老真人難得打趣道：「俞師弟，趕緊擦把汗。」

俞興瑞擔憂問道：「就這麼放她離去？」

陳繇豁達道：「其實她願意在這個時候現身，就表明她暫時沒有動殺心。你想啊，王爺在山上，鄧太阿在，李當心在，還有那麼多大宗師在場，誰敢在這裡撒野，她畢竟不是武帝城王仙芝。」

俞興瑞點頭道：「也對。」

陳繇突然問道：「真想好了？」

俞興瑞沉聲道：「與你們不太一樣，我俞興瑞終究世世代代都是土生土長的涼州人。」

陳繇不合禮儀地拍了拍俞興瑞肩膀：「那就放心去吧。有玉斧、韓桂，還有……那余福，都很好。」

俞興瑞遺憾道：「只可惜大概等不到小師弟開竅的那天了。」

陳繇點了點頭：「師兄也差不多。」

「師兄，能不能跟你說件事？」

「你說。」

「小師弟如今才多大點的孩子，正是貪睡的歲數，哪有你這樣每天天不亮就跑去敲門的長輩？」

「師弟啊，你是咱們山上的掌律道士，還是師兄我啊？」

「……」

「還有別的事情嗎？」

「有，小師弟偶爾貪嘴，在給人解籤的時候偷買些糖葫蘆之類的吃食，師兄你能不能別每次都那麼火眼金睛？那麼點大的娃兒，好幾次挑燈罰抄經書，我瞧著都心疼，玉斧更是次次在屋外頭悄悄候著。」

「哦。師兄差點忘了，小師弟如今名義上是你徒弟的徒弟，你們仨香火情旺著呢。」

「師兄這話就有些酸味了不是？哈哈，沒法子、沒法子，師弟我收了個好徒弟。」

「師弟啊，你今天不是本該在經樓當值嗎，怎麼有工夫在這裡跟師兄閒聊啊？晚上把《道教義樞》抄一遍吧。」

「師兄！那你此時還本該在敲罄了呢！」

「哈哈，沒法子啊，師兄掌管武當山戒律嘛。」

「……」

◆

解籤攤子前，蘇酥三人已經遠去，韋淼仍然留在遠處，那名早為人婦的妖嬈苗女興致勃勃地坐在桌前長凳上，望向已經開始收攤子的年輕藩王，用蹩腳的中原官腔說道：「小俊哥兒，也給姐姐解支籤嗎？」

徐鳳年忍俊不禁道：「這位姐姐，妳都嫁人好些年了，還求什麼姻緣？」

她大大咧咧道：「麼得法子嗎，我男人天不怕、地不怕，就怕我不要他，姐姐也沒啥心思，就想看看當年是不是嫁虧了。」

相貌平平且身材矮小的韋淼咧嘴笑笑，身為男人，且是當今江湖屈指可數的武道大宗師，脾氣真是好得一塌糊塗。

徐鳳年看著這對夫婦，斬釘截鐵道：「不用看，肯定是好籤！」

苗女猶豫不決，最後還是作罷。

韋淼離去時轉頭深深望了徐鳳年一眼。

徐鳳年自然不會連桌凳一起搬走，那筒籤也沒打算要，當然，小山一般的銅錢，一顆都不能少！

這可是他將功補過的救命錢啊。

就在此時，徐鳳年微微怔住。

一名木釵布裙的年輕女子緩緩行來，即便衣衫寒酸，即便不諳武學，可那股彷彿沾染天家氣焰的獨到氣勢，一覽無餘。

她手臂挽著一只布袋，裝滿了剛剛從樹上採摘下來的金黃柿子。

徐鳳年有些頭疼。

她在武當山，顧劍棠則剛上山，其實誰見著了誰都不合時宜。

一位是已經在朝廷史書上病死宮中的公主，一位是對離陽趙室忠心耿耿的大柱國。

正是隋珠公主趙風雅的她施施然坐在算是已經收攤的長凳上，與他相對而坐。

徐鳳年坐回原位，無奈道：「妳怎麼也來了。」

她淡然笑道：「看我能不能搖出那支頭籤。」

徐鳳年正要說話，她已經繼續說道：「藏在哪兒了，還不拿出來，否則我如何能夠搖出來？」

徐鳳年毫不難為情地抖了抖袖子，掉出一支竹籤。

她譏笑道：「真會做生意，以後哪怕當不成北涼王，躲去中原也能一樣腰纏萬貫。」

徐鳳年呵呵兩聲：「是該說妳烏鴉嘴呢，還是說借妳吉言？」

她冷著臉道：「籤筒！」

頤氣指使，不輸當年。

徐鳳年認錢不認人：「妳有一百文？」

她從布袋中拿起一顆熟透的柿子，放在桌上。

徐鳳年瞪大眼睛。

不是因為這位昔年離陽公主殿下的蠻橫，而是趙風雅身後另一位公主殿下的出現。只不過是昔年大楚的公主殿下。

趙風雅轉頭瞧了一眼道：「喲，喜歡飛來飛去抖摟威風的女劍仙來啦。」

姜泥沒好氣道：「要妳管？」

不知為何，哪怕當過了西楚皇帝，哪怕如今已是女子劍仙，姜泥對於這個曾經毀去她菜圃的罪魁禍首，本該是落難鳳凰不如雞的趙風雅，仍是底氣不足。

論打架，當年初次相逢，約莫是弓馬熟諳的隋珠公主趙風雅小勝一籌，如今姜泥大概能打趴下千兒八百個趙風雅了，可越是如此，姜泥就越沒有打架的念頭。

論罵架，大概以前現在還有將來，姜泥都不是趙風雅的對手。

趙風雅跋扈道：「先來後到，我先搖籤！」

姜泥撇了撇嘴，愣是沒敢出言針鋒相對。

徐鳳年嘆了口氣，放下那只竹筒。

趙風雅抬頭說道：「搖籤的時候，別動手腳！」

徐鳳年翻了白眼，揮了揮手掌，示意趙風雅趕緊搖籤。

趙風雅一手拿起竹筒，隨意轉動了幾圈，輕輕甩出一支竹籤，隨手拿起，漫不經心一瞥，然後嘴角翹起，一邊轉頭看著分明比她緊張許多的姜泥，一邊重重拍下竹籤。

她起身離去，竟是很不厚道地連那顆柿子都一併拿走了。

等到趙風雅轉身，姜泥這才鬼鬼祟祟拿起竹籤。

她那張傾國傾城的臉龐上，震驚、委屈、幽怨、傷心，一一浮現，到最後便是泫然欲泣。

一頭霧水的徐鳳年俯身瞥去。

徐鳳年有些理解蘇酥的心情了。

真是一報還一報！

此時被姜泥握在手上的那支籤，先前趙風雅那般隨手搖出的那支籤。

「佳偶耶？神仙美眷也。夫復何求？」

頭籤！

徐鳳年伸手狠狠按住額頭，無話可說。

得嘞，千辛萬苦、費盡唾沫弄來的那些銅錢，算是澈底白掙了。

徐鳳年不得不小心翼翼起來，生怕眼前這個可憐兮兮的小泥人，也來一個「隨手」。

她只要隨手一抬，茅屋那邊的紫檀劍匣可就要飛出一把大涼龍雀了！

徐鳳年忍不住唉聲嘆氣，有些心酸。

她燙手一般飛快將那支姻緣籤丟回竹筒，然後轉頭抹了把臉，再次轉頭，既不看徐鳳年也不看籤筒，只是盯著那堆積成山的銅錢，輕聲問道：「都是你下午掙的？」

哀莫大於心死的徐鳳年點了點頭。

她的語氣驀然輕快起來：「有多少？」

徐鳳年柔聲道：「可不少，如果折算成銀子，得有小一百兩吧。」

她立即兩眼放光，原本陰雨晦暗的臉龐，光彩照人。

她抬起頭，試探性地問道：「都是我的？」

徐鳳年忍住笑意道：「當然啊。」

徐鳳年站起身，趁熱打鐵遞給姜泥一只早就準備好的大布袋：「妳幫忙兜住錢，會有些沉。」

她小雞啄米般使勁點頭，連忙起身繞過桌子，站到他身邊，彎腰用雙手拉開布袋後，眼神無比認真，而且滿臉期待銅錢落袋為安！

徐鳳年橫肘在桌面上，掃錢入袋。

桌上銅錢擠銅錢，袋中銅錢敲銅錢，皆是嘩啦啦作響。

她一開始笑得還有些矜持含蓄，到後來就毫不遮掩了。

他手上動作不停歇，只是偷偷轉頭凝視她的側臉，看著那個酒窩。

喜歡之人喜歡，世間第一歡喜事。

她目不轉睛，感慨著笑道：「真的很沉！」

徐鳳年回答道：「等下回去的時候，我來拎袋子。」

她使勁點頭道：「嗯！」

第六章　程白霜悟道躍境　張聖人武當尋釁

一行四人穿過小蓮花峰那片金燦燦的柿樹林，來到山頂龜馱碑附近。

此碑為大奉王朝初奉命敕建，碑文為〈御制道教祖庭大嶽〉，象徵著武當山數百年前的榮光，其體型之巨，舉世無雙。

四名遊客裡唯一的女子手裡抓了顆熟透的柿子，站在龜馱碑下，仰頭流覽碑文。其餘三名男子並肩站在崖畔，眺望武當山腳風光。最老之人腰間佩刀，居中而立，左首邊是位背負長劍的消瘦劍客，右首邊是位雙鬢霜白的清雅儒士。

然後當貌美女子隨意轉頭後，看到古怪一幕，不知何時那邊只剩一人臨崖而立，原來劍客刀客都已後退數十步，離她不遠。

她輕輕走到兩位長輩身邊，向那位佩刀老人輕聲問道：「毛爺爺，程伯伯這是？」

他們三人正是南疆龍宮少宮主林紅猿、南方刀法第一人毛舒朗和劍道宗師嵇六安。

眉發雪白的毛舒朗放低嗓音，簡明扼要道：「契機。」

這般打啞謎，林紅猿自然不得其解，眼神疑惑地轉頭望向龍宮首席客卿嵇六安。後者猶豫了一下，也是聲音輕微說道：「老程身為舊南唐第一等風流儒士，出身高門豪閥，卻不喜功名，常年負笈遊學，走遍大江南北，之前有愧於家國覆滅之際，卻力不從心，這才開始習武，這麼多年過去了，腳踏實地，在武道一途按部就班層層攀登，最後不知為何在指玄境滯留，長達二十年之久，這趟赴涼之行，厚積薄發，便已有破境跡象，與西楚曹長卿還有那徽山軒轅敬城，都有相似之處。」

林紅猿驚喜道：「程伯伯終於要躋身天象境界了？」

毛舒朗可不管她是不是未來的龍宮當家，更不管她與南疆藩王父子有何牽連，小聲斥責道：「噤聲！」

林紅猿頓時噤若寒蟬，微微赧顏。

程白霜雙手負後，向南遠眺。

這位老儒生獨立崖畔，自言自語道：「身外身，握鑿尾矢口清談，真如畫餅。竅中竅，向蒲團問心究竟，方是清淨。

道德文章，隨身銷毀，而精神萬古長青。功名利祿，逐世而空，而氣節千秋不移。

平生不做皺眉事，天下便無切齒人，何其謬哉！」

老人緩緩閉上眼睛，大風拂面，衣袖飄飄。

異象突起，毛舒朗猛然瞪大眼睛，剎那間已是拔刀出鞘，身形前掠，與宛如閉目養神的程白霜擦肩而過，撞向崖畔，只差一步就要墜落山崖。

老人這一刀無聲無息，卻罡氣磅礴，如一輪光亮璀璨的弧月浮現身前！

林紅猿只見崖外高空，無緣無故出現的一襲白衣身體後仰，大袖鼓蕩不止，她伸出雙指，抵住了毛舒朗的那一刀罡氣。

神仙一般的白衣女子一退數十丈，這才抵消了那道雄渾無匹的罡氣。

高大女子站直身體，就那麼懸停在絕無立足之地的空中，腳下山風嗚咽，身側雲霧縈繞。

林紅猿倒抽一口冷氣，認出了這名不速之客的身分——觀音宗澹臺平靜，世間錬氣士的魁首！

林紅猿雖然在歷次與年輕藩王的勾心鬥角中處於下風，但事實上她不但不笨，反而極為聰慧靈犀。她立即心中了然——程白霜此次渾然天成的登高破境，絕非由指玄躋身天象那麼簡單！

鬚髮怒張如劍戟的毛舒朗顧不得是否會驚擾程白霜的物我兩忘境界，向那名白衣仙師厲聲道：「妳要想從中作梗，先問過我毛舒朗的刀！」

澹臺平靜瞥了眼渾然不覺身外事的老儒士，平淡道：「烈火烹油，鮮花著錦，能有幾日風光？」

毛舒朗握緊刀柄，瞇眼沉聲道：「我一介莽夫，聽不懂妳澹臺宗主的玄妙禪機！」

澹臺平靜不再理睬毛舒朗，視線稍稍偏移，對程白霜開口問道：「你既然有此心境，當知以後陸地神仙至多四、五人，儒釋道三教必然各占其一，江湖草莽或一或二，你此時強行破境，不但仍有一線之隔，無法真正躋身陸地神仙境界，更捨棄了將來唾手可得的儒聖！與尋死何異？」

程白霜緩緩睜開眼睛，坦然道：「那樣的儒家聖人，還是儒家聖人嗎？我儒家聖人曾有言民不畏死，奈何以死懼之？今日我程白霜從不垂涎長生，奈何以長生誘之？」

澹臺平靜譏諷道：「皆是井底之蛙！」

程白霜意氣風發，放聲大笑道：「都說盛世出能臣，亂世出名將，又說國家不幸詩家幸，我程白霜作得些酸詩，可不願點頭答應！國難當頭，慷慨赴死，雖死無憾，我們讀書人如何能讓沙場武人獨享其美！」

澹臺平靜冷笑道：「你要死便死，無非是我宗的水月天井又多出一位儒家的孤魂野鬼罷了。」

程白霜笑意豪放，朗聲道：「如此才好，今人無愧古人！」

澹臺平靜寂然無語，神情冷漠。

林紅猿瞪大眼眸，心神搖曳，癡癡望著這名氣韻出塵的高大女子。

對於自詡替天行道的鍊氣士，林紅猿並不陌生，燕剌王趙炳身邊就有數位這種奇人異士，身上都帶有一股看待人間如同隔岸觀火的冰冷氣息，極為不近人情，對於凡夫俗子無不渴求的功名利祿，那些白衣仙師從心底厭惡，常年沉默寡言，常人與之交往，根本不奢望他們能與你袒露心扉。

因為這位澹臺宗主是女子，林紅猿一向極為崇拜。若說姜泥是繼吳素之後又一位當之無愧的女子劍仙，大雪坪軒轅青鋒也是修為冠絕江湖的角色，可這兩位女子畢竟年紀太輕，心高氣傲的林紅猿很難去由衷敬仰。澹臺平靜則不一樣，百歲高齡，童顏常駐，人間仙人，所以林紅猿此生最欽佩且豔羨的人物，自然便是澹臺平靜無疑！

須知美人名將之老態，尤為可憐，她林紅猿很早就懷有各種各樣的野心，其中一樣，便是向澹臺平靜請教一下駐顏有術的獨到法門，林紅猿希望自己死時猶妙齡。

只可惜澹臺平靜一閃而逝，來去無蹤，從頭到尾都沒有看林紅猿半眼。

嵇六安與程白霜相識相交數十載，感情最為莫逆真摯，感傷道：「老程，果真如澹臺平靜所說？」

程白霜並不掩飾，點頭道：「我的大天象境界，確實是揠苗助長，無法長久維持，至於有朝一日成就儒聖，就更不用想了。」

嵇六安喟然長嘆。

程白霜反過來安慰這位至交老友：「讀書人一身所學，總歸要落在實處。做那獨善其身的山中宰相林下神仙，有何裨益？」

嵇六安長呼出一口氣，沉聲道：「那行，我就陪你去涼州關外走一遭！」

程白霜笑問道：「你又是為何？」

嵇六安伸手指了指背著的長劍：「我這老夥計還沒割過北莽蠻子的頭顱！」

林紅猿心思震動。

如果說在江湖上無根浮萍一般的程白霜要留在北涼，她這南疆江湖的小盟主還算無所謂，可若是連宗門首席客卿都一併留下，她回去可就不好跟納蘭先生交代了。

收刀回鞘的毛舒朗突然說道：「加上我一個。」

林紅猿瞠目結舌。

來時有三位武道宗師相伴，去時就要剩她一位孤家寡人了？

除了永葆青春，她的另外一個野心，可是去跟軒轅青鋒掰手腕，成為離陽第二位女子武林盟主！而跟她近水樓臺的毛舒朗、程白霜、嵇六安三人，原本都是她登頂江湖不可或缺的助力。

林紅猿心知他們一旦下定決心，恐怕只有納蘭先生親自出馬才有機會勸回。

她想起前不久那場自己心懷鬼胎的謀劃，呢喃道：「報應不爽啊！」

而儒士程白霜重新望向遠方，沒來由放聲道：「子曰，詩三百，一言以蔽之，最動人處皆在『思無邪』！」

雙鬢霜白的年老讀書人，此時此刻滿臉笑意。

昔年少年思無邪。

遲暮之年應如是。

◆

沉沉夜色中，剛剛給人一腳踹下小木板床的年輕藩王，搬了張竹椅坐在屋簷下。他倒也沒太虧待自己，不忘拎了壺綠蟻酒和一碟花生米出來。

酒沒喝，小碟子擱在袍子上，慢悠悠地一粒一粒丟入口中，長夜漫漫，省著點吃吧。

徐鳳年嘆了口氣。心急吃不了熱豆腐啊，本以為幫著她掙了那麼多銅錢，她心情顯然是不錯，事實上也的確讓他摸上了小床，可當他的爪子剛覆上某個「終於不太平」的地方，結果都沒來得及回味，馬上就慘遭橫禍了。

徐鳳年低頭瞥了一眼襠下，憂傷道：「江湖義氣少年郎，有福你享，有難我扛！夠講義氣吧？」

嘀咕過後，徐鳳年靠著椅背，雙手抱著後腦勺，仰頭望去，明月當空。

入秋了，夜涼如水。

白天顧劍棠與白衣僧人那場交鋒，以及之後澹臺平靜在大小兩座蓮花峰惹出的動靜，他都感知得到，甚至連顧劍棠和澹臺平靜最終在山下相見，徐鳳年都一清二楚。

有些事，顧不上，也管不著，真要計較，只會徒增煩惱而已。

◆

涼州關外最北虎頭城，屯兵最多的北莽中路大軍三線並進，章法森嚴，滴水不漏。好在曹嵬、謝西陲兩人聯手，在西域密雲山口打出了那場出乎所有人意料的大勝仗，只是謝西陲麾下的兩鎮騎軍，還有劉文、柴冬笛收攏起來的馬賊，幾乎損失殆盡。

懷陽關都護府已經下令破格擢升謝西陲為流州副將，暫時統轄臨瑤、鳳翔兩鎮所有兵力，而且兩萬爛陀山僧兵也一併交由謝西陲調度。謝西陲部騎軍折損不大，清涼山和都護府經過匆忙臨時決議後，決定讓謝西陲領軍向北突進，與已經逼近北莽君子館一帶的郁鸞刀部幽州精騎，形成左右呼應的齊頭並進之勢，直搗南朝西京！

幽州葫蘆口外還算風平浪靜，涼莽雙方心知肚明，這處戰場再不會是決定大局走勢的勝負手，只會是一些小打小鬧。那撥脫離吳家劍塚的二十多騎劍士，正好藉此機會帶領小股騎軍游弋關外，雖說只是不痛不癢的錦上添花，但好歹也是樁好事。

流州青蒼城以北地帶，黃蠻兒和寇江淮的兩部騎軍蓄勢待發。

今日下午算是與蘇酥達成了口頭盟約，兩萬蜀詔步卒不能說是杯水車薪，但也就只能在涼州關外作為一支奇兵去用了。輾轉騰挪空間極小的一場仗，打到需要劍走偏鋒的時候，絕不是什麼幸事，徐鳳年無比希望最後根本用不著那兩萬人趕赴戰場。至於隨後韋淼幫忙給陳芝豹捎話，說是不會阻攔老夫子趙定秀的兵馬過蜀入涼，可信，卻不可全信。

當下廣陵江附近的南北疆域，一團亂麻，燕刺王趙炳、蜀王陳芝豹、靖安王趙珣，離陽三大藩王共同起事，也許忠心趙室的離陽朝野還會覺得有顧劍棠這位定海神針，會認為朝廷依舊占據些許優勢。

但是徐鳳年知道，顧劍棠與太安城趙家的緣分已盡，女婿袁庭山在春雪樓慶功宴上的叛離朝廷，外人看來是給老丈人顧劍棠出了難題，但那個野心勃勃的瘋狗，何嘗不是一種心有靈犀的順勢而為。

現在徐鳳年除了箭在弦上的關外戰事走勢，真正擔心的，還有朝廷之前答應的漕糧入涼一事。以他跟靖安王趙珣的「交情」，加上趙珣如今馬上就要被推到龍椅的位置上，如果朝廷漕糧還能順風順水運到陵州才是怪事。

原先這些事都不是事，趙珣即便真的穿上了龍袍，畢竟只是牽線木偶罷了，是能夠說上話，但肯定不能真正左右形勢，即便燕刺王趙炳對北涼也心懷忌憚，但只要有趙鑄在那邊，終究能夠迴旋一二。

但自從遇見林紅猿後，徐鳳年不得不做最壞的打算，那就是北涼，真正意義上迎來腹背受敵的最大困境！

徐鳳年細細嚼著一粒花生米，平靜道：「趙鑄，這是你逼我跟你爭的，就算將來我坐不上那張椅子……」

徐鳳年嘆了口氣，沒有說出什麼狠話。

今天黃昏，那頭海東青從清涼山梧桐院傳來一個隱祕消息，寥寥四字。

「已至涼州」！

這四個字，是二姐徐渭熊親筆，而且一望便知，她當時下筆極為沉重。

這是一樁謀劃已久的祕事，甚至連拂水房、養鷹房都完全沒有參與其中。

自始至終，都只有徐渭熊一人布局。

幾年前，徐鳳年第二次遊歷江湖，身邊除了羊皮裘老頭兒和小泥人，還有後來死於蘆葦蕩的呂錢塘，有如今極有可能貴為皇后的舒羞，有不少人。

在這中間，那名抱白貓的豐腴女子，很不起眼，最後她便被徐渭熊向徐鳳年「借走」帶去了上陰學宮。當時徐渭熊說了句很奇怪的話，說是要用本名魚玄機的魚幼薇做魚餌，從湖底淤泥裡釣出一頭千年老王八。

事實上這些年徐鳳年並未深思，幾乎忘記了這件事情。直到今年魚幼薇以學宮稷上先生的身分，帶領一群稷下學子趕赴北涼遊學，開始在北涼各大書院往還傳道授業，徐渭熊這才跟他說起了當年之事。

原來魚幼薇不只是身世不俗那麼簡單，身為大楚人氏的李淳罡當年就曾經隨口提及，大楚歷代皆有女子劍侍，憑藉煌煌劍舞鶴立雞群於世，修為不高，其意卻長，真是咄咄怪事。而魚幼薇的娘親便是大楚最後一位古怪劍侍，與國師李密的棋術並稱於世。至於為何如此奇絕，那本就是一樁撲朔迷離的大楚姜氏祕事，隨著西壘壁戰役結束，便一併湮沒於歷史塵埃，世人自然不得知。

徐渭熊在上陰學宮求學那些年，只對三人尊稱先生。兩位授業恩師，一位是門下弟子幾乎全部被北涼收入囊中的文壇宗師韓谷子，一位便是最早投靠北涼徐家的王祭酒，也是那場士子赴涼的牽頭之人。

最後一位，徐鳳年只聽說是個目盲老琴師，常年結茅而居於上陰學宮的那座道德林。徐渭熊傳來的消息「已至涼州」，正是此人。

世外高人，仍在人間。

尋常武人會覺得這是句廢話，可自從徐鳳年見識過那位與國同齡的太安城宦官後，或者說更早一些，在他遇到真正的天人高樹露後，開始明白一個道理。

如今世上又多了一個不可以常理度之的澹臺平靜。

這句話，哪裡是什麼廢話，分明是假話！

能夠躋身儒家聖人的讀書人，自北方張家聖人起到西楚曹長卿，幾乎就沒有誰有好下場。

同為三教中人，釋道兩教，卻幾乎是代代有人成功證道，或圓滿，或飛升。

為何唯獨儒家不得「善終」？

澹臺平靜曾經以鍊氣士身分，將其解釋為天道使然。

徐鳳年覺得她說得有道理，只是並沒有把道理說全。

神遊物外的徐鳳年突然想起一事，放下酒壺碟子，起身跑去挑水了。夜深時分，洗象池那邊應該好不容易清靜下來，那就把水缸裝滿水。

只是徐鳳年剛推開青竹柵欄，就忍不住要跳腳罵娘了，這深更半夜的，竟然還有兩撥人往洗象池那邊湊？

徐鳳年猶豫了一下，不管了，那幫江湖草莽愛咋的咋的，真要惹火了自己，就讓那幫王八蛋嘗一嘗秋高氣爽涼水澡的滋味。

他挑著擔子繼續往那邊行去。

踩著透過竹林細細碎碎的月光，臨近洗象池，徐鳳年已經瞭解一個大概。兩撥分別抱團的外鄉江湖人士，各有一人在白天燒香的時候起了衝突，由於北涼律法苛刻，已經有鮮血淋漓的教訓在前頭，不敢在大庭廣眾之下鬥毆逞凶，雙方就約好了深夜在洗象池切磋切磋，偷偷立下生死狀，卻不可攜帶兵器，一律生死自負，而且事後絕不得告知武當山腳的北涼地方官府，即便不小心洩露出去，也要咬緊牙關不牽連他人。

當徐鳳年走到竹林盡頭，停下腳步，舉目望去，只見雙方在洗象池畔氣勢洶洶兩相對峙，七、八人對陣二十餘人，人數懸殊，可前者氣勢更壯，後者兵力占優，卻顯得有些鴉雀無聲，任由七、八人裡的為首一人幾乎指著鼻子戳戳點點。

徐鳳年轉頭望去，池中那塊出水巨石上，一個原本仰面而躺的婀娜身形坐起身。大晚上曬月亮的女子這個動靜不大不小，被有些耳聰目明的江湖好漢發現後，氣氛瞬間尷尬起來。

她坐直身體後，面對兩撥啞然失聲的傢伙，開口道：「你們繼續，不用理我。」

眾人定睛望去，池水搖動，月輝恍惚，只見她獨坐石上，左首邊整齊擺放著一雙靴子，右首邊擱著一壺酒。

她的姿容並不出彩，只是此時此景，便襯托得她朦朦朧朧，增色無數。

她開口說話後，酒壯人膽，美色更是能夠壯膽，那個原本給人指著鼻子訓斥的魁梧漢子頓時嗓門震雷響，重重握拳拍在胸口上：「王松風！老子縱橫江湖數十載，靠什麼？靠的就是一個義字當頭！我不管你白天跟李邦賢誰對誰錯，既然他找到了我，就是把我洪明堂當朋友！哪怕你請來了唐幫主和宋大俠助陣，咱們今兒就各憑本事，按著道上規矩，最後誰趴下誰認錯！」

他對面那個矮小男子翻了個白眼，直接跳起來就甩了一記大耳光過去。

混江湖，如果說打人是結仇，那麼打人臉就是結死仇了。

於是雙方就因為那名女子橫插了一句話，開始大打出手。起先有些人還講究身分，到最後打狠了，撩陰腿、黑虎掏心、猴子摘桃等等不入流招式，都用上了，而且似乎用得都挺爐火純青。各種驢打滾、狗吃屎，更是層出不窮。

慘烈！

挑著水桶一旁觀戰的徐鳳年，都替有些挨揍的英雄好漢感到肉疼。

給人一巴掌搧在臉上，搧得整個人在空中旋轉好幾圈再落地，能不疼嗎？

或是給人一腳撩中褲襠，倒地後雙手抱緊褲襠滾來滾去，卻要咬牙堅持不去哭爹喊娘，能不壯烈嗎？

並不引人注意的徐鳳年趁這機會來到洗象池畔，裝滿兩木桶水。

那名女子已經穿好靴子，拎著酒壺飄落在徐鳳年身邊，眼神古怪。

徐鳳年停下手上動作，笑問道：「童莊主這麼有閒情逸致？」

金錯刀莊的年輕女當家正色道：「之前王爺臨別有贈言，童山泉銘記在心！相傳洗象池一直是武當劍癡王小屏的練劍之地，他曾以竹劍斬瀑布，就想來此試試看，只可惜，毫無所得。」

徐鳳年輕聲道：「各人有各人的因緣際會，不用強求，尤其是遇到那種將破未破的瓶頸之時，更急不得。」

童山泉腰間一側同時懸佩武德、天寶兩柄名刀，她點了點頭，對於今夜的失望而歸，顯然並無心結，這也符合徐鳳年對她的印象——大氣。

徐鳳年習慣性抖了抖扁擔，與鄉野間挑水的村夫無異，在分別之際對她笑道：「妳要是不介意，回頭我讓人給妳捎去王仙芝的一部拳譜，和一些我自己的刀法心得。」

童山泉愕然，然後直截了當問道：「王爺可是需要我做什麼？」

徐鳳年點頭道：「當然！」

童山泉眨了眨眼眸。

徐鳳年繼續道：「以後練刀練出一個比顧劍棠還厲害的刀法宗師，若是那時候童宗師能夠在行走江湖的時候，與人說一句受過北涼某人的指點，就更好了。」

童山泉微微一笑，乾脆俐落道：「好！」

這個時候，有人鬼鬼祟祟往他們兩人這邊摸過來。

徐鳳年轉頭瞪眼，大聲怒道：「老子的爹當了二十年北涼綠林總瓢把子！他娘的你小子敢惹我？」

那傢伙給這份跋扈震驚得呆若木雞，權衡利弊一番，興許是小心駛得萬年船，灰溜溜地轉身。

徐鳳年轉回頭，玩笑道：「我沒說錯啊，我爹他本來就是北涼黑白兩道的扛把子。」

童山泉說不出話來。

徐鳳年挑水離去。

童山泉望著他的背影，最後緩緩轉身，腳尖輕輕一點，長掠而逝。

洗象池畔，則是滿地雞毛。

◆

徐鳳年回到茅屋，把水倒入水缸。

當他轉身望去時，看到了鄧太阿。

徐鳳年沒有興師問罪，臉色沉重，說道：「我去取刀。」

鄧太阿點了點頭。

徐鳳年敲門而入，從桌上拿起那柄涼刀，輕輕離開。

沒過多久，徐鳳年和鄧太阿兩人並肩站在大蓮花峰石階的頂部盡頭。

鄧太阿平靜問道：「知道身分嗎？」

徐鳳年搖頭道：「不清楚。」

腰佩雙劍的桃花劍神不再言語，閉目養神。

徐鳳年說道：「不到萬不得已，你不用出手。」

鄧太阿依然沉默。

◆

武當山山腳，有一老一少穿過牌坊，緩緩登山。

少年叫荀有方，曾是東海武帝城最市井底層的人物。

直到少年某一天遇到了一名端碗入城的奇怪中年人，還有一位緊隨其後、相貌平平的中年人。

少年至今仍然不知前者是謝觀應，後者名叫鄧太阿。

少年在離開武帝城後，四處遊歷，又遇上了身邊這位傴僂老人，結伴西行，來到北涼。

少年只知道他姓張，就喊老人張爺爺。

老人是不苟言笑的老古板，像是個嚴厲的學塾老先生。好在少年雖然不曾學文識字，但天生性情淳樸知禮，一老一小相處得還算可以。

少年在拾級而上之時，念念有詞：「子曰：天地之道，博也，厚也，高也，明也，悠也，久也。」

類似言辭語句，都是一路上老人想要說話時教給少年的，少年也只管死記硬背，意思不明白就不明白，先放著。

當少年照本宣科地念出那句「子曰：發憤忘食，樂以忘憂，不知老之將至」後，老人忍不住嘆息一聲。

老之將至，人之將死。

自大秦覆滅，八百年以來，世上一代代讀書人，都要誦讀那些在聖賢書裡密密麻麻的「子曰」二字，如今離陽大興科舉，士子更多，自然「子曰」更甚。

這個「子曰」，即那位儒家張聖人說的話。

此時，老人唏噓感慨道：「原來，我說了那麼多話啊。」

少年問道：「張爺爺，你說什麼？」

老人破天荒露出一抹笑意，摸了摸少年的腦袋：「有方，你算是我的關門弟子，以後喊我先生就好了。」

少年一臉茫然。

老人牽起少年的手繼續登山，淡然道：「你有很多位師兄，最小的那位，叫黃龍士。」

少年習慣性地喊了一聲張爺爺，好奇問道：「是跟春秋大魔頭黃三甲同名的黃龍士嗎？」

老人一笑置之。

有客自遠方來，不亦樂乎？

◆

徐鳳年此時就很不高興，甚至有些壓抑不住的怒意。

不同於在幽州小鎮上與那名宦官的相逢，那場意氣之爭，徐鳳年從頭到尾都談不上如何生氣，甚至將其視為心目中的君子。

但是這位拾級而上的陌生來客，卻在山腳現身後，就給徐鳳年帶來一股說不清、道不明的煩躁。到了徐鳳年這個境界，自有幾分未卜先知，所以徐鳳年可以斷定，登山之人，絕不是鄧太阿這般雪中送炭的角色，凶險程度，極有可能不亞於當初祁嘉節那柄起始於東越劍池的萬里一劍，甚至能夠媲美當時王仙芝的單身赴涼。

但是王仙芝和祁嘉節的露面，徐鳳年事先都有心理準備，二人初衷一人為自身武道，一人食君之祿忠君之事，徐鳳年相對也能理解。

可此時在視野中越發清晰的老人，就像一場讓他躲無可躲的飛來橫禍，讓原本打算明早就要前往關外拒北城的徐鳳年，如何不憤怒？

這就像一個人在自家院門口曬太陽，分明誰也沒礙著，一個路人莫名其妙就劈頭蓋臉丟了一簸箕屎尿過來。

清晰感知到徐鳳年紊亂心境的桃花劍神皺眉道：「你這是準備不戰而降？」

徐鳳年深呼吸一口氣，沉聲道：「火氣大了也好，直接往死裡打！」

鄧太阿輕輕按住腰間那柄太阿劍，瞬間劍氣滿袖，他加重語氣道：「那人不容小覷，就算曹長卿轉入霸道之後，也不過如此！你若是還想以這種心境應敵，就一邊涼快去！」

徐鳳年臉色鐵青，閉上眼睛，手心抵住涼刀的刀柄，起伏不定的心境終於趨於平穩。

相距百餘石階，雙方就要碰頭。

傴僂儒士停下腳步，揉了揉少年荀有方的腦袋，微笑問道：「那一位大叔，可是贈送你白木劍匣的恩人？」

少年瞪大眼睛望去，果不其然，臺階頂部站著那個有過一面之緣的大叔，只是當初在武帝城吃餛飩的大叔邋裡邋遢，也沒有佩劍，遠不如此時有……高人風範。

從身體到氣質都透出一股腐朽氣息的年邁儒士拍了拍少年腦袋，輕聲道：「去打聲招呼。」

背負竹箱的少年聞言一笑，腳步輕快地邁上臺階。

鄧太阿在臺階最高處，少年荀有方向他跑去，年邁儒士駐足原地。

就在此時，老儒士接連三聲大喝：「鄧太阿！太阿劍！吳家劍塚！」

口含天憲，言出法隨，一語成讖。

與此同時，鄧太阿身形一閃而逝，不知所終，所立之處，只剩下漣漪陣陣。

徐鳳年身邊驀然大風扶搖，袖袍獵獵作響。

眼睜睜看著恩人大叔消失的少年愣在當場。不知何時老人已經來到他身邊，笑道：「晚些致謝也無妨。有方，你登頂之後隨便走走，紫虛觀那邊有翹屋曾經懸掛呂祖遺劍數百年，你去瞻仰一番。」

心神激盪的少年「哦」了一聲，小心翼翼繼續前行，與那名佩刀的年輕男子擦肩而過，然後小跑離去。

老儒士站在原地，抬頭望著年輕藩王：「對峙強敵，還在猶豫什麼？難道你們北涼邊軍在涼州關外遇上北莽騎軍，也是如此畏畏縮縮？北涼鐵騎甲天下，總不至於是你們徐家自吹自擂的吧？」

徐鳳年默不作聲，體內一氣不墜，剎那流轉八百里。

老儒士充滿譏諷的激將法，沒有擾亂徐鳳年的心緒。

倒不是徐鳳年刻意要擺出不動如山的防守架勢，而是他根本就捕獲不到這名老者的存在。人立於天地間，不可能真正意義上做到紋絲不動。

女琴師薛宋官之所以目盲也能夠殺人，就在於她身負妙不可言的指玄神通，根本不用眼睛去看，就可以察覺到最細微的漣漪波動，看似無風時簷下安靜的風鈴，她也能夠清楚感受到它的搖晃，曾有儒家聖人對此境界有過闡述，稱其為「心髓入微處用力」。

徐鳳年在接連與洪敬岩、拓跋菩薩和陳芝豹三名大宗師交手後，雖然此時天人體魄受損，遠遠沒有恢復巔峰，但是境界並未跌落，當今天下論對於指玄境感悟之深，他依舊僅次於鄧太阿、薛宋官兩人而已。

正因為如此，徐鳳年才會一動不動，始終握住刀柄而未拔刀。

傴僂老人笑道：「若是在等鄧太阿，我勸你還是算了，這位桃花劍神如今已在吳家劍塚的劍山之上……嗯？當下已是御劍急急西行，約莫三個時辰後才能趕回武當山。沒有辦法，如今已至巔峰的鄧太阿劍術殺人，可謂冠絕千年，我也不敢掉以輕心。」

徐鳳年開口問道：「你要耗掉我的氣數？」

老儒士搖頭道：「你只說對了一半。」

徐鳳年臉色陰沉。

老人自顧自說道：「我還要找武當掌教李玉斧。」

徐鳳年好像下定決心，突然摘下腰間那柄涼刀，雙手拄刀而立：「那就如你所願，我找不到你，不意味著誰都找不到你！」

老人眯眼道：「哦？那我就拭目以待了。」

◆

武當山主峰——大蓮花峰的紫虛觀，殿內那尊享受人間千年香火的真武大帝塑像，灰塵四起！

本是死物的塑像竟是活過來一般，一腳踏下神座，大殿轟然作響。

負笈少年苟有方剛走到紫虛宮外的廣場上，然後呆若木雞，視線中，一尊高達三丈的威嚴塑像快若奔雷地撞出道觀，每步都具有雷霆萬鈞之勢，然後從他身邊跑過，看樣子是要下山。

少年眨了眨眼睛，有些回不過神來。

苟有方抬起手狠狠給了自己一巴掌，真疼。

石階那邊，老人嘖嘖道：「有點意思。」

◆

一連串雷聲響徹武當山。

只見徐鳳年身後，一尊滿身紫金氣的真武塑像高高躍起，手持巨大桃木劍，重重劈向臺階下的年邁儒士。

衣襟整肅的老人雙手疊放在腹部，平淡道：「君子不語怪力亂神！」

身披黃金甲胄的真武塑像那一劍斬下，氣勢如虹。

但是當那劍就要劈在年邁儒士的頭頂之時，竟是驟然靜止不動，懸空而停。

徐鳳年終於動了，毫不拖泥帶水，直接就是羊皮裘老頭兒的兩袖青蛇。

雖是涼刀使出，卻與李淳罡手持木馬牛如出一轍。

兩者之間的石階之上，粗壯輝煌的青色劍罡如一條江水迅猛流淌。

老人灑然笑道：「君子直道而行！」

當儒士抬腳向上跨出一步，原本靜止的真武塑像好似脫離束縛，桃木劍先於那道劍罡劈下。

老人舉起左手，輕輕托住桃木劍，同時右手手掌迎向劍氣激盪的兩袖青蛇。

那種閒庭信步，如寒窗苦讀多年的士子，興之所至地隨手提筆書寫，自然而然，毫無凝滯。

聖人氣象！

傴僂儒士不知何時已經腰杆挺直，一步一步跨上臺階，左手托住那尊真武塑像，右手擋下兩袖青蛇。

真武塑像的桃木劍。

李淳罡的磅礴劍氣。

交相輝映之下，老人拾級而上的腳步雖緩然，但始終沒有停止。

甚至老人猶有餘力開口說道：「我倒要看一看你這口氣能有多長。」

真武大帝塑像身上的紫氣有些搖晃，而那柄幾乎與人等長的木劍，開始出現肉眼可見的裂縫，從那些縫隙之間，綻放出無數條刺眼光芒。

這尊來自武當紫虛觀大殿的真武塑像，當然不是真武大帝降世的人間法相，徐鳳年早已放棄那份氣運，再無牽連。

但是出於某種不為人知的考慮，此次登山後，徐鳳年將自身氣數悄然凝聚其中。先前年輕藩王曾經開玩笑一般詢問鄧太阿，死後如何安置自身氣數？桃花劍神的答案當然一如既往的瀟灑：「生前不管死後事」。可徐鳳年做不到那種無牽無掛的豁達，他需要考慮太多人、太多事，讓樊小柴去尋找那位木劍遊俠兒是如此，很多看似無心之舉的事情，皆是如此。

老儒士那張滄桑臉龐在紫氣和劍罡映照下熠熠生輝，譏笑道：「北涼王，只憑你的自身氣數，好像力有不逮啊！」

在那道恢弘劍罡之起始處，年輕藩王沉聲道：「李玉斧，你繼續閉關！」

老儒士大步向前，朗聲道：「徐驍揮師馬踏六國，打斷春秋脊梁，以至於中原遍地新墳！他死了，當真以為不用你們徐家為此還債？」

無窮無盡的劍罡在老人手心處不斷炸裂崩碎。

老人隱約也有些怒意，大喝道：「徐鳳年！你當真以為世間無人能殺你，會讓你為所欲為？只要你那個念頭不滅，謝觀應死了就會有澹臺平靜，澹臺平靜死了，依舊還會有下一人！」

徐鳳年眉心處浮現一枚紫金棗印，他緩緩說道：「君子直道而行？我北涼鐵騎戍守邊關，虎頭城、臥弓城、鸞鶴城、青蒼城，都只有背南向北而死之人！」

年邁儒士右手手掌猛然前推，同時左手腕輕輕一抖。

整條劍罡倒退數十丈，那尊桃木劍化作齏粉的真武塑像更是被橫摔出去百丈。

哪怕是對陣並非戰力巔峰的徐鳳年，能夠從頭到尾穩占上風，老人深不可測的修為，也堪稱驚天地、泣鬼神。

老人終於走到臺階頂部，視野之中，年輕藩王斜提涼刀站在遠處，嘴角滲出一絲鮮血。

老人微笑問道：「淪落到這般田地，你還是不願搬出整座北涼的氣運來對敵？」

徐鳳年吐出那口瘀血，換上一口新氣。

如果沒有挨了拓跋菩薩那全力一捶，老人即使修為通玄，即便能夠擋下人間劍氣至極的兩袖青蛇，但也絕對不至於可以一掌倒推劍罡。

徐鳳年扯了扯嘴角，笑道：「我那點氣數確實不多，可把你留在武當山，還是有機會的。」

老人眼神中充滿憐憫，一語道破天機：「本以為你會說『哪怕我死此處，清涼山上還會有一位相貌身高相同的北涼王』，怎麼，這就是跟我拚命的底氣？什麼時候堂堂三十萬北涼鐵騎共主，當之無愧的武評大宗師，也這麼不思進取了？」

徐鳳年握緊刀柄。

老人好像並不急於出手，不知是擔心兩敗俱傷還是唯恐玉石俱焚，問道：「你就不好奇我是何方神聖？」

徐鳳年嗤笑道：「喪家之犬！」

老人愣了愣，然後哈哈笑道：「倒也算一語中的。」

武當山腳牌坊處，有紫氣登山。

正是被老儒士隨手丟下山去的那尊真武塑像，雖然塑像身軀破碎不堪，但是縈繞四周的紫氣反而更為濃重。

徐鳳年冷笑道：「我只好奇你怎麼不在上陰學宮道德林，繼續裝那個瞎子老琴師了。」

老儒士輕輕點頭恍然道：「難怪你早有準備，原來是徐渭熊向你洩露了天機。你還真是謹小慎微，原本以我在上陰學宮對那名魚姓女子的照拂，你怎麼都不該將我視為敵人才對。只可惜現在澹臺平靜不會幫你，任你機關迭出，到頭來仍是一切成空，萬事皆休。」

徐鳳年左手持涼刀，橫刀在前。

他右手雙指併攏，在刀背輕輕抹過。

老人笑道：「蚍蜉撼大樹。」

徐鳳年答道：「有位你們儒家的弟子，卻說可敬不自量。」

老人揮了揮袖子：「那豈不是我誤人子弟了？」

徐鳳年併攏雙指停在刀尖。

無聲無息之間，那柄涼刀如貼符籙。

高樹露曾經被此式「封山」。

老儒士依舊泰然自若，瞥了眼那柄先前平平無奇的北涼刀，當下彷彿蘊含了無窮無盡的道意，雪亮刀身之上，隱約有一條漆黑蛟龍張鬚游弋。

可老人竟然還有心情稱讚道：「大有意思了。」

徐鳳年眼前之人，本該逝世八百年之久。

從大奉王朝開國，儒家地位水漲船高，之後歷朝歷代，此人都被君王尊奉為至聖先師！無數文臣，無論是否名垂青史，生前都將陪祭其左右，視為無上榮光！

張家聖府，龍虎山天師府，南北稱聖八百年。但是沒有誰真的覺得趙家能夠媲美張家，尤其是在天下讀書人心中，羽衣卿相的趙家大概連給張家提鞋也不配吧。

這個不起眼的老儒士，便是初代張家聖人！

這場驚天地、泣鬼神的神仙打架，動靜可真不算小，武當山上下，大概除了某位白衣僧人的媳婦依舊鼾聲如雷，幾乎都披衣而起，但是無一例外，沒有人過去就近湊熱鬧。

武帝城李淳罡王仙芝一戰，太安城徐鳳年鄧太阿、曹長卿三大宗師各自為戰，還有之後曹長卿一人攻城之戰，以及一些僅次於這些巔峰之戰的江湖盛事，都給過武林中人鮮血淋漓的教訓——那就是沒到那個份上，千萬別摻和其中，否則殃及池魚沒商量！想要去對那些武評宗師的招式指指點點，難如登天。

真正的頂尖武道宗師做生死之爭，絕不會給小魚小蝦在一旁拍手叫好或是一驚一乍的機會。

◆

胸前沒有那串掛珠的白衣僧人坐在茅屋前的板凳上，安靜抬頭賞月。

同樣是白衣且身形高大的女子出現在他對面。

白衣僧人並沒有看她，輕聲道：「此心拖泥帶水，世人皆謂之苦，唯有妳我，樂在其中。」

這位天下鍊氣士領袖點了點頭，又搖了搖頭：「你我一樣，又不一樣。」

白衣僧人摸了摸光頭，感慨道：「我閨女不知道從山腳哪裡聽來一句混帳話，說是對世間女子而言，十年修得宋玉樹，百年修得徐鳳年，千年修得呂洞玄。」

百歲高齡卻容顏妙齡的女子傷感呢喃道：「他不懂。」

白衣僧人嘆氣道：「更怕裝糊塗。」

她壓下心中那股情緒，望向白衣僧人：「不管如何，我畢竟是鍊氣士，都會遵循本心行事。」

白衣僧人「哦」了一聲：「那貧僧就不請妳喝茶了。」

她問道：「只是如此？」

就在此時，突然響起一個少女的清脆嗓音：「娘親、娘親！快醒醒！爹又偷偷摸摸跟他的紅顏知己見面了！」

白衣僧人臉色大變，趕緊站起身：「澹臺宗主，妳先別走，幫忙解釋解釋！」

只管替天行道的女子哪裡會理睬這些狗屁倒灶的柴米油鹽，直接一掠而逝。

白衣僧人僵硬轉身，看到幸災樂禍的自家閨女，睡眼惺忪的笨徒弟，還有氣勢洶洶拎著一把菜刀跑出屋子的媳婦。

白衣僧人靈光乍現，一本正經道：「那女子都一百多歲了，根本就不是一個輩分的人！」

婦人愣了愣：「這麼老？」

白衣僧人使勁點頭。

婦人翻了個白眼，轉身就走。

老娘我正貌美如花呢，最不濟也是徐娘半老、風韻猶存，跟一個百來歲的老女人爭風吃醋？

偷捏一把冷汗的白衣僧人瞪了眼自己閨女。

她做了個鬼臉，氣咻咻道：「白天給娘扯得現在還疼！」

白衣僧人沒好氣道：「爹辛苦攢下那麼點私房錢，誰讓妳告訴妳娘的？搬起石頭砸自己的腳了吧？」

少女一愣，就在白衣僧人老懷欣慰，以為女兒良心發現有所醒悟的時候，不承想她立馬轉頭喊道：「娘！那女子雖然歲數很大，可瞧著年輕得很哪！看上去比妳還年輕！」

屋內頓時響起一聲比佛門獅子吼還威嚴的怒喝：「啥！」

白衣僧人默默舉頭望月，估摸著這回佛祖也救不了自己了。

佛祖大概是真救不了這個喝酒吃肉娶媳婦的和尚，倒是他的笨徒弟突然開了竅，壯著膽子跟他師娘好一番解釋，竟是把師娘勸回去了。

死裡逃生的白衣僧人揉了揉臉頰，笑呵呵把笨徒弟喊到身邊：「南北啊，趁著月明星稀心境清絕，為師要傳你艱深佛法……」

小光頭嘆了口氣：「師父，你也真是的，一大把年紀了，也不曉得收收心。難怪師娘這兩天總跟我和東西說，蒼蠅不叮無縫蛋。」

白衣僧人金剛怒目。

只可惜笨徒弟半點不怕，反而一板一眼道：「師父，佛曰違己情有情生，起憎恚，有怨恨情，需觀五義去除。」

白衣僧人沒脾氣了。

李東西做了個俏皮可愛的豬頭臉，晃蕩回屋。

白衣僧人無可奈何。

笨南北突然低聲道：「師父，東西其實一整宿都在幫你穿那佛珠呢。怕師娘知道繩子斷了，又要憂心念叨人生無常，東西連油燈都沒敢點，只是藉著視窗月光穿珠子。」

白衣僧人滿臉歡喜，天經地義道：「師父的閨女嗎？」

心情大好的中年僧人笑道：「徒弟啊，為師還是繼續傳你佛法吧。」

小和尚年紀輕輕卻早已是兩禪寺的三藏法師，無論是山門輩分還是論佛法艱深，其實都是當之無愧的得道高僧了。

小和尚突然臉色微紅，鬼鬼祟祟道：「師父，佛法就先放一放，不如先把藏在韓道長那邊的三兩銀子借給我？明天我就給東西買那煙柳坊綿燕支去。」

白衣僧人大袖一揮，大踏步走向茅屋：「今夜月色不行，不宜傳授佛法！」

只留下小和尚一人唉聲嘆氣。

◆

武當山山腳，那尊真武大帝塑像大步登山，紫氣升騰。

石階頂對峙的兩人，徐鳳年手持封山符刀，螢光流轉。張家聖人泰然自若，雙手下垂，輕輕抖袖：「還真是不撞南牆不回頭的性子。」

靜極思動，徐鳳年並未展開奔雷掣電的衝勢，倒像是道教神通裡的縮地成寸，轉瞬之間身形就出現在張家聖人面前，高高躍起，身體擰轉，一刀斜劈而下。

大袖飄動，有仙人扶搖之姿。

張家聖人抬起手臂，伸出一根手指，微笑道：「仁者樂山。」

徐鳳年蘊含萬鈞罡氣的一刀就這麼凝滯不前，竟是連老儒士的手指都未觸碰到。

兩者之間，彷彿隔了連綿起伏的十萬大山，一線之隔，咫尺天涯。

身體凌空的徐鳳年幾乎同時默念道：『開山！』

其神意是李淳罡的「山不來就我，我劍開山便是」，其招式則是劍九黃的六千里。

刀尖繼續下壓，稱不上勢如破竹，卻緩慢而堅定。

一手負後的張家聖人似乎並不想真正觸及那柄藏有一尾蛟龍的符刀，眼見刀尖距離手指僅有寸餘間隙，皺了皺眉頭，沉聲道：「智者樂水！」

負後之手悄然抖腕，半山腰那座洗象池中，便如有青龍汲水，一條粗如井口的恢弘水柱迅猛拔起，直撲山頂。

與此同時，張家聖人並不給年輕藩王撤刀而退的機會，由單指抵住刀尖之勢轉為雙指夾刀之勢：「我倒要看看你有沒有資格當那北涼鐵騎共主！」

左手持刀的徐鳳年臉色如常，右手舉起，一掌拍下。

掌中風雷大震。

仙人撫頂斷長生！

張家聖人原本要駕馭那條池水長龍撞擊徐鳳年胸膛，卻不得不稍稍改道迎向年輕藩王的壓頂手掌。

老儒士以單掌退散兩袖青蛇，摧枯拉朽，氣勢凌人。

徐鳳年還以顏色的這一掌，毫不遜色，兩人之間，悶雷陣陣，恰似沙場之上兩支鐵騎狹路相逢，唯有死戰不退。

片刻之後，被聖人浩然氣象牽扯的洗象池沸騰不已，水面已下降了丈餘。

兩人不約而同地轉換一口新舊氣機。水柱停歇，張家聖人往後倒滑退去數步，徐鳳年手持符刀飄落地面。

剛好那尊真武塑像已經臨近山頂，向老儒士背後撲殺而去。

張家聖人並未轉身，而是直視眉心紫金的年輕藩王，哈哈笑道：「好教你小子知曉我儒家何謂修身養性，何謂以浩然氣與天地共鳴！」

只見老儒士輕輕一跺腳。

世間尋常武夫尤其是外家拳宗師，都講究寸勁透土殺蛇鼠，言下之意便是一腳跺地，藏於地下深處的蛇鼠都會被當場震死。

可張家聖人這一腳卻聲勢全無，像是鄉野老農在自家莊稼地裡的一次隨意踩踏。

當真武塑像即將登頂之時，張家聖人背後突然出現一尊泥塑雕像，高達數十丈，蔚然而坐，與大蓮花峰山頂齊平！

這尊手持書卷的泥塑塑像，遠比只在北涼道享受香火的北方玄武大帝，更被世人熟識。

張府祠堂、京城皇宮、夫子廟、學宮、書院……離陽版圖之上，無處不見。

張家聖人輕描淡寫翻轉手掌，朗聲笑道：「滄海桑田，如觀掌紋！」

背後那座聖人泥像隨之以書卷拍向真武塑像。

書卷粉碎，真武塑像亦是轟然迸裂。

徐鳳年輕聲喝道：「起！」

泥土木屑四濺之地，巍巍然站起一位金甲披髮的巨大法相。

一立一坐。

一位是坐鎮北方的道教蕩魔天尊，一位是為讀書人奉若神明的至聖先師。

文武之爭！

張家聖人笑道：「這便是大奉高樹露提出的世間一品天象境，法天象地？不承想你憑藉僅剩的個人氣數，還能支撐得起這副場面，可惜是破落門戶窮講究！」

老儒士笑意更盛：「秀才遇到兵，有理講不清？這話說得好沒道理！」

聖人泥像抬起一條胳膊，手指輕點。

真武法相十指交錯握成一拳，重重砸下！

老儒士淡然道：「我心中也有一番指玄心得，欲與天下人分曉。讀書人讀書，達則兼濟天下，於廟堂指點江山；窮則獨善其身，提筆翻書不忘初心。」

聖人泥像指向之處，不斷出現大小如殿堂棟梁的雪白粗壯罡氣，真武法相的手臂被激射而過，出現一處處漆黑窟窿。

當雙拳終於成功捶在泥像頭頂時，已是頹然無力。

真武法相的兩條胳膊皆斷折，消散在空中。

聖人泥像僅是輕輕晃動，遠未傷及意氣根本。

年輕藩王眉心紫金之氣漸漸淡去，張家聖人始終氣勢不減，聖人泥像更是安然無恙。

但是接下來那一幕，讓老儒士始料未及。

喪失雙臂的真武法相竟然仰起頭，一腳踏在石階上，身體前傾，然後對著那尊聖人泥像當頭一錘！

整座武當山隨之一顫。

塵埃四起。

真武法相的頭顱炸碎，無頭之身依舊保持前傾姿勢。

聖人泥像卻依然健在，只是出現些許龜裂痕跡。

張家聖人故意摸了摸自己頭頂儒巾，面朝那位大概連壓箱底本事都拿出來了的年輕藩王譏諷道：「不疼，你就只有這點能耐？」

此人說話口氣總是奇大，但卻又真恰恰如他所說，人間人與他為敵，哪怕是徐鳳年，都只能是那蚍蜉撼大樹！

老儒士眯起眼，嘖嘖道：「我早說了，憑你自身那點氣數，今夜對上我，不夠看。即便你藏藏掖掖不肯動用整座北涼的氣運，為何連你們徐家氣數也不願彙聚？徐渭熊也好，徐龍象也罷，可都算不得常人，勉強都是身負氣運之人，你與他們借一些氣數也無妨，偏要獨力支撐局面，何苦來哉？人都要死了，還在乎那點細枝末節？你徐鳳年不總戲言自己從不做虧本買賣嗎？」

徐鳳年對此不理不睬，默不作聲。

從小到大，作為徐家嫡長子，都是他送給大姐、二姐和黃蠻兒各種奇巧珍稀玩意兒，他從沒有跟他們要過什麼東西，想都沒有想過。就像當初獲得了那雙年幼虎夔，也是毫不猶豫分別送給了二姐和黃蠻兒。

在北莽從齊姓鑄劍師那裡得到那把新劍春秋，他亦是第一時間想到自己的兄弟，想著他總算可以把木劍換了。從江斧丁那裡搶來過河卒，心底也是想著跟白狐兒臉借過繡冬、春雷，總算能還一次人情了。

徐鳳年一直堅信，自己已經獲得太多，便不該訴苦，便應該大方。

老儒士凝視著徐鳳年的眼睛，冷笑道：「一葉落而知秋，堂堂離陽第一大藩王，手握三十萬精騎，竟是這般優柔寡斷的癡兒，可笑至極！」

徐鳳年緩緩道：「等你贏了再叨叨，現在為時還早。」

張家聖人哈哈笑道：「我贏你之時就是你身死之時，到時候我與誰抒發胸臆，難道要我對著一個死人念叨不成？」

徐鳳年眼神堅毅且臉色冷漠：「我師父李義山、上陰學宮王祭酒、離陽張巨鹿、要我幫他捎帶一抔土的薊州衛敬塘，還有很多很多，在我心目中，他們才是讀書人，你這個儒家張聖人也幸虧幾百年不敢露面，否則真要讓人笑掉大牙。」

張家聖人不以為意，笑咪咪道：「這話也說得為時尚早。」

徐鳳年屏氣凝神。自從真武法相消散後，就越發難以捕捉這名老儒士的氣機。

老人抬起手臂，懸空隨手一抹，頓時出現三尺青罡氣。

老人好似陷入追思，唏噓道：「大概後人只知我之學問，卻不知那負笈遊學、襦衫仗劍，可是發軔於我啊。」

張家聖人氣凝成劍之際，徐鳳年瞬間出刀，無聲無息。

老人站在原地，持劍手臂擰轉至身後，簡簡單單的一招立劍式，格擋住了那柄試圖一刀削去他頭顱的身後符刀。

之後無論神出鬼沒的符刀從哪個角度出現，這位張家聖人都只是平平常常的持劍式，便已是防禦得滴水不漏。

雙方一氣之長，竟然長達一炷香工夫。

徐鳳年終於在張家聖人身前二十步外站定。

老人依舊氣定神閒，手中三尺劍罡雄渾如初。

身後那座被他請入凡間的聖人泥像也沒有消失，始終安靜望向山腳遠方。

老人意態閒適地環顧四周，啞然失笑道：「鬼畫符！以符刀之中的北莽真龍殘魄，坐鎮中樞作為符膽，還算馬馬虎虎，可用上了龍虎山的神霄雷法，就有些牽強了吧，這算哪門子雷池顯化人間？又如何能夠召神劾鬼，如何能夠鎮魔降妖？」

老人四周高高低低，懸停有二十一柄袖珍飛劍。

十二飛劍來自鄧太阿所贈，九柄飛劍是後來徐鳳年依照各種生平意氣，懇請清涼山墨家鉅子所鑄。每一柄靜止不動的飛劍之上，都浮現出一張金光熠熠的黃色符籙。

張家聖人輕輕「咦」了一聲，好奇問道：「怎麼還缺了符膽之字？世間道教流派，分分合合，但是符籙派歸根結底，符膽無非就是罡字內十數字而已，符膽無字，你辛辛苦苦造就此符，靈氣從哪裡來？」

徐鳳年握緊刀柄，輕輕嘆息一聲。

這本該是他用來鎮壓天人澹臺平靜的一座雷池。

至於這張符是什麼符，其實顯而易見。

他徐鳳年既然身處北涼，這張符，自然便是「涼」字！

二十一柄劍與劍之間，意氣相連。

二十一張符與符之間，雷電相牽。

老人搖了搖頭道：「讀書至酣暢處，千秋興亡也是一頁翻過，小小雷池，算什麼？」

張家聖人站在原地，一手持劍，一手蘸了蘸口水，做出一個翻書動作。

頁頁翻過。

每一頁翻過，便有一柄飛劍墜地。

當最後一柄飛劍搖搖欲墜之時，徐鳳年第一次雙手持刀，開始筆直前奔。

張家聖人揮袖散去三尺罡氣，向前跨出，冷笑道：「真當我怕了你這封山厭勝之術？」

剎那之間，老人左手五指握住刀尖，正當這位儒聖老祖宗就要右手一巴掌拍出去的時候，卻驀然停下動作，眉頭緊皺。

一抹虹光從洗象池那邊驟然劃破天際，然後以更快速度落在老人身後，或者說那尊聖人泥像之前。

劍名「滿甲雪」。

劍落之時，沒有落雪，卻帶來兩道絢爛光柱從天而降。

如開天門！

張家聖人無奈道：「你小子真夠煩人的啊。」

老人大概是為了蓄力應付那座輝煌天門，只是鬆開握住刀尖的手指，然後隨手推開年輕藩王，便轉過身去。

那尊聖人泥像如同被人使勁拉扯，緩緩滑向天門之內，巍峨身形逐漸隱沒。

老人先後抬起雙腳，踩了一下地面。

落地生根！

老人背後如同吹起陣陣雄勁大風，衣袖獵獵作響，一邊倒向那座天門。

徐鳳年轉頭望向東方，沉聲道：「劍來！」

仍是在數千里之外，御劍飛行的那位桃花劍神大笑答道：「一座吳家劍塚，二十萬劍，夠不夠？」

天門大開！

隱約間可見天女散花，恍惚間可聞梵音嫋嫋，仙家鐘磬長鳴，自然是要強行「招安」張姓老人這位儒家初代祖師爺。

這種陣仗，就像世間富貴門第的大開儀門，喜迎貴客。

千鈞一髮之際，兩袖鼓蕩的老人猶有心情轉頭對年輕藩王笑道：「我這副埋在地裡好幾百年的老身子骨，可經不起你這麼折騰呀！」

然後老人視線偏向東方，大笑道：「你這位桃花劍神，也忒小心眼，身為江湖晚輩，也不知尊老，還真是沒有隔夜仇，當晚就想把仇報啦？」

徐鳳年臉色凝重。鄧太阿駕馭二十餘萬柄吳家劍塚飛劍，一同浩浩蕩蕩趕赴北涼，甚至還需要劍先行於人，比起祁嘉節在逃暑鎮山腳那次的人先至劍後到，鄧太阿需要耗費的精氣神不可以道里計！

哪怕鄧太阿被江湖視為殺力當時第一人，指玄境造詣第一人，更被譽為千年以降的劍術第一人，可是這一次同時驅使整座劍塚古劍，徐鳳年用膝蓋想都知道鄧太阿的艱辛。

越是如此，徐鳳年的負擔越大。

尤其是眼前這位老人表現得如此鎮定自若，哪裡像是在垂死掙扎？

張家聖人緩緩收回視線，重新目視徐鳳年，好整以暇道：「年輕人，送你一句話：『情深不壽，慧極必傷。』你啊，兩樣都占了，很難善終的。做人嘛，得過且過，難得糊塗，才能輕鬆。」

那撥起始於劍塚的飛劍密密麻麻，幾無縫隙，所過之處如山嶽浮現當空，遮蔽月輝。

徐鳳年不再遮掩自己的氣機急速流轉，神意瞬間攀至巔峰，以此作為牽引，如萬古長夜獨燃一支燭，引來飛蛾撲火。

面對徐鳳年的毅然決然，老人眼神中閃過一抹複雜情緒，再無對年輕藩王冷嘲熱諷的心思，也沒有去看那座對自己而言無異於龍潭虎穴的天門，而是轉身低頭望去。

雙腳立足之地，青石板地面寸寸碎裂如蛛網。

老人抬起頭後，背對徐鳳年，淡然道：「都說書生不出門，便知天下事，你與王仙芝一戰，我早有耳聞，那姜姓女子劍開天門試圖逼走王仙芝的手腕，又如何能夠讓我去天庭走一遭？況且……」

兩鬢髮絲飄拂不定的老人猛然轉頭，眼神冷冽，加重語氣道：「況且呂洞玄能過天門而反身，我便做不到了？非不能，實不願！」

老人身形轉動，最終背對天門，面朝那個年輕人：「樹有枯死日，人有力窮時！我今天就讓你知道，哪怕你徐鳳年手握無敵鐵騎，哪怕是武評大宗師，也有你不得不認命的時候！」

大風撲面，徐鳳年灑然而笑：「你可知後世有人曾譏諷你是『知其不可為而為之人』？」

徐鳳年繼續說道：「你又可知儒家地位僅次於你的一位亞聖，更說過一句『雖千萬人吾往矣』？」

老人臉色淡然道：「都是好話，比你那句『喪家犬』要更好。」

徐鳳年與張家聖人對視：「心嚮往之，雖未必達之，但是終究能夠讓人心嚮往之。徐驍年老之後私下對我說過，他對天下讀書人總是喜歡不起來，可是記起早年那麼多次看到一位位讀書人連袂上殿，人人意氣風發，腰間佩玉叮咚作響，真是羨慕，真是悅耳。」

最後老人問道：「大凡物不得其平則鳴，此言道理說盡。既然如此，徐鳳年你可有遺言要說與這方天地？」

涼刀上的封山符籙已經煙消雲散，徐鳳年重新懸佩好這柄徐家第六代新涼刀：「北涼戰死英烈無數，家家戶戶皆縞素，大多不曾留下遺言，更不缺我這一句。」

老人搖頭道：「這是因為你還沒有真正絕望而已。」

無動於衷的徐鳳年抬起一隻手掌，狀如抓物。

張家聖人冷哼一聲：「鄧太阿的飛劍是不俗，可也要能夠來到武當山才行！」

老人也是抬起手臂，然後往下一按：「給我落劍！」

原本已經臨近北涼道幽州的當頭一撥飛劍，如強弩之末的箭矢斜斜釘入大地。

幽州、河州交界處的那無比壯觀一幕，風吹雨斜落，當空飛劍紛紛劃出一個弧度，插入地面。

落在山嶽、落在河川、落在田野、落在黃沙，如一場大雪落在一切無人處。

始終牽引飛劍赴涼的年輕人，眉心滲出一縷猩紅血絲。

但是這場劍氣霜雪，最新的落劍之地，終究還是距離武當山越來越近，一撥傾斜下墜的飛劍離著這座大蓮花峰，已經不足百里。

而年輕藩王的耳鼻嘴三竅，也開始鮮血流淌。

張家聖人在一掌按下後，原本不動如山的身形就倒滑出去一步，距離天門也就更近了一步。

當一撥千餘柄飛劍陸續落在大蓮花峰右方的青竹峰之上時，年輕人的眼眸都開始滲出了血絲，已是滿臉瘀血。

當某一柄飛劍落在大蓮花峰外的深澗之中時，徐鳳年的臉龐已經模糊不清。

可是那一柄鏽跡斑斑的不知名古劍，已是吳家劍塚二十萬飛劍中的最後一柄了。

但那位張家聖人，哪怕看上去已是背靠天門，可是他的雙腳，事實上依舊還是立於那道門檻之外。

一步之遙，天壤之別，天庭人間。

老人低頭斜眼望向那柄名為滿甲雪的三尺劍，空閒的左手輕輕按去。

滿臉鮮血的年輕人微微扯動了一下嘴角。

分明沒有望向年輕藩王的老人好似洞察天機：「我知道，你還有最後一劍，只是你千算萬算，都不會算到，整座北涼道四州之地，你換成任何一處，都能夠借到那一劍，唯獨在這武當山，你做不到。

武當山畢竟是道家清淨地，自古即是道教北方祖庭，自大秦皇朝到大奉王朝，再到如今離陽，此地幾乎從無戰火殃及，所以與你徐家的天人感應最為孱弱。若是在涼州關外，在幽州葫蘆口，別說我阻擋不住你借取鄧太阿最後一劍，恐怕此時都已經給你送入天門了。」

老人微微彎腰，輕輕拍了下那把劍的劍柄：「你與那柄太阿劍，難兄難弟啊。」

一抹虹光如彗星當空，由西向東，筆直撞向大蓮花峰。

只是它如同撞在了一堵無形城牆之上，激起一陣陣刺眼的電光石火，絢爛無比。

古劍不得向前推進一寸，哀鳴不已。

老人閉上眼睛，好似在側耳傾聽那聲響，呢喃道：「文章講究哀而不傷，沙場卻說哀兵必勝，到底哪個才對？」

老人自問自答道：「讀書人寫文章傷神，可真正嘔心瀝血能有幾人？打仗是要死人的，不死人才是怪事。」

這位儒家祖師爺終於望向那個年輕人。

他緩緩閉上了眼睛。

鮮血模糊臉龐，因此根本看不清他的神色，不知道他是痛苦、悲傷、遺憾、釋然，還是什麼。

耗費北涼氣數，興許便能自救，可是涼莽大戰便必輸。

到底也不願嗎？

同樣是「非不能，實不願」嗎？

這位今夜在武當山上力壓兩位武評大宗師的張家聖人，放聲大笑，仰天大笑。

蒼涼、悲慟、欣喜，百感交集。

老人突然朝天空大罵道：「我輩讀書人，自我張扶搖起，雖善養浩然氣，卻從不求長生！滾你娘的天道循環！我鎮守人間已有八百年，便看了你們仙人指手畫腳八百年，如今你們竟然還想得寸進尺？」

那座天門，砰然炸裂！

老人完全不理睬身後的巨大動靜，一步踏出，目視年輕藩王，厲聲問道：「徐鳳年，我且問你！新穀曬日，桔槔高懸，漁翁披蓑，老農扛鋤，婦人採桑，稚童牧牛，老嫗擣衣！鐵甲錚錚，劍氣如霜，擂鼓如雷，鐵騎突出，箭如雨下，狼煙四起，屍橫遍野！世間百態，可那個渾身鮮血的年輕人紋絲不動。

生死之間見生死。

走投無路之時，最能見人性情根骨。

可這個姓徐的傢伙，不會是真死了吧？照理說不至於啊！

老人破天荒流露出一絲慌張，身形前掠，迅速來到年輕人身前，伸出拇指扣住這位藩王的人中，納悶道：「體內氣機分明還挺足啊，怎的就沒動靜了？」

下一刻，這位人間至聖就給年輕人一腳踹飛出去。

老人重重摔在地上，也沒有站起身，就那麼席地而坐，好像還沒徹底回過神。

年輕人也一屁股坐在地上，雙手撐在膝蓋上，睜開眼睛，有氣無力道：「你大爺的！」

老人捧腹大笑。

徐鳳年完全不知道這個瘋老頭在想什麼，到底想幹什麼。

他不斷大口喘息，當然也在大口吐血。

只是不知為何，痛徹心扉的同時，又有一種莫名其妙的神清氣爽，如釋重負。

尤其是那一腳，真是踹得自己十分酣暢淋漓。

張家聖人抬手拍了拍灰塵，指了指自己的鼻子：「讀書人厲害不厲害？」

年輕藩王已經說不出話來，只是動了動嘴。

看樣子，應該是個「滾」字。

老人冷哼道：「呂洞玄又如何，早年不一樣跟我請教過學問！都看過？」

年輕人也指了指自己鼻子，然後艱難抬手，做了個嫌棄揮手的動作。

老人頓時臉色難堪。

大秦一統天下之前，張家聖人曾經率領弟子門生周遊列國，唯獨被大秦拒之門外。

老人自嘲道：「君子報仇，十年不晚……不過八百年，是有些晚。」

狼狽至極的徐鳳年略微恢復氣機，微弱問道：「除去了結私仇，還有什麼事？」

老人正襟危坐，沉聲道：「在你與李玉斧斬出天人之隔前，就由我替你們兩人扛下天道壓力！否則閉關修行的李玉斧還好，你徐鳳年就別想安心對付北莽了，你真當仙人能夠眼睜睜看著你們大逆不道？指不定那些傢伙乾脆就要讓北莽蠻子入主中原了！」

徐鳳年斜瞥老人一眼，然後眼皮低斂。

老人怒道：「小王八蛋，別得了便宜還賣乖！我已經幫你打通竅穴積淤，別人不知道其中難度，你徐鳳年會不知道？這就像那張巨鹿整治離陽漕運一般無二！」

徐鳳年不搭理老人。

老人深呼吸一口氣：「徐鳳年啊，咱倆別這麼俗氣行不行，本來多慷慨激昂的一件壯舉，愣是給你小子折騰得像筆生意買賣，多跌份兒，是不是？」

徐鳳年直接閉上眼睛。

實在不習慣這種「應酬」的老人，哪怕滿腹韜略也難以施展啊。

可人間走向，又恰好是老人的唯一軟肋，是這位儒家至聖的七寸所在。

長久寂靜。

徐鳳年終於睜開眼睛，抱拳行禮。

老人坦然受之。

徐鳳年搖搖晃晃站起身，輕聲問道：「要不然給個添頭，把漕糧入涼一事給解決了？」

老人本想當場拒絕，突然想起一事，笑咪咪道：「這件事可不容易，不過只要你稍後讓那姓鄧的傢伙好好說話，我就試試看，但不保證肯定能成。」

徐鳳年擺擺手：「天底下就沒誰攔得住手持太阿劍的鄧太阿，我也不行。」

老人一跺腳，火急火燎道：「你趕緊把那柄太阿劍藏起來！」

說話間，太阿劍已經倒掠回去。

徐鳳年有些幸災樂禍，緩緩走向老人。

老人笑了笑，轉身望向山腳。

徐鳳年與老人並肩而立。

老人伸手指了指遠方：「以前聽黃龍士胡言亂語說過以後千年的古怪境況，寬心也憂心，總是讓我舉棋不定。」

徐鳳年輕聲道：「先生不妨換個角度想一想，從八百年前看待今日，這個世道總歸是變好了一些，對吧？」

老人點點頭：「有些變好了，有些變壞了，大抵而言，確實還是當下好些。」

隨後是兩兩無言。

老人突然說道：「我大概是等不到鄧太阿回到武當山了，你幫我捎句話給他，若只論劍術高低而不論劍道遠近，他是古往今來第一人。」

徐鳳年說道：「好的。」

老人瞪大眼睛遠眺，身形縹緲不定，低聲感慨道：「那就讓我再看這人間最後一眼。」

徐鳳年小聲問道：「先生可有遺言？」

老人思量片刻：「有！」

徐鳳年沉聲道：「先生請講！」

老人平靜道：「閉嘴！」

◆

當鄧太阿御劍而至，只看到年輕藩王獨自坐在破碎不堪的石階頂部，膝上橫刀。

一襲衣衫血跡斑斑的徐鳳年雖然滿臉疲憊，但是神意十足，且那副接連重創的天人體魄如同枯木逢春，重新煥發勃勃生機，逐漸趨於巔峰。

鄧太阿飄然落地，腰佩那柄徒弟贈送的尋常鐵劍，倒持太阿，站在徐鳳年身邊：「八百年書生意氣，盡散人間？」

徐鳳年點頭道：「老先生去之前顯然有些戀戀不捨，熬了個把時辰，加上妥善安排了些後事，這才當場虹化。」

鄧太阿皺眉道：「那這場架？」

徐鳳年苦笑道：「這位中原文脈脊梁的至聖先師，應該是比較放心道心純粹的李玉斧。李掌教當初護送龍鯉沿著廣陵江入海，老先生肯定暗中觀察過，信得過。對我嘛，可就沒什麼信心了，不但是徐驍的兒子，還極有可能去逐鹿天下，換成是我，也不會放心把老人肩上那副家當交出去。所以才有這麼一出風波，他老人家一定要把我逼到死地絕境，親眼見過我根柢心性才願甘休。」

對於天下興亡從無半點興趣的桃花劍神冷笑道：「終究還是倚老賣老。」

徐鳳年不置可否，轉頭笑問道：「是不是對飛劍無法進入武當山，心有不甘？」

鄧太阿坦然道：「這是當然，一劍既出，豈有無功而返的道理！」

徐鳳年與鄧太阿同時抬頭，望向漸漸泛起魚肚白的遙遠天際。

在張家聖人以類似道門長生真人自行兵解的方式虹化之後，天地之間，就好像多出了一股新穎氣象，說不清、道不明，遮蔽了天機。

天地有正氣，雜然賦流形，沛乎塞蒼冥。

徐鳳年低聲道：「立德、立功、立言，讀書人三不朽。這位老先生，真的做不到了。」

鄧太阿雙臂環胸：「了不起是了不起，可在我看來，仍是有些不爽利。」

徐鳳年無奈感嘆道：「人生在世，哪能人人如你鄧太阿。你啊，就別站著說話不腰疼了。」

徐鳳年記起一事，笑道：「對了，老先生臨走之前，讓我告訴你，在他看來，自劍問世千年以來，就數你鄧太阿劍術最高。」

鄧太阿沒好氣道：「劍術一途，不過是呂祖撿了西瓜後捨棄的芝麻而已。」

徐鳳年白眼道：「跟你說話真沒意思。」

鄧太阿斜了他一眼。

徐鳳年問道：「吳家劍塚那些散落地面的二十萬柄劍，如何處置？還需要你還回去？」

鄧太阿反問道：「怎麼，你想留下？」

徐鳳年趕緊擺手道：「我哪敢啊，那位吳家老祖宗還不得跟北涼拚命，揮鋤頭挖人牆腳的事情，總不能太過分。」

鄧太阿「哦」了一聲：「那我就全還回去了，吳家的東西，我本就用得礙眼礙手。」

徐鳳年放低嗓音：「別啊，你好歹揀選個千百把好劍名劍偷偷留下，就說被那位張家聖人毀去了，吳家劍塚如果要不依不饒，有本事去找那座張家聖人府邸砸場子！」

鄧太阿滿臉不屑道：「這種事情我懶得做。」

徐鳳年笑臉燦爛道：「不用桃花劍神費心費力，我來我來，截和這事兒我還算熟稔。」

鄧太阿顯然不想搭理這茬，開始屏氣凝神養意。駕馭二十餘萬飛劍共赴北涼，絕非一樁易事。

徐鳳年突然說道：「老先生走之前告訴我，北莽拓跋菩薩的武道修為，在一夜之間突飛猛進了。」

瞬間想通其中關竅的鄧太阿臉色陰沉：「這是要用拓跋菩薩和澹臺平靜雙管齊下對付你？」

徐鳳年「嗯」了一聲：「差不離了。」

鄧太阿問道：「老人可曾說過拓跋菩薩的修為高到何種地步，可有類比？」

徐鳳年搖頭道：「含糊不清，只說了五個字，『天人大長生』。」

鄧太阿皺眉道：「這些晦澀難明的話語，我向來不擅長，你就直接說與王仙芝離開東海之時，拓跋菩薩是稍遜一籌還是彷彿之間？」

徐鳳年明顯早就思考過這個令人大為頭疼的問題，脫口而出道：「我猜最好的結果是稍遜半籌。」

鄧太阿問道：「那最壞的結果？」

徐鳳年半真半假打趣道：「我怕說出來嚇到你。」

鄧太阿扯了扯嘴角：「有沒有人說過與你說話，其實也挺沒意思的？」

徐鳳年搖頭道：「還真沒有，尤其是女子！如今中原盛傳一句話，便是佐證。十年修得宋玉樹，百年修得呂洞玄，千年修得徐鳳年。」

鄧太阿淡然道：「哦？不是百年徐鳳年，千年呂洞玄？」

徐鳳年捏了捏下巴，故作糊塗道：「難道是我記錯啦？」

鄧太阿忍不住提高嗓音：「有屁快放！」

徐鳳年收起玩笑神色，收起涼刀懸佩在腰間：「最壞的結果，就是在某種時刻，拓跋菩薩的戰力會猶勝王仙芝半籌。」

鄧太阿一笑置之，鬆開雙臂，伸了個懶腰：「那就是最壞的結果了，要不然拓跋菩薩交由我來應付？」

徐鳳年搖了搖頭，瞇眼遠望天色漸青白的安詳景象，懶洋洋道：「你在北莽都跟他打過一架了，這次還是我來吧。」

鄧太阿沉默片刻，後知後覺，譏諷道：「別忘了，你和他在西域還有涼州關外都打過兩次了！如果我沒有記錯，是一平一負吧？」

徐鳳年任由清風拂面，吹散身上最後那點血腥氣：「我哪有輸過？何況那趟西域轉戰千里，如果不是李密弼在最後關頭橫插一腳，拓跋菩薩早已是個死人了。」

鄧太阿一笑置之：「行吧，你一心想要逞英雄，我鄧太阿滿足你。」

徐鳳年輕聲道：「也許就戰力而言，咱們幾個都是天人境界，高低並不懸殊，但是有種王仙芝獨有的心境，就算你鄧太阿手持太阿，就算拓跋菩薩得到仙人饋贈，仍是不可能有。」

鄧太阿好奇問道：「人間無敵？」

徐鳳年猛然抽出涼刀，刀尖指向那一輪躍入人間視野的大日：「舉世皆敵！」

鄧太阿又問道：「你有？」

徐鳳年答非所問：「我北涼一直有！」

第七章　清涼山賣家籌糧　小城鎮老卒赴關

神道石階之上逐漸出現登山香客的身影，徐鳳年便悄然前往洗象池，脫去外袍，蹲在池畔清洗，若說截和一事熟門熟路，徐鳳年做起這些活計，也絲毫不差。

昨夜那場驚心動魄的天人之爭，除了姜泥和李玉斧是被刻意拒之門外外，仍是有幾位借宿武當的中原宗師或近或遠觀戰。

白衣鍊氣士遠在玉柱峰頂向此眺望，她大概是心存漁翁得利的念頭，畢竟張家聖人也好，新涼王徐鳳年也罷，誰死了，於她而言都是一番氣運大補。如果兩人皆死，她又僥倖能夠同時撐下兩份氣數，指不定人間就要多出一位真正意義上的陸地神仙，不但長生久視，而且不受天道束縛。

南疆三位頂尖高手毛舒朗、程白霜和嵇六安，連袂站在一條懸空棧道上遠觀，目盲女琴師薛宋官緩緩而行，最終在半里地外站定。但當時距離戰場最近一人，是那襲紫衣。

就在徐鳳年在青石板上熟稔擣衣的時候，洗象池已經出現三三兩兩紮堆的江湖人士。如今中原公認武當山不僅是修行的洞天福地，更是習武之人體悟天心的風水寶地，所有聞訊而來的江湖豪傑，多是遇上武道瓶頸之人，沒事情就喜歡在這裡盤腿而坐，看瀑布、看潭水、看巨石，去想像上代掌教洪洗象曾經在此打拳、劍癡王小屏在此出劍，以及大宗師徐鳳年在此練刀，擠破腦袋也要爭搶位置，像極了香客爭搶頭炷香的情景。

徐鳳年無意間聽聞附近一夥人竊竊私語，貌似是一首童謠：「木龍對石虎，金銀萬萬五，誰人能識破，買到揚州府。」據說是老涼王徐驍早就算到北莽百萬大軍叩關壓境，便未雨綢繆，已經將徐家從春秋豪閥搜刮而得的金銀財寶，都派遣拂水房死士傾力沉於一處隱蔽祕地，為的就是萬一徐家擋不住北莽鐵蹄南下，徐家也能憑此東山再起，繼續逐鹿天下。

徐鳳年起先還覺得好笑，可很快就聽出其中意味的不同尋常，頓時心情沉重。

廣陵道揚州府一直是富甲天下的中原頭等郡府，「買到揚州府」，寥寥五字，便給市井百姓無比直觀描繪出了徐家沉銀之巨。不但如此，聽這些人碎嘴閒聊，似乎連嫌疑本該最大的聽潮湖都直接忽略不計了，而是直接猜測青城山和臨瑤軍鎮兩地，這不得不讓徐鳳年悚然而驚。

按照這些聽信謠言之人的說法，後者憑據是猜測徐家當年由李義山親手負責沉銀藏寶大小事務，那位死心塌地為徐家出謀劃策了一輩子的毒士，便使了個障眼法，明面上往流州不斷驅逐流民，混淆視聽，暗中勾結西域爛陀山，堪稱萬全之策。

至於前者為何是涼蜀接壤的青城山，那些江湖人士說不出個所以然來，但是徐鳳年心知肚明。徐驍在青城山深處藏有六千甲士，這是在拂水房都沒有幾人知曉的機密要事，顯而易見，故意流傳這首童謠的角色，不但對北涼心懷敵意，而且對北涼軍政都有很深的滲透。

徐鳳年對於曾經禍亂春秋八國的讖語童謠一向敬謝不敏，當初黃三甲正是這種事情開宗立派的祖師爺人物，幾乎讓所有帝王君主都感到焦頭爛額，徐鳳年沒有想到如今北涼也要遭此橫禍。

倒不是說小小一首童謠就真能動搖北涼根本，事實上以北涼歷來武重文輕的風俗，加上徐鳳年世襲罔替之後的一系列舉措，尤其是第一場涼莽大戰的大獲全勝，已是完成師父李義山遺囑上開篇要求「務必繼續保持北涼即徐家之格局」，故而再多出幾十首這類讖語歌謠也無妨。

只是李義山生前一直反復提及，風起於青萍之末，浪成於微瀾之間，治國治軍，皆要注意防微杜漸，甚至那位謀國之士不惜自稱「我李義山並無超標之才，也無卓絕謀略，一生唯謹慎」來警醒徐鳳年。

徐鳳年突然有些疑惑，既然此人如此洞悉北涼內幕，為何還會使用這種並無切實意義的無聊手段？

這就像桃花劍神與一位二品小宗師交手，明明可以一劍了事，卻偏要貓逗耗子耍上一百招，大概那名知根知底的小宗師只會覺得噁心人。

是火上澆油，還是畫蛇添足？

徐鳳年陷入沉思。

不遠處有人眼神閃爍地打招呼道：「小兄弟，你身上咋有血跡？怎麼，昨兒在這武當山遇上仇家對頭了？」

北涼人秋衣厚重，所以徐鳳年脫去袍子後，裡邊浸染得不多。徐鳳年拎著清洗完畢捲成一團的外袍，站起身去往喊話之人那邊蹲下，不算太近，隔著四、五步遠，直接開門見山地輕聲笑問道：「可不是，給拾掇得有些慘了。我也不兜圈子，一看大哥就是道上做更夫的，打斷一條腿要多少兩銀子，要是直接往死裡打，又是啥價位？如果公道的話，按照老規矩，頭道杵我先給一半定金。」

市井更夫巡夜之時，往往會收拾街上垃圾，那麼所謂道上的更夫，也就是那種拿人錢財替人消災的人物。

那人眼前一亮，沒有急於接下這樁從天而降的買賣，仔細打量著這北涼地道口音的年輕人，用著中原吳越一帶特有官腔說道：「小兄弟，事先說清楚，你的仇家是土條子還是海條子？」

土條子即當地人，地頭蛇的意思，而海條子則是外鄉人，屬於那種過江龍。

徐鳳年笑道：「土條子。」

那人頓時皺眉。對付北涼當地人，可遠比拿捏人生地不熟的過江龍來得棘手，不由自主地放低聲音：「怎麼，莫不是那練鵲兒，甚至是這邊的海馬子？」

練鵲正是離陽朝廷九品官公服官補子所繪圖案，海馬則是武官官補子，對老百姓而言，那就是破家的縣令、滅門的郡守。作為一縣父母官的縣令，品秩往往是八品九品居多，「練鵲兒」和「海馬子」就成了當官和當兵的江湖黑話，都屬於絕對不可以輕易招惹的貨色。

要知道朝廷自那位人屠徐驍開始，就有了把不服管的江湖人的腦袋傳首九邊的血腥規矩。離陽一統春秋後，尤其是徐驍馬踏江湖，整個江湖不得不越發伏低做小，否則掌管銅魚袋子頒發權柄的太安城刑部尚書，為何私下被稱為「江上皇帝，湖裡君王」，被江湖人視為廟堂上的武林盟主？

徐鳳年緩緩道：「那傢伙家裡有個祖父當過練鵲兒而已，不過早就去世了，家族在白道上沒剩下啥香火情。你想啊，在咱們這兒，練鵲兒算得什麼玩意兒，海馬子才是大爺，不過那人有個太歲海了的貼身扈從，空手，連把青子也沒有，琢磨著該有五品上下的實力。」

那精瘦漢子與身邊四名同道中人眼神交會，迅速權衡利弊。他們五人都是京畿南那邊刀口舔血慣了的綠林漢子，這趟在北涼結伴而行，交情漸深，加上都是相互知曉根腳的漢子，本就有回到家鄉道上後就斬雞頭燒黃紙的意思，也就不忌諱把這樁買賣攤開來商量。

聽年輕人的意思，那名扈從年歲大，五品實力還算上得了檯面，可拳怕少壯棍怕老郎，他們五人把式架子都有些，只要聯手，也就是板上釘釘亂拳打死老師傅的結果，可五人都擔心在這北涼道上犯事，一旦走露風聲，就是板上釘釘給北涼遊騎勁弩射成刺蝟的下場。

但一文錢難倒英雄漢哪，他們多是大手大腳的性子，不過喝了兩、三次花酒，就澈底囊中羞澀了，這兩天巧了，祖墳冒青煙，竟是有幸結識了一位名動京畿南的黑道豪傑，人家也願意折節而交，那麼入廟燒香拜佛，是需要香火的，所以更需要香火錢啊。你與人家光是嘴上說如何久仰大名如何如雷貫耳，有卵用？

精瘦漢子小心翼翼問道：「他是住在武當山哪座道觀？」

這句話就問得極有講究了。

武當山八十一峰，開峰座數其實不多，還不到三十座，大小道觀在這些峰上高高低低。也許武當山道士不講究修行處的大小高低，可是江湖人講究啊，這趟參加武當論道，自然是首選借住名氣大的山峰和道觀，若是都不出名，那就削尖了腦袋往高處住去。

聽說好些名門大派為此都生出了嫌隙，只是忌憚北涼官府，才會隱忍不發。

江湖輩分，武林名次，一把把交椅高低前後，在消息靈通的江湖人士心目中都有一本帳本。比如徽山大雪坪那邊比較江湖臉熟的座上賓，總計五十餘人，皆屬於非神仙即宗師的名宿大佬，打誰主意都別打到他們身上。接下來一撥人，主要就是有資格進入京城刑部衙門的傢伙，這些灰色人物，江湖更惹不起。

除了新舊評的那十數個龐然大物，那些能夠在一州之地執武林牛耳者的宗門幫派，也需要留心，從幫主宗主，到客卿長老，再到親傳弟子，都要上心。最後一撥人，例如那仗義疏財享譽天下的中原神拳馮宗喜，還有同為散仙之一的遼東紫檀僧，一般都是獨自行走江湖，也當清楚記住名號和相貌，以免衝撞冒犯了，否則覺得人家雙拳難敵四手，可就不是什麼陰溝裡翻船，而是活該在大江大浪裡淹死了。

徐鳳年一臉嫌棄道：「在少遊峰那邊的一座小道觀，還是靠著他祖父是那邊的大香客才住進去的，要不然就他那點能耐，早給人擠得捲鋪蓋滾蛋了。」

精瘦漢子笑咪咪道：「敢問小兄弟是哪條道上混的，跟那人又有什麼恩怨啊？」

徐鳳年笑了笑：「老哥這可就壞了規矩，天底下的銀子可是沒有姓氏的。」

自知理虧的精瘦漢子打哈哈道：「銀子都姓趙嘛。」

徐鳳年笑咪咪伸手指了指青石板，道：「在這兒，得姓徐。」

就在徐鳳年很快就可以順藤摸瓜「隨口」聊及那首童謠的時候，一名不速之客打斷了他們的聊天。

是那腰佩武德、天寶兩柄刀中重器的童山泉，關鍵是她徑直向徐鳳年走來，毫不掩飾。

徐鳳年倒也沒為此惱火，相信武當山上的拂水房諜子也已經知曉此事，就算他們對此不像自己這般重視，他回頭親自打聲招呼便是。武當山畢竟仍是北涼的地盤，再三教九流、魚龍混雜，肯花心思還是能夠找到一些蛛絲馬跡，只要對方心存僥倖，不是做那一錘子買賣，還敢繼續稍稍煽風點火的話，拂水房諜子就能讓他知道生不如死的滋味。對此，徐鳳年不是相當自信，而是足以自負。

世人只知北涼鐵騎的名頭，卻很少瞭解拂水房能夠在離陽趙勾和北莽朱魍兩者的夾縫中活下來，並且不斷壯大，是何等精銳！只有北涼道高層武將，才知道這位新涼王心中，對北涼諜子死士的敬重，比起涼州關外的白馬遊弩手還要多！

徐鳳年沒有起身，抬頭笑問道：「童莊主又來悟刀了？」

性子喜靜但是刀勢尤為雄壯剛烈的金錯刀莊主微微一笑，輕輕點頭。

只見她腳尖一點，身形輕靈地掠向池中巨石，盤膝而坐，面向瀑布，將雙刀橫放膝上。

自然而然展露出來的輕功不帶煙火氣，也就不顯得如何高明上乘。

但是年輕女子的宗師氣度，一覽無餘。

精瘦漢子自言自語：「怎的跟傳說中金錯刀莊的那位年輕莊主有些相似？也是腰佩雙刀，也是……國色天香？又或者是某位仰慕童山泉的中原女俠。」

徐鳳年打趣道：「老哥，你覺得我能認識那般高不可攀的武道宗師？」

在尋常江湖好漢的江湖裡，別說那大雪坪，就說如金錯刀莊這樣高高在上的武林聖地，它正門懸掛的匾額寫了什麼，莊子裡那株丰姿冠絕天下的芍藥「綠腰肢」，年輕莊主童山泉的兩柄佩刀武德、天寶，與某人腰佩繡冬、春雷雙刀的品次高低，童山泉與同樣出身離陽西南的太白劍宗陳天元，到底是不是神仙眷侶，有沒有過一場露水姻緣，甚至是她到底有沒有為那位年輕謫仙人珠胎暗結，可都是中原江湖茶餘飯後的助興談資，足夠喝下好幾杯酒了。

活在這種江湖的魚蝦，自然帶著滿滿的土腥氣。

從不說那與天地山河沾親帶故的天上言語，也做不來一劍光寒中原三十州的壯舉。去武帝城瞻仰過那堵曾經插滿天下神兵的高牆，去徽山大雪坪看過鵝毛大雪，去東越劍池見過「山高水深劍氣長」七個草書刻字，去幽燕山莊看過龍岩劍爐鑄劍，去北涼陵州魚龍幫附近的酒樓喝過綠蟻酒，去快雪山莊賞過春神湖景……

這些事，就是他們夢寐以求的幸事。

一位途經洗象池的年輕背匣劍客在無意間看到徐鳳年後，滿臉驚喜。他正是幽燕山莊少莊主張春霖，昨天徽山軒轅青鋒搖籤的時候，他已經認出當時蹲在鄰近攤子啃餅的徐鳳年。張春霖昨天回到住處後，是耗盡了一大缸子口水唾沫，才好不容易從武當山一位清字輩老道士那邊得知新涼王的準確住處。

當年聲名狼藉的世子殿下吃飽了撐的跑到武當山練刀，其實山上道士都頗不以為然，根本沒誰樂意當回事，又不是未卜先知的長生真人，哪裡能想得到如今情景？徐鳳年世襲罔替之後，武當山就封了從洗象池去往那棟茅屋的道路，其實也就是在小路上架起圍欄。那些年裡，大概就只有尚未騎鶴下江南的年輕師叔祖會經常跑去幫忙打點菜圃，才讓那份緣意年年長久，後來徐鳳年親自寫信給武當山掌律真人陳繇，懇請山上幫著維持茅屋附近那份清淨。武當山就又多豎起了一堵青竹圍欄，也僅此而已。

徐鳳年伸手招呼道：「小張來了啊。」

張春霖百感交集。第一次見面，當時還是世子殿下的徐鳳年滿頭白髮，他誤以為是返璞歸真、童顏永駐的陸地劍仙。第二次相逢，是在西域，也沒有怎麼深談，讓這位連佩劍都取名為「霜刀」的年輕劍客引為憾事。

張春霖蹲在徐鳳年身邊，略顯侷促不安。

徐鳳年打趣道：「背著這麼多把劍四處逛蕩，你是賣劍的啊？」

張春霖赧顏。

很奇怪，興許是出身鑄劍世家的緣故，張春霖對於劍道並無太多執念，更沒有那種我一定要獨茂於天下劍林的高遠志向。江湖百年，劍道宗師層出不窮，張春霖對於李淳罡、鄧太阿這些劍仙反而不是特別崇拜，對吳家劍塚和東越劍池也算不上如何神往，反而對那位劍九黃最是仰慕，最大的願望就是如同那位西蜀老劍客一般，收藏天下名劍入劍匣，只是背著它們行走江湖，就知足。

徐鳳年笑問道：「小張，給自己取了綽號沒？」

張春霖漲紅了臉，使勁搖頭。

徐鳳年以過來人的身分諄諄教導道：「那一定要趁早取個威風些的名號，要不然莫名其妙給別人安上一個傻啦吧唧的江湖綽號，保管你哭都來不及，這在江湖上，是有很多前車之鑒的。

比如江南道那個天生白髮、長臂如猿的劍道高手，劍術其實不差了，可在年輕時候給人稱作『白猴子』以後，就一輩子都沒能甩掉，哪怕他每次行俠仗義都要說上一句：『我是白猿神劍某某某』，可別人不管啊，都是一口一個感謝『白猴子大俠』救命之恩，你說他憋屈不憋屈？

還有東南劍州那個響噹噹的拳法宗師，明明是個混白道的俠客，就因為姓王，排行老八，進入江湖的時候也不知道早點自報名號，結果到最後被人給了個『王八拳仙』的綽號，王八都成仙了，不是老王八是什麼……」

聽得茅塞頓開的張春霖如同小雞啄米，不停點頭，深以為然。

那個精瘦漢子正想要打斷這個年輕公子哥的碎碎念叨，卻被同伴扯了扯袖子。

他轉頭望去，從同伴眼中得到一個淺顯意思。

這傢伙，不靠譜！即便這樁生意是真事，而且也不在銀子上含糊，可扛不住這麼不靠譜的傢伙能夠守口如瓶啊。

精瘦漢子一想，的確如此。

他嘆了口氣，仍是有些惋惜，重重咳嗽一聲，惹來年輕人的視線。

精瘦漢子拍了拍他的肩膀：「小兄弟，不湊巧，哥幾個突然想起還有急事得辦，你那個麻煩恐怕是沒法子幫你了，不過買賣不成情意在，老哥多嘴勸你一句，想要以後在江湖上混出名堂，一定要腳踏實地啊！」

徐鳳年笑著點頭道：「老哥這話在理！」

幽燕山莊的少莊主目瞪口呆。

◆

那五人走後，徐鳳年陪著張春霖在洗象池邊閒聊片刻，由於來此感悟武道的江湖人物越來越多，徐鳳年就率先起身告辭離去。

張春霖雖然還有些意猶未盡，卻也算是乘興而來、乘興而歸，只是年輕人不明白恩人為何最後聊到了金錯刀莊的那名女當家，他便隨口說了句自己的想法。

聽說那童姓女子天賦極高，練刀更是刻苦異常，可是性情古板，所以他張春霖就算與她相逢，也絕不會投緣。最後張春霖還笑著說美人縱馬豪飲最絕色，因此那女莊主哪怕容顏傾城，也算不得真絕色。

張春霖說得挺帶勁盡興，年輕藩王臨行前也拍了拍他肩膀，語重心長地叮囑了一句讓張春霖一頭霧水的話：「江湖說大很大，說小很小，以後見著了童莊主，一定不要這麼言語耿直。」

張春霖目送徐鳳年離去後，似乎感覺到背後有殺氣。

他猛然轉身，看到一名獨坐巨石的年輕陌生女子，正轉頭望向自己，然後她微笑道：「金錯刀莊童山泉，見過張公子。」

世人皆言，獨占祥符三魁的徽山紫衣之後，女子劍仙，有西楚女帝姜姒；拳法宗師，當屬武帝城林鴉；女子刀聖，則是南詔童山泉。

張春霖給雷劈了似的，嘴角抽搐，說不出半個字來。

大概這輩子都不會縱馬飲酒的童山泉，緩緩轉回頭，不再理睬幽燕山莊的少莊主。

◆

徐鳳年優哉游哉地回到茅屋前，姜泥就坐在簷下的小板凳上。

徐鳳年柔聲道：「沒事，就是稀里糊塗跟人打了一架，最後還占了天大便宜。」

她眨了眨眼睛。

徐鳳年伸出雙手，兩手空空，笑道：「這種事情可賺不到半顆銅錢。」

她輕聲問道：「你什麼時候離開武當山？」

徐鳳年搬了條凳子坐在她身邊：「馬上就得走。」

她小聲道：「是去清涼山，還是直接去拒北城？」

徐鳳年笑道：「拒北城馬上建成，很多人都在等我呢，當然是直接去涼州關外。」

她如釋重負道：「那我也去！」

徐鳳年點頭道：「行啊。」

徐鳳年隨即好奇問道：「今天武當山大蓮花峰紫陽宮那邊，就要開始論道論武，會有很多神龍見首不見尾的宗師高手出現，妳不去看看？」

姜泥沒好氣道：「他們吵架、打架，關我什麼事！」

徐鳳年忍俊不禁。

姜泥小心翼翼問道：「那麼多銅錢擱在這裡，會不會遭賊啊？」

徐鳳年搖了搖頭：「我會跟武當山打聲招呼的，只要少了一顆銅錢，下次咱們上山就去紫陽宮那邊撒潑打滾。」

姜泥微笑：「你一個人去就夠了。」

徐鳳年也被自己逗樂，不再言語，安然享受這份難得的悠閒。

姜泥歪了歪腦袋：「那我就只帶劍匣了？」

徐鳳年「嗯」了一聲，突然說道：「這次咱們怎麼氣派怎麼走，別偷偷摸摸的了，到時候妳帶我御劍飛行，記得慢些。」

姜泥臉頰微紅。

徐鳳年牽著她的手站起身，大聲笑道：「走，去涼州關外，我帶妳去看看那幅『鐵騎守邊關，如大戟橫江』的壯闊畫面！」

大涼龍雀劍緩緩飛升，一對年輕男女在眾目睽睽之下離開大蓮花峰。

洪洗象和徐脂虎之後，世間又有一雙神仙眷侶。

也正是這一天，有位腰佩雙劍的中年男子，將那頭陪他走過萬里山河的老毛驢，留在了小蓮花峰上，與那頭老青牛做伴。

有位目盲女琴師，在那個自稱「百無一用是蘇酥」的年輕男人的不捨視線中，獨自緩緩下山。

她下山，只為山上的他心安。

有位其貌不揚的矮小漢子，下山之前對一位苗疆女子說了句話：「要是我死了，妳就找個英俊男人嫁了。」

有位身旁站有兩人的年邁儒士，在崖畔向滔滔雲海深深作揖後，直腰朗聲道：「晚輩向張聖人辭行！讀書人程白霜，不負聖賢書！」

一襲紫衣站在紫陽宮屋脊之上，她高高仰起頭，望著漸飛漸遠的那對年輕男女，輕輕嗤笑一聲。

一位老道士揉著他徒弟的小腦袋，然後對更為年邁的師兄釋然笑道：「此生修行，無愧武當。」

一位氣質清逸的龍虎山道士在跟武當山道士辭別：「若有機會，再來喝茶。」

一位老人在屋內輕輕拿起佩劍，懸佩妥當後，自言自語道：「我東越劍池，豈能不死一人在關外！」

這一日，鄧太阿、軒轅青鋒、韋淼、毛舒朗、程白霜、嵇六安、齊仙俠、柴青山、薛宋官、俞興瑞，十大中原宗師，不約而同地離開武當山，共赴涼州關外！

◆

北涼道陵州，一座人頭攢動、熙熙攘攘的漕運碼頭。

這座碼頭在前任刺史徐北枳手上大肆擴建，陵州官場不是沒有勞民傷財的怨言，除了碼頭，還有那些不輸離陽甲字規模的巨大糧倉，這位買米刺史在任期間可謂大興土木，只不過誰不知道徐北枳號稱「寵絕北涼」？加上北涼從無言官彈劾的風俗，頂多就是官場文士和將種門庭腹誹罷了，自然沒誰樂意去那座清涼山碰釘子了。

大概是徐北枳在陵州的官聲實在糟糕，新任刺史常遂到任後的休養生息，讓原本做好繼續瞎折騰心理準備的整個陵州感到如沐春風，對這位來自上陰學宮聖賢門下的讀書人，那是讚不絕口。

今日碼頭，在兩百陵州最精銳輕騎護送下，兩輛馬車緩緩而至，分別走下兩名身穿官服的儒雅男子，他們正是文壇宗師韓谷子的得意弟子陵州刺史常遂，和當今新涼王的老丈人，剛剛由涼州刺史升任北涼道副經略使的「中原陸擘窠」陸東疆。

陸東疆在短短一年之內坐上北涼道文官第二把交椅，雖說是典型的父憑女貴，但是北涼官場務實，不好虛名，沒有離陽朝廷那些是否進士出身、是否擔任過翰林院大小黃門郎的繁文縟節。

陸東疆如今與宋洞明官職品秩相同，只不過陸東疆分領幽陵兩州政務，宋洞明分領涼流兩州，有些分庭抗禮的意思，所以前不久有位他們青州陸家子弟在家宴上，說出了那句話：「太安城曾有張廬、顧廬之爭，咱們北涼如今也有陸廬、宋廬之格局，更是君子之爭，至於那王林泉，滿身銅臭的商賈而已，算什麼東西？」這句溜鬚拍馬的話裡頭的兩個意思，都讓進入北涼後滿肚子不合時宜的陸東疆深以為然。

如今陸東疆對那個心狠女兒陸丞燕雖然還有些芥蒂，可是這般平步青雲後，登高望遠，對於眼皮子底下這點糟心事，也就逐漸釋懷。

陸東疆心知肚明，陸家想要長盛不衰，哪怕陸丞燕當真與陸家決裂，可清涼山那邊有沒有陸丞燕，陸家在北涼官場的際遇就會截然不同，而陸丞燕能不能坐穩北涼王妃的位置，陸家地位也會隨之翻天覆地。

陸東疆最近想著今年春節，是不是邀請女兒、女婿回陸家一趟。本就是患難與共的一家人嘛，你徐鳳年哪怕貴為藩王，可陪咱們一起和和睦睦吃頓年夜飯，總不算過分吧？

與副經略使大人的嶄新官服不同，刺史常遂身上那件官服顯得老舊褶皺許多，原本白皙的臉龐也變得黝黑，兩個人站在一起，年齡更長卻養尊處優、保養得體的陸東疆，反而要更顯年輕。

雖說從二品錦雞官補子和正三品孔雀補子相差不大，兩者官身，也都屬於離陽當之無愧的封疆大吏，只不過前者已是貨真價實的朝堂中樞重臣，後者是牧守一方的權臣，距離前者，仍有一線之隔。

不過陸東疆是享譽中原士林多年的清流名士，若是換成其他刺史相伴，他還會拿捏官威架子，對上文壇宗師韓谷子高徒、蜚聲朝野的上陰學宮稷上先生，同時又是徐渭熊師兄的常遂，陸東疆自然將其認為同道中人，言談和煦，十分熱絡。

陸東疆作為總領陵州、幽州政務的副經略使，對離陽漕運一事當然有所耳聞，知道朝廷原本答應在入秋之前保證有一百萬石漕糧進入北涼，只是到如今連半數五十萬石都不到，先後三撥，零零散散，藏藏掖掖，堪堪四十萬石而已。

離陽漕運有橫豎兩線，橫線以廣陵江為主幹，被視為中原腰膂之地的青州襄陽城，是漕糧中轉重地，只是誰都沒有想到那位年輕藩王趙珣，竟然跟隨燕剌王趙炳和蜀王陳芝豹一同造反，並且據說要被推舉為新帝，如此一來，趙室朝廷就喪失了大半座靖安道的統轄，漕糧就順勢一拖再拖，陸東疆對此也只能感慨一句流年不利。

常遂陪著陸東疆走到渡口岸邊，江水之上船隻連綿紮堆，幾乎有如履平地之勢，碼頭兩岸熱火朝天，這讓陸東疆有些驚訝。

常遂一語道破天機：「離陽朝廷對外宣稱，入秋前供給北涼道五十萬石漕糧，其實咱們王爺當時和尚書令齊陽龍說好的是一百萬石，事實上，這個秋天在齊陽龍以及桓溫幾乎算是事必躬親的督促下，已經有將近八十萬石漕糧運入我陵州糧倉，只不過照顧離陽顏面，我們也就對外說只收到了四十萬石。」

既然治下轄境「風調雨順，政事清明」，陸東疆便是一陣驚喜欣慰，只是隨即發現身旁這位驟居高位的陵州刺史，心情似乎並不太好。

常遂淡然道：「陸大人剛上任，有些事情可能不清楚內幕，離陽朝廷除了允諾入秋之前一百萬石漕糧入涼，其實還答應在之後運入兩百萬石。可是以眼下形勢看來，應是遙遙無期了。」

陸東疆疑惑道：「中原大亂，靖安道又是叛亂藩王趙珣的轄境，朝廷無力掌控漕糧入涼也在情理之中吧？」

常遂搖了搖頭：「並非如此。靖安道的主要兵力，或者說靖安王府轄下精銳，早就給趙珣消耗殆盡。現任靖安道洪靈樞本就是青黨領袖之一，當了那麼多年位高權重的太安城吏部侍郎，資歷極厚，節度副使馬忠賢更是大將軍馬福祿之子，兩人聯手，若說入秋之後的後續兩百萬石漕糧有些變故，無法全部兌現，勉強可算情理之中，可絕不至於連那二十萬石都會延期不至北涼。

歸根結底，是他們與把持離陽漕運二十年的趙室宗親和京城勳貴，達成了默契，不願我們北涼白白得到後邊的兩百萬石糧草。要知道兩百萬石漕糧，意味著在太平盛世也是一大筆分紅，何況如今中原戰亂，更是可以漫天要價，也許是跟朝廷獅子大開口，說不定也可能是參與叛亂的三位藩王。盛世收藏，亂世金銀，金銀做什麼，還不是買那兵馬糧草。」

陸東疆滿臉愕然。

常遂突然笑了笑：「想必陸大人來時，也看到主道兩側的那些大小商鋪了，其生意興隆程度，連陵州州城也比不得，就不好奇？」

陸東疆點了點頭：「常大人剛才也說盛世收藏亂世黃金，自古而然，亂世將至，本官從涼州趕來之前，就聽說如今陵州富豪之家都在賤賣各類古董字畫，連許多被視為已經消失湮沒在洪嘉北奔那場浩劫中的傳世珍稀，都重新現世，為中原驚豔不已，以至於許多聞訊而來的江南道商賈來此低價購入，再返回中原以天價賣出，人人賺得金山銀山。常大人，實不相瞞，本官也很是心動啊。」

常遂笑意玩味，緩緩道：「哦？那陸大人可真要去看看。自大奉朝至春秋九國，陸岡的玉器、呂愛水的金器、朱碧山的銀器、包治然的犀器、趙良碧的錫器、王小溪的瑪瑙器、姜寶雲的竹雕器、楊筍的瓷器，人偶得一器物，必珍稀為古玩。

如今在北涼陵州這條無名小街，無奇不有，否則時下離陽朝野怎麼會皆言『中原江湖宗師皆至武當山，離陽文人雅士心繫陵州城』？」

陸東疆心動了。

臉色微冷的常遂笑著潑冷水打趣道：「只不過那些大小鋪子，做生意之前都要先看買家的路引戶籍，本地人都只收真金白銀，外鄉人嘛……不說也罷，恐怕兩袖清風的陸大人要失望了。」

陸東疆哈哈笑道：「無妨、無妨，本官過過眼也好，收不收入囊中倒是其次。這就如對待那些世間絕色美人，遠觀褻玩皆是美事。」

常遂便領著副經略使大人就近來到碼頭邊上的一座店鋪。

鋪子不大，連陵州將種門庭中等宅院的一間書房也比不上，但是陸東疆才跨過門檻，就瞪大眼睛，給震驚得無以復加。

琳琅滿目！

陸東疆的鑒賞眼光，何其老辣，快步走向一張古色古香的束腰齊牙條獸腿炕桌，只見上邊隨意擱置著十幾樣奇巧物件。陸東疆小心翼翼拿起一只漆木碗，此碗周身作連環方勝紋，深赤色。

堂堂一道副經略使，手指微微顫抖著翻轉那只漆木碗。果不其然，陸東疆看到了碗底那濃金填抹的「沆瀣同甌」四正書陽文！

鋪子雜役是個大手大腳的年輕人，看到是兩個身穿官服的男子，只不過沒瞧見他們的扈從跟隨，也就沒太上心。

在陵州，老百姓習慣了與桀驁不馴的將種子弟打交道，對於比他們還受氣的文官老爺，倒是同情得很，談不上如何忌憚畏懼。再者最近小半年之內，他們這小小一座鋪子，也來過許多奇奇怪怪的中原顧客，這名清掃鋪子兼任喊價的年輕雜役，也開始覺得自己是見過大世面的人物了。

他上前幾步，從桌上隨手扯住一只金壺的纖細壺嘴，高高提起，殷勤笑道：「官老爺，前不久有位上年紀的中原讀書人，看上了這件玩意兒，只可惜當時他出不起價兒，就讓咱們務必留下，說是他回江南道老家那邊運作去了，咱們鋪子可沒搭理他。官老爺，要不然你掌掌眼，要是喜歡，二十兩銀子就可以拿走，當然，這是咱們北涼當地人才有的價格，外鄉人可不行！」

陸東疆顫巍巍放下那只漆木碗，雙手接過這只雲龍紋葫蘆式金執壺，仔細打量之後，顫聲道：「這是貨真價實的舊南唐御制之物啊，連眼高於頂的大楚國師李密都對其譽為『酒水共意氣，傾倒一世』！多少銀子，二十兩？」

年輕雜役笑咪咪道：「二十兩就夠了。銀票不收，只收現銀！」

陸東疆動作僵硬地轉頭望向常遂：「常大人，身上可有現銀？」

常遂搖頭道：「不曾攜帶。」

陸東疆一臉悔恨疼惜，喃喃自語道：「不行，懇請常大人今天找人借我一些銀子，一千兩，不！最少一萬兩！多多益善！」

常遂笑道：「陸大人不用如此失態，這般物件，這條街上隨處都是。不但如此，從這座陵州碼頭，沿著這條河進入廣陵江，直到青州襄陽城，大大小小的漕運碼頭，皆有這般店鋪開設。」

陸東疆猛然驚醒，痛惜道：「這可是王爺的意思？」

常遂點了點頭：「這裡頭，半數出自清涼山徐家庫藏。」

身為半個徐家人的副經略使忍不住跺腳高聲道：「敗家子！敗家子！」

常遂哈哈大笑，竟是就把陸東疆撂在店鋪，獨自一人離去。

◆

店鋪內，陸東疆提起一只白玉碗，舉碗映膏燭，皎若冰雪，碗壁上的黃點像數十粒栗子點綴其中，尤為天真可愛。

陸東疆每賞玩一物，都要念叨一聲「敗家子」，尤其是得知北涼外鄉人想要取走看中物品，只能是去搞定負責廣陵江漕運的離陽官員，用糧草來換取，亦是相當廉價，許多原本價值連城的案頭雅玩，竟然不過是一、兩百石糧草而已！

陸東疆心頭滴血啊。

◆

而陵州刺史常遂回到碼頭後，站在岸邊。

天下人共分徐家。

清涼山千金散盡還復來？不復來！

常遂不知道那位副經略使大人作何想，他只知道自己願為這樣的北涼共生死！

◆

廣陵王府春雪樓換了主人，事實上離陽的半壁江山，在那一夜之間都換了主人。

謀劃這一切的納蘭右慈，坐在江畔山巔那口胭脂井口上，一隻手攤放有十幾顆色彩絢爛的廣陵道特產雨花石，他一顆一顆拈起，然後陸續丟入井中。

納蘭右慈身邊站著淪為階下囚身分的棠溪劍仙盧白頡，不同於被關入大牢的經略使王雄貴，作為廣陵道節度使的盧白頡只要不擅自走出王府，就並無拘束。

盧白頡問道：「納蘭先生找我何事？」

納蘭右慈低頭彎腰望向黑漆漆的井口，柔聲笑道：「雖然燕剌王府在太安城也有些紮根多年的諜子死士，有些人官身還不低，可終究比不得久在中樞的棠溪先生，我就想知道太安城那邊，有資格參加養神殿『小朝會』的那些離陽重臣，有幾人是板蕩忠臣，又有幾人會在危困之際搖擺不定，有幾人與年輕皇帝離心離德？棠溪先生若是願意直言不諱，我們就能夠看人下菜碟，以後太安城也能少些冤魂野鬼。」

哪怕是說著誅心至極的狠辣言語，這位春秋謀士的嗓音也舒緩有度，笑意淺淺，實在是一位讓人很難討厭的風流人物。

盧白頡搖頭道：「納蘭先生想多了。」

納蘭右慈一臉「就知如此」的表情，揮揮衣袖瀟灑起身，微笑道：「走，帶你去一間屋子，是我花了足足三千石大米，才給棠溪先生湊齊的一套書房。」

盧白頡一頭霧水，送禮送書房？而那三千石大米又是怎麼回事？莫說寸土寸金的太安城，就是自己家鄉江南道，寥寥三千石大米折算成銀兩，又能購置到幾件不錯的文房用品？

納蘭右慈胸有成竹道：「棠溪先生不妨拭目以待，絕不至於失望！」

盧白頡跟隨納蘭右慈來到王府一處幽靜別院，穿廊過棟，納蘭右慈推開房門，伸出一隻手掌，示意盧白頡先行入屋。

首先映入眼簾的是一張黃花梨木烏紋半桌，因為是矮桌式樣，自然並非擺放名貴雅玩的書案，只不過束腰做成蕉葉邊，起伏如水波，流動雅致，側面折枝花鳥，有大奉彩瓷意趣，牙子以下雕龍形角牙，回首上觀，大有神采，上下繁文素質，對比鮮明，別有韻味。

更遠一些的書桌是一條螭紋長桌，桌上文房四寶，俱是江南道那邊任何一座書香門第恨不得供奉起來的傳世之寶。

納蘭右慈走到桌旁，雙指拈住一只古秀可愛的紫砂壺壺蓋，高高提起，壺身竟是不墜，他笑咪咪道：「正是舊東越已經失傳的那款天地共春壺，以至於此壺風靡大江南北的當時，飲茶一事就已經退而其次，成了賞家清玩的絕品，如今更是千金難求。沒辦法，東越文人大多喜好死的時候陪葬一把共春壺，後邊洪嘉北奔裡毀去太多，稀罕物件，當然是價高難求。棠溪先生是茶道聖手，想來比我更清楚這把壺的不俗。」

盧白頡僅是瞥了一眼茶壺，環顧四周，臉色沉重問道：「這間屋子，所有物件，只用了三千石大米就……」

納蘭右慈哈哈笑道：「放心，絕非廣陵道戰火如荼才導致各座高門賤賣珍藏，說句難聽的，廣陵道自二十年前大楚覆滅後，官場上盡是些驟然富貴的得志小人，本就沒有幾個值錢姓氏了。要不然就是些明哲保身的牆頭草，此次春雪樓更換主人，他們也大多見風轉舵得快，不至於需要拿出這些好東西來換取金銀大米。」

納蘭右慈突然蹲下身，鑽入那張螭紋書桌，然後探出腦袋朝盧白頡招了招手。

盧白頡給這位禍亂祥符的謀士弄懵了，猶豫片刻，還是依葫蘆畫瓢鑽入書案底下。

納蘭右慈在桌子底部用手指一陣摩挲，笑道：「大白天的，不好點燃蠟燭，不過以棠溪劍仙的眼力，應該依舊能夠憑藉字跡看出此物來歷淵源。就是這裡！」

盧白頡順著納蘭右慈的手指抬頭望去，只見那裡好像有人以匕首刻出六個字，歪歪扭扭，除了些許稚趣，絕無半點大家風範，但是盧白頡震驚當場，六個字意味著三個人，皆有名無姓——鳳年、脂虎、龍象！

須知遠嫁江南的徐脂虎正是盧白頡的侄媳婦，盧白頡當初在盧家也是最為心疼那名女子的家族長輩，所以盧白頡確認無誤，這是徐脂虎的字跡無疑！再者，盧白頡知道在清涼山，徐脂虎和徐渭熊從小就關係平平，所以徐家子女四人，獨獨少了徐渭熊的名字，更是世人無法作偽的有力旁證！盧白頡甚至能夠想像很多年前，那位紅衣少女坐在地上，用小刀刻字的俏皮模樣。

盧白頡長久沉默，哪怕是在和納蘭右慈離開桌底之後，仍是不願開口說話。

納蘭右慈一臉撿漏的歡喜神色：「我猜啊，連桌子主人都不知道當年他姐姐曾經在桌底刻字，否則肯定捨不得賣掉。」

盧白頡想到早年那個當面詢問自己能否賣他幾斤幾兩仁義道德的年輕人，心情複雜，笑意苦澀道：「他徐家何至於此？納蘭先生之前不是說過，趙珣離開青州之後，根本失去了對靖安道的掌控，如何能夠阻止漕糧入涼？而且你們暫時也反常地無意染指靖安道，我起先以為是你們擔心兵力太過分散，戰線拉伸過長，以防被吳重軒大軍一鼓作氣揮師南下。

現在看來，是你納蘭右慈的意思？故意讓北涼與朝廷為此生出齟齬，生怕北涼邊軍一旦出人意料地打贏第二場涼莽大戰，徐家鐵騎便仍有餘力趕赴中原平叛？」

納蘭右慈斜靠窗口，玉樹臨風，玩味道：「否則你以為一個老吏部侍郎溫太乙，能夠那麼順利返回青州做經略使？朝廷官員不得擔任家鄉父母官，可是離陽律之一！」

納蘭右慈笑意更濃，嘖嘖道：「溫太乙在京城資歷再老，在太安城的官場關係再夯實，也該是去別處破格高升為一道文官領袖。我為了讓這傢伙出任靖安道經略使，可是在太安城耗費了不少人情，只不過萬萬沒想到啊，離陽朝廷給了我一個天大驚喜，讓馬福祿之子去靖安道掌管兵馬大權。

如此一來，在漕糧入涼一事上，文武兩大封疆大吏聯手給那些國之蛀蟲暗中撐腰，這才能夠抵擋得住齊陽龍與桓溫的施壓，要不然換成別人，還真不好說。畢竟兩省主官發起火來，那可不是吃素的，剩餘兩百萬石糧草指不定就真要送往北涼陵州了。」

盧白頡一隻手掌死死按在桌面上，桌子吱呀作響，可見正在承受棠溪劍仙的磅礴壓力。

心情極好的納蘭右慈自顧自笑道：「這天底下只要打仗，就需要糧草，北涼邊軍也不是那神兵天將，當然也不例外。就算那年輕刺史徐北枳極富先見之明地做了回買米刺史，但僅憑被譽為塞外江南的陵州一地之力，顯然仍是不足以讓即將迎來第二場涼莽大戰的北涼邊軍毫無後顧之憂，那徐北枳這個北涼轉運使怎麼辦？」

納蘭右慈自問自答道：「巧婦難為無米之炊，這個道理，連沒讀過書的市井百姓都懂，何況是身為離陽趙室最希望拉攏的北涼文臣第一人！於是徐北枳就跑去清涼山跟姓徐的藩王說，你家裡銀子是不少，可還是不夠，你賣家當吧，我來幫你折騰這事兒。

你徐鳳年眼不見、心不煩當個甩手掌櫃，剛好涼州關外要建造那座勞民傷財的拒北城，除去服役軍戶，其他戶籍百姓需要的工錢，就從這裡頭出，而邊軍打仗的糧草，就跟來咱們陵州買你徐家家當的人身上掙，跟他們開價，不收他們銀子，只要糧草。只要他們有本事通過各自私交或是各種管道，從那些廣陵江沿岸的大小漕運官員手上摳出糧草來，甭管用什麼方式交割給北涼，買賣都作數！」

納蘭右慈伸手指了指盧白頡手邊的一柄摺扇：「舊西蜀制扇大家馬小官晚年的心血之作，當世僅存兩把，一把在離陽皇帝的御書房放著，大概夏日炎炎，也只是看看而已，捨不得暴殄天物地去『有請清風來』的，還剩一把就在你棠溪先生的手邊了。

知道買這把扇子用了多少石大米嗎？六百。聽上去很少對不對？哪怕攤上買家那份打點關係的成本，也是賺到姥姥家了，是不是？不過咱們還真別冤枉那位北涼王不當家不知柴米貴，他啊，肚子裡那筆帳的推演算法，跟咱們可不太一樣。只可惜，你棠溪先生明白那推演算法，甚至是齊陽龍和桓溫這兩位一國棟梁都懂，一樣沒用！」

納蘭右慈來到那張黃花梨烏紋半桌附近，突然踮起腳尖，就那麼大傷風雅地一屁股坐在桌上，與站著的盧白頡面面相覷，伸出雙手：「棠溪先生不是那種只會埋首典籍的古板酸儒，在京城兵部做過尚書大人，雖不是戶部一把手，但自然也清楚我中原百姓和邊軍青壯的一年口糧。雖然各地風土不同貧富有別，稍有偏差，但是大致相當。

棠溪先生是江南道豪門子弟，知道富甲天下的你們那兒，食俗奢侈，闊綽門戶多達四餐甚至五餐，尋常老百姓亦是能夠維持一日三餐，『兩紹三燒要滿壺，鮮魚最貴是黃花』，這句俗語，可是說得連遠在南疆的我都豔羨不已啊。」

納蘭右慈輕輕搖晃一隻手掌：「反觀地貧北涼，即便是陵州百姓，大抵也是一日兩餐。夏秋兩日素、一日小葷，春冬則三日素、一日葷，需要幹重活的青壯則每人可飲一勺酒，綠蟻酒嘛，是出了名的不貴。

如此一來，北涼青壯一年大概消耗十一石米，婦孺口糧減半，若是一戶人家以五口人算，因為家中往往必有青壯一人身為關外邊軍，所以只按僅剩青壯一人在關內的北涼一戶，一年便需十六、七石米，以徐北枳前兩年在陵州的籌糧舉措，大致能夠保證在三年內，關內百姓的糧食不受戰火波及，甚至在危急時刻，還能緊急支援北涼邊軍五十萬石。

但這就已經是北涼的極限了，第二場涼莽之戰在即，若是打上一年，以邊軍青壯一人一年十一石糧來算，到明年秋天，那就是需要三百一十萬石糧草！」

納蘭右慈輕輕拍打手心，笑道：「可是朝廷如今才送去八十萬石糧草，剩餘答應的兩百二十萬石，換成是我去擔任原本日進斗金肥得流油的漕糧官員，也沒法子轉過彎來嘛。再者由儉入奢易，由奢入儉難，平白無故每年要少去整整三百萬石糧草的分紅，斷人財路如殺人父母，這能忍？何況是給那些北涼蠻子。

若是給大柱國顧劍棠坐鎮的兩遼邊軍，那也就罷了，捏捏鼻子認命便是，總不好為了錢連前程性命都搭進去。可北涼蠻子不是正在和北莽蠻子狗咬狗嗎？咱們拖著便是，他徐家鐵騎都自身難保了，還能騰出手來，跟咱們這些隔著老遠的漕運官吏較那個勁？」

盧白頡手掌下的那張書案，四條桌腿砰然碎裂！

整張桌面就那麼直直地落在地面，那些曾經有價無市，如今低賤無比的文人雅玩，四散滾落如鳥獸散。

納蘭右慈置若罔聞，繼續笑道：「當然了，狗急了還會跳牆，北涼那邊也不只是靠賤賣家當來換取糧草，姓徐的年輕人不是弄了個人多勢眾的魚龍幫嘛，就讓他們沿著廣陵江一路往下開道，帶著不計其數的古董珍藏在各地開設商鋪。

當然這些江湖人拳頭也挺硬，據說轉運使徐北枳已經放出話來，敢耽誤魚龍幫做那份正當買賣的離陽官府，他就讓北涼鐵騎親自去敲開家門講講道理。事實上，給先前那一萬大雪龍騎軍嚇破膽子的兩岸衙門和當地駐軍，還真給這一手震住了，所以，這時候就又需要我納蘭右慈來把水攪渾嘍。」

納蘭右慈伸出一根手指，指著自己的鼻子，笑意燦爛。

盧白頡握緊拳頭，死死盯住這名春秋謀士中碩果僅存的人物。

趙長陵、黃龍士、元本溪、李義山，先後都死了。

好像就只剩下這個納蘭右慈活到了最後，好像也笑到了最後。

盧白頡問道：「你納蘭右慈無非是想幫趙炳篡位登基，何至於此！」

納蘭右慈收斂笑意，雙手撐著肌理細膩的黃花梨桌面：「我在北涼那邊動用的心思，可一直不比太安城少。」

一向溫文爾雅的盧白頡破天荒怒聲問道：「你當真不怕離陽、北涼鷸蚌相爭，唯有北莽漁翁得利？納蘭右慈，你到底想要幹什麼！」

納蘭右慈全然無所謂盧白頡散發出來的殺意，懶洋洋道：「知我者謂我心憂，不知我者謂我何求。」

然後納蘭右慈轉頭對房門那邊笑道：「你們都退後，棠溪先生只是開玩笑而已。」

盧白頡怒極反笑：「我在跟你納蘭右慈開玩笑？」

納蘭右慈反問道：「要不然你還真能殺我？」

這位棠溪劍仙頓時頹然，盧白頡從未如此心灰意冷。

無論是當初為了一名女子在英傑輩出的家族中自甘沉寂，還是被離陽皇帝貶謫出太安城，或是在春雪樓淪為階下囚，生性淡泊的盧白頡都不曾感到如此無奈。

納蘭右慈跳下桌子，輕聲譏笑道：「整個中原都會如你這般無奈，你盧白頡只是切身體會到的第一人而已。」

盧白頡默默蹲下身，翻起那張桌面，望著女子早年刻下的字跡，怔怔出神。

納蘭右慈說完最後一句後，緩緩走出屋子，還不忘替那位棠溪先生輕輕關上房門。

那句話是「我倒要看看，那個姓徐的年輕人，要怎麼幫你們中原鎮守西北國門」！

◆

納蘭右慈走出屋子，離開院子，登上春雪樓頂樓，來到走廊憑欄而立，遠眺廣陵江。

他喃喃自語道：「醉持酒杯，可吞江南吳越之清風！拂甲而呼，可吸西北秦隴之勁氣！」

只是如今，我活在江南，說出這等豪言壯語的你，卻早已死在西北。

納蘭右慈抬起頭，輕聲問道：「李義山，如果你還活著，會不會勸你的那位學生，這西北國門，就別守了？」

就在此時，一個嗓音在納蘭右慈身後響起：「李義山絕對不會說出這句話。」

納蘭右慈沒有轉頭，迅速恢復常色，笑問道：「怎麼蜀王也有登高遠眺的閒情逸致？」

不速之客陳芝豹淡然道：「吳重軒算個什麼東西，丟到北涼邊軍，連步軍副帥都當不上，值得我鄭重其事？」

納蘭右慈終於轉身，靠著圍欄，笑嘻嘻道：「你這句話可別當著趙炳的面兒說，也太打臉了，吳重軒當年與我納蘭右慈，那可是當年燕剌王的左膀右臂。」

陳芝豹譏笑道：「所以你們南疆兵馬也就只配在中原內訌了。」

納蘭右慈嘆了口氣，說道：「陳芝豹啊陳芝豹，你這個只願意說老實話的脾氣，真得改改啊。」

言下之意，納蘭右慈顯然並沒有否認陳芝豹，默認了這位昔年北涼都護對南疆精銳大軍的輕視。

納蘭右慈笑問道：「離開北涼，你不後悔？」

陳芝豹扯了扯嘴角，連開口說話的欲望都沒有了。

納蘭右慈重新轉身，望向那條滾滾入海流的廣陵江，說道：「鐵騎拒北如大戟橫江，這是誰說的？」

陳芝豹依然沒有說話。

納蘭右慈趴在欄杆上，下巴輕輕擱在雙手疊放的手背上：「北涼、北涼，諧音悲涼，不吉利。也不知道那個傢伙當初怎麼就不勸徐驍改改。」

陳芝豹終於冷笑開口：「悲涼？」

他走到納蘭右慈身側，大笑道：「我北涼鐵騎三十萬！生可悲涼，死卻壯闊！豈是你們中原溫柔鄉能夠明白！」

納蘭右慈輕聲道：「你說了『我北涼』？」

恍然大悟的納蘭右慈「哦」了一聲，自顧自說道：「一日是北涼邊軍，此生皆是北涼老卒。我明白了，你所作所為，與新涼王徐鳳年無關，甚至跟老涼王徐驍也無關。」

納蘭右慈轉為單手支撐下巴，一手輕拍欄杆，繼續遠望：「陳芝豹，你放心，我會幫你讓這座中原明白的，當然，這本就是我們能夠站在這裡說話的前提。」

陳芝豹問道：「你就不怕趙炳趙鑄父子殺你？尤其是那趙鑄？」

納蘭右慈說了個不太好笑的笑話：「我啊，都快怕死了。」

陳芝豹轉身離去，沉聲道：「我陳芝豹不問過程，只看結果，你到時候要是做不到，別說趙炳趙鑄，我先殺你。」

背對那位白衣兵聖的納蘭右慈語氣古井無波道：「咱們倆就與這天下，一起拭目以待吧。」

陪我納蘭右慈一起看看那個天大的笑話，不怎麼好笑的笑話。

◆

陵州龍晴郡的百姓，曾經是整個北涼道最自負的一群人，無論是這裡走出去的邊軍士卒還是書生商賈，腰杆都挺得特別直。因為這裡是原懷化大將軍鍾洪武的家鄉，而鍾洪武擔任北涼騎軍統帥十數年之久，積威深重，門生故吏遍及北涼，加上鍾洪武當年素以護短著稱於世，提拔武將更是公然恩澤家鄉，所以龍晴郡人氏都自覺高人一等。

在祥符之前，龍晴郡無疑是個香餑餑，陵州大小門戶的婚嫁對象，都以出身龍晴郡作為首選，只是在鍾洪武死後，便是江河日下的慘澹光景了，尤其是原龍晴郡郡守、鍾洪武嫡長子鍾澄心在升遷進入州城為官後，多次在官衙內毫不遮掩地對家鄉官員表露出排斥，更讓龍晴郡徹底失去了主心骨。

如此一來，昔年北涼最風光的三個郡，嫁人娶妻龍晴郡，金屋藏嬌胭脂郡，求學拜師黃楠郡，就只剩下了其他兩郡。就像這次拒北城大興土木，軍戶、匠戶等版籍之外的北涼百姓，只要願意去涼州關外參與建造，都可以獲得一筆不菲的工錢。

陵州各地都有貧寒百姓擁入關外，唯獨龍晴郡應聲者寥寥，這固然與龍晴郡百姓大多家境比較優裕有關，但是這裡頭那個北涼道路人皆知的心結，更是關鍵所在。

北涼民風自古彪悍尚武，陵州雖然富饒，但是將種門庭多如牛毛，自然不輸涼幽兩州。當年在陵州官場翻雲覆雨的世子殿下，不管出於何種初衷，最後到底是從根子上鏟斷了鍾家這棵蔭庇全郡的參天大樹，龍晴郡百姓是既怕又怨，可謂心思複雜，三言兩語根本說不清也道不明。

所以當一個龍晴郡郡城內普普通通的中年男人，打算去拒北城討口飯吃後，街坊鄰居都開始唾棄鄙夷起來，尤其是聽說這個男人打算讓媳婦、兒子都遷出北涼後，這可就不只是那些不痛不癢的風言風語了，有人都要當著他的面破口大罵起來，罵得毫不顧忌十多年朝夕相處積攢下來的情面。

很快就有人翻起了舊帳老帳，說這個叫陸大遠的傢伙原本就不是北涼人，是後來娶了他們龍晴郡的女子做媳婦，這才去衙門轉了版籍，算是在龍晴郡落地紮根了。這些年他在龍晴郡做殺豬賣肉的屠子，其實一直買賣公道，沒賺什麼昧良心的銀子，只是這次去拒北城，犯了眾怒，害得一家四口都成了過街老鼠。

也不知是哪個碎嘴的閒漢子，記起了這姓陸的王八蛋在一次喝酒聊天時，說漏嘴了，揚言咱們北涼第二場打北莽蠻子勝算不大，這一下子可就炸窩了，陸大遠的豬肉鋪子，那小百斤的一整頭豬，足足三天，愣是一斤半兩都沒能賣出去，就只好在自家天天燉肉、天天過年了。陸大遠期間給一位住在街尾孤苦伶仃的孤寡老人送去了一大片最好的裡脊肉，竟是給老人直接丟出了大門，性子憨厚的陸大遠只是悶不吭聲地撿起拿回家。

這一天，家裡做好了一大盆香氣四溢的燉肉，陸大遠蹲在屋檻上望向院門，耐心等著小兒子從私塾回家吃飯。

兩個兒子，長子已經年滿十六，如今正在黃楠郡一位藏書頗豐的讀書人家裡遊學借住，經常寄信回來報平安。陸大遠和媳婦都不識字，以前都是拿著那封家書去小兒子的私塾，跟那位不苟言笑的蒙學先生請教內容，老先生也都會一字一字念給陸大遠，然後陸大遠回家就跟媳婦說個大概意思。這趟來回，便是陸大遠最心滿意足的時光。

陸大遠至今還記得，長子小時候，經常埋怨自己這個當爹的為何不是北涼邊軍，害得他從小就在同齡人那裡抬不起頭，後來孩子長大讀書以後，越來越有出息，成了遠近聞名的小才子，在家裡的笑臉和笑聲才越來越多。

雖說幼子也有類似的抱怨，只是有了那麼個能幫自己撐腰長臉的哥哥，對於爹的老實本分沒出息，倒也不像哥哥小時候那麼憋屈沉悶，一直是個性情開朗且喜歡咧嘴大笑的樂天孩童，也就是偶爾聽說同窗的孩子說及他們的哪個親戚在北涼關外立下了戰功升了官，才會回到家蹲在院子裡唉聲嘆氣，或者是拎起爹給他做出來的木質短刀，滿院子瘋跑，力氣跑沒了，氣也就消了，該吃飯吃飯，該讀書讀書。

大抵而言，一家四口的日子，是越來越好，至於什麼第一場涼莽大戰幽州葫蘆口內築起京觀，什麼涼州虎頭城戰事慘烈，什麼清涼山豎起幾十萬無名石碑，什麼年輕王爺重新獲得了大柱國頭銜，和他們這個家都沒啥關係。

他媳婦不知何時走到他身邊，猶豫了一下，輕聲問道：「劉先生是不是不願意幫咱們念那封信？」

陸大遠撓撓頭，「嗯」了一聲，滿臉愧疚。

不漂亮卻性情溫婉的女子笑了笑，沒有說話。

突然一個蒙學稚童哭著鼻子跑進院子，看到一蹲一站的爹娘後，停下腳步，一邊抬起胳膊擦拭眼淚，一邊傷心欲絕地抽泣道：「我沒有你這樣的爹！沒出息，還沒有骨氣！我才不要和娘離開北涼！」

陸大遠愣了愣。

婦人怒道：「祥竹！娘親不許你這麼和爹說話！」

孩子從來沒有見過娘親發火生氣，一下子目瞪口呆，連哭泣都給忘了。

陸大遠偷偷扯了扯自己媳婦的袖子，輕聲道：「秀兒，別衝孩子發火。」

婦人猶然生氣瞪眼道：「沒規矩！劉先生教你讀書識字，就是教你用來罵人的？」

孩子越發委屈哀怨，乾脆抱頭蹲在地上，嗚嗚咽咽，很是可憐無助。

男人站起身，動作輕柔地將孩子抱回屋子，坐在長凳上後，揉著孩子的小腦袋，笑道：「祥竹，你能這麼罵爹，爹其實不生氣，反而很高興。」

孩子胡亂抹了把臉，偷偷瞥了一眼坐在桌對面的娘親，見她依舊沉著臉，孩子便繼續悶葫蘆，反正街坊鄰居都笑話他爹是陸大悶葫蘆，他今天當個小葫蘆，也只能怪他爹，怪不著他陸祥竹。

男人正要跟媳婦說什麼，便聽她先柔聲道：「大遠，你是當家的男人，你說什麼，便是什麼。不過到了關外，可要記得穿得暖和些，天寒地凍的，到了冬天雪又大，你們要經常幹活，終究不是在自己家，隨時都能有個遮風躲雨的地兒。對了，棉鞋我幫你多準備三雙，別嫌鞋底板厚……」

聽著婦人幾乎沒有盡頭的絮絮叨叨，男人沒有絲毫不耐煩，一一笑著應聲，偶爾低頭幫坐在自己懷裡端碗吃飯的孩子夾塊肉。

孩子終究都是記不住仇的性子，對小打小鬧的同齡人尚且如此，何況是對自己的親生父母。

很快孩子就抬起頭氣咻咻道：「爹，我可告訴你啊，劉先生告訴我們，按照北涼軍律，臨陣退縮者，斬！你啊，也幸虧不是咱們邊軍將士，要不然，哼哼！」

男人哭笑不得，婦人身體前傾，給孩子碗裡又夾了一塊肉，氣笑道：「堵不住你的嘴！

每天晚上念書、做功課的時候倒是經常打盹，沒見你這麼有精氣神！」

孩子做了個鬼臉，吃著滿嘴流油的香噴噴燉肉，扭頭望向他爹，一本正經問道：「爹，你曉得北涼軍律有多少個『斬』嗎？」

男人問道：「你知道？」

靈慧孩子眼珠子一轉：「反正茫茫多！」

北涼徐家治軍，向來以嚴酷名動天下。

據說那位人屠曾在武英殿君臣奏對時，笑言我徐驍一個斗大字不識的大老粗，只會一個最笨的法子，那就是殺人，殺敵不含糊，殺麾下士卒也從不手軟，才能有今時今日的兵馬。

臨陣退縮者，殺！

貪功殺良者，殺！

埋伏起早者，殺！

陣上無故棄刀棄馬者，殺！

伍長戰死而全伍存活者，全伍斬首！

都尉戰死而一尉保全者，全尉斬首！

當然，北涼邊軍除了這些鮮血淋漓的條條鐵律，更有下級有功不賞者，無論主將、伍長，軍營斬立決！貪墨軍餉撫恤者，無論多寡，一律斬立決！

男人聽到孩子的話後，哈哈大笑。

孩子突然說道：「爹，我和娘親去了中原那個叫什麼松柏郡的地方後，咱們家有錢買棟更大些的宅子嗎？」

中年男人笑道：「這可很難，爹這些年也沒攢下多少銀子，中原那邊可比咱們陵州還要富裕。」

孩子「哦」了一聲，有些失落。

男人繼續笑道：「不過你放心，爹到了拒北城那邊後，不會忘記給你們寄錢的。」

孩子老氣橫秋地搖頭晃腦道：「先生曰，『子曰，富貴不能淫，貧賤不能移，威武不能屈，是謂大丈夫也』！」

男人好奇問道：「什麼叫先生曰，子曰？給爹說道說道。」

孩子嘿嘿一笑：「就是『劉先生說張家聖人說過』的意思，這也不懂，爹你真沒學問！」

男人欣慰道：「爹沒學問沒事，你和你哥有學問就好。」

一提到他哥，孩子立即滿臉驕傲道：「我比我哥差遠啦，連劉先生都說我哥厲害呢！」

男人開懷大笑道：「那還不都是爹的兒子啊？」

婦人看著這對父子，笑意溫柔。

她不懂什麼打仗也不懂什麼學問，只是憑藉著這麼多年的柴米油鹽醬醋茶，看多了許多人和事，明白一個粗淺道理——有些男人，只會把最狠的話，都說給最親近的人；但也有些男人，卻把最好的脾氣都留給自家人。

她的男人，就是後者。所以不管是十多年來的平平淡淡，還是現在街坊鄰里的風言風語，她都不覺得當初嫁給這個男人是嫁錯了。

孩子問道：「爹，你以前的家鄉在哪兒啊，就是那個松柏郡嗎？」

男人點頭道：「對，不過爹像你這麼大的時候，日子不好，家裡也沒誰了，都快要活不下去了，這才離開的家鄉。」

孩子沒大沒小笑道：「難怪街坊們都說娘親看上你，真是瞎了眼。」

這次婦人倒是沒有生氣，只是掩嘴偷笑。

男人就更不會生氣了，看了眼自己媳婦：「可不是！」

孩子又憂心忡忡問道：「爹，我哥真要去那個江南道負笈遊學啊？那得啥時候才能去松柏郡跟我們碰面哪？」

男人輕聲道：「爹也不知道，爹這輩子啊，很小的時候就發誓以後自己的兒子，一定要讀上書，總覺得讀書人才算有出息，其他做什麼事情，不管掙多少錢，都不咋的。爹呢，很早就沒了爹娘，只知道往上十幾代，都是莊稼漢，所以到了北涼這兒，遇著了祥竹你娘，真的很幸運，要不然如果你和你哥都隨爹的話，哪能是讀書那塊料！」

孩子嘟囔道：「那你還要對娘親好點兒！」

男人無奈道：「爹就那麼點本事，沒法子啊。」

婦人眉眼彎彎，男人說他很幸運，她則覺得自己很幸福。

◆

在娘倆帶著行李離開龍晴郡城那天，這個男人沿著驛路緩緩回到城內，回到這條小街陋巷。想了想，男人扛著家中僅剩的兩條豬腿，先後去了兩個地方，一條偷偷放在街尾老人家門口，一條送去了劉先生家。

在這個過程裡，男人不知道挨了多少白眼和唾沫。

最後男人回到家中，從床底搬出那只堆滿灰塵的木箱子。這只箱子他從不打開，他的媳婦也善解人意地從不去問。

這個在小街上生活了十多年一直沉默寡言的男人，把沉重的木箱搬到院子裡，蹲下身，用力抹去灰塵。

男人自言自語道：「兩位老夥計，當年你們陪著我剛到北涼沒多久，大將軍帶著我們在北莽打的那場仗，真是憋屈啊。勝而退兵，我和很多人一怒之下就退出了邊軍，後來才知道是那離陽老皇帝的手段，原來是害怕咱們一口氣滅了北莽，他的龍椅就真沒的坐了……這些年我也實在沒臉面見你們……

嘿，至於打仗嘛，我陸大遠十四歲投軍，第二年擔任伍長，十六歲就當上了都尉，十八歲便以一營副將身分跟隨大將軍赴涼，什麼時候怕過？我也就退出邊軍早，要不然王靈寶、李陌藩這些小兔崽子見著我，不都得夾著尾巴做人？」

突然，這條街響起了轟鳴的馬蹄聲，老百姓都有些納悶。馬蹄陣陣響起過後，他們看到有七、八個披甲佩刀的精騎，竟是停在了陸大遠的家門口。

這讓老百姓有些擔憂，對於陸大遠那外鄉孬種，他們罵歸罵，可畢竟是十多年的街坊鄰居了，陸大遠又不是壞人，大家感情深厚著呢，否則他們哪裡會當面罵人？

這陸大悶葫蘆可千萬別是惹惱了官府駐軍啊！

精騎為首一人是位四十多歲的魁梧男子，如今是龍晴郡當地駐軍的主將，當了十多年的實權騎軍都尉！

龍晴郡百姓也許不認識他本人，但都知道此人深得陵州將軍韓嶗山的器重，據說與那個根正苗紅鳳字營出身的洪書文，那可都是稱兄道弟的！

這以後一個實權校尉或是一州副將，能跑得掉？

這名都尉麾下一位心腹騎卒小聲問道：「都尉，這是給誰送行啊，還需要你老人家親自出面？擱平時，跟鍾家走得近的那些個將種人物，都尉你可是瞧上一眼都沒心情的，咱們龍晴郡還有這麼牛氣沖天的傢伙？」

都尉冷笑道：「那些繡花枕頭，給屋裡頭那人餵馬都不配！」

然後都尉揚揚得意道：「老子我當年，就是給他餵馬的！」

這種事情也能拿來吹噓？那些騎卒面面相覷。

咱們都尉的腦袋最近是不是給門板夾到了？以前不這樣啊，眼高於頂得很！

當那些騎卒好不容易看到那個背負行囊的男人跨出院門後，都有些發愣，也就身材還算結實高大，沒看出是個三頭六臂的主啊。

都尉迅速翻身下馬，然後牽著一匹無人騎乘的戰馬走上前去，抱拳沉聲道：「龍晴郡騎軍都尉馬雲井，參見老副將！」

背著行囊的男人手裡還拎著一件用棉布包裹嚴實的長條物件，瞥了眼這十多年來一直刻意不去打交道的馬雲井，沒好氣道：「稱呼別人的時候，官職帶個副字，你罵人啊？你小子當自己是大將軍，在太安城最喜歡跟那些帶副字的武將和當二把手的文官打招呼？」

馬雲井縮了縮脖子，不敢答話。

這個叫陸大遠的男人環視四周，挺直腰杆，抱拳道：「這些年，我陸大遠感謝諸位的照應！」

街道兩旁的老百姓都很茫然，手足無措。

陸大遠將甲囊懸掛在馬鞍一側，然後嫻熟至極地翻身上馬。

不管接下來涼州關外這場仗是輸是贏，他陸大遠都沒想活著回到關內陵州。

十多年不披甲不摸刀，不殺個回本怎麼行！

馬雲井輕聲提醒道：「北涼老卒，按律可以佩刀上街。」

陸大遠挑了挑眉頭，終於褪去包裹長條的棉布，露出那把樣式老舊的戰刀，仔仔細細，懸佩在腰間。

陸大遠轉頭望向不可能跟隨自己一起去往關外的馬雲井：「如果打輸了，一切不談。如果打贏了，以後我兩個兒子若是還回陵州，你就告訴他們，他們爹雖是個殺豬的，但更是徐家鐵騎之一！」

馬雲井使勁點頭，千言萬語，只有兩個字說出口：「保重！」

陸大遠斜眼道：「小兔崽子，當年我就知道數你沒出息，果然，到今天才當上這麼個破爛都尉。」

馬雲井漲紅了臉。

陸大遠突然摘下那柄戰刀，拋給馬雲井，大笑道：「算了，老子反正都要用新涼刀上陣殺敵，看在當年你餵了那麼久馬的分上，這一把，送你了！」

馬雲井如獲至寶，這麼個漢子，竟是熱淚盈眶。

這柄戰刀，正是第一代徐家刀！

象徵著徐家鐵騎在春秋大地上的崛起，象徵著徐家鐵騎在中原版圖的所向披靡。

也正是先有那支徐家老字騎軍營，才會有如今的北涼鐵騎甲天下！

而這個男人正是出身於徐家老字營之一，滿甲營！

頭等騎卒，陸大遠！

這條街上的老百姓自然不會知道，大將軍徐驍在年老之後，還曾多次在清涼山議事廳對滿堂文武感慨，當年那個叫陸大遠的小子，打仗最凶，跟祿球兒有一拚，真是不孬。褚祿山就總要叫屈道，可那姓陸的傢伙次次都靠往前死命衝啊，從不講究兵法，肯定還是不如我。

袁左宗便會拆臺道，可人家硬是一次都沒輸過。

人屠便會點頭道，對嘛，像我。

然後某位年輕世子殿下就會出言譏諷一番。

在今年入秋前後，許多陸大遠這樣的徐家老卒，都開始奔赴關外。

而他們，正是北涼鐵騎的脊梁。

此時陸大遠與馬雲井共同策馬出城，嘴中念念有詞。

那些年輕精騎都只聽到細碎聲音，不太真切。

馬雲井在把陸大遠送到城外驛路上後，目送離去，久久無言。

最終撥轉馬頭之時，馬雲井也默念道：「我徐家滿甲營，偵騎四出游弋，即為撤撥，結營不動為架梁……」

第八章　拒北城掛匾慶功　龍象軍重創莽騎

市井百姓，蓋房子是頭等大事，而寓意新房建成的架橫梁，又是第一等大事。那麼一國州郡或是邊塞要隘，城池或是軍鎮建成之日，掛匾的寓意就等於尋常人家的起梁，故而意義重大。

今日涼州關外這座城就到了掛匾的日子。沒有刻意挑選良辰吉日，而是在最後一面主城牆徹底完工之時，就一致通過決議——當日掛匾，不得延誤！並非督造建城的那一大幫北涼大佬不在乎，實在是形勢緊迫，顧不得那些錦上添花的事情。

否則以北涼道經略使李功德領銜的那撥文官，在這鳥不拉屎的地方待了將近一整年，幾乎人人每天都要跟著將士役夫一同吃黃土、喝風沙，投注了那麼多心血，豈會不想找個黃道吉日掛起那塊匾額？這種深厚感情，也許不比閨女出嫁來得少了。

這座城池的建造可稱得上前無古人、後無來者，不但規模猶勝西北第一邊城虎頭城，而且耗時更少。除去一萬大雪龍騎軍，以及「渭熊」、「脂虎」兩支重騎軍九千餘騎，幾乎所有涼州邊軍都輪換參與城池建造，當然也徵調了關內涼陵幽三州所有軍戶、匠戶青壯，加上絡繹不絕自己前往涼州關外的北涼百姓，建城人數始終大致維持在十數萬左右。

歷史上所謂以舉國之力建造一座雄城巨鎮，往往還講究節約民力不誤農時，大多是「三十日罷，速建面牆」，然後斷斷續續歷時數年才得以竣工，可北涼這次幾乎耗盡清涼山徐家家底的大興土木，根本就是破釜沉舟一般的壯舉，僅是用以版築主牆的黃土，就挖空了城南龍首、虎尾兩座小山！

才清晨拂曉時分，李功德便和比鄰而居、擔任督造副使的那位墨家鉅子宋長穗，一起早早起床。登上城頭後，漫步在那條寬闊的走馬道之上，不知何時體重已經清瘦了二十斤的經略使大人，下意識習慣地跺了跺腳，雙鬢霜白的老人然後得意一笑。

有我鐵公雞李功德一天到晚瞪大眼睛盯著，能有誰偷工減料？何況也絕不會有誰膽敢懈怠。這不光是什麼銀子不銀子的事情，而是一個最淺顯的道理擺在所有人面前：「此城在涼州在，此城亡關內亡」！

一輩子在官場上順風順水、養尊處優的北涼文官領袖，雖然模樣消瘦許多，但是身子骨瞧著倒是硬朗許多，如果陵州官場文官能夠來此，看到這位李大人一定會大吃一驚，甚至恐怕都要認不出來，李功德身上那種公門修行積攢大半輩子的油滑之氣盡褪，取而代之的，是無形中散發出的那種唯有出身將種門庭才能有的豪邁氣概。

老人到底是文人出身，伸手摸著內側矮牆，嘿嘿笑道：「以往在清涼山那座武多文少的議事堂，總是聽不明白大將軍跟那些糙漢子在說什麼，什麼走馬道啊、女兒牆啊，我是到了這裡才恍然大悟。

就像這堵女兒牆，其實早就在書籍上打過交道了，好些邊塞詩文裡頭都吟唱過，名『睥睨』。女兒牆、女兒牆，還是這個叫法好聽順耳，每次在這城頭走一遭，我都要想起家裡負真那個讓人不省心的丫頭。

以前吧，是翰林那傢伙讓咱這當爹娘的倍感無奈，風水輪流轉哪！如今想來，還是大將軍有先見之明，說世間父母養兒女，往往是越往後，兒子越好養活，女兒倒是越麻煩。」

宋長穗沉聲道：「老李，你也知我從不是那種喜歡誇人的人，你家翰林，真是不錯。龍眼兒平原一戰，打得漂亮！包括北莽董卓麾下烏鴉欄子在內，所有精銳斥候全軍覆沒，這一仗委實大快人心！」

嘴唇乾裂的李功德撚鬚而笑：「對嘛，這種事情，就得外人來誇才舒服，我當爹的說再多也總是味道不對。說實話，老宋，你也真夠沉得住氣，我等你這些話可等了好一段時間了！都快把我憋出內傷了。」

宋長穗無奈道：「在這之前忙得焦頭爛額，哪有半點氣力跟你說些閒話。」

李功德感慨道：「倒也是，我自詡這輩子當官頗有心得，總之成天琢磨來、琢磨去，都在琢磨別人，雖說也不能說全然不做事，可如這般事必躬親，無法想像，感覺就像在短短一年裡，把我李功德一輩子欠下的官場務實都給還上了。」

宋長穗會心一笑。

李功德突然一巴掌重重拍在箭垛上，大聲道：「這麼好的城牆，如果還是守不住的話，別說被北莽蠻子殺了，就是罵也要被我罵個半死！」

宋長穗愣了愣，然後環顧四周，城內外又是那副最熟悉不過的建城場景，號子聲此起彼伏，雖說腳下這座巨城已經可以掛匾，可依然有相當規模的工程要繼續，這位墨家鉅子輕聲笑問道：「你當真捨得罵他們？」

原本氣勢洶洶的李功德頓時氣焰全無，只是輕聲道：「這麼多北涼邊軍兒郎……我李功德便是捨得罵兒子，也捨不得罵他們啊。」

◆

新任涼州刺史白煜可以前往武當山會友偷閒，但作為北涼道轉運使兼副節度使的某人，則片刻不得閒。他一路馬不停蹄地從流州青蒼城，再途經涼州西大門戶的清源軍鎮，直到掀起車簾子就能夠望見那座關外雄城的輪廓。

好像徐北枳自打離開清涼山前往陵州那一刻起，就一直在奔波勞碌。當買米刺史、在轄境各地大建糧倉、擔任一道轉運使，運籌帷幄漕運一事，中間還曾去兩淮道跟韓林私下會晤，前不久去往西域爛陀山，為流州青蒼城防線帶去兩萬僧兵，這次參加完掛匾儀式，就立即又要去往陵州，親自盯著漕糧入涼才肯放心。

他這些年居無定所，似乎不是在馬背上，就是在馬車裡，反正都顛簸。

這輛馬車外，沒有一名北涼邊軍精騎護送，照理說以徐北枳的超高品秩和他本人對於接下來涼莽戰事的重大意義，就算派遣給他一千北涼鐵騎擔任扈從也絲毫不為過。

但正是如此，這位年輕謀士在徐家清涼山或是在年輕藩王心目中的地位，更顯得無與倫比，因為馬車四周僅有八十人護送。

八十騎人人負劍——吳家劍塚八十人！

當代劍冠吳六鼎、背負古劍素王的劍侍翠花、連在劍塚都能夠惡名昭彰的魔頭竺煌、對劍道領悟之深當世無幾的赫連劍癡、張鸞泰、公孫秀水、納蘭懷瑜……

如果這還不算陣仗奢侈的話，估計天底下也沒什麼扈從能夠稱得上精銳了。

滿臉疲憊的徐北枳雖然困乏至極，可仍是睡不著，幾次合眼許久都睜開眼睛，乾脆就盤腿而坐，從懷中掏出那本出自李義山之手的老舊筆劄，輕輕翻閱。

聽徐鳳年提起過，聽潮閣那塊金字大匾，是離陽老皇帝親筆手書。清涼山大門上那「北涼王府」四個大字，則是王妃吳素的字跡。

之後如北涼關外第一城建城需要掛匾，徐驍本意是他這個大老粗就不丟人現眼了，想讓李義山代勞，可是李義山不答應，人屠只好去梧桐院跟世子殿下討教寫字，到最後廢棄宣紙不知裝了多少籮筐，這才硬生生熬出了後來的「虎頭城」三字，曾經笑言我徐驍連下輩子的字都給寫完了。

之後如青蒼城內流州刺史府邸的那塊匾額，則是年輕藩王從師父李義山的遺留筆劄中選取那幾個字，因為李義山之於北涼，功勞不需多說，而李義山之於流州，更是意義深遠。在聽潮閣和梧桐院那些珍藏古物一一散落中原之前，徐北枳和徐鳳年曾經有過一場聽上去很輕鬆閒適的對話。

「你就不心疼？」

「我徐鳳年是誰啊，徐驍的嫡長子！這天底下什麼好東西沒有見識過，啥時候做過那小氣人？我當年對那些外鄉遊俠兒，能寫出佳文美詩的貧寒讀書人，擺攤測字的算命先生，從來都是一擲千金，眼睛都不帶眨一下的！」

「哦？那怎麼我剛才隨手拿起那幅〈稚童爬甕圖〉的時候，還有把那方魚腦凍『山行』硯丟入箱子的時候，你眼睛都快眨得能夠搧起大風了？」

「我那不是提醒你動作輕一些，磕磕碰碰，傷了品相，就不好賣。」

「還品相？無非幾十、幾百石糧草的低賤價格，談品相是不是有些附庸風雅啊？」

「每樣物件相差個幾石漕糧，積少成多，也很多了。」

「你真不心疼？」

「不心疼。橘子，這句話你都問了七、八遍了。」

「哦，不知為何，每次問你一遍，我心裡都挺暗爽的，比喝那綠蟻酒舒坦多了。」

「橘子，你先忙你的，我去喝綠蟻酒了。」

「最後問一句……」

「我真不心疼！」

「不是這個，我是想問，你全部家當都這麼被我給糟蹋了，那你娶媳婦過門的聘禮怎麼辦？」

「老規矩！黃瓜！涼拌！」

徐北枳收起那本筆劄，也收起了思緒，掀起車窗簾子，望向那座氣勢雄偉的西北新城。亂世裡，最不值錢的就是身外物，連人命都不值一文的時候，還能有什麼是值錢的？一場讓無數讀書人顛沛流離的洪嘉北奔，早已證明這點。舊時王謝堂前燕，飛入尋常百姓家。無數價值連城的古玩字畫，都是先被人從泥濘地上、鄉野茅廁、攤販桌腳之下、小院角落瓦堆一一撿起，等到了不見狼煙的太平盛世，才重新值錢起來。

徐北枳原本不至於這麼低價販賣，只是春雪樓變故之後，中原版圖已經有了亂世氣象，距離洪嘉北奔才二十來年而已，老一輩讀書人大多尚且記憶猶新，這撥人都不會在這種時刻收攏東西，再便宜，能夠比大戰一起後別人白給東西恐怕都要嫌重來得實惠？

所以，除非是真正癡迷文人雅玩且有收藏癖好的富貴書香門庭，才會在這個當口聞訊而來。他們不辭辛苦來到北涼是一件事，能不能靠臉面靠門路買到心儀物件，又是一件事，躺在漕運上享福二十年的那撮太安城頭等勳貴公卿，願不願意給人那份面子開後門，則是第三件事。

這些個個背景深厚的漕運官員，願意看在銀子或是情分的面子上，從各自管轄漕河拿出漕糧，而在掂量掂量所處家世的大腿粗細後，足不足以與靖安道副經略使溫太乙和副節度使馬忠賢掰手腕，敢不敢不怕兩位如日中天的邊疆大員記他們一筆帳，便是第四件事了！

但是真正至關重要的一件事，不在文物賤賣，甚至都不在漕糧入涼，而是北涼可以通過此舉順著那條廣陵道，將魚龍幫和拂水房兩股明暗勢力一直滲透到青州襄陽城！

一旦拒北城失守，涼州、流州註定蕩然無存，那麼北涼剩餘邊軍兵馬，便不至於太過手足無措，即使陳芝豹在西蜀早就留有後手對付徐家，北涼騎軍仍是可以有一條道路去斜插中原腹地！

既然如此，徐北枳怎麼能夠不敗家？

只是當初徐北枳開門見山提出這個意向後，年輕藩王二話不說就答應下來，這讓他打好腹稿的滿肚子大道理都沒了意義。

而在徐北枳內心深處，更藏有一份不會訴之於口的隱蔽心思。

那就是只要北涼拿下了第二場涼莽大戰，那麼中原逐鹿，豈能少我北涼一份？

徐北枳嘆了口氣，正要放下簾子，本就靠近這輛車的一騎稍稍策馬靠近，笑問道：「副節度使大人這麼心急入城？」

問話的人是納蘭懷瑜，一位性子潑辣卻心思細膩的劍塚女子劍士。畢竟是蟬聯兩次胭脂評的女子，她雖年歲不小了，可仍風韻不減，尤其是背劍縱馬英姿颯爽，的確是絕美的風景。

徐北枳笑問道：「納蘭懷瑜，如果我把妳的佩劍賣了三、四兩銀子，妳心疼不心疼？」

納蘭懷瑜一頭霧水，隨即嫣然笑道：「心疼不心疼先不說，但我肯定把你揍得你爹娘都不認識！」

徐北枳笑道：「妳還沒回答問題呢？」

納蘭懷瑜大笑道：「不心疼！我又不是不知道你跟王爺的關係，你敢這麼賣我的東西，我就敢去聽潮閣拿更好的東西！我這把劍也就是百來年歷史，材質也普通，值不了百來兩銀子的，老娘我心疼個屁！」

徐北枳笑了笑，莫名其妙感嘆道：「我挺心疼的。」

向來言行無忌的納蘭懷瑜忍不住打趣道：「徐大人，你腦子是不是給馬車顛壞了？」

徐北枳突然笑意玩味道：「納蘭懷瑜，妳想不想知道某人是怎麼評價妳的？」

納蘭懷瑜瞇起眼，像一隻被踩到尾巴的貓。

當然，身為吳家劍塚的頂尖劍客之一，她比母老虎還厲害。

徐北枳放低聲音道：「看妳的樣子是想聽的。那個人說啊，納蘭懷瑜一定活得很累。」

納蘭懷瑜皺緊眉頭，一言不發。

徐北枳瞥了她一眼，迅速放下簾子。

納蘭懷瑜順著他先前的那抹視線，微微低頭。

好像是自己的胸脯。

納蘭懷瑜恍然大悟，也不生氣，對著馬車大聲笑罵道：「你沒賊心，他沒賊膽！兩個都不是什麼好東西！」

躺在車廂內的徐北枳會心一笑，緩緩閉上眼睛。

其實那句欠揍的點評，徐鳳年當然沒說過。

不過徐北枳覺得那傢伙是會說這種話的人，自己就當是替他說了。

不過納蘭懷瑜的「沒賊膽」一說，很有嚼頭啊。

徐北枳想著這一茬，覺得挺有意思的。

閉目養神的徐北枳自言自語道：「西域密雲山口已經死了那麼多人，流州青蒼城那邊也已經開始死人，接下來就要輪到這涼州關外了。所以希望將來有一天，納蘭懷瑜，妳能親口對他說出自己的心裡話。所以妳要活著……你也要活著。」

最後兩句話之間，徐北枳停頓了很久。

◆

新城之外的白馬集市，說是集市，實則與陵州那邊稍大的小鎮無異。

而這座熱鬧喧騰的集市，肯定是當今天下最為魚龍混雜的地方了。有披甲佩刀巡視內外的北涼邊軍，有參與西域圍剿魔頭一役後北行至此的江湖人士，有來此做生意的各色陵州商賈，有不知死活來此領略邊塞風光的中原士子，有北涼道關內三州來此參與建城的各籍百姓，有算卦解籤兼幫寫家書的道士、和尚，有滿腔熱血離家出走來此投軍卻被拒絕的將種子弟和平民子弟，有吃飽了撐的來這兒渾水摸魚的浪蕩漢……甚至偶爾還能看到北涼道文官大佬三三兩兩來此小坐休憩，喝喝綠蟻酒，就上一碟花生米、一碗醬牛肉，忙裡偷閒，來去匆匆，不亦快哉；有各座書院讀書人在年邁碩儒的帶領下，一撥撥來此負笈遊學。

據說前不久連那位享譽中原的上陰學宮魚大家，也帶著飽讀詩書的弟子們來此遊歷，更有小道消息說那位家學淵源的魚大家，與咱們王爺有點說不清、道不明的關係……

所有人或忙碌或悠閒，但都心知肚明，當這座新城出現年輕藩王身影的那一刻起，第二場涼莽大戰，才是真正拉開了序幕。

千年以來，無論中原還是草原，堪稱世間數量最多的騎軍，將要一路向南，直到撞上那支戰力最強的鐵騎！

今天，便是這座拒北城掛匾之日！

烈日當空。

白馬集市越來越多的人不由自主地沿著東西兩座城牆，向北簇擁而行。

然後是那些參與建城的役夫百姓都得以停下勞作，從東西大門離開城池，加入那兩條聲勢浩大的密集隊伍。

拒北城、拒北城，正門自然在北！

北涼邊軍戰刀所指，徐家鐵騎長槍所指，已經向北二十年！

中原百姓如何認知，離陽朝廷如何算計，我北涼鐵騎甲天下，從不屑理會。

以北涼都護褚祿山和北涼道經略使李功德為首的眾多文武官員，都已經彙聚在拒北城正門下，架起了雲梯，只等將那塊覆以北涼徐字王旗的匾額，高高升起，最終懸掛於城頭。

一萬大雪龍騎軍，如白雪翻湧在大地之上。

在袁左宗一馬當先的率領下，最先停馬於拒北城以北的遼闊空地上。

緊隨其後是兩支重騎軍，脂虎軍和渭熊軍分別停至大雪龍騎軍左右兩翼。

最後是何仲忽和周康麾下的北涼關外左右騎軍。

馬蹄雷鳴之後，是短暫的寂靜無聲。

不知是誰最先抬起頭望去，所有人都看到遙遠處的天空，一抹璀璨白虹緩緩劃破天際。

那道白虹轟然落在城頭！

等到他現身露面之後，李功德和褚祿山相視一笑，開始讓人抬起匾額。

那個年輕人等到巨大匾額懸在城門之上後，緩緩抽出腰間戰刀。

與此同時，城下騎軍，人人默然拔出北涼刀。

水深而無聲。

北涼鐵騎的馬蹄聲，便是天底下最雄壯的戰鼓聲。

徐刀。

拒北。

那一幕場景，再過百年、千年，亦是大風流。

城頭大閱和掛匾之後，經略使李功德便領著徐鳳年去往臨近南門的大將軍藩邸。

主道貫穿南北，城內文武衙署都位於藩邸兩翼，一路上身為兩位總督城官之一的李功德滔滔不絕，說起這座邊關雄城的主城牆高度、夾城復道的長度、城頭床弩張數、箭矢甲冑庫存量等等，堪稱如數家珍，精準得就像是在彙報自家某某箱子放了多少銀子、某某櫃子擱有多少顆銅錢差不多。

經略使大人甚至連任意一面主城牆能夠承受多少架北莽投石車的集中轟砸、多少北莽士卒蟻附攻城等事宜細節，皆是能夠脫口而出，以及腳下眾人這條中軸線之上的兵力調動，一旦主城門被攻破之後如何建起第二道防禦與關鍵時刻小規模騎軍如何協防等等，老人都了然於胸。

不說徐鳳年刮目相看，褚祿山和袁左宗都有些面面相覷，錦鷓鴣周康和步軍副帥顧大祖等諸多將領更是個個瞪大眼睛。以前塞外江南的陵州是公認「權在鍾家，錢在李家」，北涼道官場都知道這隻鐵公雞為官有術且生財有道，還真沒聽說李功德做起事情來，也能這般滴水不漏！

臨近那座尚未完全建成的大將軍藩邸，李功德突然笑道：「一座拒北城，用光了採自西蜀南詔深山老林，然後在我北涼儲存多年的巨木，建城所需巨石更是幾乎將那大嶼洞天給鑿了個底朝天，不說這些遠的，想必諸位將軍登高南望，已經完全看不到龍首、虎尾兩座小山。從最先的關內駐軍陸續北調關外建城，再到之後大部分邊軍都輪番投身此間，關內百姓更是不計其數……」說到這裡，老人停下言語，笑咪咪。

李功德這位原本在北涼武將中官聲口碑極其不堪的文官，此時此刻，那種毫不遮掩的意氣風發，哪裡還有早年清涼山議事堂上那位徐家佞臣的半點影子？

那時候，恐怕除了「師出同門」且當時品秩不高的褚祿山，沒有誰願意搭理一州主官的李功德，清流名士嚴杰溪自然是不屑與之為伍，就連如今已經辭官卸任原涼州刺史的田培芳，早年也始終拉不下臉與此人稱兄道弟。

當初北涼決意要興建拒北城，所有人都誤以為年輕藩王並非真打算讓李功德主持大局，而是要將這位把陵州官場折騰得烏煙瘴氣的經略使大人發配關外，就此雪藏起來。一來名正言順地將其貶謫，二來好為徐北枳、陳亮錫或是常遂等嫡系心腹鋪路。

殊不知李功德還真就在拒北城這裡站穩腳跟了，宋長穗、田培芳、王林泉，負責三個具體方向的總督副監，唯經略使大人馬首是瞻，根本就沒有架空李功德的意思。而李功德也不負眾望地很快進入角色，不得不說能夠在北涼道當上文官領頭羊的傢伙，真要務實起來，毫不含糊。

用李功德私底下與宋長穗閒聊時的感慨來說，便是「杜絕仕途交遊，與將士、工匠同其食息，於勘探、夯土、物料、兵典、屯糧等事，皆有心得，雖然不敢謂全知，卻也算不得門外漢，終能躬自指揮，成竹在胸，不誤大事」。

李功德突然老奸巨猾地說道：「王爺，今夜的慶功宴一切開銷，清涼山可省不得啊！」

大概一輩子都沒跟李功德聊過天的步軍老帥燕文鸞破天荒接話道：「李大人這次打秋風，半點都不過分。」

徐鳳年伸手指了指身邊的北涼道轉運使大人，哈哈笑道：「咱們管錢的大掌櫃在這裡，他如今說話比我管用。」

徐北枳猶豫片刻，然後點頭笑道：「那好，本來我截留下來一只箱子，大概有大奉朝畫聖隋英的兩幅字畫，一方舊南唐皇帝御制的綠端佛手天成硯，大秦末年的一塊『王武』玉印，零零散散十五、六件，賣個五、六千兩銀子還是不難的。

慶功宴之後，你們拒北城就先去跟清涼山宋大人那邊挪出來一些，回頭我賣了這箱子的物件，應該很快就能填上這個窟窿，而且還能有些富餘，到時候都交由李大人。」

徐北枳此話一出，所有人都心照不宣地轉頭望向年輕藩王。

徐鳳年翻了個白眼，全場哄然大笑。

大概如今敢這麼明著刺咱們新涼王的，徐北枳也算天下獨一份了。

之後的慶功宴有三大場，武將便分為兩撥，燕文鸞、陳雲垂、何仲忽、劉元季和林鬥房這撥經歷過春秋戰事的功勳老人，年紀最輕的袁左宗也參與其中，對於清涼山徐家和北涼邊軍而言，這位袁白熊是不可或缺的存在，畢竟是在兵事之上，袁左宗是唯一能夠與白衣兵聖陳芝豹拿來比較的用兵大家。北涼雖然名將悍將極多，可是真正能夠讓陳芝豹由衷佩服的人物，大概也就只有袁左宗了，陳芝豹多次坦言，袁左宗是離陽在春秋戰事中最為被低估軍功的一名大將。

北涼都護褚祿山親自領銜另外一撥，包括汪植、曹小蛟、洪新甲和洪驃在內，而北涼道副節度使楊慎杏也現身宴會。

第三場是李功德、黃裳和田培芳連袂做東的文人筵席，多是士子讀書人，多名陸氏子弟也夾雜其中。

徐鳳年一場一場喝過去，雖說都是一杯綠蟻酒一飲而盡，但其實三場下來也就小兩壺而已，主要是沒人往死裡勸酒。

這也不奇怪，徐驍在世時就說過，天底下人品最糟糕的傢伙，就是那些仗著自己酒量好就喜歡勸酒的，酒這玩意兒，得自己喝高了才算真盡興，否則就只能是遭罪了。當然了，徐驍話是這麼說，可只要逮著比自己酒量差的傢伙，勸起酒來一點不含糊。

逮著被勸酒的傢伙，就說你這傢伙當年打了多少場勝仗，得一杯杯喝過去，輸了多少場，我徐驍都幫你記著呢，想不被穿小鞋，今兒不喝幾杯罰酒，就說不過去了吧？還有誰誰聽說你家孫子剛剛啟蒙讀書，這酒得喝。聽說你兒子跟人搶女人給打得鼻青臉腫啦？你這當爹的多憋屈，得喝酒解解愁嘛！

徐驍雖然勸酒的本事天下無敵，可是只要是在清涼山跟人喝酒，無論是跟多少人喝，他自己就沒有不喝醉的，可謂逢酒必吐，如此說來，酒品倒也算馬馬虎虎。

別以為見慣生死的武人喝酒便更為放肆，其實文人喝酒喝開了，那才叫豪邁不羈，徐鳳年就差點在酒宴上脫不了身。比如青鹿洞書院的山主黃裳就非要拉著他各自滿飲三大杯，然後辭官卸任一身輕的田培芳也開始落井下石，說三杯多了，他只跟王爺喝兩杯就夠。如果不是徐北枳在場幫忙攔著，徐鳳年估計哪怕有七、八斤綠蟻的酒量，也得乖乖趴下。

最後滿身酒氣的徐鳳年和徐北枳走出這座將軍府，走在那條主道上緩緩向北。

徐北枳輕聲道：「李功德喝醉之前，跟我買了一件東西。」

徐鳳年有些訝異，打趣道：「太陽打西邊出來了？咱們這位經略使大人，可是從來都只癖好收藏金銀的，對於文玩古董一向嗤之以鼻。」

徐北枳一笑置之：「是一方小私章，既然是聽潮閣的庫藏，材質當然不俗，在我看來，一代代傳承下來，由於經常使用，所以朱墨的沁色極佳，不過這些都是其次，你知道印文是什麼嗎？」

徐鳳年啞然失笑：「這我哪裡猜得到。」

徐北枳揮了揮雙袖，不知是揮散酒氣還是揮去愁緒：「是『臣心如水』四字，即廉潔自守、清白如水之意。若說是當年嚴杰溪沒有離開北涼，他來購買這方小印，甚至是名聲還算不錯的田培芳，我都不奇怪。可李功德來買這四個字，是不是滑稽了一些？」

徐鳳年皺了皺眉頭。

徐北枳笑問道：「那麼你再猜一猜，李功德買這四字，用了多少銀子？」

徐鳳年恍然道：「這次慶功宴，李功德不方便光明正大掏腰包出錢，否則就有越俎代庖的嫌疑，所以用了這個法子幫咱們清涼山塾上銀子？」

徐北枳伸出兩根手指，晃了晃。

徐鳳年忍俊不禁道：「兩萬兩銀子？早年天底下能夠從李功德手上摳出銀子的英雄好漢，就只有李翰林那傢伙了。那時候喝花酒的錢，都是李翰林出的，只不過每次回家，都少不了他爹一頓收拾埋怨。」

徐北枳搖頭笑道：「兩百……」

徐鳳年一臉愕然：「兩百兩銀子？這個李叔叔啊！」

徐鳳年開懷大笑，也是第一次稱呼李功德為李叔叔。歸根結底，北涼徐驍徐鳳年這徐家兩代人，和李功德李翰林這李家兩代人，皆有很大的香火情。說句難聽的，當年嚴杰溪叛離北涼，徐驍其實本意是要稍稍刁難一番的，不至於太過分，但絕對不會讓嚴杰溪走得那麼輕巧。倒是李功德，很早離陽朝廷那邊就有消息傳出，老首輔張巨鹿曾經有意讓此人擔任戶部侍郎，統轄廣陵道和江南道賦稅一事。

要知道當時李功德不過是一州刺史而已，雖與一部侍郎品秩俸祿皆同，可離陽京官從來有高一品之說，何況是近在天子眼前的實權侍郎？所以一介書生文人的嚴杰溪出走，對於離陽而言只是意外之喜，反而是李功德的留下，算是匪夷所思。至於徐鳳年和李翰林從小一起玩到大的交情，更不用多說。

徐北枳笑了笑，從牙縫裡擠出一個字眼：「萬！」

徐鳳年以為自己聽錯了：「什麼？」

徐北枳輕輕吐出一口氣，感慨道：「是兩百萬兩銀子。」

徐北枳繼續說道：「當時李功德跟我說，他這輩子勤勤懇懇積攢了這份偌大家業，本來是想要讓他兒子李翰林一輩子衣食無憂的，只是現在用不著了而已。」

徐北枳轉頭望向徐鳳年，抬起手臂，握起拳頭拍了拍自己的胸口：「先前老人就是這麼拍胸脯跟我說，他說，『我李功德的兒子，李翰林！堂堂北涼白馬遊弩手的校尉！還需要他爹的銀子做什麼？』」

徐北枳停下腳步，轉身望向那座藩邸，重複了老人最後那句話：「『我李功德這輩子可以被任何人瞧不起，唯獨不能被我的兒子瞧不起！』」

徐鳳年雙手揉了揉臉頰，輕聲問道：「橘子，你說，我是不是應該把李翰林從流州撤下來了？」

徐鳳年笑了，抬頭望向西邊的流州方向：「李翰林也一定會這麼說。」

徐北枳猛然怒道：「放屁！」

◆

流州青蒼城以北，寇江淮和徐龍象已經向黃宋濮大軍展開第二場正面阻擊戰。

趕赴流州的一千二百騎涼州白馬遊弩手，僅剩半數。

校尉李翰林麾下剩餘六百袍澤。

秋高馬肥，水草豐茂。

可是從北莽姑塞州再往南邊走，景象就顯得有些荒涼乏味了。

盡是黃沙。

不愧是北涼，苦寒貧瘠得連被視為最接近駱駝的莽馬都有些不適應。

不過聽說涼州關內兩隴一帶的牧場，倒是出產天下第一等大馬的風水寶地，因為恰好沾了個隴字，這讓北莽南朝文官武將都惦念上了，將其視為禁臠，能夠在西京朝堂上挺直腰杆大聲說話的幾位大人物，出征前便已經躍躍欲試地放出話去，願意用楊光斗、陳亮錫和寇江淮等人肩膀上那些價比王侯的值錢腦袋，去換取那邊幾座牧場的歸屬權，比如名動天下的纖離牧場和天井牧場。

只不過這趟南征，確實有些流年不利。西京前不久才聽到一個好消息，說是那位憑藉戰功得以榮升夏捺鉢的種家嫡長孫，成功說服了爛陀山那幫禿驢歸順北莽，但是等到大軍馬蹄剛剛踩入鳥不拉屎的流州邊境，就立馬傳來噩耗。

先是某支橫空出世的北涼輕騎由流州邊關長驅直入，繞過君子館、瓦築等一系列重兵把守的軍鎮，直奔西京，震動朝野。種檀部一萬精騎竟然給人堵死在密雲山口，種檀至今生死不明。

坐鎮中路第二線的大將軍種神通，很快就向北庭王帳上了請罪的摺子，皇帝陛下也完全沒跟種家客氣，直接一紙調令下達中路，讓種神通的弟弟，即那位夏捺鉢的叔叔種涼率領八千精騎離開駐地，趕赴姑塞州堵截那支深入腹地的北涼騎軍，名義上歸主帥黃宋濮調遣。

那架勢顯然是說，流州大好格局因你種家子孫而糜爛不堪，那就用八千種家兒郎的命去還債。攔下了，既往不咎；攔不住，那就繼續拿姓種的去填。若是種涼依舊能耐不夠的話，到時候就要輪到你種神通親自出馬，涼州關外戰事就不用摻和了，乖乖去姑塞州境內收拾爛攤子。

洪敬岩莫名其妙地死在龍眼兒平原後，數萬柔然鐵騎群龍無首，轉瞬間就被前線各大勢力瓜分殆盡。

在第一場涼莽大戰中各有折損的北方草原大悉剔們，差不多都已經打起小算盤：大將軍種神通倒臺後，自己能撈到多少種家的百戰老卒。在草原上，學那些喜歡風花雪月的南朝文人坐而論道，大夥兒都覺得渾身彆扭，可坐地分贓，人人熟稔。

北莽西線大軍按部就班地向南推進，速度不快，這支兵馬在十天之前，突然遭到一萬北涼龍象騎軍的凶狠阻擊，短短半個時辰之內，黃宋濮麾下六千先鋒騎軍就那麼拋屍戰場。從短兵相接到戰事收尾再到馬虎收屍，很多志在涼州的隴關權貴都覺得還沒緩過神。

其實也不能說全無徵兆，在大軍由南朝姑塞州過境進入接壤流州版圖之後，己方馬欄子就跟北涼斥候硬碰硬死磕上了，很快就讓獲悉真相的北莽主將紛紛跳腳罵娘。好死不死的，竟然是涼州關外的白馬遊弩手跑來這裡撒野了！

雖說已經拔營南下遠離廟堂，可主帥黃宋濮也好，手握南朝精銳騎軍的隴關係武將也罷，對於自家後院的動靜，都不得不去關注那裡的風吹草動，不讓虎頭城一帶見到一騎北涼遊弩手的身影，是皇帝陛下在西京朝堂上的親口旨意，結果呢？

董胖子的烏鴉欄子死絕了，大將軍柳珪的黑狐欄子也死乾淨了，甚至據說連董卓的小舅子也把性命丟在了龍眼兒平原，到頭來白白讓那個姓李的北涼年輕校尉一夜之間名動草原，如今更是大搖大擺來流州北部耀武揚威來了！

黃宋濮是打老了仗的沙場名宿，所以當馬欄子的傷亡諜報不斷傳入帥帳後，就已經開始收縮陣線，也放緩了南下推進速度，顯然是不求有功但求無過。這支大軍，主心骨是舊南院大王黃宋濮，更是那撥在北莽南朝無法無天慣了的隴關豪閥。

很淺顯的道理，大軍主力正是隴關各大甲、乙兩字姓氏的嫡系。黃宋濮雖然還頂著北莽十三大將軍之一的頭銜，南院大王的帽子早就摘掉了，也是曾經隱退過的老頭子，歸根結底，勉強稱得上黃宋濮嫡系的兵馬，不過就是三萬餘騎，比起如今貶謫到幽州戰場的柳珪還不如。

說實話，第一場涼莽大戰，董胖子親自主持大局的中線那邊是板上釘釘的勝勢，連虎頭城都打下來了，北涼大將劉寄奴的屍體都用棺材送回了南朝，形勢一片大好，而柳珪坐鎮的流州戰場好歹算是均勢，雖說戰損不小，可畢竟連龍象軍副將王靈寶都已戰死，只可惜幽州那邊太拖後腿，大概是楊元贊真的太老了，竟然淪落到全軍覆沒的境地，給人在葫蘆口裡包了餃子，最後只跑掉一支柔然鐵騎，這才導致北莽滿盤皆輸。

所以在心底，隴關大大小小的豪族門第，並不覺得北涼邊軍真有什麼可怕的，尤其是比涼州騎軍和幽州步卒要天生矮上一頭的流州兵馬，除了在第一場大戰裡傷筋動骨了的龍象軍，還有拿得出手的一等精銳嗎？再怎麼瞪大眼睛去找，也沒了。所以這些傢伙幾乎人人憋著一口惡氣，尤其是陰魂不散的涼州遊弩手，越發惹人心煩。

拂曉時分，通宵未宿的一位老人在數名精壯扈從的陪伴下，緩緩走出那座戒備森嚴的牛皮營帳，來到一處小土坡登高南望。隨行眾人中，一名衣冠博帶如中原儒士的中年男子尤為引人注目，面對虎老威猶在的老人，也沒有半分拘謹意味。

老人身材高大，鬚髮皆白，披甲佩刀，毫無腐朽老態，大抵而言，年齡相差一個輩分的他們，氣勢相當。老人正是南朝屈指可數的大將軍之一黃宋濮，而儒士模樣的男子則是在北莽軍中名聲不顯的種涼。

此人在北莽江湖是一等一的梟雄巨擘，從不曾聽說有領兵打仗的履歷，這次本該率領八千家族精騎直奔姑塞州救火，不知為何會孤身繞道至此，任由八千種家精銳直插南朝腹部。此次出兵涉及家族興亡，種涼似乎未免也太過太兒戲了。

種涼趕巧，親眼見到那六千北莽先鋒騎軍的消亡，然後就打定主意不挪窩了，隨軍南下一待就待了這麼多天。在這期間，這位差不多能夠用「碩果僅存」四字形容的北莽武道宗師，還極有閒情逸致地親自出手了兩次，斬殺了四、五十騎原本已經脫離戰場的涼州遊弩手。

黃宋濮當年親自調教出來的馬欄子，在南朝邊軍裡名聲不算小，只不過比起晚輩董卓的烏鴉欄子或是同輩柳珪的黑狐欄子，還是要遜色不少。這不是說黃宋濮的治軍用兵就輸給那兩人，既然老人能夠把持西京軍政那麼多年，能夠與北院大王徐淮南共分南北，自然不會是什麼尋常人物。

只是黃宋濮在這二十年裡南院大王的身分，遠遠重於大將軍，心思不得不向廟堂傾斜，既然做了南朝的當家人，自然就得為整座西京謀取利益，為隴關姓氏和官場沙場兩撥同僚下屬爭取地位，久而久之，便很難再去邊關軍中親力親為，故而這次領軍南下，黃宋濮不由得百感交集。久疏戰陣，就算兵法韜略沒如何落下，可是很多細節，確實是無法像當年那般運轉如意了。

如果是十多年前的自己，那六千先鋒騎軍就絕不至於膽敢冒失前突，擅自與一萬龍象軍展開撞陣，但這不是真正讓老人感到疲憊的地方，而是更不為人知的一些內幕。

表面上是隴關子弟桀驁難馴，貪功冒進以至出師不利，事實則是黃宋濮本意就是讓戰力不盡如人意的那支先鋒騎軍作為誘餌，誘使流州騎軍深陷泥濘，老人早已準備好一萬親軍精騎蓄勢待發，只等戰事稍稍僵持，就能夠在關鍵時刻增援戰場，最終一錘定音，一口吃掉那一萬龍象軍。哪怕是兩萬兵馬換一萬龍象騎，黃宋濮都是大勝，無論是虛頭巴腦的氣勢還是實打實的局勢，皆是如此。

但是相較那些蕩氣迴腸的野戰主力對決騎戰，黃宋濮在這場只能夠稱為轉瞬即逝的小規模接觸戰中，就發現自己有些力有不逮了。

第一是高估了隴關係先鋒騎軍的戰力，低估了龍象軍的衝陣之勁，以至於等到一萬親軍的投入戰場，從原本的螳螂捕蟬變成了純粹的救援。

更加致命的是在接下來的戰局預測當中，黃宋濮認為發動此次突襲的流州騎軍主將也存有誘敵深入的念頭，所以用兵持重的黃宋濮在稍作猶豫之後，雖然讓一萬親軍精銳展開果決追擊，但是嚴令騎將不得脫離主力五十里，也就意味著戰功大小，只在五十里路程之內。

最後那名騎將帶給老人一個哭笑不得的真相：追殺五十里聽命停馬後，剩下三千餘敵騎揚長而去，除了遠遠游弋在戰場之外的數十騎白馬遊弩手，這支吃了熊心豹子膽的龍象軍，根本就沒有任何援軍！

哪有這麼打仗的？

跟黃宋濮打過交道的北涼邊關大將，虎頭城劉寄奴也好，原先的懷化大將軍鍾洪武也罷，又如何仲忽之流，可都沒這麼失心瘋！

黃宋濮憂心忡忡，舉目遠眺，皺眉不語。

一襲儒衫的北莽大魔頭種涼瞥了眼老將軍的神色，笑道：「黃老將軍，只要撇開臨瑤、鳳翔兩座軍鎮所在的廣袤西域，其實流州就這麼大點的地方，北涼用兵再奇，也是螺螄殼裡做道場，折騰不起大風浪的。哪怕密雲山口一役為北涼重新增添兩萬爛陀山僧兵，依然不過是杯水車薪而已。」

黃宋濮搖搖頭道：「流州青蒼城有清源軍鎮數支徐家邊軍精銳遙相呼應，又有郁鸞刀的幽州輕騎幫忙撕扯戰線，無論是戰略縱深還是兵力對比，都沒有我們想像中那麼劣勢。更何況……」

種涼接過話頭，笑意更濃：「怎麼，老將軍也擔心西楚雙璧謝西陲和寇江淮，兩人果真都在流州戰場為北涼出謀劃策？」

老人坦然道：「我相信當世任何一位武將，都不能輕視這兩人聯手吧？」

手姿儀態如畫卷上山林仙人的種涼笑道：「只要流州兵力始終沒有彙聚一處，我相信都不會是老將軍的對手。現在的三萬龍象軍相比第一場大戰，雖然人數不減，也是從涼州左右騎軍抽調過來的精銳騎卒，可戰力仍是差了些。

至於寇江淮麾下的流州青壯更是七拚八湊，很難去打那種硬仗，謝西陲的殘兵更是不值一提，否則清涼山和都護府也不會把兩萬爛陀山僧兵交付給他。滿打滿算，流州本土兵力，也就是七萬，老將軍麾下卻是足足十五萬之多，且隨時能夠從南朝邊境獲增援，只要不是一戰即潰……」

說到這裡，種涼自嘲一笑，沒有繼續說下去。

一來是這話有些不吉利，二來是這種觀點太過荒誕。

流州不是戰場奇特的幽州葫蘆口，而黃宋濮也不是楊元贊，再者自顧不暇的涼州邊軍，再也無法騰出那麼多奇兵投入流州戰場。

老人一笑置之，道：「只是謝西陲和寇江淮兩個年輕人，就讓閻震春、楊慎杏這些春秋老將都吃了大虧，現在流州年輕人更多，這讓我這麼個老傢伙，情何以堪啊。」

種涼想起那樁祕事，由衷地感嘆道：「薑還是老的辣。」

種涼偏轉視線，望向青蒼城以西的地帶。

北莽南朝一等一的步軍精銳步跋卒，從各座軍鎮臨時抽調而出，總計三萬餘人，直撲西域，此時大概已經攻入鳳翔、臨瑤兩鎮了。

北涼曹嵬和郁鸞刀兩支騎軍，也就徹底沒了退路。

只是別說北莽南朝廟堂和這支西線大軍，事實上就連清涼山和懷陽關都護府都沒有想到，本該率領兩萬僧兵趕赴青蒼城的新任流州副將謝西陲，分兵兩路，悄然入駐鳳翔、臨瑤兩鎮，以逸待勞。

而流州將軍寇江淮，此時正領著麾下一萬雜牌輕騎，以奔雷之勢向北突進，然後在黃宋濮馬欄子有可能出現的極限距離之上，驟然停馬不前。

而略作休整之後繼續強勢前衝的那支騎軍，正是徐龍象麾下三萬精騎。

流州邊軍的野戰主力，傾巢出動！

秋風肅殺。

◆

流州將軍寇江淮高坐馬背，瞇眼向北望去。

他和徐龍象曾經向都護府立下過一份軍令狀，就是在黃宋濮大軍推進到青蒼城下之前，最少對北莽西線大軍進行三次有力的阻擊！

十天之前的那場萬騎奔襲，其實從雙方戰損而言，看似戰果斐然的龍象軍並沒有討到什麼便宜。北莽六千先鋒騎軍也許能算南朝邊軍精銳，但是流州不同於北莽西線大軍，北涼道絕不可能再從別處抽調兵力馳援，也就是說在流州這張賭桌上，寇江淮就只有桌面上那麼多銀子，少一顆銅錢也是少。

可是北莽黃宋濮卻能夠源源不斷地從家中取來銀子，有足夠本錢，完全能夠小賭怡情，只要大勝一次就大功告成。所以寇江淮先前的試探，必然有其深意，那就是讓黃宋濮這位北莽功勳老將原本緊繃的心弦，越發繃緊，然後乾脆俐落地直接賭一次大的，賭的就是黃宋濮一鬆一弛間的那份懈怠。

再就是涼州遊弩手雖然精悍絕倫，但終究不可能繞過那麼多黃宋濮麾下的青草欄子，刺探到北莽營寨的具體細節，寇江淮只能用龍象軍去靠性命獲得這份軍情。

他之前已經做好被徐龍象和李陌藩厲聲拒絕的心理準備，只是沒想到徐龍象和李陌藩都沒有提出異議，甚至極為擅長兵事的李陌藩還親自領著一萬龍象騎前去衝陣。事後寇江淮直言不諱，以黃宋濮和隴關軍馬那般粗糙不堪的安營紮寨，三千龍象軍將士，死得不值當。

當時徐龍象蹲在那頭巨大黑虎旁邊，只是咧了咧嘴，沒說什麼，渾身浴血的李陌藩倒是有些臉色陰沉，卻也沒有遷怒寇江淮這位流州將軍。

寇江淮閉上眼睛，在腦海中迅速鋪展開北莽西線大軍的營寨設置。十五萬大軍，分為五座大營，主帥黃宋濮的三萬親軍居中紮營，騎步混雜。隴關某個甲字豪閥的嫡系兵馬單獨成營，雖然只有兩萬騎，但是戰力不俗，都算是北莽典型的老子兵，幾乎人人披甲，甚至有數百健騎更是人馬俱甲，有了重騎軍的雛形，關鍵是無論養護還是輜重都自行負責，無疑是一支鑿陣利器，再就是三位乙字高門聚攏而成的四萬騎軍。

三座大營位於第一線，靠後兩座大營則是從南朝邊關六、七座軍鎮抽調出來的四萬兵馬，還有一座北莽近二十年才興起的輜重營。按照當初李陌藩部陷陣龍象軍瞭望所得，大致是一百二十輛廂車，總計糧草約八百石，供給戰馬的黑豆在一千四百石上下。

不過由於北莽騎卒南下叩關素來自行攜帶物資，加上每次大規模行軍皆有大量母馬隨行，所以這支輜重營的存在意義，只是在遠離南朝邊關的青蒼城城下，大軍攻城久攻不下，才會派上用場，以備不時之需而已。

歷史上草原騎軍遊掠中原邊疆地帶，尤其是秋季，一向很少出現致命的補給問題，反觀國力巔峰時期的中原騎軍每次主動北進，都需要憑藉舉國之力支撐起那條脆弱的補給線。真正改變這種尷尬境地的中原君主，正是一統中原的離陽老皇帝趙禮，他的兩個決定造就了當今中原騎軍的鼎盛：一個是以君王當守國門的理由，拒絕一大幫文臣提出遷都廣陵道的建議，繼續以老太安城作為一國之都，同時訂立下極富魄力的一項國策，即對兩遼邊軍的扶持不遺餘力，不惜用廣陵道和江南道的巨大賦稅投入離陽北邊；第二個決定正是任由功高震主的徐驍帶兵出京，封王就藩於盛產大馬的西北，讓其直面北莽！

位於離陽遼闊版圖最北方的東西兩處邊防要衝，皆有一國之最精銳騎軍重兵戍守，加上中間地帶的薊州坐擁天險，老將楊慎杏曾經培養出號稱「獨步天下」的薊南步卒，又豈會是單純為了跟北涼燕文鸞爭口氣那麼簡單？理由很簡單，薊州邊防根本就已經不需要大量騎軍，所以楊慎杏就算對騎軍情有獨鍾，也只能順勢而為。

閉目養神的寇江淮下意識用手心抵住腰間涼刀刀柄，緩緩扭轉。

按照諜報，北莽營寨粗劣至極，草草挖出三道繞營壕溝，分別位於其後的那座纖薄柵欄更是可謂風吹即倒。麻繩綁縛木杆，繩結根本談不上講究，各營之間的通道本該整潔肅穆，士卒不得擅自走動串營，可是這五座軍營之間人來人往雜亂無章，毫無規矩可言。

之前李陌藩麾下數百前突精騎，曾經一路開陣至北莽中軍大營不足一百五十步，親眼看到左右兩營手忙腳亂，導致營道之上擁堵不堪，雞飛狗跳。不說比較軍律嚴苛冠絕離陽的北涼邊軍，寇江淮自認西楚軍伍也要做得比北莽更好。

當然，這並不能說明北莽騎軍的戰力孱弱，恰恰相反，正因為北莽草原習慣了騎軍的風馳電掣，對於這種近乎累贅的中原兵事習慣，很難如中原將領那樣刻骨銘心。

換由中原任何一支大軍對峙北莽十數萬鐵蹄，誰能有心思去探究北莽騎軍安營紮寨的紕漏？只能靠依託險隘，或是靠死守巨城，即便是敢於出城野戰，也只能靠重甲步卒結陣拒馬，靠密集弓弩殺傷敵騎。

寇江淮如此費盡心思，都建立在一個前提之上：北涼鐵騎即便對上人數占優的北莽騎軍，也會敢戰，能戰，且能戰而勝之！

寇江淮猛然睜開眼睛，冷笑道：「你們草原騎軍自大奉由盛轉衰起始，便不斷叩關北邊，欺負了中原整整四百餘年，視大城關隘如無物，好一個來去如風！」

寇江淮身後一萬騎開始向前推進，不急不緩。

這一萬騎，極為古怪，氣勢尤為雄壯。

◆

北莽中軍大營帥帳，黃宋濮披甲按刀而立，氣定神閒，望向帳內那十數位年齡懸殊的萬夫長。其間既有親手扶植起來的心腹，也有幾大南朝隴關豪門的話事人，還有背景簡單憑藉戰功攀升到當下高位的青壯武將。

黃宋濮沉聲道：「此次流州三萬龍象軍皆已出現，大概是明知守不住青蒼城，又不甘心將涼州西大門的清源軍鎮暴露在我們眼皮子底下，便想要孤注一擲，倒也省事！諸位都是身經百戰，不需要本將嘮叨那些雞毛蒜皮，只需記得一事，我們兵力占據絕對優勢，那就要好好利用起來，除去後方輜重營按兵不動，其餘四營，火速拔營之後，騎陣不可拉伸過長，務必相互策應，決不可擅自冒進。我們這趟打流州，太平令贈有四字，小輸即勝！」

黃宋濮望向眾人，然後向北一抱拳道：「諸位！我黃宋濮年近古稀，當初連南院大王也請辭而去，若非戰事不利，今日也不會出現在這裡，我此生已是無所求，但是諸位當中，年紀最長者不過五十，官品最高之人不過南朝正三品！打下流州後，功勞最大者，且不論陛下如何犒賞，我黃宋濮的大將軍頭銜，先請拿去！」

帳內所有人頓時神色激昂。

擱在中原，浩浩蕩蕩十數萬大軍的緊急調動，絕非一時半刻能夠上陣。

但是北莽騎軍不同，當那些萬夫長各自匆忙返回營地後，四座大營，巨大的號角聲悠揚響起。

只不過因為三萬流州精騎的出現太過匪夷所思，突進速度也太過迅猛，前方三營的擺兵布陣仍是稍顯滯後，一定程度上丟了些許先機。

騎軍衝鋒，那股憑藉戰馬的體重和奔速帶來的巨大貫穿力，以及為騎卒手中戰刀鐵矛帶來的恐怖穿透力，都需要相當一段距離來醞釀。

甚至更進一步，在雙方都有足夠時間來展開衝鋒的時候，一方如果能夠恰好在衝勁巔峰時展開撞陣，另外一方只要因為用力過猛而稍顯力竭氣衰，後者都要吃大虧。

各營之間的戰力高低，此時此刻一眼可見。

黃宋濮的親軍精騎最快整頓完畢，在中路前沿依次鋪展開層層鋒線。

隴關那位甲字豪閥的嫡系兵馬緊隨其後，但數百騎裝備堪稱重騎的頭等精銳，並未露面。

數位南朝乙字高門聚攏起來的騎軍，紛紛亂亂，雖無怯戰懼意，但是大戰在即，這種紊亂不整的精氣神，很容易影響到戰馬的步調。

騎軍之所以是騎軍，戰馬至關重要！

對於軍紀渙散的北莽騎軍，前任北涼都護陳芝豹一直譏諷他們為「馬背上的步卒」！

而在北涼，每一匹戰馬、每一把涼刀、每一根長矛，好像都灌注了人屠徐驍一生戎馬積攢出來的老規矩。

沙場之上，武將無論功勳多寡，無論資歷深淺，一律不得擅自使用長戟、馬槊，不得擅自披掛金銀鎧甲，不得獨出於鋒線之前！

一望無垠的廣袤黃沙大地，北涼鐵騎如廣陵江一線大潮，洶湧遞進。

已經披甲上馬的黃宋濮眺望遠方，握緊手中鐵矛，輕輕鬆了口氣。

所幸還剩下四百青草欄子潑撒在周邊四周，否則一旦被這支流州騎軍再悄無聲息地向前突進三里，恐怕他們就沒有這麼好整以暇出營列陣的機會了，也許就要多出數千騎的傷亡。

黃宋濮轉頭瞥了一眼。

現在的情形還能接受，雖然仍有些倉促，尤其是自己右翼騎軍很難跟上中軍和左翼，只不過北莽騎軍向來有一個傳統——三萬騎成一軍。即戰場之上，三位萬夫長率領三萬騎軍，形成一股野戰主力後，足以應付一切緊急狀況，是戰是撤，如何戰如何撤，誰誘敵、誰擾陣、誰鑿陣，或是交錯殿後，以及重輕騎之間的相互掩護，都可謂爛熟於心。

若說北涼騎軍像是規矩森嚴的私塾先生，那麼草原騎軍就是天生伶俐的市井刁民，在黃宋濮看來，兩方都已達到各自戰力的極致，戰場之上無高下之分，只看各自主將的應變快慢！

黃宋濮高高舉起鐵矛，一夾馬腹，怒吼道：「兒郎們，隨我大破流州，殺入涼州！」

大將軍黃宋濮一馬當先。

北莽西線大軍各營所有萬夫長、千夫長、百夫長，皆是如此。

悍不畏死，絕非北涼獨有！

在北莽眼中，好似遠在天邊的中原離陽兵馬，根本不算個東西，唯有近在眼前的北涼邊軍才配與我北莽鐵騎一戰！

第一場涼莽大戰，以攻城戰居多，北莽也的確攻破了涼州虎頭城、幽州臥弓城以及鸞鶴城。

涼莽雙方的騎軍主力，大概都會覺得不夠酣暢淋漓。

那麼第二場涼莽大戰，從西域密雲山口開始，到現在的流州，以及南朝腹地，再到將來的涼州關外，騎戰不停歇！

敵我雙方，轟轟烈烈，盡死馬上！

在這流州北部的大地之上，兵力處於優勢的北莽鋒線自然而然更為漫長，密密麻麻如蝗蟲過境。

黃宋濮接近兩萬嫡系親騎逐漸與左右兩翼騎軍拉開兩百步。

這兩萬騎嫻熟形成十個大型橫列，橫列與橫列之間相隔頗寬，大體上四列重騎在前，五列輕騎在後，唯獨有一列輕騎緊隨第一列重騎之後。

黃宋濮麾下所謂的重騎，是北莽草原一般意義上的精銳騎軍，不是北莽那位老婦人視為國之重寶的王帳重騎，不是北涼脂虎、渭熊這種名副其實的重騎軍，而是不同於輕騎騎卒的簡陋皮甲，所披掛鎧甲多是鱗甲內墊牛皮，仿製於大奉王朝那支自詡為「甲馬皆無雙」的騎軍裝束，甲片相連如魚鱗，重於鎖子甲，一般馬弓不能透甲，這類重騎軍的戰馬偶爾也能披有少量皮甲，騎卒持長槍，腰佩戰刀，也會有人擱置狼牙棒於馬鞍上。

涼莽騎軍之戰已經進行了二十餘年，北莽並不適合以騎擊步的那種聚散不定之策，面對知根知底的北涼邊軍，佯裝撤退更是只會弄巧成拙。

就在黃宋濮麾下那一列最前輕騎準備加速前衝，並穿過重騎縫隙向前突進之時，異象橫生。

接下來本該是黃宋濮率先以那列輕騎用性命去阻滯北涼騎軍衝勢，然後交由身後四列重騎一鼓作氣鑿穿敵方陣形！

但是原本齊頭並進的流州龍象騎軍突然變陣，而且變得莫名其妙，位置居中的萬騎竟然有意無意稍稍放緩衝勢，左右兩翼則在剎那間開始向兩側收攏鋒線，迅速加厚陣形，然後不再刻意保留戰馬腳力，驟然加速，幾乎是繞過了黃宋濮的中路大軍，插入方向，恰好是銜接疏散、陣形薄弱的三營交接地帶，這就像是要當場斬斷黃宋濮部主力之外的兩條胳膊！

太快了。

早有預謀！

遭逢變故，黃宋濮沒有絲毫猶豫，繼續領軍奮勇向前，哪怕被兩股龍象軍在間隙中成功鑿穿陣形，己方僅中軍大營就留有一萬精悍步卒駐守，絕無炸營隱憂。一旦雙方撥轉馬頭再度衝鋒，隱藏在左營中的那支實力最接近王帳鐵騎的數百重騎，只要趁機殺出，說不定就能將其中一股龍象軍澈底擊潰！

如果說左右兩股北涼騎軍的衝陣充滿了刁鑽氣息，那麼雙方中軍的凶狠碰撞，就是毫不拖泥帶水的硬碰硬。

先是黃宋濮那一列輕騎加速穿過縫隙急速向前，丟擲標槍，這些輕騎皆是南朝邊軍中膂力出眾之輩，五十步內，標槍之勢，威力勝出馬弓無數！

幾乎是一個照面，三百騎龍象軍就當場墜馬而死。

但是北涼騎軍第一排鋒線依舊齊頭並進，人人臉色冷漠，畏死者先死！

不管天下其他軍伍如何，這個道理，徐家將士從中原春秋一路帶到西北邊塞，已經傳承了足足四十來年！

這列北莽輕騎在標槍之後，或抽刀出鞘或丟套馬索，面對那一排長槍橫放如林，同樣悍不畏死。

與北涼邊軍爭生死，如何才能讓自己活下來，北莽南朝邊軍也經歷了整整二十年！

僅一個擦肩，近千北莽輕騎就被一槍撞死於馬背之上。

那些輕騎接下來還要面對之後的一列列龍象軍鐵槍。

這註定是十不存一的慘烈結局。

這就是真正意義上的騎軍撞陣。

沒有什麼馬弓互射，沒有半點花哨招式。

因為這一列輕騎的毅然犧牲，涼莽雙方的第一次長槍互撞，使得黃宋濮所在那一列重騎軍占據先天優勢。

黃宋濮與身邊依次排開的近百騎貼身扈從，大多數都是毫無懸念地一槍撞敵下馬。

騎軍撞陣之中，落馬者必死無疑，這是邊關鐵律。

騎軍衝鋒，鐵槍開陣，極為忌諱一槍貫穿敵人身軀，即便能夠快速抽出，仍會貽誤戰機，生死一線，容不得任何馬虎，況且兩軍相互鑿陣，可不是只有一排鋒線，否則「鑿」之一字從何說起？

一擊斃命的同時要求最大程度蓄力，就是活到最後的保證。

大將軍黃宋濮一手帶出的嫡系騎軍，畢竟是南朝邊軍裡數得著的頭等精銳，除去第一列輕騎的傷亡極其慘重，接下來三列重騎與流州龍象軍的互換戰損，僅是稍占下風。

悄無聲息之間，最後一列重騎已經位於最後，四列輕騎越過那列鋒線快速突進。

因為黃宋濮深知戰場之上，最後那一口氣，不能墜！

◆

左翼一萬龍象軍之中，一名相貌儒雅的中年武將作為錐頭，悍然開陣，位於這種陣形的前方騎軍，無一不是先鋒營敢死士，死得最早最快。

北莽西線大軍對此人本就不陌生，在十天之前那場交手後，更是恨得牙癢癢。

大概整座北涼邊軍，也只有此人能夠如此特立獨行，手持一杆鐵槍，左右腰間佩劍懸刀，馬鞍兩側更是皆掛戟囊。

此人正是在北涼邊軍中驍勇善戰卻聲名狼藉的龍象軍副將——李陌藩！

這一萬騎的突破口，正是黃宋濮部中軍與隴關甲字豪門的嫡系騎軍，大概是沒有人預料到北涼邊騎竟然會避免正面作戰的緣故，一萬騎的鑿陣，顯得勢如破竹，恰似刀割豆腐，遊刃有餘。

另一股龍象輕騎的插入，更為輕鬆。幾股由南朝乙字高門彙聚而成的騎軍，匆忙出營，本就與中軍陣形存有間隙，瞬間就被龍象軍一萬騎在側面上削去一大片，竟是硬生生給殺掉一千多騎。

若說雙方萬人規模的正面撞陣，殺敵千餘，不會顯得如何出奇，甚至擱在習慣了不死不休的涼莽戰場上，都談不上慘烈二字。但當下這種純粹屬於擦身而過的衝鋒陣形，兵力處於優勢的一方還會折損千人，就有些荒唐了，足可見北莽南朝邊軍的二等精銳遇上曾經被譽為涼州邊軍輕騎第一的龍象軍，哪怕北莽騎軍求戰欲望強烈，毫無怯意，仍然是有心無力。

如果說龍象軍左右兩翼騎軍避重就輕的突入，已經足夠匪夷所思，那麼龍象軍在接下來的表現更是讓北莽西線主力感到莫名其妙。

在相互鑿開陣形後，本該各自撥轉馬頭，展開第二次衝鋒，這才是之前涼莽騎戰二十年的題中之義，但是讓北莽左右兩營騎軍瞠目結舌的一幕發生了——在李陌藩和另一位龍象軍副將的統領下，兩萬騎軍竟是直奔北莽大營而去！

北涼鐵蹄輕而易舉踏破北莽營寨簡陋的拒馬防線，擁入大營之後，尤為熟門熟路，如在自家門院閒逛，輕騎長驅直入，沒有絲毫滯留，兩股洪流逐漸併攏，往後方那座戰力孱弱的輜重營迅猛殺去！

相比之下，與黃宋濮中軍展開撞陣的中路龍象軍，戰損最大，鑿陣速度也最為緩慢，戰場上雙方都拋下了兩千多具屍體，龍象軍稍稍兩千出頭，北莽接近三千，這種互換，已經足夠堪稱壯烈。

一身鐵甲滿是血跡的黃宋濮已經停馬站在末尾處，抖落槍頭鮮血，老將軍勒馬轉身，瞪大眼睛，瞬間領會龍象軍的真正意圖，怒吼道：「完顏銀江！不用去管敵軍左右兩翼，拚死纏住這支中軍，不要讓他們流竄入營！」

北莽左右兩營騎軍本就憋屈，原本與兩股龍象輕騎錯身之後，繼續前奔，要與主帥黃宋濮大軍會合，聽到老將軍的怒吼之後，從隴關大貴族出身的完顏銀江到那些麾下萬夫、長千夫長，紛紛醒悟。

今天這場仗，註定跟以往不太一樣！故而也顧不得陣形，雙營騎軍先鋒急速轉身，尚未與中路龍象軍失之交臂的尾部騎軍則開始斜插過去，試圖將其一寸寸攔腰截斷，如剁長蛇！一旦某支騎軍喪失陣形，大抵上也就失去了速度，陷入泥潭後，就只能束手待斃了。

龍象軍的驍勇善戰毋庸置疑，可畢竟不是金剛不壞的神仙，不可能在這種情況下依舊所向披靡。

面對這種困境，中路龍象軍毫不猶豫地做出了壯士斷腕的舉動，位於兩翼鋒線的千餘騎，第一時間向外撒開去，無形中與居中的大股騎軍拉開大段距離，以此來拖延兩側北莽騎軍的亡命衝撞。

毅然偏移陣形的這一千騎龍象軍，是在用性命換取主力騎軍的穩固陣形。

不斷遠離主力的那周邊兩側一千騎，竭力狂奔，在龍象軍騎卒的驅使下，心有靈犀的戰馬根本不計體力。

充滿飛蛾撲火的壯麗。

不斷有龍象軍輕騎被北莽騎軍的長矛捅落馬背，然後被後邊的北莽蠻子用戰刀輕輕一抹就挑起一顆頭顱。

有被北莽騎軍用套馬索扯落馬背後，一路拖曳，血肉模糊。

不成體系各自為戰的這支龍象軍千騎，面對源源不斷的北莽敵軍，必死無疑。

有一騎在被北莽一根長矛刺在肩頭後，搖搖欲墜的同時，仍是一槍捅爛了迎面敵騎的脖子，但是很快就被下一騎北莽蠻子撞落下馬，最後身體尚未墜地，就被馬術精湛的第三名北莽騎軍大幅度彎腰劈下一刀，砍下了頭顱。

攔不住了。

率領主力轉身再戰的黃宋濮重重嘆息一聲。

老將沒有想到這次龍象軍真正的意圖，竟然會是那座作為糧草重地的輜重營，更沒有想到他們對自己大營的內部部署如此熟悉。

一切都發生得太快了。

龍象軍左右兩翼突陣，中路主力鑿陣，以及其中那一千騎龍象軍的犧牲，皆是如此。

讓這名戰功顯赫的北莽老將措手不及！

黃宋濮突然轉頭望去。

馬蹄陣陣，塵土飛揚。

黃宋濮對身邊一名扈從沉聲道：「傳令下去，營中步卒一律出營結陣於大營南方！命左營大軍隨我們中路一起追殺龍象軍，各自繞營而過，盡快纏住敵軍！不用貪功，若是龍象軍試圖分路撤回青蒼城，務必就近咬死其中一股騎軍！

還有，讓完顏銀江率軍阻截後方那一萬騎，應該是流州將軍寇江淮的騎軍，流民青壯居多，夾雜些許涼州邊軍而已，戰力不值一提。」

黃宋濮突然補充道：「對了，告訴完顏銀江，小心徐龍象本人有可能藏在寇江淮大軍之中，其餘事情不用考慮！」

與此同時，黃宋濮身邊一位披掛一副尋常鎖子甲的中年男子，微笑道：「若是大將軍不放心，我去完顏銀江身邊，順便領教一下那位萬人敵徐龍象。」

黃宋濮瞥了眼這位種家二當家，點了點頭。

在種涼一騎遠去之後，黃宋濮這位身經百戰的老將並沒有絲毫氣餒，一座無關大局走勢的輜重營存亡與否，他不心疼，南朝雄厚底蘊還經得起這種損耗，只要中軍與左營騎軍成功截下一股龍象軍，將其吃下，哪怕不足半數，甚至只需要是五、六千騎，這場仗就是己方小勝——真正意義上的小勝，而非太平令所謂的小輸即小勝！

為了保證以最快速度跟上那支正在輜重營大開殺戒的龍象軍，黃宋濮和那支南朝隴關係二等精銳騎軍分別繞營北去。

龍象軍不可能一路向北逃竄，必然要南歸青蒼，若說人人騎馬的龍象軍為了避開追殺，膽敢從營帳林立的軍營中原路返回，那就真是自尋死路了，只能被兵力依然占據絕對優勢的南朝邊軍來一個甕中捉鱉。一旦完顏銀江部頭等邊軍精騎打爛那支寇江淮部援軍，就更是穩操勝券，這座大營就會是兩萬多龍象軍的墳地！

黃宋濮相信龍象軍副將李陌藩還不至於如此昏聵。

事實上，闖入敵營的龍象軍動向都在黃宋濮預料之中。

三股騎軍匯流的龍象輕騎，面對北莽輜重營自然是毫無懸念地砍瓜切菜，見人馬便殺，見糧草便燒，之後便由北面出營，然後並未分兵兩路，而是保持陣形，一同沿著北莽大營左側周邊往南直下，剛好遇上兵力眾多的三萬八千多騎隴關乙字騎軍，而仍有一萬六千人的黃宋濮嫡系主力精騎，在稍稍繞出一段遠路後，也開始從後方疾馳而來。

再往南，北莽西線大軍的步卒也開始出營結陣，已經開始不斷向右方移動，堵截那支即便能夠順利鑿陣南下的北涼騎軍。

更南邊，是以兩萬餘甲字豪閥精騎對陣寇江淮部一萬北涼末等騎軍。

按照這種情形，龍象軍主力想要越過三道防線，同時還要避開黃宋濮精銳騎軍的追殺，絕對要付出慘重代價！

完顏銀江策馬前衝的時候，真是志得意滿，已經在想像不久之後自己一手拎著北涼徐龍象的頭顱，一手提著寇江淮的腦袋，大踏步跨入那座皇帝陛下高坐龍椅的西京廟堂，成為王朝第一位憑藉軍功封王拜侯的邊軍大將！

這位正值壯年的南朝豪閥大人物忍不住哈哈大笑，高聲道：「北涼黃蠻兒、寇江淮！你們二人的頭顱何在？」

◆

流州臨瑤、鳳翔兩鎮是姓北涼徐還是北莽慕容，差一點就更換了城頭旗。

原本以流州副將身分兼領鳳翔鎮兵權的馬六可，本是鳳翔地頭蛇出身，迫於形勢才依附清涼山，之後便反復無常，與朱魍多有勾連，最終在去年被龍象軍副將王靈寶領兵圍剿，馬六可嫡系騎軍幾乎損失殆盡，馬六可本人則不知所終，未見屍首。

在臨瑤軍鎮擔任城牧的蔡鞍山，則要安分守己許多，加上曹嵬部騎軍兩次途經臨瑤軍鎮，以及謝西陲頂替馬六可統轄兩鎮兵事，蔡鞍山便徹底閉門謝客，退出官場。

在這種情況下，本該率領兩萬爛陀山僧兵趕赴青蒼城的新任流州副將謝西陲，在過鳳翔臨近臨瑤的半途中，突然分兵，親自領半數僧兵回到鳳翔軍鎮，剩餘一萬僧兵則交予那位六珠菩薩，屯兵臨瑤軍鎮。

對此那尊爛陀山女子菩薩並非沒有異議，畢竟兩萬僧兵增援青蒼是清涼山和都護府都欽定的決議，沒有年輕藩王或褚祿山的親手軍令，不容更改既定路線！如今無論是那座爛陀山還是她本人，都已經與徐家綁在一根繩上，她哪裡敢如此畫蛇添足，萬一貽誤戰機，一個北涼新人謝西陲大不了以死謝罪，可她就要連累西域萬千信徒一起陷入萬劫不復的淒慘境地。

為此，她和那名年輕副將產生過一場針鋒相對的爭執，她完全不知道白白浪費兩萬僧兵留在遠離青蒼主戰場的兩鎮之中，有何意義？難不成是春秋不義戰裡屢見不鮮的隔岸觀火？可你謝西陲當真以為這兩萬僧兵是你的嫡系兵馬了？想要擁兵自重，待價而沽？

當時謝西陲只是心平氣和地告訴她，戰場變化瞬息萬變，勾連西域和北涼的臨瑤、鳳翔兩鎮，看似是錦上添花的存在，可有可無，但是在有些特殊態勢之下，極有可能成為北莽奇兵的突破口，不但可以作為截斷郁鸞刀部幽騎和曹嵬部騎軍後退路線的「險隘」，還能夠讓兵力從來不是問題的南朝邊軍，舒舒服服以兩座軍鎮作為依託，對孤懸塞外的青蒼城，鋪展開足夠廣度的進攻線。

原本兩鎮不足以成為流州戰事的轉捩點，但是目前有利於流州的大好形勢，反而凸顯出了兩鎮的潛在戰略意義，真正讓北涼謀士李義山的舊有方略發揮出了作用。

女子菩薩佛法精深，卻自知不擅兵事，尤其謝西陲還是在廣陵道戰場大放異彩的年輕兵法宗師，她自認無法說服他，但是她也絕不敢將整個西域佛門的安危繫於那年輕人一身。

面對堅持己見的謝西陲，她只能提出一個折衷的辦法，就是他們一起帶著兩萬僧兵趕赴臨瑤軍鎮，同時讓僧兵中一位身分隱蔽卻身具佛門金剛神通的中年高僧，臨時以斥候身分火速趕赴青蒼城內的流州刺史府邸，彙報此事。她的意思是，哪怕清涼山和都護府來不及回覆此事，只要刺史府邸肯點頭，她就答應謝西陲的分兵入鎮一事。

但是謝西陲直言不諱地告訴她，流州青蒼城那邊，刺史楊光斗也好，甚至陳亮錫也罷，都不敢在這種事情上擅作主張，何況也未必來得及，於是兩人當時就陷入僵局。

最終破局，是一頭刺破雲層，停在謝西陲手臂上的神駿海東青！

流州戰事已起，涼州戰事也即將拉開序幕，但是在這種情況下，這頭褚祿山親手熬養出來，然後這些年一直追隨年輕藩王的海東青，竟是以年紀輕輕且遠離兩座戰場的謝西陲，作為唯一聯繫物件！

那一刻，她心情複雜，無言以對。

謝西陲沉聲告訴她：「此事功過，我一人當之！」

年輕人又加了一句：「北涼王也堅信，我流州副將謝西陲，一人可以當之！」

她這才默認了他的兵馬調度，兩萬體魄雄壯且悍不畏死的爛陀山僧兵，分兵入駐鳳翔、臨瑤兩鎮。

此時此刻，一襲白色袈裟卻滿頭青絲的女子菩薩站在臨瑤軍鎮的城頭，看著城外那些在數千騎軍護送下趕來攻城的北莽萬餘精銳步卒，她如釋重負。

賭對了。北莽確實意圖偷襲兩鎮！

即便是她這樣的兵事外行，也清楚僅憑兩鎮之前不斷抽調出去導致越顯薄弱的兵力，根本不足以守住兩鎮。她對涼莽雙方邊軍一些主要精銳，還算有些大致瞭解。比如涼州關外的大雪龍騎軍和白馬遊弩手，幽州境內的燕文鸞部步卒，流州的龍象軍。

北莽南朝董卓麾下據說能夠跟幽州步軍掰手腕的步軍，以及那位董胖子的烏鴉欄子，或是已經覆滅在流州的那支羌騎，如今被拆散的柔然鐵騎等等，她都有所耳聞。

在這之外，也有一些兵馬她同樣不算陌生，其中就有在北莽南朝邊軍中比較「鶴立雞群」的步跋卒。世人皆知草原騎軍禍害中原將近八百年之久，從未聽說過草原有善於攻城的兵馬，從來都是要麼繞過那些雄關險隘和高城大鎮，要麼一直都是草原騎軍主動尋求中原邊軍的野戰主力，將其一舉殲滅，使得那些邊關城池都失去原有戰略意義。

但是如今的北莽不太一樣，除了董卓私軍裡大部分是步卒之外，南朝邊軍在數座軍鎮裡都屯紮有一種特殊兵馬，那就是步跋卒。他們絕不同於尋常步軍，其待遇不輸於中原歷史上的重甲步卒，是那位北莽女皇帝眼中真正的百金之士。

李義山曾對這支兵馬有過這樣的描述：「北莽南朝步跋卒為南院大王黃宋濮心血所在，上下山坡，出入溪澗，最能逾高超遠，輕足善走。山谷深險之處，多用步跋卒，攻城之力不輸中原頭等銳士。」

她輕輕呼出一口氣，瞬間眼神冷冽，隨手將一具披掛甲冑的屍體高高拋出城外，正是試圖伺機而動的臨瑤城牧蔡鞍山！

北莽顯然有備而來，早已說服蔡鞍山暗中歸順南朝，裡應外合，臨瑤軍鎮如何守得住？在入城之前，謝西陲就告訴她，盯緊蔡鞍山，只要有絲毫風吹草動，錯殺好過不殺！

她根本不去看那具重重墜地的屍體，喃喃道：「以前總覺得兵書上的『用兵如神』，都是讀書人出身的史家胡亂吹噓，如今看來，是我井底之蛙了。」

那個年輕人不但預見了北莽意圖染指兩鎮的結果，而且透過那隻海東青，向曹嵬部騎軍下令，不用在南朝腹地策應郁鸞刀部幽州騎軍，而是火速原路返回，吃掉所有滲入流州邊關的北莽邊軍！

這份膽識和魄力，真是讓身處同一陣營的她都感到悚然。

萬一萬一，事到臨頭，一就是一。

但是那位流州副將，就恰恰能夠將這個成真的萬一，原封不動還給北莽。

她不覺得這是什麼瞎貓碰到死耗子。

練武之人，有驚才絕豔的不世出之天才。用兵之人，也是如此，成為那種不世出之英雄。

在西域三鎮北涼最偏遠的鳳翔軍鎮城頭之上，謝西陲身披甲冑，手按涼刀，神情冷漠。

哪怕是這種裝束，這名相貌儒雅的年輕人，更多還是給人一種讀書人的感覺。

他用只有自己才能聽到的嗓音低聲道：「寇江淮，你早年說過總有一天，要在一場騎戰中打得像是自己在用騎軍欺負步軍！」

離陽王朝後世評價，自大奉王朝以來，堪稱儒將者，以春秋兵甲葉白夔奪魁，葉白夔之後，當屬陳芝豹。

陳芝豹之後，謝西陲，儒將第一！

三人各領風騷，並無高下之分。

可能是當時僅有謝西陲一人尚在人世，且身居廟堂高位的緣故，這份蓋棺定論，並不一定能夠完全服眾。但即便如此，謝西陲在後世兵家心目中的卓然地位，已經足夠分量。

對此，遲暮之年的謝西陲只是私下對至交好友笑言：「用兵之奇，我遠不如寇江淮。」

謝西陲、寇江淮。

大楚雙璧！

如今則是北涼雙璧。

◆

一支人數並不占優勢的騎軍，想要一鼓作氣鑿穿間距恰當且銜接緊密的三道防線，尤其是其中兩道防線同為大規模騎軍，一般情況下，無異於癡人說夢。

如果再加上身後有將近兩萬精騎咬尾追殺，大概已經完全可以用「死地」二字來形容處境了。

就是在這種極端險峻的形勢下，一路向南奔襲的龍象軍開始變陣，槍矛多半都已毀棄的先鋒騎軍稍稍收攏鋒線，以一馬當先的李陌藩為首，人人抽刀出鞘，以錐形開陣，顯然是要用最快的速度越過乙字隴關豪閥的三萬八千騎。

與此同時，大致在龍象軍陣形中段位置，拉伸出一條涇渭分明的界線，放緩戰馬奔速的萬餘青壯騎軍集中在後方，幾乎人人槍矛俱在，以正常的騎軍撞陣姿態，鋪出一排排槍矛橫出的淩厲鋒線。

前者開陣，更多是用以撕裂敵方陣形，同時最大程度阻滯北莽騎軍的速度，後者凶狠撞陣，則是更為生死相搏。

不遠不近剛好能夠咬住這支龍象軍後背的黃宋濮部騎軍，在那位北莽大將軍的親自率領之下，沒有竭力前衝，而是在龍象軍變陣的同時，陣形亦是悄然變化。

騎陣中間薄、兩翼厚，一來他們戰損最大，加上先前繞行至大營北方截斷龍象軍北退之路，騎卒與戰馬都有些疲憊，一鼓作氣之後，便需要藉此機會重新蓄勢。再者，聯手南朝乙字高門的嫡系騎軍進行南北夾擊，一旦他們衝得太快，碰上穿過龍象軍陣形的己部騎軍，就會造成己方對撞的尷尬局面，反而容易相互掣肘。

所以黃宋濮部騎軍如洪流遇到江心砥柱，有意讓出正北方大片地帶以便友軍撥馬轉身，到時候自然而然聚攏在一起的兩支騎軍，陣形瞬間就能夠變成中腹兩翼皆厚重的絕佳情景，配合南邊那座由出營步卒構成的拒馬陣，肯定能夠對那支鋒芒一挫再挫的龍象軍造成相當可觀的殺傷。

但是北涼流州邊軍原本已經流露出全軍覆沒的跡象，在寇江淮部騎軍與完顏銀江部兩萬騎的相互鑿陣之後，形勢急轉直下！

兩萬氣勢洶洶的南朝頭等邊軍精銳，本以為是一場簡簡單單便能撈取滔天戰功的勝仗，不承想在碰撞之後，根本就是兵敗如山倒！

寇江淮和一名身披奇怪紅甲的年輕武將並駕齊驅，勢不可當！

兩騎是如此，他們身後萬騎更是如此！

若非隱藏在完顏銀江身邊的種涼出手相救，完顏銀江恐怕就要被那名身穿符將紅甲的年輕人一槍貫胸而過！

若非那名在涼莽戰場贏得萬人敵稱號的年輕人並無戀戰心思，恐怕就算種涼想要保住那位隴關貴族領頭豪閥的二號人物，也殊為不易。

但是身處戰場之中的種涼也感到心驚膽戰。

這一萬騎的戰力怎麼可能是北涼末等騎軍？

當之無愧的龍象軍主力還差不多！

完顏銀江部兩萬精騎就像是一幅被利器撕開的綢緞，戰損極大，相互錯身之後，竟是躺下了三千多騎，這種重創簡直是匪夷所思。

牽一髮而動全身。

完顏銀江部精騎莫名其妙的不堪一擊，直接導致北莽西線步卒防禦陣線的人心浮動，因為只要北面龍象軍順利南下，就會形成兩支騎軍對一支步軍南北夾擊的態勢。

這對於在草原上只有末等男子才會淪為步卒的那座大型方陣而言，足以致命。

剎那之間，形勢互換，勝負易手！

數座隴關乙字高門集合而成的將近四萬騎軍，雖然依舊咬牙阻截南下龍象軍，但面對一支人數依舊達到兩萬五千多人的北涼騎軍，自然是心有餘而力不足。

斬殺敵騎不下三十人的李陌藩的鐵槍早已崩斷，馬鞍兩側的四十餘枚戟囊更是短戟用盡，北莽輜重營內四十餘具屍體，無一例外頭顱上都插有一支短戟！

當作為騎陣錐頭的李陌藩率先成功殺穿敵陣時，滿甲鮮血。

這位龍象軍副將當時身後看似是兩萬五千多騎龍象軍，其實準確說來不足一萬五千騎，因為其中夾雜有戰力遠遜龍象騎軍的寇江淮部一萬人！

那一萬名膂力出眾且從始至終都在養精蓄銳的流民青壯騎軍，長槍所過之處，盡是北莽騎軍的落馬屍體。

寇江淮這一手偷梁換柱，正是這場從頭到尾都給北莽騎軍荒誕感覺的戰事，真正的關鍵所在。

事實上先前這一萬人始終跟隨在左翼兩股龍象輕騎身後，從破陣到入營，再到現在的南下，戰損幾乎可以忽略不計。

戰事初期，兩翼龍象軍最早的破陣太過輕鬆，所以並未被北莽看破他們的身分。

於是在眼下的戰場之上，北莽大軍陷入無比尷尬的滑稽境地。

最南方的完顏銀江部騎軍給打得精氣神半點不剩，上至主將完顏銀江，下至普通騎卒，人人倉皇失措。

然後是陣形尚未徹底凝聚成勢的步軍方陣，北莽南朝邊軍的頭等步卒，兩萬餘步跋卒都已抽調去奇襲鳳翔、臨瑤兩鎮，這支匆忙出營結陣的步軍，多是披掛輕質皮甲而已，畢竟不是中原歷史上那種專門針對草原騎軍的重甲步卒。

這支步軍的初衷是用以攻打流州青蒼城，怎麼可能用來抗拒北涼騎軍的正面衝鋒？對於這種步騎之戰，北莽步軍無論是裝備還是素養，都顯得異常生澀稚嫩。

以步卒身分下馬作戰，本就是北莽草原男子的軟肋，對於用不順手的步弓重弩，更是天然陌生，突然要他們站著不動面對一支北涼鐵騎的衝撞，那種彆扭至極的不適，可想而知。

更北方，是已經與龍象軍擦肩而過的乙字高門部騎軍，最北方，則是讓出中腹的黃宋濮部嫡系鐵騎。

本該同氣連枝的完整防線，支離破碎。

北莽兵力依舊占優，可是涼莽雙方的士氣，天壤有別！

李陌藩舉目眺望著那相隔一座北莽步軍方陣的寇江淮部騎軍，那才是貨真價實的龍象軍主力。

這位武將扯了扯嘴角，舉起涼刀，輕輕一旋。

他身後一萬多龍象輕騎根本就不理睬那座步軍大陣，在步陣邊緣畫弧繞行，輕鬆南下。

李陌藩聽到一個嗓音後，突然錯愕轉頭。

在正面撞陣後還剩下八千流民青壯的身後騎軍，有一騎竟是筆直撞向北莽步軍方陣，長槍向前，怒吼道：「流州鐵騎！願死者！隨我死！」

臉色冷漠的李陌藩放緩馬速，始終轉頭北望。

那個傢伙瘋了不成？

今日戰事首尾，都出於寇江淮的縝密部署，本來到目前為此，一切都在寇江淮的算計中，可那位流州將軍可從沒有讓流民青壯主動赴死一說！

要知道這種擅作主張畫蛇添足的大膽行徑，戰後軍功全無不說，按照北涼軍律，輕則降低品秩，重則斬首示眾！

在李陌藩視野中，只見那一騎在即將撞上北莽步軍拒馬槍之際，猛地勒緊馬轡，那匹出自纖離牧場的甲等戰馬驟然高高躍起，越過前兩排向前傾斜的拒馬長矛，連人帶馬一撞而入！

重重墜落的戰馬鐵蹄，當場踩踏死一名北莽步卒。

不堪重負的戰馬雙膝折斷，那名流州騎卒手中鐵騎凶狠遞出，竟是一槍接連捅穿三名步卒的胸口！

落地後的流州騎卒雙手握槍，向前狂奔。

在他身後，那一條騎軍鋒線，面對正前方那座寒光閃爍的北莽拒馬陣，人馬皆無絲毫退縮，就那麼筆直撞去！

那一匹匹北涼戰馬就那麼被尖銳長槍捅死。

騎軍面對嚴陣以待的步軍方陣，想要正面開陣，前排先鋒騎軍必死，這是板上釘釘的結局，只有這樣，才能一點點打破步軍陣形。

除了用騎卒和戰馬的性命去填，沒有任何捷徑可言。

八千流州騎，撞陣！

到最後，竟是無一人跟隨龍象軍繞陣南歸。

北莽步軍拒馬步陣第一排，許多長矛之上，流州人馬皆掛屍而亡！

一些長矛更是掛有兩具屍體。

步陣在這種源源不斷的撞擊之下，不得不向後退縮。

戰馬衝鋒之下的那股巨大慣性，許多拒馬槍都被崩斷，哪怕許多流州騎卒被步弓重弩射死在陣前，可是很多戰馬憑藉慣性，依舊是蠻橫地撞入陣中，開始有北莽步卒被直接撞死在陣中。

這座北莽步軍方陣哪裡見識過這般不計傷亡的騎軍衝鋒，原本還算密集穩固的大陣終於瀕臨潰散。

如果這座步陣是中原版圖上那種天生就是為了克制草原騎軍的重甲步卒，是那種鎧甲與戰術皆登峰造極的重步陣，那麼在疊陣前提下，拒馬長矛與多排立盾疊加防禦強度，輔以弓弩交替輪換，那麼即便這支流州騎軍以悍不畏死的姿態打亂前方陣線，可僅憑不斷倒地斃命的戰馬屍體本身，就足夠形成新的一道天然防線。與此同時，整座大陣有序後移數十步，同樣不惜以性命換取緩衝時間和戰略地帶，即便大陣短時間內無法布防到最開始的牢固程度，但對於後續衝鋒騎軍的持續殺傷力，依舊可謂驚人。

只可惜，這裡不是密雲山口一役，北莽步軍主將也不是將拒馬戰術運用到出神入化境界的謝西陲。

此時此地，前方拒馬槍陣破碎不堪後，加上那名最先撞入陣中的流州騎卒拚死攪亂，後邊的北莽弓弩步卒就徹底茫然了，根本不知道如何應對。

更致命的還在這座血肉模糊的戰場之外。

李陌藩麾下的龍象騎軍沒有轉頭幫忙流州騎軍，而是徑直南下，衝向試圖支援步陣的完顏銀江部騎軍。

而寇江淮和徐龍象親自領軍的龍象騎主力，則毫不猶豫地向北疾馳，向步陣後方撞去。

李陌藩不再轉頭望向那座屍體累積的戰場。

那名年輕流州騎將，他並不陌生，名叫乞伏龍冠，好像是年輕藩王親自從北莽帶入北涼的幸運兒。一開始在龍象軍擔任過伍長，後來去了茯苓軍鎮升任都尉，第一場涼莽戰事裡的牙齒坡一役，正是這名都尉打亂了涼莽雙方皆想誘敵深入然後一舉殲敵的精心部署，讓北涼都護褚祿山和當時的南院大王董卓事後都哭笑不得，所以年輕人一下子名動涼州關外。

戰事結束後，因為龍象軍在流州戰場上傷亡極重，同時寇江淮作為名義上的流州將軍，也需要一支自己的嫡系兵馬，乞伏龍冠就被從茯苓軍鎮抽調到流州，成為寇江淮麾下的三名騎軍校尉之一。

李陌藩忍不住心想，這個年輕人的確是個刺頭人物。他甚至打算，這小子如果能夠僥倖活下來，多半是甭想當官了，要不然到時候自己厚著臉皮去跟年輕藩王求個情，好歹把這小子的命保住，再悄悄丟到自己手底下當個親軍統領？

在龍象軍主力馳援之下，本就搖搖欲墜的北莽步陣從最早的足足將近兩萬人，十不存一！

步軍一旦被騎軍破陣，便是如此，可是八千流州騎軍也僅剩三千騎而已。

那名渾身浴血的年輕騎將乞伏龍冠，是被殺神一般的徐龍象從屍體堆裡彎腰抓起的，兩人共乘一騎南返。

傷亡慘重的三千流州騎軍，在寇江淮親自調度的主力龍象騎軍掩護下，撥馬撤退。

完顏銀江麾下騎軍在李陌藩部龍象軍的劇烈衝擊之下，陣形被搗爛得稀稀疏疏，最終還是沒能夠與北方的黃宋濮主力大軍形成包圍圈，只能眼睜睜看著這支流州邊軍突圍而去。

◆

南歸途中，在白馬遊弩手回稟北莽主力並無追擊意圖後，這支流州大軍停馬暫作休整。徐龍象、寇江淮和李陌藩三人碰頭，站在一起分別餵養各自戰馬。

李陌藩瞥了眼遠處聚集在一起的那股流民青壯騎軍，收回視線後，望向神情凝重的寇江淮道：「這場仗，算是大勝吧？預期的北莽蠻子輜重營已經給咱們打沒了，至於騎軍互換，大致是以一換二，也在承受範圍之內，而且最後還一口氣把黃老兒那支攻城步軍也吃掉了，這筆帳怎麼算都是賺的。」

寇江淮面無表情地點了點頭。

李陌藩嘆了口氣：「你之前坦言這場仗，必然會是先死龍象軍，再死流民騎軍，除了阻滯黃宋濮南下步伐，還能以此來練兵，兩不耽誤，以免在最後一場戰事裡，那些流州雛兒拖龍象軍的後腿。可是給那小子一折騰，後死是後死了，可死得也太多了些，到頭來損失了整整七千騎。寇江淮，你接下來怎麼辦？你只有這麼點兵馬，行不行？」

徐龍象突然說道：「撥出七千龍象騎給寇將軍。」

寇江淮搖頭道：「不用。」

徐龍象沉聲道：「七千騎劃給你後，不用還。」

寇江淮笑了笑，說了句讓人丈二和尚摸不著頭腦的話：「如果是在廣陵道，別說劃給我七千人，七萬人我也收，而且打死不還。但是在這裡，就算了。」

徐龍象想不通，也就懶得想了。

李陌藩會心一笑。

這位流州將軍瞇起眼：「我寇江淮有那流民出身的三千騎，足夠了。」

李陌藩問道：「那小子怎麼處置？我估摸著要是據實稟報給都護府，夠嗆啊！」

寇江淮淡然道：「紙是包不住火的，真要想讓乞伏龍冠活命的話，就只能據實稟報上去。」

徐龍象猶豫了一下：「我跟我哥說一聲？」

寇江淮搖頭道：「沒意義。」

徐龍象默然。

在流州三千騎那裡，有個年輕武將，獨自坐在一匹戰馬的馬蹄旁邊，低著頭，不敢讓人看到他的滿臉淚水。

八千流州騎，願死者八千。

因為他，袍澤戰死五千人！

第九章　謝西陲大破莽部　褚祿山決意守關

在流州邊軍返回駐地後，各處營帳都氣氛凝重。

兩封八百里加急兵文，從懷陽關都護府和拒北城將軍藩邸一前一後到達流州青蒼城。

寇江淮拿著兩封各自加蓋有「北涼都護」、「北涼王」的兵文來到三千騎流州騎軍的駐地。校武場上，寇江淮大步走上高臺，朗聲道：「流州騎軍都尉乞伏龍冠，出列！」

年輕武將出列站定，臉色平靜。

就像是戰場之上，視死如歸。

寇江淮面無表情地攤開一封兵文，緩緩念道：「流州校尉乞伏龍冠，貪功冒進，致使流州五千騎戰死，斬立決！北涼都護，褚祿山！」

三千流州騎卒人人面露不忍，滿臉悲憤。

寇江淮紋絲不動，眼神冰冷，俯瞰整座校武場。

被宣判為斬立決的年輕武將卻如釋重負，紅著眼睛，低頭抱拳道：「乞伏龍冠，領命！」

寇江淮嘴角扯了扯，突然笑問道：「北涼都護，在咱們北涼，官夠大了吧？比騎軍統帥和步軍統帥還要大，兩位北涼道副節度使更是遠遠不如，對不對？」

校武場上所有流民出身的騎卒都一頭霧水，尤其是乞伏龍冠。

寇江淮向前踏出一步，開始念第二封來自拒北城的兵文：「我徐家騎軍自成立初期，哪怕營不足甲、不足刀、不足馬，依舊是鐵騎！涼州騎軍老營有六，幽州去年有騎軍新營。」

讀到這裡，寇江淮略作停頓：「如今流州亦有鐵騎成營！准許沙場豎營旗而戰！」

寇江淮攥緊那封兵文，再次向前踏出一步，重重呼出一口氣後，沉聲道：「流州騎軍新立一營，直撞營！乞伏龍冠，由流州騎軍都尉貶為直撞營伍長！以伍長身分，統領此營！北涼王，徐鳳年！」

寇江淮望向那名年輕武將，怒喝道：「乞伏龍冠！領命！」

乞伏龍冠挺直腰杆，微微顫聲，竭力喊道：「乞伏龍冠！敢不領命？」

北涼軍律，北涼鐵騎，只要披甲在身，就算遇到大將軍，從來不用跪！

寇江淮收起兩封兵文，沒來由想起了那場戰事中年輕武將的那句無心之語。

這位流州將軍一字一頓咬牙道：「流州鐵騎！願死者，隨我死！」

六珠菩薩在與謝西陲分兵離別之際，曾經問過這位流州副將一個誅心問題：「你就不怕你我二人守住了臨瑤、鳳翔兩鎮，卻因為兩萬僧兵沒有及時馳援流州戰場，導致青蒼城失守？」

當時謝西陲的回答很有意思：「有寇江淮在，便不可能。」

北涼邊軍歷來有排外的習慣，步軍副帥顧大祖早已在春秋戰事中贏得極高的名聲，可是在涼州關外，始終沒有達到應有的高度，背後明擺著有年輕藩王撐腰，也沒能改變那尷尬的境況。

錦鷓鴣周康就曾在重塚軍鎮內與他當場撕破臉皮。例如，同為步軍副帥，陳雲垂若是與涼州左右騎軍有事相商，或是需要借調人手，也許根本不用親至，一封信即可，甚至是天怒人怨地挖騎軍牆腳，從袁左宗到何仲忽和周康，恐怕誰都會忍著，最多在見面議事的時候笑罵幾句。可是輪到顧大祖，哪怕這位是能夠在兵家歷史上穩居一席之地的春秋老將，更是被譽為天下形勢論鼻祖的兵法宗師，在北涼邊軍中也絕對不會有此待遇。

不僅僅是顧大祖，其實年輕一輩的郁鸞刀起先也是境遇不順，所以只能從流州前往幽州擔任騎軍將領，而不是直接在涼州邊騎攀升。要知道在幽騎打下葫蘆口外那一連串戰役之前，幽州騎軍一向被眼高於頂的涼州邊騎嘲諷為繡花騎軍，私底下笑話為老帥燕文鸞的閨女，繡繡花還行，打仗絕對不行。

再到與龍象軍做鄰居的流州將軍寇江淮，第一場涼莽大戰過後，龍象軍要補充兵源，何仲忽也好，周康也罷，哪怕是從無邊關履歷的年輕騎軍曹嵬，要兵要將，涼州邊騎上下雖有怨言，可最後都順著年輕藩王的意思照辦了。

唯獨官銜為一州將軍的寇江淮，雖說整座北涼官場心知肚明，此人是在廣陵道戰功顯赫的一位不世出兵法天才，到頭來，麾下嫡系兵馬，十之八九只能流民青壯出身，而且據說在寇江淮好不容易湊出一支萬人騎軍後，無論是兩隴的纖離牧場還是天井牧場，都不太樂意交付給他們優等戰馬，只是迫於年輕藩王來自清涼山那份措辭嚴厲的軍令，這才沒有以次充好敷衍應付。

寇江淮是如此，其實同為大楚雙壁之一的謝西陲也好不到哪裡去。在臨時升任從三品官職的流州副將之前，協同曹嵬部精騎趕赴密雲山口，他當時手下騎軍便來歷駁雜，大多是西域馬賊出身的鳳翔、臨瑤兩鎮騎軍，加上柴冬笛和劉文豹招徠的兩三千騎軍，這種雜亂兵馬，恐怕連被涼州邊騎看不起的幽州騎軍都要瞧不上眼。

這種根深蒂固的習慣能否改變，與新涼王個人威望的高低有一定關係，但關係絕對沒有大到朝夕之間就改變，而且那位年輕藩王似乎對此擁有近乎自負的自信。

事實上，無論是已經被何仲忽建言提拔為左騎軍第二副帥的郁鸞刀，還是沒那麼名副其實的流州將軍寇江淮，都不曾讓北涼失望，已經幫助曹嵬拿下密雲山口的謝西陲更是如此。

鳳翔軍鎮在謝西陲帶兵入駐之前，本就有兩千守城兵馬，流民青壯和幽州步卒各半，相比青蒼城的低矮城牆，當初大奉王朝顯然更為重視能夠第一時間增援西域都護府的鳳翔軍鎮，城牆定以中原郡城同等規模。

相比青蒼臨瑤兩座古代鎮，終大奉一朝，與其餘兩鎮長官同為郡守品秩俸祿的鳳翔，在得以佩帶大奉印綬的屬官一事上，多達兩百餘人，遠遠超過臨瑤青蒼的一百二十人。一旦更西邊的西域都護府無法控制轄區內的大小四十餘國，每逢戰亂，落敗逃亡的西域貴族必然要經過鳳翔軍鎮，然後才選擇是由舊北涼進入中原，或是就此轉向東南，前往蜀詔避難。

所以鳳翔軍鎮的歷史，就像它的城牆，比青蒼臨瑤都要更為厚重。

如果沒有謝西陲的一萬僧兵作為主心骨，鳳翔軍鎮面對一萬南朝步跋卒的攻城，以及有城外那三千騎軍的伺機而動，也許最多就是盡量在城下和城頭多放倒一些北莽蠻子的屍體，鳳翔註定依然會失守，北涼只能拱手讓出這個覆蓋小半座西域的戰略要點。

也許流州大敗於黃宋濮部西線大軍，鳳翔、臨瑤的得失並無太大意義，可是只要雙方均勢僵持不下，兩鎮握於誰手，便極有可能改變戰局。一方是需要為郁鸞刀和曹嵬兩支騎軍提供大後方，一方是可以以此作為姑塞州集結兵馬大力增援黃宋濮。假如流州騎軍僥倖大勝，並且尚有餘力突破南朝邊關防線，北征姑塞州，那麼北涼失去兩鎮，可以說是致命的失誤。

一萬南朝步跋卒的蟻附攻城，堪稱悍不畏死，不過由於是勝券在握的一場奇襲，並未攜帶耽誤推進速度的大量輜重糧草和攻城器械，所以即便是被北莽認為攻城之力不輸北涼幽州步軍和離陽薊南步卒的步跋卒，也打得很吃力。

雖然在步弓互射的過程中，完全沒有地理優勢的城下步跋卒依然表現出驚人的準頭，許多第一次真正參與戰事的流民青壯，哪怕事先被提醒在兩輪箭矢間隙不要露頭觀望，許多屍體仍是只能被拖下走馬道。在謝西陲最大程度不動用爛陀山僧兵的前提下，一撥撥手持盾牌、口銜莽刀的敢死士數次攻上城頭，然後一次次被幽州步卒和流民青壯拚死殺退。

從晌午時分至黃昏暮色，步跋卒付出了將近兩千條人命，竟有大半死在城頭之上，然後被摔下城頭。

在這期間，謝西陲僅是讓人人健壯雄武的僧兵參與協防兩次，兩次而已。

夜戰自然不利於攻城一方，步跋卒在嘗試了一次之後就放棄了。

多次攻上城頭卻無法攻破，就像江湖宗師只有一線之隔便可破境，自然不會就此放棄。

第二天，註定是一場更為慘烈的攻守戰。

守城一方，極為沉默。

人人望向那些爛陀山僧兵，尤其是那名面無表情的年輕主將，眼神中都有悲憤。

不是他們如何怕死，而是只要那個姓謝的年輕人願意抽出一千人來到城頭第一線，他們就可以少死很多人。

哪怕只有五百人也好！

所以當第二天清晨時分，北莽蠻子吹響攻城號角，從幽州步軍離開擔任鳳翔軍鎮守將的一名將領，對謝西陲說了一句話後，那位已經在昨日被流矢射穿肩頭的中年人，便又一次親自抽刀趕赴戰場。

他是笑著撂下的那句話。

「謝大將軍，你放寬心便是，大可端板凳高坐城頭，且看我北涼邊軍如何退敵！」

在中原那邊的離陽軍伍，是個校尉或雜號將軍，都可能被別人吹噓拍馬為「大將軍」。可在北涼，只有老涼王徐驍一人擔此殊榮，騎步兩軍袁左宗和燕文鸞不能，新舊兩任北涼都護陳芝豹和褚祿山也不能。

除了那支曾經在關外一起並肩作戰的幽州騎軍，新涼王徐鳳年至今都極少被尊稱為大將軍，更多的僅是一聲王爺而已。

所以謝西陲被帶著姓氏「尊稱」為大將軍，絕對不是什麼好意。

作為流州副將以及鳳翔、臨瑤兩鎮的直轄將領，謝西陲對於這種冒犯，好像完全不以為意，始終面沉如水，目送那名武將大步離去。

整整一天，步跋卒又在異鄉多出兩千多孤魂野鬼。

一萬步跋卒統領在和騎將商議過後，開始撤兵。

兩千北涼邊關守城步卒，只剩下六百人。

差一點戰死城頭的那名守城主將在被一名僧兵蠻橫拖下下馬道後，吐了一口血水，朝流州副將那個方向大聲罵道：「幹你娘的謝西陲！」

剩下六百人，除去不足一百幽州老卒，其餘皆是流民青壯。

雙方都對那個從頭到尾不動如山的年輕人充滿了仇視。

在北莽將退未退之際，謝西陲就已經下令道：「僧兵隨我出城，不計代價，最少纏住他們三個時辰。」

這種戰時袖手旁觀卻在戰後收尾撈取功勞的行為，在軍法如山的北涼邊關，已經二十年不曾見到一次。

謝西陲沒有解釋一個字。

那名救下守城武將的爛陀山中年僧人，在跟隨謝西陲走下城頭的時候，猶豫片刻，終於還是問道：「謝將軍，要不要通知臨瑤軍鎮那邊？連同那撥步跋卒一併吃下？」

這位武僧在爛陀山也是拔尖人物，無論佛法還是修為，都十分出彩。

一法通萬法通。

透過那尊女子菩薩臨行前的密語，他已經得知郁鸞刀部騎軍將會緊急掉頭，配合他們堵截步跋卒。

只是不知為何，謝西陲搖頭道：「不用。」

僧人百思不得其解，卻也沒有多話。畢竟謝西陲才是主將。

中年僧人已經切身體會到北涼軍律的可怕之處。

不管兩千守城步卒如何心懷不滿，不管謝西陲如何近在咫尺地袖手旁觀，依然人人慷慨赴死！

他只是滿肚子狐疑，只聽說過自古沙場武將，除了歷史上害怕自己功高震主的寥寥一小撮人，便只有嫌棄戰功不夠大的，這個姓謝的年輕人，倒是古怪得很。

謝西陲在率領僧兵出城後，轉頭望了一眼鳳翔軍鎮滿目瘡痍的城頭，喃喃自語。

「流民流民，流州之民，流放之民……李先生，用兵心狠至此，用兵奇絕至此……二十年前一場紙上談兵，猶然勝過我們如今奮然廝殺。」

◆

北莽中線大軍的馬蹄聲已經出現在虎頭城以南地帶，直撲懷陽關和茯苓、柳芽兩鎮一線，慕容寶鼎部馬欄子更是遠至重塚軍鎮，在涼州白馬遊弩手轉入流州之後，這些遠遠不如烏鴉欄子的北莽斥候肆意游弋四方。

坐鎮北莽中軍的兩位大將軍，正是董卓和沒有參與第一場涼莽大戰的橘子州持節令慕容寶鼎。不知為何，原本擔負攻打懷陽關任務的慕容寶鼎部，臨時轉為圍困茯苓、柳芽兩鎮。

董卓親自率軍前往北涼都護府所在的懷陽關，雖然有意氣用事的嫌疑，但是北莽王庭和西京兩座廟堂都沒有任何異議。原因很簡單，一來，董卓的小舅子突兀戰死於龍眼兒平原，沒誰願意在這個關口跟睚眥必報的董胖子較勁；二來，懷陽關是北涼關外唯一以險隘著稱於世之地，是當之無愧的雄關天險，可謂易守極易，難攻極難。

慕容寶鼎麾下嫡系雖有兩萬步軍，可是這位皇親國戚顯然沒信心用兩萬人馬，就攻下駐軍不下三萬北涼邊軍的懷陽關，一旦動用他那支北莽一等一的精騎去攻城，且不說這種行徑是不是暴殄天物，就只說慕容寶鼎能不心疼？這支人數不過三萬的冬雷精騎，其甲冑之好、戰馬之優、戰力之高，素來傲視南朝邊關。

當初北莽皇帝親自主持西京議事，決意讓慕容寶鼎部攻打懷陽關，與老婦人姓氏相同的橘子州持節令差點當場發火，之後洪敬岩與董卓的小舅子耶律楚材同時死於虎頭城北那場斥候之戰，柔然鐵騎一下子群龍無首，慕容寶鼎得以吸納足足三萬柔然騎軍，這才稍稍釋懷。

這中間未嘗沒有北莽皇帝的補償意思，否則慕容寶鼎想要跟公認喜歡吃獨食的董卓、在北庭根基深厚的寶瓶州持節令王勇爭搶，還要與那麼多盯著柔然鐵騎這麼塊從天上掉下來的大肥肉，眼珠子都已經發紅的草原大悉剔掰手腕，慕容寶鼎就算能夠分一杯羹，至多也就是撐死了將四、五千騎收入囊中。

所以當慕容寶鼎占了天大便宜後，董胖子竟然主動要求攻打懷陽關，這讓整個草原都豔羨橘子州持節令的狗屎運，簡直就是睡了天底下頭號花魁，完事後正心疼花酒錢呢，結果就有人傻乎乎湊上來幫忙提上褲子，還說這筆帳已經結了。

北莽最年輕的大將軍董卓和北涼都護褚祿山，並稱「北董南褚」，這兩人的恩恩怨怨，不僅僅是名動涼莽，連中原官場都素有耳聞。

如果沒有董卓這名兵法天才的橫空出世，也許徐家騎軍當年就已經勢如破竹地攻破草原北庭，讓本就岌岌可危的篡位女帝淪為離陽趙室的階下囚。董卓唯一的敗仗，正是拜褚祿山所賜，褚祿山的八千曳落河鐵騎，也正是在那一場截殺戰裡大放異彩。

先前雙方各自奔襲四百里，董卓部騎軍本已澈底脫離離陽騎軍包圍圈，仍是被擅自出擊的褚祿山死死咬住，最終一頭撞上，死傷慘重。雙方談不上勝負，只是董卓身受重創，曾被褚祿山一槍捅落下馬。

中原一直傳言褚祿山當時對被人匆忙救走的年輕北莽將軍撂下一句話，也正是這句話讓北涼鐵騎飽受詬病：「天下騎軍只分兩種，不是你們草原騎軍和中原騎軍，而是我們徐家鐵騎和其他所有騎軍！」

龍眼兒平原，當初臨時擔任烏鴉欄子主將的耶律楚材戰死處。

一位身材異常壯碩卻無臃腫感覺的北莽武將蹲下身，上下牙齒輕輕習慣性相互敲擊，瞇眼望向南方。

他身邊站著一個哭得稀裡嘩啦的小女孩，那匹通體雪白的神駿馬駒不知所措地圍繞女孩打轉，時不時用馬頭觸碰小主人。

兩名身披縞素的年輕女子，一人佩劍而立，容顏絕美，氣質清冷，另一位氣質雍容，她手捧骨灰，一把把抓起，一把把撒落在天地間。她們分別是北莽提兵山第五貉的獨女第五狐以及耶律楚材的姐姐、金枝玉葉的北莽郡主。

第五貉死在新涼王手上，耶律楚材死在年輕藩王曾經親至的這處涼州關外戰場，都與那個姓徐的年輕藩王有著直接關係。

名叫陶滿武的小女孩，雖然年齡不大，如今身段宛如嫩柳抽條，依稀可見美人胚子，而她的父親叫陶潛稚，退出姑塞州邊軍後前往龍腰州留下城擔任城牧，暴斃於幾年前一個黃紙飄飄的清明節。

陶潛稚與董卓是可換生死的邊軍袍澤，尤其兩人是初入軍伍時的袍澤，情誼自然更重。所以在陶潛稚死後，陶滿武就成了以冷血鐵腕享譽南朝的董卓的心肝，這個胖子甚至直截了當地跟他的兩位媳婦說過，就算以後有了親兒子、親閨女，自己也絕對不會對他們像對小滿武那麼親。

那個總喜歡抱起她後拿鬍子紮她臉頰的小舅舅，那個最喜歡開玩笑說等她長大後就要娶她做小媳婦，雖然當時總是白眼他，可心底一直很喜歡的年輕長輩，對陶滿武來說，就是世上最親的親人，所以做什麼事、說什麼話，都不用客氣。

陶滿武親眼看著那位姓耶律的嬸嬸拋撒骨灰，哭得眼眶紅腫，泣不成聲，只好用雙手死死摀住嘴巴，生怕自己沒盡頭的哭聲，讓本就很傷心的叔叔、嬸嬸更加煩心。

似乎是意識到小丫頭的哭聲小了，身披鐵甲、外罩縞素的胖子轉過頭，看到小滿武的可憐模樣後，動作輕柔地扯開她的纖細雙手，嗓音沙啞道：「沒事，想哭就哭，天底下的女子，其他事情不好說，想哭總還是能哭的。」

這位在北莽名聲顯赫不輸軍神拓跋菩薩的武將，哪怕是蹲著，也能夠與小女孩平視，很難想像這位曾以短短二十年戎馬生涯便官至南院大王的雄偉男人會流露出這般溫柔的神色。

那位北莽郡主撒完一罈骨灰，高高舉起手臂，隨手向遠處丟出骨灰罈，任由那只出自中原遺民之手的質樸陶罈砰然碎裂。

第五狐的眼皮悄然顫抖。

北莽郡主轉頭望向自己的男人，語氣淡漠道：「仇，你作為耶律楚材的姐夫，又是我大莽王朝的南征第一人，肯定得報。」

第五狐皺了皺眉頭，卻沒有說話。

董卓揉了揉陶滿武的腦袋，沉聲道：「這是當然！當年娶妳的時候，答應過妳，只要我這個小舅子沒有當上南朝第四位大將軍，他就一定不會戰死沙場，是我董卓失信在前，親兄弟明算帳，夫妻之間也是如此，這個仇就從懷陽關開始報！我一筆一筆跟那個姓徐的算。」

她轉頭北望遙遠的家鄉，輕聲道：「不過，董卓你作為我的丈夫，也不能死。」

董卓咧嘴一笑，雙手撐在膝蓋上，緩緩站起身：「北涼鐵騎號稱甲天下，可要我死，還真不容易。」

她慘然一笑，呢喃道：「你已經失信一次，千萬別有第二次。到時候，我就算想找人罵，又能找誰？」

她的家族在草原王庭那邊的勢力盤根交錯，董卓之所以能夠打亂離陽北征大軍的部署，當時麾下那支精銳騎軍，便是她嫁給這個男人的嫁妝之一。

這些年董卓在南朝廟堂平步青雲，一鼓作氣直至登頂，更少不了她家族的推波助瀾。董家步騎兩軍的戰力皆是北莽南朝當之無愧的第一，整整將近十五萬私軍，董卓怎麼養得起？尤其是早期，還是靠她的嫁妝支撐。

反觀她的弟弟耶律楚材，作為嫡長孫，板上釘釘的未來頂梁柱，離開耶律、慕容兩姓少年子弟都必須參加的王帳怯薛衛後，非要進入那個姐夫軍中，也非要從一名普通什長做起，結果投軍小二十年，到死還只是個比兵權介於千夫長和萬夫長之間的將軍，不上不下，換成任何一支南朝邊軍，誰敢如此不知死活地雪藏打壓耶律楚材？

她猶豫了一下，面容淒苦地自言自語道：「經歷過那場葫蘆口戰役後，他被你下令率領騎軍馳援楊元贊，我就很擔心這個一根筋的安危，所以背著你，我成功說服了有著同樣憂慮的父親，打算出力讓他進入兩支王帳鐵騎之一，擔任耶律重騎軍的主將。

可是到最後，父親那邊的運作已經有了眉目，耶律楚材這個王八蛋卻死活不答應，說要是硬把他從姐夫身邊挪開，那就離家出走，乾脆脫下甲冑，一人一騎去中原江湖逛蕩去。」

董卓雙手握拳：「這件事，我現在才知道。」

董卓舉目遠眺：「但假如我早就知道，又如果耶律楚材答應你們，我肯定不攔著，可如果他不願意離開，我也不會勸他。」

董卓繼續道：「我董家軍的兒郎，是整座草原最緊俏的百金之士，沒有誰擔心前程，只要自己想挪窩，最少官升一級。但是這麼多年，只有一場場大仗苦仗後，外人削尖了腦袋進入我董家軍，以身為董家軍士卒為榮。從沒有誰選擇離開這支兵馬……」

董卓突然笑了笑，改口道：「我說錯了，其實有，而且很多！就像我這個小舅子，戰死。」

董家兒郎馬上刀、馬上矛，死馬背、死馬旁。
家中小娘莫要哭斷腸，家中小兒再做董家郎！

她突然走向他，對著他的胸口狠狠一捶，到頭來，皮糙肉厚且披掛鐵甲的董卓沒什麼感覺，她的拳頭卻已經瞬間紅腫。

在這之後，她不哭不鬧，深呼吸一口氣，柔聲道：「別死在懷陽關，別死在拒北城，真要死，就死在距離草原最遙遠的中原南海之濱，我才能眼不見、心不煩。」

董卓咧嘴道：「好嘞！」

她轉身離去：「我這就回北庭，你別送了。」

大概是與小女孩陶滿武一樣，這位曾經小小年紀就揚言「只恨不是男兒身，否則必是萬戶侯」的堅毅女子，這位憑藉此語便讓北莽女帝開懷大笑連說三個好字的北莽郡主，同樣不敢當面哭出聲。

等到她獨自走遠，第五狐這才憂心忡忡道：「你為什麼偏偏要啃懷陽關這塊沒丁點兒肉的硬骨頭，留給慕容寶鼎去頭疼不好嗎？」

董卓自嘲道：「硬仗死仗，總要有人來打，我們那位皇帝陛下剩下的家底，如果還想要在中原版圖有所作為，就不能再打第一場涼莽大戰那樣的兒戲仗。草原兒郎，到底不是年年春又生的水草，割過一茬又有一茬。

如今草原大小悉剔都傷了元氣，北庭一旦再得寸進尺，恐怕就要內訌了。那麼大的一個爛攤子，神仙也補救不了，到時候吃苦頭的還是我董卓，白白讓北涼邊軍坐收漁翁之利，立下不世之功。」

董卓南望，視線盡頭，是那座被他親自攻破後毀壞不堪的虎頭城，再往南，就是坐擁天險地利的懷陽關。說來可笑，草原百萬大軍，跟北涼打了二十年仗，老人屠在世的時候，南朝邊軍連見到虎頭城的次數都屈指可數，直到人屠徐驍死後，他董卓終於大權在握，北莽的馬蹄才踩在了往南一些的地面上，但也僅是推進了一些而已。可如今，北涼郁鸞刀部的一萬輕騎在繼早年大雪龍騎軍之後，又一次深入南朝腹地，視姑塞州大小軍鎮要塞如無物。

董卓伸手指向南方，對這位小媳婦說道：「在懷陽關那座都護府裡頭，坐著個比我還要胖的胖子，據說離陽朝廷一直宣稱我與褚胖子之間的那場仗末尾，這位人屠義子說了那麼一句大逆不道的豪言壯語，說是天下騎軍，只分徐家鐵騎和其他所有騎軍。其實真相不是這樣的，只不過北涼邊軍何其自負，欣然接受了離陽文官的潑髒水，反而視為誇讚。」

董卓沒有收回手臂，一直指向南方，笑容陰沉，緩緩道：「褚祿山當時的確撂下話，我記得那個傢伙當時高坐馬背，用鐵槍槍尖指向我道：『聽說你小子叫董卓？我義父出於某些顧慮，不好全力出手，所以陳芝豹和袁左宗都懶得陪你耍，我褚祿山實在閒來無事憋得慌，這才跑過來跟你過過招，否則就憑你這麼點能耐，加上你手頭這點稀爛兵馬……』」

董卓長久沒有言語。

第五狐好奇問道：「下文呢？」

董卓收回手，訕訕然道：「然後身負重傷的我就昏厥過去了。」

似乎是覺得有些丟人現眼，董卓低頭對小丫頭陶滿武做了個鬼臉。

滿臉淚水的小丫頭使勁攥緊董卓的手腕，沒有被逗樂，倒是越發泫然欲泣。

小女孩抬起頭，哽咽道：「董叔叔，你別死！」

在這個身世坎坷的孩子心目中，自己就像市井傳聞的那種掃把星，總是害死身邊最親近的人，從父親陶潛稚到耶律楚材，接下來是誰？

所以她很怕。

董卓蹲下身，伸出那隻摸慣了刀殺慣了人、布滿老繭的大手，幫小女孩擦拭淚水：「小滿武，別哭，董叔叔這種壞人，最長命了，閻王爺都不樂意收。」

一聽到這句話，小丫頭淚水更多了。

因為在她心目中，除了爹之外，董叔叔一直是天底下並列第二好的好人。

而那個曾經被她視為第一好的傢伙，如今只能悄悄降為第二了。

董卓不知道如何勸，就讓她騎在自己肩膀上，站起身後，一起望向南邊，董卓輕聲道：「放心，董叔叔會帶妳去見他最後一面的。」

陶滿武把小腦袋擱在董卓的大腦袋上。

董卓輕聲問道：「小滿武，那支歌謠怎麼哼來著，董叔叔總是記不住詞兒，你小舅舅以前總在我跟前唱來著，給他唱得難聽死了。小滿武，要不你最後教他一次？」

小女孩重重「嗯」了一聲，只是淚水太多哭意太多，她沒有馬上開口。

董卓也不急，沒來由記起一段經文，這位殺人如麻的北莽大將軍，雙手合十，低頭虔誠默念道：「自皈依佛，不受一切輪迴苦。自皈依法，得享十方三世福。自皈依僧，不墮往生諸惡道……」

與此同時，陶滿武猶顯稚嫩的嗓音也在董卓頭頂輕靈響起。

青草明年生，大雁去又回。春風今年吹，公子歸不歸？

青石板、青草綠，青石橋上青衣郎，哼著金陵調。誰家女兒低頭笑？

黃葉今年落，一歲又一歲。秋風明年起，娘子在不在？

黃河流、黃花黃，黃河城裡黃花娘，撲著黃蝶翹。誰家兒郎刀在鞘？

戰刀猶在鞘，公子已不歸。

對涼莽雙方很多活著的人來說，皆是如此。

只不過可能在中原眼中，三位藩王的連袂起兵造反，他們的戰火似乎來得無緣無故，只是那些北涼蠻子和北莽蠻子，那裡的死人，就死得理所當然，天經地義。

龍眼兒平原的黃沙大地之上，依然背著小滿武的胖子放下原本合十的雙手，沉聲道：

「褚祿山，你既然一心求死，那我就大大方方收下你那三百斤肉了！」

◆

控扼南下要道的懷陽關分內外城，依山而建，整體地勢往南遞增，尤其內城建造在山崖之上，城牆皆由條石壘成。

當年北涼傾力打造西北關外第一雄城虎頭城，所用石料大半取自陵州滄浪山，事後發現尚且餘下巨石十之三四，便一口氣全部南移到當時遠未達到如今規模的懷陽關，經過十多年的不斷加固累積，囤積了大量的器械糧草，只要外城不丟，水源也無憂。懷陽關除了戰略意義輸給虎頭城，難以攻破的程度，其實已經超過那座拒北城建成之前的離陽邊關第一城。

所以當初褚祿山執意要將都護府設在遠離涼州城的懷陽關時，徐鳳年沒有太多異議。但是在支離破碎的虎頭城失去防禦意義後，徐鳳年和清涼山都要求褚祿山退回拒北城，褚祿山依舊執意死守懷陽關第一線。

很難想像，這個有過千騎開蜀壯舉的人屠義子，率領過八千曳落河鐵騎的悍將，在北涼紮根後，卻一直官品低下而無所怨，一心過著那種紙醉金迷的荒廢生活，自稱喜醇酒、喜美婦、喜華服、喜大馬、喜名帖、喜奇卉、喜優遊。

一躍成為北涼都護後，又搖身一變，在貧瘠荒涼的關外，紋絲不動了。

大概在老人屠徐驍死後，當今世上，就沒有誰能夠真正看得透這個大奸大惡的胖子了。

懷陽關內城的城樓之上，一個臃腫如小山的胖子雙手扶在箭垛之上，沉默不言。

仇家遍天下，知己無一人。

他揉了揉自己的脖子，笑咪咪道：「真是一顆大好頭顱。」

◆

天高地闊，大雲低垂，夕陽西下，晚霞尤其絢爛。

向北疾馳的不足百騎，頭頂就像覆著一幅最華美的鮮豔蜀錦。

當這支馬隊臨近重塚軍鎮時，依稀有三三兩兩的北莽馬欄子停馬高坡，掂量一番雙方懸殊的人數後，最終都沒有衝殺而來。

之前涼州遊弩手是真的把北莽馬欄子打怕了，不但三支精銳斥候幾乎全軍覆沒，連柔然鐵騎共主洪敬岩和那位皇親國戚耶律楚材，兩員大將也都戰死沙場。雖說南朝邊關已經獲悉全部遊弩手都轉入流州戰場，可一朝被蛇咬、十年怕井繩，委實不敢掉以輕心，北莽南征主將之一的橘子州持節令慕容寶鼎更是嚴令麾下馬欄子，遇敵則撤，不計不戰而退之罪，擅自纏鬥者，一伍馬欄子死傷一人，事後伍長斬立決，一標馬欄子死三人以上，伍長標長皆斬！

並未披掛北涼邊軍鐵甲的一百餘騎，也沒有理睬那一撥撥聞腥而來又悻然撤退的橘子州斥候，一路北上，馬不停蹄，也沒有進入重塚軍鎮的意思，沿著那座軍鎮周邊繼續向北。

這支兩騎並肩做一字長蛇陣向北推進的古怪騎軍佇列中，約莫八十餘騎皆負劍策馬，顯然不是絕不會擅自摘刀的北涼邊軍。

有一騎快馬加鞭，來到前方唯一腰佩涼刀的騎士身側，有些懊惱道：「姓徐的，蚊子腿也是肉啊，這一路斷斷續續遇上了八、九撥北莽馬欄子，要是你准許我們出手，怎麼也該宰掉四、五十騎，咋的？你們清涼山果真已經窮到砸鍋賣鐵，也付不起這點戰功的賞銀了？

退一萬步說，銀子先欠著，殺他個四、五十名北莽斥候，你們關外涼州騎軍說不定能少死些人，你這北涼王是怎麼當的？」

徐鳳年目不斜視，繼續眺望北方，沒有放緩戰馬奔速，耐心解釋道：「董卓部大軍馬上就要攻打懷陽關，在這裡耽擱片刻，可能北涼就要……」

吳家劍塚當代劍冠吳六鼎打斷年輕藩王的言語，大大咧咧沒好氣道：「就算你早些到達懷陽關，難道還能把整座關隘都給搬到拒北城不成？懷陽關和都護府都沒長腳，跑不掉的，說到底你就是當上武評大宗師以後，架子大了，瞧不上眼那些馬欄子，眼睛裡只有拓跋菩薩、洪敬岩之流，否則就不樂意出手是吧？」

在他們身後不遠處，有一騎吳家劍士陰陽怪氣道：「宗師就該有宗師的風範，王爺眼高於頂，自有他的底氣，有何不妥？一位陸地神仙，跺跺腳踩死幾百幾千螻蟻，也不嫌髒了鞋底板？」

吳六鼎翻了個白眼，懶得跟身後那尊凶獠一般見識。

沒法子，哪怕是在一座家學即天下劍學的吳家劍塚裡，當年也唯有老祖宗能夠稍稍鎮壓那位竺魔頭，他吳六鼎不管如何自負將來肯定能夠成為劍術第一人，仍是不得不承認，自己如今與竺煌相比，無論是修為還是造詣，還有些差距。吳家先祖早就訂立下一條家規，劍氣長短決定道理大小，吳六鼎雖然臉皮不薄，倒也不至於去與竺煌逞口舌之爭。

不過若是背負古劍素王的翠花願意聯手的話，吳六鼎還真有信心把竺魔頭打成竺豬頭。只可惜翠花作為劍侍，按照吳家八百年雷打不動的古板規矩，絕不可參與劍冠與其他江湖人的比試，說句難聽的話，劍侍就是專門給劍冠收屍之人。

徐鳳年微笑著搖了搖頭，沒有繼續解釋什麼。

有些北涼自家事，跟這些先祖留有遺訓「不求連城璧，但求殺人劍」的吳家枯劍士說，雞同鴨講，說不通。

徐鳳年的心情遠比表面更為沉重。

褚祿山拒絕離開懷陽關，只給了拒北城一句話。

『我褚祿山在不在懷陽關，涼州關外戰場的形勢，就是兩個樣。』

徐鳳年知道言下之意，但是他仍然希望最後爭取一次，當面去爭取。

不以三十萬北涼鐵騎主人的藩王身分，不是去見北涼都護，而是只以徐驍嫡長子的身分，去見人屠的義子祿球兒。

之所以如此馬不停蹄，是因為徐鳳年無比清楚，一旦等到董卓親自出現在懷陽關城外，那麼褚祿山就更不會離開，他徐鳳年總不能直截了當把褚祿山打暈了綁回拒北城，那樣毫無意義。

至於為何他沒有撇下吳家劍塚八十騎，單獨趕赴懷陽關，這裡頭就有些複雜了。

世事千萬般，心安最難求。

越是臨近懷陽關道路艱辛崎嶇的南方入口，不光是年輕藩王身邊一臉百無聊賴模樣的吳六鼎，不僅是時不時就偷偷打量年輕藩王背影的胭脂評美人納蘭懷瑜，就連翠花這種劍心純粹達到靈犀境界的女子，也察覺到徐鳳年的異樣情緒。

懷陽關被譽為涼州關外第一險隘，南口狹窄逼仄山路的蜿蜒崎嶇功不可沒，這就使得這座關隘沒有後顧之憂。

可能是意識到自己的心境出現問題，徐鳳年突然轉頭望向吳六鼎笑問道：「聽說你們吳家在這二十年裡，你們老祖宗評點過劍塚劍士，除了鄧太阿天生殺氣最盛，還有就是竺煌殺心最重，翠花殺意最深。那你吳六鼎作為劍冠？」

吳六鼎一臉不要臉道：「我啊，明擺著根骨最好、天賦最高嘛！」

坐在馬背上雙臂環胸的竺煌嗤之以鼻，很不客氣地譏笑出聲。

徐鳳年笑道：「吳六鼎，你別欺負我沒見過世面啊，不說別的，天然劍胚我也見好幾位了，觀音宗的賣炭妞和太白劍宗的陳天元，根骨比你可都要勝出一籌。」

吳六鼎「哦」了一聲，一臉無所謂道：「我還有天賦最高，怕什麼。老祖宗在我很小的時候，就說過我這種百年不遇的劍道天才，劍道攀升，不可以常理論，根本不講究什麼循序漸進。」

徐鳳年嘖嘖而笑。

吳六鼎瞪了一眼年輕藩王，一本正經道：「姓徐的，你想啊，當年你我在大江上初次相逢時，我是什麼境界？馬馬虎虎的偽指玄而已，可那會兒我就已經以劍冠身分闖蕩江湖，你覺得是靠什麼？」

徐鳳年笑咪咪道：「靠臉？」

吳六鼎愣了愣，笑臉燦爛，伸手揉了揉臉頰：「也對！」

始終閉目凝神的劍侍翠花微微嘆息。

鬢髮皆雪的赫連姓氏老人輕聲笑道：「王爺，這樁事還真不是我們少爺吹噓，劍塚曾經有位來歷不明的古怪相士，對六鼎這孩子摸骨定前程，說過他這輩子有三次鯉魚跳龍門。

第一次是六鼎年少時第一次進入劍山，當時幾乎所有人都不看好這個吊兒郎當、練劍憊懶的孩子，果真能夠拔出一劍，不料竟然引來十二劍同時認主，可謂吳家漫長歷史上屈指可數的異象之一。在這之後，本來練劍就三天打魚、兩天曬網的六鼎更加敷衍了事，直到劍塚決定新任劍冠人選，六鼎本來一直停滯在連小宗師境界都沒到的三品境界，突然就領悟了好幾手指玄劍術……」

吳六鼎哈哈大笑道：「這才是天才嘛，我要是真用心練劍，那還了得？」

徐鳳年破天荒附和地「嗯」了一聲，只不過接下來一句話就讓吳六鼎徹底吃癟了：「如果我沒有算錯，吳大劍冠還有一次鯉魚跳龍門的機會，如今是半桶水的指玄境，那麼到時候跌跌撞撞躋身天象境界還是有可能的。不錯了，大概能夠跟同齡人裡……那位據說一夜觀雪悟長生的徽山軒轅青鋒，打得旗鼓相當，當然，前提是她只用一隻手。」

吳六鼎勃然大怒：「老子就算只能破境躋身天象，即便不能一步躋身大天象境界，但我屆時肯定能夠使出一、兩手陸地劍仙的招式！」

徐鳳年「哦」了一聲，輕描淡寫地雪上加霜道：「一、兩手啊，是挺厲害的。像我也就幾十手而已。」

吳六鼎一臉可憐兮兮，轉頭望向納蘭懷瑜：「納蘭小姨，這傢伙太欺負人了！」

她嫣然一笑，落井下石道：「姨又不是你娘，跟我叫屈沒用。」

徐鳳年微笑道：「對，納蘭姐姐甭搭理他。」

納蘭懷瑜挑了一下眉頭，笑意更濃。眉宇間的風韻，如煙波嫋嫋。

吳六鼎瞬間還魂，神采奕奕，轉頭對劍侍翠花小聲說道：「妳聽聽這傢伙的腔調，不愧

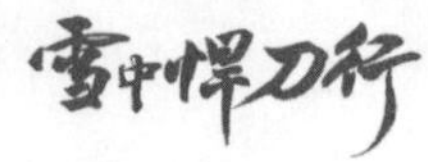

是花叢裡摸爬滾打出來的老手，翠花，是吧？」

不料翠花語不驚人死不休，神色淡漠道：「不是。」

好似挨了陸地劍仙致命一劍的年輕劍冠頓時心如死灰，只覺得了無生趣。

徐鳳年深呼吸一口氣。

懷陽關外城南城門到了。

如果這次北莽叩關涼州，是慕容寶鼎部攻打懷陽關，徐鳳年根本都不用來這裡。

但是世事無常，董卓來了。

不但如此，原本涼莽皆知的董家私軍人馬，人數翻了一番！

在第一場涼莽戰事中，董卓私軍雖然未曾傷筋動骨，但是也折損不輕，而且關於董卓私軍一事，在北莽南朝廟堂一直是樁笑談。

傳聞老婦人很早在見到那個喜歡稱呼自己為皇帝姐姐的小胖子之後，就笑咪咪地親口告訴他，董胖墩兒，你在南朝的私軍可以有，但是別折騰到十萬人，要是過了這條線，也沒關係，朕就升你的官，讓你去北庭當大將軍。

傳聞不知真假，但是在那之後，董卓騎步兩軍大致維持在六萬人上下，巔峰時也不曾超過八萬。

這次董卓在向北莽女帝上書自請攻打懷陽關的同時，好似一夜之間，董家私軍大營就擁入了清一色的八萬草原騎軍！加上之後老婦人送給他的萬餘柔然鐵騎，董卓的私軍規模，已是遠遠超過包括拓跋菩薩、黃宋濮和柳珪在內所有大將，雄視北莽！

現在的西京北庭兩座朝堂，肯定在感到驚悚的同時，也一頭霧水。

偷偷摸摸擁有這份恐怖家底的這個董胖子，到底是不是要造反啊？

此時此刻，懷陽關外吳家劍士的視野之中，一個滿臉諂媚的胖子站在門口，好似一座小山矗立在大門口。

北涼道二十年邊關硝煙裡，在文武官場上，各有一位異類最擅長拍馬屁。

李功德喜歡拍徐驍的馬屁，功夫爐火純青，堪稱春風化雨；而有個詩詞功夫贏得「褚八叉」美譽的胖子，則喜歡拍世子殿下的馬屁，卻是怎麼噁心怎麼來。

徐鳳年翻身下馬，褚祿山自然而然幫忙牽馬，動作嫻熟。

暮色中，兩人率先入城。

徐鳳年沒有開口說話。

那位祿球兒沉默片刻後，緩緩道：「我很心安，也請王爺安心。」

徐鳳年目視前方，輕聲道：「很難啊。」

褚祿山停下腳步，自言自語道：「說實話，這個世道，這個天下，一直讓我褚祿山很不開心。」

城門洞內，視線昏暗。

褚祿山停下腳步，轉頭微笑道：「因為這個天下讓我最敬重的義父義母，他們的兒子，不開心。」

年輕藩王也停下腳步，默不作聲。

褚祿山看不清他的臉色，也不想看清，所以重新轉回頭。

兩人就這麼在黑暗中停步不前。

褚祿山突然沉聲道：「別送了，褚祿山此生沙場廝殺無數次，每一次帶人赴死，都不用人送行，更不想被人收屍。」

褚祿山大步向前，走出城門洞後，仰頭望向天空。

他這輩子拍了那個年輕人很多次馬屁，說了無數句馬屁話。

這個胖子，此時想到，很多年前，他讓那個稚童騎在自己脖子上，自己則騎在當時的徐家戰馬之上。

不同姓氏的兩兄弟，一起策馬嘯西風。

背對年輕人的胖子，在心中輕聲念道。

小年，我褚祿山的弟弟，你我何須再見。

◆

自古便有邊塞詩放言西北兩隴滿勁氣，如今西北之西，更是如此。

流州副將謝西陲親率一萬爛陀山僧兵主動出城，竭力凝滯北莽步跋卒和兩千南朝軍鎮邊騎的北撤速度，並不放開手腳廝殺，一旦北莽大軍掉頭擺出衝鋒廝殺陣仗，僧兵同樣原地結陣，按兵不動，好似富家翁的待客之道，備足酒水，坐等客人登門。

在攻打鳳翔軍鎮一役中折損不輕的步跋卒，很快意識到形勢不妙。步跋卒可戰之兵畢竟猶有六千眾，加上從旁策應來去如風的兩千騎軍，要打要撤，都能夠占據更多主動。

那名步跋卒主將出身北庭怯薛衛，北莽以武立國，憑藉家蔭和軍功補官是兩條最重要的進階途徑，能夠擔任步跋卒三位領軍萬夫長之一，也許未必是什麼兵法大才，但絕不是只靠家世竊據權柄的庸人。

這座鳳翔軍鎮的守城就透著一股詭譎氣息，明明一開始就能夠守得更加固若金湯，可那名主將分明是故意吊起他們的胃口，如青樓女子的欲語還休，明明是打定主意賣藝不賣身的，卻偏偏給人一種欲拒還迎的假象，使得後知後覺的步跋卒白白丟下四千具屍體。

那麼當下一萬僧兵的死死咬住他們的尾巴，用意不難猜測，肯定是北涼邊軍的某支騎軍即將趕至，至於到底是何方神聖，步跋卒萬夫長想不通也猜不透。按理說流州各部騎軍已經不可能再騰出手來阻截他們，此次偷襲鳳翔、臨瑤兩座軍鎮，他們南朝邊軍調遣出兩萬步跋卒和負責沿途護送的五千精騎，即便分兵兩路，也不是北涼寥寥幾千騎就能夠吃掉的。

何況流州騎軍本就兵力處於劣勢，怎麼可能抽出大股騎軍離開青蒼城北方的主戰場？難道是那兩支繞過許多軍鎮要塞，長驅直入姑塞州腹地的北涼輕騎？可問題是他們如何能夠及時趕回邊境？難不成這兩座兵力孱弱的軍鎮，一開始就是誘餌？

可這就更不合理了，連他這位步跋卒萬夫長，在得到黃宋濮軍令火速離開駐地之後，都不知道要趕赴何處，只是一路南下，直到越過涼莽邊境後，才得知是要奇襲鳳翔、臨瑤。在此期間，他手上的那封機密朱魍諜報言之鑿鑿，說那兩萬爛陀山僧兵應該過鳳翔、臨瑤直奔青蒼了，還是說北涼清涼山和都護府裡真有未卜先知的神仙？

面對那一萬爛陀山僧兵的死纏爛打，步跋卒萬夫長憋屈得不行，真要不管不顧往死裡打，沒有絲毫勝算，更是等死，等著北涼邊騎趕到後割取頭顱而已。可不打，那些膂力驚人且悍不畏死的光頭和尚，也真是不擇手段，每隔一段時間，就有兩、三百僧兵不計體力損耗地擔任敢死之士，往他們屁股上狠狠咬上一口。

最讓人心煩意亂的是，這些爛陀山禿驢在出城前，大概是把鳳翔軍鎮的軍械庫搬空了，攜帶了不下兩千張輕弩步弓，從僧兵所負箭囊數目來看，不下四、五萬支箭，準頭雖只算是稀鬆平常，甚至比不得草原兒郎馬背顛簸下的騎弓，可是步陣之力，從來都在於密集二字，加上僧兵人人健壯魁梧，人人拉弓如滿月，不需要什麼準頭，一輪輪潑灑如雨便是！

最可怕的地方，是那個年輕流州將軍的打法，使得數量上並不顯得如何驚世駭俗的四、五萬支弓箭，能夠優哉游哉從屍體上拔出或是從地上撿起弓箭，一支支收回箭囊，這使得不願束手待斃發起過三輪衝鋒的兩千軍鎮精騎，根本無法發揮出騎軍野戰游弋的先天優勢，至於一點點蠶食僧兵步軍，就更是癡人說夢了。

馬弓射程本就遜色步弓，這支南朝邊騎又是清一色輕甲輕弓，到最後，步跋卒主將便無奈發現，己方兩千騎雖然還剩下兵力可觀的一千六百騎，可是那支爛陀山僧兵，竟然收攏起了兩百多匹戰馬，鳩占鵲巢地翻身上馬之後，彷彿一下子多出了兩百多騎！

這場仗，打得步跋卒萬夫長差點吐血。

那個從頭到尾都沒有親身陷陣的流州將軍，實在太噁心人了！

最後實在是拖延不得，步跋卒萬夫長只好去找到那名來自姑塞州石崖軍鎮的騎軍將領，欲言又止，極難開口。

心知肚明的騎將灑然一笑，也未多說什麼，儘管之前僅是相互熟悉面孔而已的點頭之交。這名騎將摘下腰間一條磨損厲害的白玉蟒帶，懇請萬夫長返回南朝後交予他尚是少年的長子，只說這是先帝賜予他父親的，如今雖已不值錢，卻是他們那個小家族一件傳家寶。

一千六百騎整頓完畢，馬頭朝南，戰刀向南，騎將轉頭目送步跋卒迅速向北撤離戰場。

這位在北莽邊關名聲不顯的普通騎將，也許不知道就在前不久的流州另一處戰場，打了一場差不多的騎將撞陣，有北涼騎將喊出了那句「願死者，隨我死」的悲壯豪言。

隨著洪嘉北奔為北莽南朝帶去數十萬遺民，草原尚武之風不墜，但是潛移默化地注入了許多柔軟氣息，恰似草原上年復一年的青草依依。

這名官秩不過從四品的邊軍騎軍，偶爾也會前往西京廟堂參與軍國議事，在那期間，遇到過很多文官文人，大多都不合脾性，從無投緣，但零零散散的慶功宴上，或是被拉去湊數的酒席上，也聽到過一些讓他無法想像的陌生風物。

比如那江南杏花煙雨天，深花枝，淺花枝，枝枝迎春。

他知道，自己與身後一千六百騎邊關兒郎，是註定見不著中原江南的風景了。

一死而已。

這名騎軍抽出北莽戰刀，怒喝道：「殺！」

◆

謝西陲出城時便騎乘一匹北涼戰馬，此時停馬於僧兵步陣後方，抬頭望去，微微一笑。

兩萬僧兵以步戰騎，很快一支北涼萬人輕騎就會還以顏色，以騎戰步。

而且北涼在兩者數量上竟然都占據優勢，這種本不該出現在涼莽戰場上的大好形勢，自然都歸功於這名大楚雙壁之一。

但是在謝西陲看到那支北莽騎軍壯烈赴死之時，這名流州副將忍不住想起密雲山口那場慘絕人寰的廝殺，堆積如山的屍體，根本分不清是北涼邊軍還是北莽蠻子。

原來不獨有北涼鐵騎視生死為小事，北莽亦是如此。

在之後謝西陲漫長的戎馬和官場生涯中，作為最終官至離陽正二品大將軍且領上柱國頭銜的無雙儒將，作為一國之西北砥柱，哪怕在大局已定的形勢下繼續一次次平叛草原，都不曾以「蠻子」二字作為北莽士卒的稱呼。

◆

懷陽關外城以南，沒有入城的那一騎獨自停馬黃沙高坡，似乎在等人。

很快就有一道魁梧身形破空長掠而至，氣勢如虹。

將吳家八十騎留在關內的年輕藩王翻身下馬，沉聲問道：「如何？」

一人即宗門的男子臉色難看：「等我趕到敦煌城的時候，已經來不及了，數萬草原騎軍在攻破城池之後，依舊將其重重包圍，我闖入城後，沒有找你所說的那名女子，之後我打探到消息，只確定名叫徐璞的男子已經戰死。」

徐鳳年嘴唇緊緊抿起，微微發顫。

徐璞。

一個他年少時曾經喊過徐叔叔的男子。

與吳起同為徐家第一代騎軍將領，在軍中的輩分甚至比陳芝豹、袁左宗、褚祿山三人都要高。

祕密潛入北莽草原的呼延大觀猶豫不決，似乎有些到嘴邊的言語，難以啟齒。

徐鳳年苦笑道：「還有比這更壞的消息嗎？」

呼延大觀沉默不語。

徐鳳年平靜道：「說。」

呼延大觀重重呼出一口氣：「那名老婦人當初對圍城騎軍下達的旨意是，無論敦煌城是戰是降，城破之時，遇人即殺。」

徐鳳年緩緩鬆開馬韁繩。

身形瞬間消散。

下一刻，高坡之上驟然響起一聲砰然巨響。

呼延大觀站定在山坡北方，隨意抖了抖手腕。

年輕藩王站在靠南方的山坡邊緣，兩人之間，出現一道突兀形成的溝壑。

呼延大觀面無表情道：「最少有三、四萬北莽騎軍在等你自投羅網，加上李密弼親自坐鎮的數百朱魍諜子死士，都在等你。」

又是一聲炸雷巨響。

只見呼延大觀保持雙拳向前捶出的姿勢，厲色道：「徐鳳年！你難道不清楚之所以沒有那女子的確切噩耗，正是老婦人和李密弼故意引誘你去死的陷阱？如此粗劣的手段，你也看不穿？」

剎那之間，巨響遠遠勝過原本就夠聲勢驚人的先前兩次。

呼延大觀幾乎是以傾力一拳將那名執意向北的年輕人擊退數丈，他冷聲道：「既然嘴上道理講不通，反正你都聽不進去，也行！我呼延大觀雖說未必能夠勝你，但拚個半死，總歸不難，我倒要看看，你徐鳳年到時候如何進入敦煌城！」

不知道是不是應了那句事不過三的中原老話。

年輕藩王不再繼續向北而掠，而是緩緩走到高坡北方，與呼延大觀一人面北、一人朝南，並肩而立。

年輕人雙手攏袖蹲下身，安安靜靜望向北方。

呼延大觀安慰道：「你不露面，她才真的有一線生機，明白嗎？」

年輕人「嗯」了一聲：「剛剛想通。」

呼延大觀如釋重負。

真要跟這個年輕人做生死之爭，他還真有些犯怵。

沒法子，他呼延大觀是個拖家帶口的老男人。

心情複雜的呼延大觀唯有一聲嘆息。

年輕人嘴唇微動，碎碎念，悄不可聞。

莫說我窮得叮噹響，大袖攬清風。莫譏我睏時無處眠，天地做床被。

莫笑我渴時無美酒，江湖來做壺。莫覺我人生不快意，腰懸三尺劍……

世上無我這般幸運人，無我這般幸運人啊……

◆

徐鳳年和呼延大觀一人一騎在夜深時分稍稍繞路，從已經夜禁的南門進入拒北城。

那座將軍藩邸依然燈火輝煌，人流如織，大多正值青壯，相較尋常北涼邊軍要多出幾分儒雅氣，不披甲冑，也不穿武官公服，多是文士青衫，但是人人懸佩涼刀，且腰間懸掛一枚青玉質地的小巧印綬，印文皆是「軍機參贊」四字，故而如今也被稱呼為關外參贊郎。

這撥人來歷複雜，有來自清涼山那座被北涼道譽為龍門的宋洞明官邸，也有經由黃裳、王熙樺等著名碩儒推薦從各大書院提拔出來的年輕士子，有從涼幽兩州邊軍中抽調而來的年輕武官，年紀最長者不過四十出頭，不過人數較少，更多是位於而立之年的當打之年，弱冠男子也不算少見。這些人擁有一個共同點，就是無論是北涼本土出身還是外鄉人氏，出身都屬於不俗，自幼飽讀詩書，且大多對兵法情有獨鍾。

由於軍機參贊郎的特殊身分不好拿捏官身品第，北涼道副經略使宋洞明和涼州刺史白煜兩位文官領袖，權衡利弊之後，都同意這些年輕人暫時僅以白衣身分，在拒北城藩邸參贊大小軍機事務，但是得以領取俸祿，與離陽朝廷的下縣縣令相當。

聽上去好像俸祿不低，只是副經略使官邸和涼州刺史府邸一開始就撂下了話，錢得先欠著！不過所有人接到一紙調令後，仍是欣然赴命。

藩邸占地頗廣，徐鳳年一路向議事堂行去，因為這裡早就立下一條不成文的規矩，所有人物不論官職高低，見到年輕藩王之後只是放緩腳步，既未停步，也無須行禮，最多就是迎面相撞的時候稍稍向廊道兩側而行，為年輕藩王讓出道路。

今天幾乎所有人都發現年輕藩王雖然依舊平易近人，但似乎氣勢有些低沉內斂，像是心事重重的模樣。

徐鳳年來到藩邸第一重地的邊軍議事堂。

相比清涼山議事正堂，當下後者的象徵意義更多，拒北城裡這座氛圍肅穆的寬敞議事堂，才是真正決定北涼關外戰事走向的樞密重地。議事堂並不常用，除非商議出兵大事，或是關鍵時刻的大將雲集，議事堂才會人滿為患。

徐鳳年越過門檻的時候，只有寥寥無幾的軍機參贊郎，正在往牆壁角落懸掛幾幅剛剛由拂水、養鷹兩房送來的青州形勢圖，見到年輕藩王的身影後，除去持竿架圖的兩名年輕人，那名負責留心地圖是否歪斜的軍機參贊郎趕緊轉身，恭敬抱拳道：「參見大將軍！」

徐鳳年微笑點頭，然後擺手示意他們不用理會自己。

呼延大觀沒有跟隨年輕藩王跨入議事堂，大步離去，這一去就不僅僅是離開拒北城而已，而是直接離開涼州，攜妻兒離開北涼道，去往西蜀遊覽風光。

呼延大觀離去的時候貌似頗為憤懣，罵罵咧咧，雙手互揉手臂，依稀可見傷痕瘀青。原來在南歸途中，那個分明說了已經「想通了」的年輕藩王，兩次毫無徵兆地向北飛掠，呼延大觀好不容易攔阻一次後，滿肚子火氣的第二次則是直接扯住年輕人的腳踝，往地上砸出一個塵土飛揚的大坑。

這位北莽江湖人在新鮮出爐的兩朝新武評之中，頂替了曹長卿的位置，一舉躋身天下四大宗師之一，在四人中雖是墊底，但是世人公認能夠與徐鳳年、拓跋菩薩和鄧太阿並肩之人，就絕不能視為普通的陸地神仙境界。

這一屆武評額外評點如今江湖，陸地神仙的人數雖然要略少於王仙芝領銜武林的尾聲時代，但是這幾位陸地神仙的戰力之強，境界之高，是千年未有的大氣象大盛況，堪稱千年江湖最大年份的最輝煌時期。

在這趟孤身趕赴敦煌城為年輕藩王打探消息後，呼延大觀自認已經與徐鳳年了清舊帳，前生事、今世結，以後便是獨木橋、陽關道，雙方生死自負。

徐鳳年自然也沒有挽留呼延大觀。

北涼騎軍主帥袁左宗佩刀走入議事堂，門檻左右蹲坐著正在玩耍的呵呵姑娘和朱袍徐嬰，換成一般人，還真沒從她們之間跨過門檻的膽識。

看到孑然一身站在長條桌案前低頭俯視那幅涼莽邊關圖的年輕藩王，袁左宗一點也不意外，緩緩走到徐鳳年身邊，輕聲道：「當年褚祿山鑽牛角尖的時候，連大將軍也勸不動，也就義母開口說話，褚祿山才願意聽上一句。」

袁左宗想起一樁陳年舊事，忍不住微笑道：「其實咱們剛到北涼紮根那會兒，大將軍原本有意讓褚祿山出任騎軍副帥，一半是對褚祿山春秋戰事和北征草原的軍功犒賞，一半也是為了掣肘當時徐家唯一被朝廷敕封為懷化大將軍的鍾洪武。

那時候對於接不接受離陽趙惇賜下的大將軍頭銜，鍾洪武雖然心底豔羨得很，卻也十分猶豫，畢竟那是離陽趙室故意用來噁心義父的手筆，最後義父笑言，白拿的正二品官職，不要白不要，鍾洪武這才心安理得接受。

只是褚祿山氣不過，打死也不願去涼州關外擔任騎軍二把手，說是怕自己忍不住一巴掌搧死姓鍾的老傢伙，這才在涼州城內當了個芝麻綠豆大小的官，不文不武的，也就褚祿山自己甘之如飴，其他人都想不明白，他一手調教出來的八千曳落河鐵騎老卒，也正是在那時候解散。畢竟主將褚祿山離開了邊軍，這支騎軍便名不正、言不順，否則總不能在涼州關外自立門戶，那也太不像話了。」

徐鳳年突然抬起頭，雙手握拳抵在桌面上，問道：「褚祿山留在懷陽關，難道當真比在這座拒北城運籌帷幄，更有利於北涼大局？」

袁左宗沒有急於給出答案，反而心平氣和地說著些題外話：「褚祿山是正兒八經的騎將出身，從春秋戰事早期就投身騎軍，其實與吳起、徐璞等人都是一個輩分的徐家鐵騎老人。只不過因為褚祿山帶兵打仗太狠了，對敵人狠，對自己更狠，給他一千兵馬，別人一場苦仗打下來，可能最少也留下個四、五百人，可是到了他手裡，往往剩下兩、三百騎就是天大的僥倖了。

所以雖然當初褚祿山號稱徐家勝仗第一人，事實上卻一直沒能夠攢下自己的班底，倒是陳芝豹，隨著漫長的春秋戰事緩緩推進，麾下嫡系也越來越多，最終脫穎而出，甚至在真正實力上能夠隱約壓過名義上官職更高的吳起、徐璞等人。

後來褚祿山千騎開蜀，知道那一千騎是怎麼來的嗎？當初誰都認為山路崎嶇、天險連綿的西蜀根本不適合騎軍突進，因為很容易就被莫名其妙堵在某個地方，而那個地方極有可能在地圖上根本就沒有被記載，所以當褚祿山提議自己去開路時，大將軍沒有答應，甚至一心復仇的趙先生也猶豫不決，只有李先生覺得此事可行。

到最後大將軍被褚祿山煩得不行，就讓他自己招兵買馬去，找到多少，想幹嘛、幹嘛去。然後褚祿山他自己只攏起了兩百多老卒，剩餘八百餘騎，是覥著臉從我這裡借走的。我一開始也不願意，褚祿山就跑去李先生那邊，讓李先生幫忙說情，他褚祿山這才能夠帶著一千騎往西蜀奔襲而去。」

袁左宗重重嘆息一聲，感慨道：「之後就是名動天下的千騎開蜀。本來我們徐家軍都做好最壞打算，不帶一騎一馬只以步軍殺入西蜀國境，竟然在那塊版圖上，出現了西蜀立國數百年歷史上聞所未聞的兩萬敵騎，要知道在大奉末年，三十萬草原騎軍勢如破竹成功南下，可最後真正成功進入西蜀的騎軍，還不到一萬！」

袁左宗轉頭望向年輕藩王，緩緩道：「率領騎軍作戰，無論正面還是奇襲，我袁左宗自然不輸褚祿山，假設一場大戰有一連串大小戰役，我敢說到最後，我與褚祿山的戰功大小，大致可以平分秋色，你褚祿山能夠撈到一個平字頭實職將軍，那我袁左宗也絕不會只能拿個鎮字頭將軍。但是，那一串戰事中，如果某人必須接連面對兩三場困難至極的關鍵戰役，我袁左宗絕不敢說都打贏，可褚祿山……他絕對可以！」

袁左宗繼續道：「恐怕如今已經沒有幾個人記得，很早以前，大將軍對褚祿山開過一個玩笑，說你小子打仗太他娘的王八蛋了，勝仗是多，可你瞧瞧最後能剩下幾個活人？我老徐家的那點家底，如今可經不起你這麼折騰，所以你小子耐心等著，等到哪天我徐驍麾下有十幾萬、二十萬鐵騎，那個時候，都交給你祿球兒也無妨！」

袁左宗自嘲一笑：「實不相瞞，當時清涼山決定讓我出任騎軍主帥，讓褚祿山出山擔任北涼都護，我就找到過他，想與他互調一下，也算是完成了義父的那份承諾。因為我知道，褚祿山對騎軍的那份癡情，無人能比。

只是當時褚祿山拒絕了，笑嘻嘻地跟我說了句，老子當了這麼多年芝麻官，好不容易東山再起了，不當個官最大的北涼都護過過癮怎麼行？」

袁左宗平穩了一下情緒，彎腰伸手在形勢圖上懷陽、茯苓、柳芽、重塚一關三鎮那條防線抹過：「懷陽關內沒有騎軍，因為作為天險，既是優勢，也是劣勢。不可能存在大規模的騎軍，若說勉強藏下兩、三千輕騎，自然不難，可是在涼莽戰事裡，懷陽關這點騎軍委實太過杯水車薪，意義不大，還不如放在左右兩翼的茯苓、柳芽兩座軍鎮。

這兩鎮騎步皆有，之前幽步西調，除了拒北城，主要便是調入這兩處，各自駐紮七千幽州步軍，而位於防線後方的重塚軍鎮，一直是戍守步卒多過用於出城野戰的騎軍。由於這相隔不遠的一關三鎮，形成了一個完整的防禦體系，所以換成是我坐鎮調度，也一樣可以。

褚祿山之所以不願離開，最大意義仍是吸引北莽戰力最強的董卓部，讓其十數萬精銳私軍停步不前，以便極大減輕我涼州左右騎軍的壓力。因為懷陽關再難攻打，終究不是虎頭城這種讓北莽騎軍繞不過去的邊關雄城，若是北莽蠻子根本不去理睬，直接猛攻茯苓、柳芽、重塚三鎮，尤其是在虎頭城已經失去的前提下，懷陽關也就近乎完全喪失了戰略意義。

所以先前王爺所問問題，已經有了一半的答案，也正是褚祿山先前給拒北城的那個答覆——他在不在懷陽關，涼州關外戰場就是兩種情形。

歸根結底，在於整座北涼，包括所有北涼邊軍在內，只有他褚祿山一人能夠讓董卓不得不死磕懷陽關。在這種形勢下，換成涼州左右騎軍對陣慕容寶鼎部，哪怕這位橘子州持節令身後有種神通、完顏金亮、赫連武威和王勇四人連袂壓陣，我們仍然毫不畏懼！褚祿山甚至可以在某些時刻，調動茯苓、柳芽兩鎮騎軍，反過來出人意料地支援左右騎軍！不過……」

知道袁左宗擔心之事的徐鳳年輕聲道：「我已經將八十騎吳家劍士留在懷陽關。」

聽到這個意外之喜的袁左宗滿臉欣慰，點了點頭，語氣也輕快幾分：「如此最好，到時候關外各處戰事必然極為慘烈，北莽對於我方軍情諜報的傳遞也必定會竭力阻截，尋常斥候或是信鴿根本沒有機會傳遞出軍令，有八十騎吳家劍士幫忙，褚祿山肩上的擔子就會輕上許多。」

徐鳳年重新低頭盯著那幅邊關形勢圖，沉思不語。

袁左宗突然好奇問道：「王爺是怎麼事先知道，那一支耶律姓氏幫助董卓在北方草原上養出了大量私軍？而且連數目都那般精準無誤？」

徐鳳年臉色晦暗不清：「是來自河西州邊境上那座敦煌城的最後一封諜報。」

袁左宗臉色凝重，欲言又止。

徐鳳年輕聲苦澀道：「為了防止身分洩露，拂水房很早就主動斷絕了對敦煌城的聯繫，在今年開春之前，便只有敦煌城單方面的諜報傳遞。上次在龍眼兒平原，拓跋菩薩故意透露出一個消息，北莽老婦人下令讓赫連武威和幾位草原大悉剔圍困敦煌城，那一戰之後很長一段時間，直到離開武當山之前，我根本就沒辦法北行……」

袁左宗小心斟酌措辭：「我以為王爺這趟懷陽關之行，會順勢前往敦煌城。說實話……我已經準備親自率領一萬大雪龍騎軍繞開北莽中軍，從東北方向進入龍腰州，然後向北奔襲接應你反身。」

徐鳳年猛然抬頭。

袁左宗笑道：「雖然到時候見面肯定要罵你幾句，但不耽誤我涉險出兵。」

徐鳳年低頭望向地圖上的敦煌城，怔怔出神。

袁左宗神情凝重：「我不知道王爺為何最終沒有動身進入北莽，但是我必須坦言，如果你真的去了，最好的結局，也就是你僥倖活著回到拒北城，我和一萬大雪龍騎軍，註定會全部戰死在北莽龍腰州境內。

涼州關外大戰已經開始，你徐鳳年一人的取捨，不管出於何種初衷，你既是北涼王也是武評大宗師，誰都攔不住，但後果之重，遠不是當初你我率軍進入中原那麼簡單。」

徐鳳年沒有解釋什麼，只是自言自語道：「我當然知道後果，就是忍不住，就是很想去敦煌城看一眼。就像我明知勸不回褚祿山，還是想去懷陽關看他一眼。」

徐鳳年深吸一口氣，說道：「袁二哥，讓你失望了。」

袁左宗愣了愣，然後搖頭笑道：「失望？我、齊當國、褚祿山，都不曾失望！」

徐鳳年默然望著袁左宗。

袁左宗拍了拍年輕藩王的肩膀：「人生最難死無憾，我北涼鐵騎何其幸運！」

徐鳳年輕輕搖頭，嗓音沙啞道：「只有你和褚祿山兩人了，我寧願你們苟活……」

袁左宗笑了笑，不等他說完便轉身離去，背對年輕藩王的北涼騎軍主帥，笑道：「苟活一事，下輩子再說！」

第十章 議事堂爭議謝郎 徐鳳年天上採雷

徐鳳年一離開議事堂，便感受到一股涼意，仰頭望去，竟是一場秋雨不期而至。廊下懸掛的一盞盞大紅燈籠，散發出一圈圈柔軟的暈黃。

呵呵姑娘和朱袍徐嬰屁顛屁顛地跟在年輕藩王身後。跨下臺階去往二堂的路上，徐鳳年突然停下腳步，等到兩人一左一右地走到自己身邊，他高高舉起手，放在她們頭頂，幫她們遮雨。

一路行去，深夜時分，仍是顯得人流不息。一位手持油紙扇快步從後堂前往兵房議事的參贊郎，看到這罕見的溫馨一幕後，稍稍猶豫，還是打消了將傘送給年輕藩王的念頭。

藩邸議事堂前甬道兩側東西各有兵、吏、戶和禮、刑、工六座科房，如今北涼道副節度使楊慎杏坐鎮兵房衙屋，經略使李功德在吏房當值，戶房暫時由涼州刺史白煜主持巨細事務。

雖然這位白蓮先生在涼州城有一座從田培芳手上接過的刺史府邸，而且在清涼山也有保留衙屋，但是白煜以後顯然要把重心放在拒北城，至於是為了涼莽大戰也好，還是為了擺脫那位副經略使宋洞明的官場陰影也罷，白煜的執政功力毋庸置疑，別說小小一座戶房，恐怕連一座離陽戶部衙門都能嫻熟掌控。

暫時離開書院的王祭酒領銜禮房，工房則交由墨家鉅子宋長穗打理，繼續以拒北城督造副監的身分完善拒北城，刑房並無誰坐上第一把交椅，養鷹、拂水兩房各有一名履歷厚重的諜子頭目坐鎮此地。

中軸線的正堂之後便是二堂，堂上懸掛一塊匾額「求暑堂」，十分古怪，世間君主藩王的別院行宮，無一不是避暑勝地。

二堂主體建築是居中的簽押房，年輕藩王的書房也在隔壁，只不過相比當年清涼山梧桐院的風雅無雙，可謂簡陋至極，所放書籍也是北涼邊軍檔案。

除此之外，包括涼州左右騎軍、流州龍象軍、鐵浮屠、白羽輕騎在內諸多涼州關外精銳邊軍，在此也設置有兵科房，還有幽州步軍科、四州將軍科和十四校尉科，亦是各有一座衙屋，以便軍令傳遞通暢。

三堂懸匾「思量堂」，取自李義山之語「千秋功業，最費思量」，那副門聯同樣來自這位聽潮閣謀士的生前名言，「與百姓有緣，才來此地。求問心無愧，雖死無悔」。二十多名軍機參贊郎常駐此處，其餘三十餘以白衣身分懸佩印綬的幕僚在正堂六房當值，出入自由。

這些青衫郎的官場進階途徑類似離陽科舉進士，只是職責更像是位於樞密重地掌握機要的門下省官吏。軍機參贊郎的根腳來自流州刺史府邸，在進入幽州擔任騎軍將領之前的郁鸞刀便曾是類似角色，位卑權重，此舉首創於曾是離陽儲相之一的宋洞明。

在第一場涼莽大戰之中，北莽邊軍之中也有出現相關人等，不但安撫了一大批中等門庭的草原權貴，也極大提升了南朝邊軍戰力，正是出自北莽帝師太平令的手筆。

徐鳳年一直走到位於藩邸最後方的四堂，這裡便是他與眷屬的起居處。

思量堂與四堂之間有花牆影壁隔斷，左右兩路廂房大小十餘間，廊沿、門楣與棟梁粗看平平，材質也絕非檀楠這等皇家木料，不過細看便知獨具匠心，雕工精細，據說是經略使李功德借鑑了江南道庭院的樣式。

姜泥、呵呵姑娘和徐嬰就住在這裡，若是徐北枳留在拒北城，也定然有一席之地，至於其他人，恐怕也就只有袁左宗、褚祿山兩位老涼王義子有資格入住，這種事情，與官品高低軍功大小都沒有關係。

徐北枳身為一道轉運使，當初拒北城懸掛匾額後很快就南下陵州，用他的話說就是等忙完了這陣子，我就可以忙下陣子了。當時心有愧疚的年輕藩王還想安慰來著，只是剛說完那句「有句話不知當說不當說」，轉運使兼副節度使的徐北枳就很不客氣地撂下一句「那就別說」，這讓好心被當成驢肝肺的新涼王憋屈得一塌糊塗，只不過習慣就好。

到了四堂庭院，呵呵姑娘就去屋內拿了柄嶄新油紙扇，拉著一襲紅袍的徐嬰躍上屋頂，兩人擠在一柄小傘下，竊竊私語。

夜深人靜秋雨長，徐鳳年看到姜泥的屋子一片漆黑，想來已經睡去，沒有睡意的他便搬了張椅子坐在屋簷下，身體前傾，伸手去接那從屋脊間淅瀝瀝落下的雨水。

這場下滿北涼的入秋第一場雨始終沒有停歇，一副不淹死魚就不甘休的架勢。

大概是覺得等不到月亮出來了，賈家嘉和徐嬰從屋頂飄落回庭院，緩緩回過神的徐鳳年對呵呵姑娘柔聲笑道：「西蜀境內有兩位上了歲數的拂水房諜子，近期要返回北涼養老，到時候我送妳一件禮物。」

賈家嘉面無表情地「呵」了一聲，就當答覆他知道了。

只有最熟悉這位天字號殺手的人，才會發現腳步似乎輕盈了幾分，啪啦啪啦，濺起庭院青石板上無數細碎水珠。

遠遠凝望著青蔥少女的步伐，年輕藩王會心一笑，微微瞇起那雙狹長眼眸，眉眼溫柔。

等到少女和徐嬰各自掩上屋門，徐鳳年始終安靜地坐在那張椅子上。

椅子是從西楚流傳入整個春秋的太師椅，其實坐著並不舒服，因為要求坐椅之人正襟危坐。

突然一張歡喜臉龐從屋門探出，徐鳳年視線偏移，向她眨了眨眼。

那一刻她笑意更多，這才徹底關上門。

一更戌，二更亥，三更子，一更一更逝去。

徐鳳年雙手攏袖，向後靠著椅背，從頭到尾都仰頭望著雨幕，怔怔出神。

突然傳來一陣吱吱呀呀的輕微聲響，徐鳳年聞聲望去，嘴角翹起。

穿戴整齊的姜泥跨過門檻，身形一掠穿過雨幕，站在徐鳳年身邊，也不說話。

徐鳳年站起身，把她按在椅子上坐下，然後自己蹲在她身邊。

徐鳳年望著階下的積水，輕聲問道：「妳小時候除了想殺我報仇，還想做什麼事情？」

姜泥思索片刻，一本正經道：「很想有錢買紙筆，不用大冬天拿樹杈在雪地裡寫字，還想有張大些的床，墊上軟軟的被褥，想有很多很多厚實的衣服，想吃好吃的杏仁酥吃到撐，想睡懶覺……」

徐鳳年忍俊不禁道：「妳想得還真多。」

姜泥轉頭瞪了他一眼，自己這麼用心回答他的無聊問題，他還好意思取笑自己。

徐鳳年笑問道：「那妳猜猜看我小時候的夢想是什麼？」

小泥人腦袋一歪，不搭理他。

當年的少年世子殿下，除了欺男霸女、拈花惹草，還會想什麼？哦，還會想欺負她。

她想到這裡，有些生悶氣。

徐鳳年把手從袖管裡抽出來，揉了揉臉頰，無奈道：「也許跟妳提起過，我小時候很想做大俠，取個響噹噹的綽號，在江湖上行俠仗義。不過其實在更早一些，我娘還沒有去世之前，我是想當個讀書人的，身穿儒衫，滿腹韜略，出口成章……」

聽著徐鳳年的絮絮叨叨，小泥人也沒覺得如何厭煩，其實一直沒有睡著的她甚至連出門時的濃重睡意都沒了。

徐鳳年伸出手指向院中的雨幕：「像不像一條沒什麼聲勢的瀑布？」

小泥人只覺得莫名其妙，撇撇嘴搖頭道：「沒看出來。」

徐鳳年問道：「妳有沒有聽過一位當世大文豪的〈觀瀑生氣歌〉？」

小泥人更加一頭霧水：「沒啊，誰的文章？」

徐鳳年笑道：「反正我最佩服這個讀書人了，妳竟然沒聽說這篇詩歌，真是遺憾。」

知道這傢伙對天下讀書人觀感一向不佳的小泥人，好奇心頓時被勾起來：「到底是誰？」

徐鳳年沒有說是誰，只是娓娓道：

「蓮花之瀑煙蒼蒼，牯牛之瀑雷硠硠，

唯有九華之瀑不奇在瀑奇脊梁，如天人側臥大崗一肱張。

力能撐開九萬四千丈，好似敦煌飛仙裙疊嶂。

放出青霄九道銀河白，恰如遲暮老將兩鬢霜。

我來正值潑墨雨，兩崖緊束風大怒。雲濤乍起湧萬重，洪水沖奪遊人路……

我曾觀潮更觀瀑，瀑下靜立一白鹿。霎時人鹿兩相望，南唐東越或西蜀？

後有老僧牽鹿走，再有掉頭笑……

語罷月落西山水茫茫，只覺石梁之下煙蒼蒼，雷硠硠，

挾以春秋淒風苦雨，浩浩蕩蕩如河江。」

小泥人點頭道：「是挺好的。」

徐鳳年笑道：「對吧？」

然後小泥人說道：「反正挺上口的。」

徐鳳年有些受傷，嘆了口氣。

小泥人猛然轉頭，一臉懷疑問道：「難不成是你寫的？」

徐鳳年翻了個白眼。

小泥人恍然道：「我就說嘛，肯定不是你寫的，你只會跟人買詩詞文章……最可惡的是從來不知道討價還價！」

年輕藩王當下有些憂鬱啊。

小泥人低頭看著他的側臉，有些心虛，後知後覺道：「還真是你寫的？」

徐鳳年輕輕點頭。

臉色認真至極的她安慰道：「不錯了，這輩子算是好歹寫過一篇像樣的文章了……」

徐鳳年齜牙咧嘴，這話說得，妳還不如不安慰呢。

長久沉默後，徐鳳年沒來由自言自語道：「夢想是什麼，就像是一個躲在遠方朝妳做鬼臉的小孩，而那個天真頑皮的孩子永遠不會長大。」

姜泥想了想：「要是我，就把那孩子抓起來打一頓。」

徐鳳年平靜道：「可是我抓不住啊。」

◆

流州戰事捷報連連。

先是寇江淮聯合龍象軍攻入黃宋濮部大營，不但成功入營殲滅輜重營，對完顏銀江部邊軍精騎也斬獲頗豐。隨後謝西陲好似天人附體，未卜先知，率領爛陀山僧兵分兵鳳翔、臨瑤兩鎮，不但成功阻止南朝步跋卒的奇襲，與此同時，原本已經深入姑塞州腹地的曹嵬部騎軍殺了一個回馬槍，將剩餘六千步跋卒和被謝西陲部僧兵拖入步陣泥潭的南朝邊騎，全部剿殺在姑塞州邊境上。

經此一役，已經有密雲山口戰役珠玉在前的北涼騎將曹嵬，贏得了「曹奔雷」的綽號。

隨著吃過兩次虧的黃宋濮部西線主力放緩推進速度，謝西陲也率領僧兵增援青蒼城，流州形勢一片大好！

只是在這期間，一封彈劾謝西陲的摺子經由流州刺史府邸傳閱後，送往拒北城藩邸，讓籠罩在這場連綿秋雨之中的拒北城，悄然增添了一分凌厲肅殺之意。

徐鳳年站在氣氛凝重的兵房，輕輕放下那封流州刺史楊光斗、別駕陳亮錫和流州將軍寇江淮三人皆有批紅的摺子。

這座衙屋之內，除了年輕藩王，還有坐鎮此地的副節度使楊慎杏，聞訊趕來的經略使李功德和涼州刺史白煜，剛剛升任拒北城城牧的許煌，以及剛剛從左騎軍轉入右騎軍擔任第一副帥的李彥超等多位邊將。

邸報初始內容，出自幽州步軍校尉升為鳳翔軍鎮主將的手筆，詳細描述了鳳翔鎮攻守戰的首尾。彈劾內容，只有一點，就是謝西陲在守城戰役之中，過分珍惜爛陀山僧兵實力，兩天一夜的守城，僧兵參與城頭協防人次竟然只有九百餘，造成了鳳翔守城士卒無謂的犧牲，幽州步軍老卒戰至僅剩九十二人！

同為大楚雙璧的謝西陲和寇江淮，流州一正一副將軍，兩位年紀輕輕卻驚才絕豔的兵法大家，無論各自初衷如何，也許在整個北涼邊軍心目中的地位，從今天起，將要出現一道分水嶺。

因為在青蒼城以北的主戰場，寇江淮那場打得黃宋濮大軍毫無脾氣的輝煌戰役之中，先死龍象軍、後死流州騎軍的做法，既沒有失去龍象軍的尊敬，也贏得了整座流州流民青壯的感激。

反觀謝西陲，空有密雲一役的大好先手，涼州關外當初都為其打抱不平，覺得謝西陲比寇江淮更適合擔任流州將軍。雖說事後謝西陲和曹嵬部騎軍依然拿下全殲一萬步跋卒和三千南朝邊騎的巨大戰果，但是毫無疑問，謝西陲失去了許多人心。

從這座拒北城，再到遠在幽州的步軍帥帳，北涼都護府和左右騎軍駐地，也許都會對謝西陲產生質疑，因為北涼邊軍對於沙場上的見死不救，最是深惡痛絕。這緣於徐家軍在草創初期，在為離陽朝廷開拓疆土的過程中，吃過無數次類似苦頭，尤其是謝西陲此舉，還有保存實力撈取戰功的嫌疑。

在年輕藩王的種種舉措之下，春秋老將楊慎杏作為逐漸被北涼邊軍接納的一道副節度使，對此事其實具有僅次於褚祿山所在都護府的話語權，但越是如此，楊慎杏就越不敢擅作主張，所以不得不第一時間派人通知年輕藩王。

楊慎杏知道這件事的棘手麻煩，不在於如何安撫那名鳳翔軍鎮的守將，甚至不是如何處置已經有兩大戰功傍身的流州副將謝西陲，而是稍有不慎，就會造成北涼新老兩代將領分裂。更頭疼的是，這種整個北涼邊軍都心知肚明的格局，始作俑者，正是站在書案後的那位年輕藩王。

從最早的幽州騎軍主將郁鸞刀，大放異彩的騎將曹嵬，到如今手握流州權柄的寇江淮、謝西陲，拒北城城牧許煌，或者是更早的幽州將軍皇甫枰，重騎軍副將洪驃，加上徐北枳和流州別駕陳亮錫，新涼王不但大力提拔年輕人，也不惜破格任用與北涼毫無淵源的外鄉人，所以說這封彈劾，捅破了連燕文鸞、何仲忽這些在北涼關外根深蒂固的邊軍老帥，都不敢，或者準確說是不願捅破的那層窗紙。

白煜向前幾步，伸手拿起那封摺子，視力孱弱的白蓮先生幾乎將摺子貼在了鼻子上，這幅滑稽場景，卻沒誰笑得出來。

穩坐流州封疆大吏第一把交椅的流州刺史楊光斗，在流覽摺子內容後用一絲不苟的小楷批文足足三百餘字，對謝西陲此舉極為貶斥，簡直彈劾得比那名鳳翔軍鎮守城將領還要措辭嚴厲，尤其是那句「我幽州步軍老卒死得，你謝西陲麾下的僧兵就死不得」，大概一語道破了所有北涼邊軍的心聲。

陳亮錫的批紅相對溫和，但是依然傾向於不贊同謝西陲的舉措：「流州副將謝西陲此舉，不違北涼軍律，只是情不可原。」

至於在西楚廣陵道就與謝西陲不太對付的流州將軍寇江淮，更是簡明扼要，就兩個字：「已閱」。

白煜雖然看書傷了眼睛，但也只是捧書高度異於常人而已，這位龍虎山小天師年幼時被公認能夠一目十行且過目不忘，所以流覽摺子極快，轉身把摺子遞給經略使李功德，率先打破沉默，微笑道：「寇將軍的字，不錯。」

然後就徹底沒有下文了。

楊慎杏頓時苦笑不已，老將本以為在北涼道地位超然的白煜，能夠幫自己更幫王爺打破僵局，哪裡想到是這般無賴。

接過那封摺子就像接過燙手山芋的經略使大人粗略看過之後，本想說陳別駕的字其實也不錯，只是猶豫了一下，還是乾脆保持緘默好了，把摺子再度遞給身後的李彥超。

這位與寧峨眉、典雄畜和韋甫誠並稱北涼四牙的右騎軍新副帥，李彥超「叛出」何仲忽左騎軍投入錦鷓鴣周康麾下的行為，前不久在涼州邊軍裡一樣沸沸揚揚。

李彥超大致看過之後，沒有像白煜、李功德兩位北涼文官領袖那般搗糨糊，抬頭對站在書案後的年輕藩王直截了當道：「末將倒是以為，謝將軍此舉，不但不違軍律，而且情有可原！」

李彥超在看到新涼王點頭致意後，繼續朗聲道：「楊刺史質疑謝將軍有擁兵自重之嫌，不願折損爛陀山僧兵，但是密雲山口一役的慘烈程度，想必屋內諸位都一清二楚，曹嵬部一萬精騎死傷如何，謝西陲麾下騎軍死傷又是如何？

末將與謝西陲從不認識，連見面都不曾有，但是自認對此人用兵略有心得，那就是在任何一處由他主持大局的戰場之上，謝西陲都會錙銖必較。

這場鳳翔軍鎮的攻守，若是爛陀山僧兵早早參與守城，不曾故意露出破綻，任由北莽蠻子多次攻上城頭，那一萬步跋卒和三千騎又豈會在城外逗留兩天一夜？若非如此，曹嵬部騎軍又怎能及時截下北莽北撤的殘部兵馬？在末將看來，鳳翔守將自然是守城有功，為戰死袍澤彈劾謝西陲亦是情理之中，但是謝將軍更是有大功而無過！」

李彥超把摺子遞給身後一名校尉，然後向年輕藩王抱拳沉聲道：「若是謝將軍他日來這拒北城，末將李彥超，恨不得為他牽馬！」

堂堂一位北涼邊軍副帥，願意為人牽馬，這幾乎是對那位下馬之人的最高讚譽了。人屠徐驍一生，也僅有兩次為他人牽馬而已。一次是為如今尚且在世的蓮字營老卒林鬥房，另外一次是為某位戰死之人，為馬背上的那具屍體牽馬回營。

蓄有美髯的許煌皺眉問道：「王爺，謝將軍可有摺子來到這拒北城，為自己解釋？此事我們不該只聽一面之詞。」

徐鳳年搖頭道：「摺子有一封，卻不是為鳳翔守城一事，不過只是解釋了為何他沒有讓入駐軍鎮的一萬僧兵死守軍鎮，為何沒有纏住那支無功而返的七千步跋卒。」

關於臨瑤軍鎮爛陀山僧兵不曾主動出城，這的確是一件怪事，拒北城這邊都感到有些訝異，既然事實證明謝西陲確實料敵機先，那麼以謝西陲在沙場上表現出來的果決，本該讓那尊爛陀山女子菩薩率軍出城作戰，以曹嵬部騎軍已然震驚涼莽的推進速度，絕對可以在姑塞州東南邊境上攔截下步跋卒，但是謝西陲還是與這份唾手可得的軍功失之交臂。

其實這位流州副將只要能夠全殲兩萬步跋卒和六千餘騎南朝邊軍，為青蒼以外的大半座西域戰場完美收官，那麼就算有這封彈劾摺子，也絕對不至於這麼讓拒北城舉棋不定。北涼既然以武立藩，歸根結底，還是戰功說了算數。

楊慎杏好奇問道：「敢問王爺，那謝將軍在摺子裡是如何解釋？」

徐鳳年平靜道：「謝西陲說流州西部戰場已經塵埃落定，北莽南朝步跋卒留下幾千人馬，無關大局。但是我流州青蒼城以北地帶，作為需要面對黃宋濮部大軍的主戰場，他手上是有一萬五千爛陀山兵馬，還是只剩下一萬僧兵增援青蒼，五千之差，便是天壤之別。」

深諳沙場兵事的許煌沉默片刻，感慨道：「我也願為謝將軍牽馬！」

徐鳳年突然笑了笑：「謝西陲打了兩場匪夷所思的大勝仗，寇江淮在第二場阻截戰裡，更是打得黃宋濮部十數萬騎軍好像淪為了步軍，流州戰局已經趨於明朗，接下來就看我們涼州關外了！」

然後徐鳳年坐在那張本該屬於楊慎杏的椅子上，鋪開宣紙，落筆之前，抬頭對著眾人說道：「我來跟那位鳳翔軍鎮守將寫信解釋，諸位，拒北城以及拒北城以北，就麻煩你們了。」

屋內所有人都如釋重負。

◆

李功德轉身跨過門檻後，對身邊同行的城牧大人笑咪咪道：「咱們王爺的字，那是真的好，風骨錚錚，意氣張揚……」

許煌同樣笑咪咪道：「隔著這麼遠，李大人就不怕王爺聽不見這番話？」

李功德壓低嗓音：「王爺是武評大宗師呢。」

許煌伸出大拇指：「佩服！」

屋內正在醞釀書信措辭的徐鳳年哭笑不得。

就在此時，刑房那位拂水房大諜子領著一名女子快步走到門檻外，女子頭頂帷帽，然後兩人停步不前，哪怕這棟位於藩邸的小屋內，是當之無愧的北涼頭等樞密重地，那位拂水房諜子仍是覺得不適合公然介紹女子身分。

徐鳳年停下筆，抬頭望去。

拂水房諜子並未出聲，只是謹慎至極地微動嘴唇。

東嶽。

徐鳳年悚然起身。

徐鳳年起身後放下筆，那封寄往鳳翔軍鎮的書信才寫到一半，便跟楊慎杏打了聲招呼，先把書案空著，公門修行境界深厚不輸李功德的副節度使，自然淡然應諾。

徐鳳年讓拂水房的諜子頭目先回刑房，獨自領著那名帷帽女子前往二堂簽押房隔壁的書房中。

他輕輕關上門，女子摘下帷帽，露出一張足可稱為傾城的臉蛋，能夠讓一間簡陋書房蓬華增輝的她，姿色確實會給人驚為天人的感覺，這座拒北城內應該就只有容顏傾國的姜泥，才能夠澈底壓她一頭。

徐鳳年當時看到拂水房諜子的唇語後，腦海中蹦出的，不是更為天經地義的「東越」二字，而是相對生僻的「東嶽」，這才是真正讓徐鳳年如此謹慎的原因，甚至可以說，這是一場不為人知的漫長等待。

徐鳳年從尚未世襲罔替之前，就開始等著水落石出的一天。當年他以世子殿下身分孤身趕赴北莽，不過像是處在先手階段尾聲的落子，哪怕第一場蕩氣迴腸的北莽大戰已經落幕，第二場大戰也已是如火如荼，仍然只能算是這盤春秋大棋的中盤，只有等到這名女子，才算開始真正收官。

世人皆知在南疆比燕刺王趙炳更像藩王的納蘭右慈，碩果僅存的春秋謀士，身邊經常跟隨五名容貌傾國的貼身丫鬟，暱稱古怪，分別是酆都、東嶽、西蜀、三屍和乘履，總計五人十字。

她正是納蘭右慈婢女之一的東嶽，面對這位離陽王朝兵權最重的年輕異姓王，竟是泰然自若，微笑道：「既然王爺這麼緊張，想必是已經知曉早年我家先生與那幾位已故故人的謀劃了，如此更好，省得奴婢多費口舌。」

徐鳳年沒有落座，只是站在那張普通黃楊木書案附近，也沒有給她搬來一張椅子，兩人就這麼相對而立。

他開門見山道：「我師父選定的棋子，包括舊北院大王徐淮南在內，如今都已死絕，妳先生那邊還剩下誰？」

婢女東嶽笑道：「王爺不妨猜猜看？」

徐鳳年瞇起那雙丹鳳眸，臉色陰沉。

她對此視而不見，嘖嘖道：「如今中原盛傳十年修得宋玉樹，百年修得徐鳳年，千年修得呂洞玄，王爺你當下表現，可是有些名不副實。」

春秋九國一局棋，洪嘉北奔作為春秋戰事的帷幕，既是收官，也是先手。本是屬於不同陣營的四名中原讀書人，心有靈犀地聯手布局，這四人正是春秋三甲黃龍士、聽潮閣李義山、南疆納蘭右慈、離陽帝師元本溪。

自大秦立國之後，北方草原騎軍無數次南下叩關，禍亂中原，中原士庶避難遷徙，皆是由北往南一退再退，被後世習慣性譽為衣冠南渡，比如永禧末年的「劉室幸蜀」和大奉王朝覆滅後的「甘露南渡」。

春秋九國中國力最為鼎盛的大楚姜氏，當時之所以能被視為繼承了大奉衣缽的中原正統，就在於那場甘露南渡中的大小三百餘世族門閥，十之七八都遷往了廣陵江地域。但是分為兩次大遷徙和兩條路線的洪嘉北奔，則截然相反，是由南向北。

第一撥北奔遺民還算情理之中，以東越、後宋和後隋三國遺民居多，或主動或被動地遷入離陽京畿地帶，然而在大概半年之後，一場規模更大的逃難爆發了。骨氣最硬的西楚、過慣了糜爛遮奢生活的南唐、故土情結最重的西蜀，加上少數北漢和大魏遺民，十數股洪流，紛紛向北湧去，最終大致彙聚在如今的北涼道幽州、涼州和兩淮道的河州，幾乎是趕在人屠徐驍封王就藩北涼的前一刻，成功逃入北莽南朝的姑塞州龍腰州。

在這中間，出現了多次隱藏極深的關鍵手。一次是當時被離陽老皇帝趙禮敕封為異姓王的徐驍，突然揚言要殺盡西楚讀書種子，要讓西楚讀書人的屍體堵住廣陵江的入海口。

由於西壘壁戰役打得實在太過慘烈，無論是落敗方的大楚姜室，還是戰勝方的徐驍，都怨氣滔天，所以當如日中天的徐驍公然在太安城廟堂上放出這句話後，不但朝野震動，更讓山河破碎的西楚遺民越發絕望，那徐瘸子擺明瞭是連做太平犬的機會都不給他們啊，除了逃，還能如何？

還有一次是照理本該憑藉戰功入主西楚版圖的趙禮之子趙炳，也就是後來的南疆燕剌王，非但沒能去往富甲天下的廣陵道，連雄踞中原腹地的靖安道青州都沒去成，趙禮當初僅是有意讓這位「最似寡人」的兒子前往淮南道，大概是想在徐驍封王就藩北涼道已成定局的情況下，讓能征善戰的趙炳與離陽唯一的異姓藩王徐驍做個鄰居。

但是到最後，曾經想過去兩遼關外的趙炳，去了最出人意料的南疆，一個徒有廣袤疆土卻是蠻瘴橫生的地方。野史流傳嗜殺成性的趙炳在出京之前，持刀砍掉皇子府邸的一株千年古柏，誓言殺絕一切高過車輪的南唐青壯，以此洩憤。

恰好在趙炳南下途中，在春秋後期抵抗絕對不算頑強的南唐，竟然起兵造反，殺死顧劍棠部數千留守士卒，趙炳原本還想在廣陵道故意跟新任廣陵王趙毅掰掰手腕尋個樂子，聞訊後不得不驟然加快馬蹄火速南下。

第三次便是徐驍的封王最早，就藩最晚。

前兩次世人不曾深思的關鍵手，離陽帝師半寸舌元本溪冷眼旁觀，因為他樂見其成。他效忠的趙室想要真正讓一家太平報天下太平，就務必要讓那些「百年國，家千年」的高門豪閥「樹挪而死」。

想要讓他們在兩大藩王極有可能一語成讖的威脅恫嚇下，乖乖轉入天子眼皮底下的離陽京畿，與科舉士子一樣「天下英傑，盡入我趙家甕」。同時以絕後患，既能防止失去根基的各國餘孽起兵反復，又能保證離陽一鼓作氣北征草原的時候，徹底沒有南邊的後顧之憂。只可惜在這個時候，變故橫生，徐驍大軍西行尤為緩慢，一路賞景，在薊州甚至停步逗留了足足一個月。

當元本溪和離陽朝廷意識到情況不對勁的時候，便讓擔任兵部尚書的大將軍顧劍棠麾下頭號猛將，駐軍於江南道的蔡楠率軍一路奔赴，試圖截下那支突然向西北方向聚攏的遺民洪流，逼迫其掉頭東遷進入太安城。

蔡楠部大軍因為騎軍規模不大，加上對西北地形極為陌生，最終還是沒能攔下那股浩浩蕩蕩的春秋遺民。

當時世世代代戍守邊關抵禦草原馬蹄的薊州韓家，正因為那次按兵不動，才導致之後的滅門慘禍。

那位身為張巨鹿的授業恩師以及老丈人的離陽老首輔，雖說與薊州韓家確實有私人恩怨，可要說是因為老首輔一人導致一個世代忠良的龐大家族就此覆滅，既高估了那位名義上位極人臣讀書人的朝堂分量，也低估了老首輔的讀書人風骨，實則真相是離陽朝廷不敢明面上，遷怒已是天高皇帝遠的北涼邊軍，就只能拿臥榻之側的薊州韓家開刀。除此之外，便是順勢讓同為春秋功臣的楊慎杏帶兵入駐薊州，加上蔡楠屯兵北涼道邊境，竭力壓縮北涼鐵騎的退路餘地。

這局棋，四名謀士分坐中原四方，擔任國手，連袂挽袖落子。

最終，需要從棋盤上拈起棋子之人，便是那位莫名其妙前往北莽的北涼世子殿下。

書房內，唯有書香清淡，一男一女陷入長久的沉默。

徐鳳年壓抑內心的浮躁，盡量心平氣和道：「東越駙馬王遂，是不是納蘭右慈的棋子？」

女子瞪大眼眸，臉上的錯愕神色並非作偽，好奇問道：「難道李先生沒有對王爺提及？」

徐鳳年內心震動，但是面無表情道：「不曾。」

這位納蘭右慈的婢女何其聰慧，頓時洞悉玄機，恍然大悟道：「原來李先生去世之時，已是反悔了。」

她歪斜著腦袋：「既然李先生臨終前改變初衷，不願你挑起這副重擔，王爺你又為何如此執著？」

徐鳳年直截了當沉聲道：「北涼處處在死人，我沒有時間跟妳廢話！」

她瞥了眼左手按住刀柄的年輕藩王，挑了下眉頭，滿是躍躍欲試的神情：「北涼戰刀一向被中原兵家稱為『豪壯徐樣』，言下之意，即世間戰刀，莫不模仿徐刀，王爺，能不能借奴婢瞧瞧？」

徐鳳年冷笑道：「死人提得起刀？」

她佯裝驚恐地摸著自己胸脯：「這可不是有求於人的姿態呀，難怪我家先生說，西北塞外……」

一聲突兀的砰然巨響。

這位國色天香的年輕女子背靠房門，光潔白皙的額頭之上，被一隻手掌死死按住。

她嘴角滲出血絲，面面相覷，她最開始嘴角還扯出一個譏諷笑意，但是當她望向那個年輕藩王的眼睛時，看見的是一種竭力克制的暴戾意味。

生死一線，她卻沒來由記得自家先生曾經笑言，怒至極點，讀書人恨不得剁掉天下所有武夫的持刀手臂，而武夫同樣恨不得剁掉全部讀書人的捧書之手。

就在她以為徐鳳年哪怕讓那個祕密埋入故紙堆也要殺她之時，一陣不輕不重的敲門聲響起，然後她便看到年輕藩王的臉色驟然變化，變出一張乾乾淨淨的溫暖笑臉。

他毫不掩飾厭惡地瞥了眼她後，鬆開手掌，隨手一揮將她推到一堵牆壁下，輕輕開門。她擦拭掉嘴角的血跡，轉頭望去，結果看到一張連她都要感到驚豔的容顏。

那名同齡人女子在跨入門檻後，立即左右觀望，看到她後，迅速從頭到腳打量了一番，然後蹩腳地擺出一副「我什麼都沒看見」的嬌憨模樣，拎了一壺茶過來對徐鳳年淡然道：「呵呵姑娘說你這邊來客人了，我就幫你捎壺茶水過來。」

徐鳳年嘴角抽搐。

在藩邸內眼觀八方、耳聽六路的賈家嘉那妮子，肯定還補了一句，客人是位漂亮女子。要不然以姜泥的性情，才懶得管你徐鳳年書房是來了位離陽天子還是北莽皇帝。

姜泥像是剛剛發現了那位戳在牆根的大活人，提了提手中的溫熱茶壺，問道：「姑娘，口渴不，要不要喝茶？」

已經擦去血跡的婢女東嶽故意攏了攏自己的衣領，咬著嘴唇，彷彿心有餘悸，真是楚楚可憐。

姜泥頓時瞪大眼睛，一腳偷偷踩在北涼王的腳背上，狠狠踩了踩。

東嶽只見那位背對自己的可憐藩王似乎深呼吸了一口氣，然後把手按在那位絕代佳人的腦袋上，這可比按在自己額頭上的那一掌，要溫柔太多太多。

他笑道：「想什麼呢，這位駐顏有術的大姨，來自南疆，是納蘭右慈的貼身婢女，是來這裡跟我商量正事的，剛才切磋了一下，我沒把握好輕重，不小心傷了她。」

小泥人瞥了眼臉色蒼白的女子，雖然依舊將信將疑，不過「大姨」二字，至關重要，讓她稍稍放心了。

她把茶壺丟給徐鳳年，轉身離去。

徐鳳年一手提著水壺，一手準備去關門，不承想姜泥沒走出幾步，就猛然轉身，直直望著他，沒好氣問道：「大熱天的，窗戶也沒開，關門作甚？」

徐鳳年訕訕然縮回手，無奈道：「好好好，不關門。」

她撇了撇嘴，再度轉身，嗓門不輕地自言自語道：「要是心裡沒鬼，大大方方關門又如何？」

徐鳳年嘆了口氣，輕輕搖頭，轉身把茶壺放在桌案上，取出兩只從拒北城外那座集市上購置而來的白瓷茶杯，坐下後對婢女東嶽擺手示意道：「坐下喝茶吧。」

她猶豫了一下，還是搬了張椅子，隔著桌案，與年輕藩王相對而坐。

剛才兩人一言不合地撕破臉皮，好像根本就沒有發生過，此時此刻，書房內雲淡風輕。

這一切，都歸功於那名送茶而來的女子。

她有些心思複雜。

如今中原，只說那座號稱天下首善的離陽太安城，就有無數性子外向的大家閨秀，差點連袂私奔前往涼州，只為見那徐鳳年一面，這真不是什麼添油加醋的坊間笑談。

人生不過百年，百年修得徐鳳年。

這位新涼王，也算劍走偏鋒地修成正果了。

她原本不信世間男子風流能夠勝得過自家先生，今日親眼目睹，雖然覺得依舊不如先生，但也差得不多了。

徐鳳年身體前傾幫她倒了一杯茶。

女子心思深似海，先前還綿裡藏針與年輕藩王針鋒相對的婢女東嶽，正了正神色，沒有去拿起茶杯，緩緩道：「臨行前，先生與我說過，棋子一事，與聽潮閣李先生僅限心有靈犀，兩人自當年前往太安城的路途一別，便再無任何聯繫。

我家先生還說，因為李先生當時有過一番坦誠相見的言語，故而猜出了李先生選擇的棋子身分，以李先生的謹慎，必然唯有徐淮南一人而已，事實上徐淮南也確實最出人意料，成功當上了北莽的北院大王。

我家先生又說，以徐淮南的矛盾性格，這枚棋子未必能夠堅持到最後，當然，徐淮南也絕不至於洩露天機，至多是選擇放棄。」

徐鳳年點頭道：「徐淮南當年在弱水之畔見到我的時候，本可以活，但老人仍選擇一死了之。大概是他不看好北涼能夠打贏北莽，與其愧對中原之後再愧對北莽女帝，與其失望，還不如眼不見、心不煩，什麼都不做。」

婢女東嶽端起茶杯，慢飲一口，輕聲道：「我家先生說他的棋子遠不如李先生那般重要，數目也多些，剛好十人，只是二十年後，大半都已夭折，病死三人，自盡兩人，因生叛變之心而被先生安插在身邊的死士清理的，又有兩人。

所以這一趟北涼之行，便是由我東嶽為先生捎話。如王爺之前所猜，王遂正是我家先生最為用心的棋子之一，但這位春秋四大名將之一的舊東越駙馬爺與徐淮南如出一轍，有舉棋不定的跡象，相比同在我名字之中顯露的另一枚棋子，王遂私心更重一些，也更難掌控。」

徐鳳年沉思不語。

她臉色凝重道：「另外一人，還請王爺記住，此人姓王名篤，曾經自號山丘野叟，老人本身在南朝並無太大建樹，只是所在家族培養出了一位不容小覷的年輕人，王京崇，正是如今的北莽冬捺鉢！而且王家絕對心向中原，毋庸置疑。」

徐鳳年皺起眉頭。對於南朝邊關悍將王京崇，北涼邊軍上下都不陌生，此人現在正率領嫡系兵馬前往姑塞州，負責阻截孤軍深入的郁鸞刀部騎軍！

徐鳳年突然問道：「最後僅存的第三枚棋子？」

她搖頭道：「對於此人，我家先生說暫時尚未到可以起用的時候。」

徐鳳年愣了愣，自嘲道：「難不成還得等我打贏了北莽？」

她坦然道：「先生不曾說，我自然不知。」

徐鳳年也沒有為難這名婢女，不再刨根問底，知道王篤和王京崇的棋子身分，已經是意外之喜。

她沒有喝完那杯茶，站起身：「我家先生最後說，黃龍士最後選中了燕剌王世子趙鑄作為真命天子，所以南疆大軍才能夠如此順利北上，先生希望王爺放心鎮守西北，他日功成，幫助趙鑄完成史上第一次將廣闊草原納入新離陽版圖的壯舉，一定不會虧待王爺和北涼邊軍的。」

徐鳳年一笑置之。

她離去之前，眨了眨眼睛，嘴角翹起，低聲道：「說了那麼多『我家先生說』，我自己其實也想說句題外話……王爺你比我想像中還要英俊一些。」

徐鳳年非但沒有任何得意神色，反而立即火急火燎地對窗外方向說道：「賈家嘉，這句話妳不許告訴姜泥！」

一頭霧水的婢女東嶽只依稀聽見身後窗外那邊，傳來一陣「呵呵呵」的笑聲。

徐鳳年伸手摸著額頭，唉聲嘆氣。

完蛋了。

婢女東嶽重新拿起帷帽，向打算起身相送的年輕藩王施了一個萬福，善解人意地柔聲勸道：「王爺就不用送了。」

徐鳳年瞥了眼茶壺，苦笑道：「接下來別說喝茶，不喝砒霜就萬幸了。」

她笑著離去。

她直接走出這座藩邸，在拂水房諜子的護送下騎馬離開拒北城後，回望了一眼巍峨的城牆，忍不住悲從中來，泫然欲泣，不知是為自家先生，還是為誰。

◆

城內徐鳳年獨自走向藩邸兵房衙屋，重新坐回屬於楊慎杏的位置，繼續提筆寫信。

他突然停下筆，望向屋外。

這次祕密會晤，那名納蘭右慈的婢女的確說了很多真話，皆是納蘭右慈的肺腑之言，但未必不會九真一假，以圖大謀。

而他也一樣，不得不有真有假。

可這些都不算什麼。

讓徐鳳年傷感的是，在聽潮閣頂樓畫地為牢二十年的枯槁謀士，那麼一位心懷天下的無雙國士，竟然為了他這麼一個不爭氣的學生，連天下歸屬也不在意了。

那個男人，明明原本……卻唯獨在臨死前不對徐鳳年詳細講述那盤棋局，那盤由他李義山一手謀劃，可謂畢生最得意的春秋棋局。什麼都沒有留下，不留遺言不留字。

到底是為什麼臨終反悔？

徐鳳年想不明白。

他寫完信交給刑房後，拎了一壺綠蟻酒，來到拒北城最高樓的屋脊上，盤腿而坐，眺望南方。

據說師父的南方家鄉，是一個山清水秀的小鎮，有一座座石拱橋。

徐鳳年沒有喝酒，躺下身，抱著酒壺，望向天空，淚流滿面。

大概只有偷偷想起了徐驍和李義山的時候，這位好像什麼都擁有又好像什麼都會失去的年輕藩王，才會小心翼翼地覺得自己有些委屈。

◆

這場秋雨尤為綿長，這在風大雨少的北涼道本是件稀罕事，可是耽擱了拒北城的建城進度，經略使大人就差點為此跳腳罵娘，要麼待在吏房衙屋內唉聲嘆氣，不然就是撐著油紙傘前往城頭觀看天色，苦等放晴。

拒北城以南的河流水位因此暴漲，雨水摻帶黃沙，渾濁不堪，這讓一些來到關外集市欣賞塞外風光的少俠、女俠，最為惱火。

本來好好的秋高氣爽時節，被這場老天爺拉稀一般的秋雨給折騰得滿地泥濘，原本每日暮色裡與仰慕心儀的女子攜手在河畔散步，欣賞那份大漠孤煙直、長河落日圓的關外風光，趁著四下無人握住女俠仙子的柔荑小手，也算美事一樁，如今便只能埋怨天公不作美了，只能縮在小鎮集市的客棧酒樓裡。

這撥年輕人此次遠遊西北，身邊多有江湖宗門裡的前輩或是世交長輩照拂看管，一天到晚與那些半截身子入土的老傢伙大眼瞪小眼，可真是無趣得很，也不是沒人想要策馬嘯西風，只是拒北城一帶，滿眼盡是鐵甲錚錚的北涼邊軍鐵騎，誰敢造次？

大概唯一對這場秋雨談不上怨念的人物，就只有藩邸內的呵呵姑娘和朱袍徐嬰了，一大一小經常死皮賴臉纏著姜泥御劍飛行，帶她們直奔天上，破開厚重烏雲，當驟見天上光明那一刻，賈家嘉總會滿心歡喜，連帶著徐嬰也樂此不疲。

姜泥御劍早已嫻熟至極，早在曹長卿帶她趕赴北莽的時候就看遍天上風光，只不過她對無形中主動擔任起自己耳報神的少女，顯然打心眼裡十分親近。

當時納蘭右慈的貼身丫鬟東嶽造訪藩邸，就是賈家嘉第一時間幫她通風報信，之後書房對話內容，也一字不差說給了她聽，所以無論呵呵姑娘的想法如何天馬行空，本就在拒北城孤苦無依的姜泥向來來者不拒。

比如仰頭見著了雁陣從拒北城上空高高掠過，就御劍帶著少女追逐大雁南飛，偶爾還會助紂為虐地幫賈家嘉逮住兩、三隻可憐大雁，往牠爪子上綁縛紙條，大有鴻雁傳書的稚趣。

上一次姜泥所寫內容便是「徐鳳年是渾蛋」這句，從不說話的徐嬰便寫了一句「他不是渾蛋」，而呵呵姑娘便讓姜泥代筆寫上一句「她們說得都對」，只是不知那些吃過苦頭的南下大雁，明年開春，還敢不敢從這裡北歸。

後來三名女子又喜歡上了天外飛仙的遊戲。先是姜泥御劍升至滔滔雲海之上，第一次冒險前應該是早有商議，不敢隨便跳入雲海，畢竟要是一不小心跳下去，以迅雷不及掩耳之勢直接把徐鳳年的藩王府邸給砸出個窟窿，估計以後就沒的玩了。

她們三人挑了正好位於河流上空的位置懸停那柄大涼龍雀，然後天不怕、地不怕的賈家嘉第一個縱身躍下，雙手合十，腦袋朝下，最後她便是以倒栽蔥的彪悍姿勢，一頭插入河底淤泥之中！

當時正在議事堂處理軍務的年輕藩王，突兀地感知到那股如一線飛劍直插大地的磅礴氣機，立即飛掠城頭，結果就瞧見令他哭笑不得的那幕滑稽場景。

掂量了一下下墜速度和少女體魄，徐鳳年不得不偷偷出手，使得賈家嘉在撞入河流之前便卸去大半衝勁，最後還得跑去濺起水花無數的動盪河流之中，扯住她的雙腳，拔蘿蔔一般把少女從泥裡使勁拔出來。

下墜途中便悄然駕馭氣機的那襲朱袍落在河中不遠處，由於不是像少女這般腦袋著地，並無大礙，只是濺得年輕藩王彷彿落湯雞。

不等徐鳳年發飆，三名女子就腳底抹油跑路了。在那之後，遊戲照舊，只是姜泥御劍高度放低許多，也多挑選夜幕時分，於是那條河流大半晚上，隔三岔五就能夠聽到如同下餃子入鍋的巨大聲響，久而久之，小鎮那邊也見怪不怪。

如果僅是這般無傷大雅的胡鬧，徐鳳年也就睜一隻眼、閉一隻眼，只是當一個雷電交加，風雨尤為聲勢浩大的夜晚，正在戶房與白煜商討漕糧一事的年輕藩王，聽到頭頂極高處一聲不同尋常的炸雷崩響後，當場就意識到情況不對。

果不其然，他在四堂宅院當場抓獲鬼鬼祟祟的三名女子，其中那個頭髮根根豎起、滿臉烏黑的賈家嘉，雙手死死握住一根雷電交織如白龍纏繞的鐵棒，眼神熠熠生輝，充滿了大功告成的喜慶。徐嬰則在旁一臉豔羨地看著，唯獨姜泥最為謹慎，收起大涼龍雀入劍匣後就想躡手躡腳撤回小屋。

徐鳳年立即一閃而逝，扯住小泥人的衣領，把她拎回院子裡。

雨幕中，三名女子站成一排，姜泥貌似抬頭賞月，一臉無辜。徐嬰偷偷斜眼打量少女手中那根條條閃電呲呲作響的精鐵長棍，渾然不覺自己闖禍的賈家嘉，更是神情警惕地望向徐鳳年，一臉「你別打我棍子主意否則我跟你拚命」的表情。

徐鳳年板起臉問道：「連天上雷電也敢擅自接引？妳們不要命了？」

姜泥偷偷做著鬼臉，碎碎念，顯然是要破罐子破摔了。

徐嬰一臉茫然無辜。

賈家嘉乾脆就轉過身，懶得跟這個傢伙計較。

在三人面前根本毫無藩王威嚴更無半點大宗師氣勢可言的徐鳳年，隨後揮袖，隔斷女子們頭頂的雨幕，竟是方丈之內自成天地的小千氣象。

他彎曲手指在小泥人額頭上輕輕一叩，然後摸了摸徐嬰的腦袋，最後扳過呵呵姑娘的身體，看了三人一眼，苦笑道：「這段時間藩邸事務繁多，我實在脫不開身陪妳們走走看看，這是我的不對……」

小泥人嘀咕道：「誰稀罕你陪。」

徐鳳年瞪眼望去，別看在外人跟前，年輕藩王如何拿她沒轍，總是處處相讓，以至於整座藩邸上下都對這位女子劍仙敬畏得很，可是真當徐鳳年生氣的時候，姜泥立馬就被打回原形，她此刻噤若寒蟬站在原地，連雙手都不知應該擺在什麼地方。

徐鳳年嘆了口氣，柔聲道：「以後妳們想要去天上玩耍，沒有關係，但是千萬記住，絕對不可以去往北涼道版圖以外的高空。

張家聖人化虹之後，積攢數百年的儒家意氣雖然為人間割斷了天人聯繫，但是狗急了還會跳牆，何況是那些習慣了高高在上俯瞰眾生的天上仙人？在北涼道這一畝三分地上，就算他們想要藉機對妳們動手腳，我最不濟還能幫著亡羊補牢，可是我無法第一時間趕到的別處，妳們會很危險。

這不是我故意危言聳聽嚇唬妳們，方才如果不是我有所察覺，出竅神遊至雲海之側冷眼旁觀，恐怕妳們接引的下一道雷，就真會是暗藏殺機的紫氣天雷了。」

姜泥心虛地低下腦袋，不敢正視徐鳳年。

呵呵姑娘看著手中依然如同幾十條纖細白蟒瘋狂飛旋的鐵棍，戀戀不捨。

徐鳳年看了眼頭髮倒豎、滿臉黑炭的少女，忍俊不禁道：「我也沒說不讓妳留著棍子，冒這麼大險，都給雷劈成這副德行了，棍子上的殘留閃電還能持續幾天，沒理由不當個寶貝對待。」

徐鳳年仰起頭望向深沉雨幕，自言自語道：「只不過來而不往非禮也。」

聽到年輕藩王說「我去去就來」，姜泥憂心忡忡道：「要不要我把大涼龍雀借給你？」

徐鳳年笑著搖頭，身形拔地而起，一閃而逝。

然後沒過多久，三人只聽到天上傳來一聲猶勝炸雷的怒斥聲，正是徐鳳年高聲一句：

「滾回去！」

姜泥偷偷咋舌，這傢伙的膽子，真是大。

夜幕之中，兩道璀璨白虹劃破天際，一道跌落北莽草原，一道墜入中原版圖。

半炷香後，徐鳳年飄然落回地面，雙手負後，神情自若。

姜泥好奇問道：「跟人打架了？」

徐鳳年點點頭，沒有詳細解釋。

面對七名共坐雲端窺探北涼氣運的仙人，他徐鳳年把其中兩位膽敢走出天門的跌境仙人徹底打成了人間謫仙人。

姜泥把劍匣摘下，雙手遞給徐鳳年。

徐鳳年納悶問道：「幹啥？」

小泥人皺了皺鼻子：「你拿去保管吧，省得我們惹麻煩。」

徐鳳年無奈道：「歸根結底，拒北城對妳們來說本就是無聊地方，我只是生氣自己沒辦法讓妳們痛痛快快玩耍，不是生氣妳們溜出去玩。」

誰信哪。

反正小泥人不相信，剛才他朝自己瞪眼，比誰都凶。

徐鳳年笑了笑，雙手負後的他突然向前伸出一隻手，手心上方高處三、四寸的地方，輕輕流轉著一顆拳頭大小的雪白球體，竟是雷電精華凝聚而成！

三名女子頓時瞪大眼睛，像是看到了天底下最可愛的玩意兒。

徐鳳年縮回手，任由那顆蘊含無上天威的雷球懸停在身前空中，微笑提醒道：「可千萬別用手去摸，尋常的金剛體魄也經不起一炸，如今天下，除了我之外，可能就只有白衣僧人李當心的念珠、鄧太阿的劍、拓跋菩薩的拳頭，才能在觸碰後安然無事。

不過妳們只要稍稍外放氣機，並不如何耗費精氣神，便能夠輕鬆駕馭這顆雷球。事先說好了，絕對不可以讓小東西離開這座院子，也絕不可以讓它觸及院中任何實物，否則我可沒時間精力幫妳們再弄來一顆。」

徐鳳年伸手在呵呵姑娘手中的鐵棍上輕描淡寫一抹：「我留了一道氣機在上邊，妳們平時不逗弄雷球的時候，它會自行懸停在棍子附近。」

姜泥三人同時使勁點頭，真像是小雞啄米。

賈家嘉二話不說「啪啦」一下，把鐵棍豎立在院子的青石地板中，然後那顆雷球便自行在棍子四周緩緩縈繞旋轉。

三顆腦袋聚在一起，目不轉睛看著小玩意兒優哉游哉旋動。

被晾在一邊的徐鳳年瞥了眼破裂地面，嘆了口氣，離開院子重返那座戶房。

等到年輕藩王的身影消失不見，那座由他氣機支撐的方丈天地也悄然消散，小院重現雨幕，三名女子便搬了椅子、板凳並排坐在屋簷下。

姜泥回過神，轉頭對賈家嘉一本正經說道：「小呵呵，修繕地面的銅錢，妳可不能賴帳啊。」

被她暱稱為小呵呵的少女緩緩搖頭。

姜泥皺眉道：「賈家嘉，不許妳這樣！」

呵呵姑娘眼珠子一轉，俯身在姜泥耳朵旁竊竊私語。

姜泥聽過那番密語之後，冷哼一聲，氣咻咻地大聲道：「小呵呵，這筆錢不用妳出，我也不出！某人不是紅顏知己遍天下嘛，連才見過一面的女子也都鍾情傾心，還會差這些銅錢？」

其實離開院子尚未走遠的徐鳳年突然一個踉蹌，搖頭苦笑。

得，賈家嘉為了逃債，就很不講義氣地禍水東引啊，把婢女東嶽最後那句話給洩露天機了。

第十一章　何老帥告別行伍　陸東疆造訪涼王

處暑時分，暑氣至此而止，秋氣漸肅，鷹感其氣而捕擊群鳥。

北涼邊軍每年值此時節，都會進行一項傳承已久的儀式，就是祭鷹。一些經由拂水房精心熬養出來為邊軍遊弩手架臂的鷹隼都會在涼州關外放飛，百騎出陣，群鷹高飛，景象極為壯觀。

因為涼州關外的白馬遊弩手都已轉入流州戰場，拒北城藩邸就讓何仲忽部左騎軍的精騎代勞。一來是老帥病重，只是名義上頂著左騎軍主帥的頭銜，此次祭鷹，也是這位功勳老帥的沙場落幕；二來一位遠離邊軍十多年名叫陸大遠的新任左騎軍副帥，正好親自率領那百騎在拒北城以北地帶，振臂放鷹。

祭鷹這一天，夕陽西下，拒北城走馬道上人頭攢動，右騎軍主帥錦鷓鴣周康在李彥超陪同下緩緩走上城頭，板著臉，見到卸甲後不得不裹有厚重皮裘禦寒的老帥何仲忽後，臉色才稍稍好轉幾分。

「叛離」左騎軍轉投右騎軍的邊軍猛將李彥超神色淡漠，唯有晦暗的眼神深處，才有幾分愧疚，只不過仍是愧而不悔。

腰佩涼刀的年輕藩王站在城頭居中地段，舉目遠眺，只見群鷹翱翔，心曠神怡。

在遙遙看到陸大遠率領百騎返回拒北城後，徐鳳年轉頭望向身邊的何仲忽。

年邁身軀已是不堪馬背顛簸，甚至連懸刀掛甲都成了奢望。今日祭鷹之後老人就要正式離開沙場，只是老帥膝下無子女，在關內也無安置宅院，徐鳳年本以為按照老將的脾性，會選擇留在拒北城養老，畢竟能夠更近一些聽到那種熟悉的馬蹄聲，徐鳳年甚至已經在藩邸附近親自讓人留出一棟幽靜宅子。

但是到最後老人竟然說要趁著還沒有躺去病榻上被人伺候，趁著還剩下些氣力，要去陵州轉轉，說陵州可是咱們北涼道的塞外江南，早有耳聞那邊的富庶，在關外跟馬糞打了二十年交道，怎麼都該去那兒享享福、吃幾頓好的。

徐鳳年心知肚明，老人說要享福是假，不希望接下來的左騎軍主帥時不時跟他這位太上皇打照面，才是真。哪怕繼任者不會這麼想，更不會覺得束手束腳，可是老人依然堅持己見，徐鳳年不得不讓陳雲垂、林鬥房這些與老帥輩分相同的徐家老人出面勸說，可一樣沒用，一輩子光陰都丟在了沙場上的何仲忽鐵了心要走。

何仲忽察覺到年輕藩王的視線，灑然笑道：「王爺，別勸了。我何仲忽自認領兵打仗的才華平庸，之所以能夠打下那些勝仗，靠的是以前的徐家老卒和如今的北涼邊軍，靠的是能夠聽得進別人意見。

說來慚愧，我戎馬生涯將近五十年，在春秋戰事裡頭不敢說次次身先士卒，可也不比劉元季、尉鐵山這撥老傢伙次數少。不知為何，到最後竟然受傷最少，更比不得大將軍。記得當年大將軍帶著咱們來到北涼那會兒，大夥兒交情再好，可為了能夠爭搶到兵強馬壯的將軍職位，一個個真是連臉皮都不要了，王爺知道尉鐵山當年是怎麼跟大將軍埋汰我的嗎？」

徐鳳年笑著搖頭。

老人哈哈笑道：「劉元季、尉鐵山這兩隻老王八，當年其實是一門心思奔著我這個位置去的。讀過幾天書的劉元季肚子裡壞水多，自己不願意當惡人，就攛掇著大老粗尉鐵山去跟大將軍說，說我何仲忽在戰場上負傷極少，但小病綿綿無大災，從不生病的傢伙，卻有可能生病了就乾脆一病不起，所以接下來打北莽蠻子，就別讓何仲忽率領騎軍衝鋒陷陣了，若是一不小心掛了，丟了性命不說，還折損邊軍顏面。

這能忍？當然不能忍，所以我一怒之下就找到大將軍，拔出了當時懸佩的第三代徐家刀，撂下一句狠話，要麼讓我當騎軍副帥，要麼我就拎著刀去砍死尉鐵山那龜孫子。大將軍沒辦法，這才只好答應下來。」

徐鳳年啞然失笑。

病入膏肓的遲暮老人不再說話，與尚未三十歲的年輕藩王一起遠眺北方。

當年趙勾精心收集了堪稱海量的西北邊軍相關諜報，離陽兵部藉此曾經得出一個結論：北涼鐵騎山頭林立，騎、步軍之間矛盾重重，涼州關外騎軍與幽陵涼州騎軍更是關係僵硬，關外將領與關內實權武官也是關係平平，因此所謂的三十萬北涼鐵騎，之所以能擰成一股繩，只在於人屠徐驍沒死，足以震懾群雄，以及老人身後站著一位擁有極大威望的陳芝豹。

但是在這兩代鐵騎共主的兵權過渡期間，極有可能出現大的動盪。以燕文鸞為首的北涼步軍系大山頭，應該會堅決擁護北涼都護陳芝豹上位，而包括鍾洪武、何仲忽在內幾座統轄涼州關外騎軍的重要山頭，則未必願意低頭，虎頭城劉寄奴更會堅定不移地聽從人屠遺願，李彥超、李陌藩、曹小蛟之流以桀驁難馴著稱於北涼的青壯武將，山頭派系色彩不濃，在北涼都護陳芝豹與世子殿下徐鳳年之間，多半要看人下菜碟。

在這些山頭軍頭裡，春秋老人何仲忽的存在比較特殊，他雖然曾與燕文鸞同為趙長陵系的扶龍派大將，對陳芝豹也極為看好，但同時公認對老涼王徐驍的忠心最重，私心最少。

連遠在數千里之外的太安城兵部都能夠看到這番光景，那座聽潮閣自然看得更為真切，所以燕文鸞麾下兩位嫡系副帥，尉鐵山和劉元季都先後離開步軍，歲數相仿輩分相當的包括鍾洪武和何仲忽在內的春秋老將，反而始終牢牢把持邊騎兵權，然後是陳芝豹單騎赴蜀，叛出北涼。

恃功驕橫的鍾洪武晚節不保，北涼騎軍大權都轉移到袁左宗、錦鷓鴣周康等人之手，與此同時，外鄉人顧大祖像是一顆釘子釘入步軍山頭，擔任副帥。然後便是在世子殿下的授意以及清涼山的暗中支持下，江南道一介寒士出身的陳亮錫驟掌大權，在鹽鐵改制一事上雖然阻力極大，導致陳亮錫跌跌撞撞，無疾而終，只是某些人還來不及拍手稱快，隨後陳亮錫便開始著手設置關內十四實權校尉。

剛剛世襲罔替北涼王的徐鳳年對此尤為果決，燕文鸞在拜見過徐鳳年後當初保持了沉默，也使得這場涉及半個北涼道的兵權改制，推進得一路順暢無阻。

對於北涼鐵騎步步為營的權力更迭，已經失去首輔張巨鹿的離陽朝廷根本束手無策，既沒能等到預想中的坐山觀虎鬥，最終也沒能橫插一腳。

但是歸根結底，北涼邊軍的變化，都緣於李義山生前的一句話：「僅以我徐家三十萬兵馬對陣北莽南朝邊軍，足矣，可若是面對舉國南侵的草原騎軍，自是力有未逮，結局不以北涼鐵騎甲天下而改，故而我北涼邊軍需要一批新人造就一番新氣象。」

如果說徐鳳年在徐北枳和陳亮錫兩位年輕謀士之間，就私心而言，可能會偏向徐北枳，那麼在李義山心中，他生前對於陳亮錫的期望，隱約要高出徐北枳一籌。

如今的徐陳兩人，陳亮錫在北涼邊軍尤其是流民青壯和流州騎軍之中，聲望之高，毫不遜色刺史楊光斗和流州將軍寇江淮，與郁鸞刀、曹嵬等年輕武將更是關係莫逆。而兼任北涼道轉運使和副節度使的徐北枳在關內官場，堪稱如日中天，擔任陵州刺史期間，與陵州將軍韓嶗山和境內實權校尉黃小快之流，亦是關係深厚。

等到重返邊軍便手握大權的徐家老卒陸大遠率領百餘精騎出現在城頭外，原本雙手按在冰涼箭垛上的老帥側過身，沒有稱呼年輕人一聲王爺，只是握住徐鳳年的一隻手，百感交集的老人輕聲道：「辛苦了。」

徐鳳年反過來握住老人的手：「辛勞有一些，但不苦。」

滿臉慈祥和藹的老人笑問道：「那我可就放心了？」

徐鳳年點頭微笑道：「老將軍儘管放心便是！」

◆

老人的出城並沒有讓徐鳳年送，就是一輛簡陋馬車，扈從是跟隨老帥一同離開左騎軍的四、五騎老卒。

生死相依，戰場上下，皆是如此。

馬車出城後，一騎早早停馬城外，看不順眼這一騎的年邁馬夫原本不想停下，但是何仲忽似乎早有預料，掀起簾子，讓馬夫稍等片刻。

右騎軍副帥李彥超翻身下馬之後，望著下車動作略顯艱難的老人，也未刻意前去攙扶示好。

何仲忽走到李彥超身邊，伸手輕輕拍了一下戰馬背脊，笑道：「不愧是纖離牧場獨有的北涼大馬，腳力雖然稍遜天井牧場的甲等戰馬，卻最宜鑿陣。」

李彥超心情複雜，沒有答話。

分別位於兩隴左右的纖離牧場和天井牧場，前者與錦鷓鴣周康的右騎軍關係更好，後者則與左騎軍更為熟絡。這是因為兩座牧場的元老掌權人物，大多是左右騎軍出身。尋常甲乙兩等戰馬，清涼山和都護府如何下令調配，自然容不得牧場擅作主張，可是一些在甲等戰馬裡也屬於拔尖的良駒，因為數量稀少，牧場自然各自都會為左右騎軍的將領校尉保留，這也是合情合理之舉。北涼徐家兩代藩王，對此都從不過問干涉。

李彥超從何仲忽麾下左騎軍轉入右騎軍之後，錦鷓鴣周康第一件事，就是將這匹大馬贈送這位北涼四牙之一的沙場驍將，帥印虎符反倒是緊隨其後的事情。

身形傴僂的何仲忽與身材魁梧的李彥超並肩緩緩前行，老人輕聲道：「周將軍治軍嚴苛，你身邊那些兄弟大多性格暴烈，到了右騎軍之後，切莫驕橫行事，不要在雞毛蒜皮的小事情上留人把柄，不值當。」

李彥超點頭道：「末將已經與兄弟們都打過招呼。」

這次李彥超的官職變更，導致涼州騎軍迎來一場不小的換血，因為李彥超不僅是一人轉投右騎軍，身邊還有十餘名心腹校尉都尉也成了錦鷓鴣手下，只不過除了李彥超是升職，其餘武將皆是平調或是下降一級，畢竟周康的左騎軍原本就已經搭好牢固架子，一下子多了十餘人，若是人人升官，左騎軍的老人恐怕就要造反了。

所幸周康與李彥超在這件事上早就達成協議，李彥超那撥兄弟也好說話，由此可見，李彥超此人確實有相當不俗的馭人手腕，畢竟官場上一人得道、雞犬升天，才是常理。

何仲忽坦然一笑，輕聲道：「彥超，我知道你很疑惑，為什麼我明明可以在左騎軍主帥的位置上再熬一年半載，卻偏偏要讓你趁早死心，擺明瞭要用外人郁鸞刀而不是你李彥超，去坐左騎軍第一把交椅，對不對？」

李彥超點了點頭。

這就像一副家當，且無論大小，但如果當爹的寧肯交予外人，卻不願意交到嫡長子手上，相信誰都會有怨言，尤其是這名嫡長子絕非那種註定會敗光家業的膏粱子弟。

老人突然笑了笑：「李彥超，有件事情你們年輕人可能不太在意，但像我這種老傢伙，還有尉鐵山、劉元季也是，都還很在意，那就是我們在邊軍的那份家業，其實不是我們的，而是徐家的，是兩位新老涼王的。」

老人看著欲言又止的北涼猛將，擺手道：「別急著反駁，容我把話說完。大將軍不用多說，連你們也服氣，事實上從春秋到如今的祥符，從離陽到北莽，沒誰不服氣。輪到新涼王之後，你們這撥人服氣歸服氣，可一般來說都做不到欽佩敬服大將軍的程度，說實話，我何仲忽也不例外。

但是，別忘了，這可不是咱們擁兵自重的理由啊，不是把麾下兵馬視為禁臠的理由。當然，如果說咱們年輕王爺是梟雄心性，與離陽三代皇帝如出一轍，你李彥超、小蛟這些出了名的軍中刺頭，為求自保，人人死死把持兵權，以便為自己留下一線退路，我何仲忽倒也能理解，只是……」

老人輕輕跺了跺腳，踩在那場連綿秋雨後稍稍鬆軟幾分的驛路上，這才繼續說道：「只是我們北涼，從兩代藩王，到我們這些老傢伙，再到劉寄奴、王靈寶，再到你們，最後到那些剛剛進入邊軍的年輕人，從不需要什麼梟雄。我北涼鐵騎，只做英雄！」

老人最後伸手拍了拍李彥超的寬厚肩膀，笑道：「既然三十萬鐵騎，人人英雄，那麼你李彥超是在左騎軍殺敵，還是在右騎軍立功，有區別嗎？我看啊，是沒有。」

老人轉身走向馬車，高高舉起手臂，輕輕揮手作別。

李彥超面對老人的背影，挺直腰杆重重抱拳，朗聲道：「老帥，且慢死！看我李彥超如何大破北莽騎軍！」

老人沒有停步，沒有說話，只是高過頭頂雙手抱拳。

◆

二堂簽押房隔壁的書房內，一老一小難得浮生偷閒，兩椅一凳一棋墩，坐隱手談。棋墩擱置在小凳之上，對弈兩人就只能抱著各自棋盒。

起先聽聞此處酣戰在即，連包括前堂吏房李功德、戶房白煜在內的一撥北涼大佬都前來觀戰，一些個手頭暫無事務的軍機參贊郎更是結伴浩浩蕩蕩趕來，竟使得書房內連立錐之地都沒了，可見這場楸枰之上爭勝負的引人注目。

畢竟弈手之一的年輕藩王不但是李義山的高徒，更是被視為十一段大國手徐渭熊的弟弟，早有傳聞徐鳳年確實棋筋極韌、棋力極大，而作為年輕藩王的對手，王祭酒更是離陽文壇宗師式的飽學鴻儒，更是徐渭熊的授業恩師，雖說一直不曾有棋局名譜流傳於世，但誰都覺得王祭酒的棋力即便不如天縱之才的徐渭熊，對陣年輕藩王，想必也應當是將遇良才棋逢對手。

尤其是當老人執白落子，那份一手挽袖、一手拈子的儒雅風采，真是讓人看得目眩神搖，不愧是上陰學宮的第二把交椅，學究天人的文章聖人道德宗師啊。

大概是老人氣勢太大、神意太重，以至於幾乎無人看到被挑戰的年輕藩王那一臉無奈和白眼。

不拘小節的白蓮先生就蹲在棋墩旁邊，恨不得把眼睛貼在棋盤上；與常遂、許煌、徐渭熊同為韓谷子高徒之一的晉寶室，站在老人身後，也沒有半點期待。

她本不想來這裡丟人現眼，只是扛不住這位老不修的死纏爛打，這才給拉過來壯膽氣，用老人的話說就是老夫與徐鳳年棋力相當，勝負在五五之間，若有絕代佳人在旁鼓氣，定能勢如破竹，一舉拿下姓徐的。可是晉寶室對老頭子的棋力知根知底，真是臭不可聞的臭棋簍子，莫說與師姐徐渭熊差了十萬八千里，她與之對弈，也能盤盤殺得老人丟盔卸甲，肯定百戰百勝。

可是晉寶室與徐鳳年知曉老傢伙的真實斤兩，屋內眾人和一顆顆腦袋擁擠在窗口上的不曉得啊，故而白黑十幾手之後，精於棋道的白煜便眉頭緊皺一頭霧水了，那些蒙在鼓裡的傢伙更是覺得真他娘的玄乎，王祭酒不愧是當世國手，一次次落子不但返璞歸真，且餘味悠長，肯定是高明至極，肯定是他們眼光短淺，看不出老人的深遠布局，怎麼可能是老人棋力不濟胡亂落子？

約莫相互三十手後，李功德已經翻著白眼負手離去，許多看出門道的參贊郎也神情古怪地默默離去，久而久之，當棋局至收官階段，屋內就只剩下坐著的對弈雙方、蹲著的白煜、站著的晉寶室，寥寥四人而已。

自己覺得形勢一片大好的老人轉頭對晉寶室得意揚揚道：「閨女，如何，老夫這海內共推棋聖的『王鐵頭』綽號，絕非浪得虛名吧？棋力之巨何其凶猛！你瞅瞅咱們王爺，步步退讓，毫無還手之力哇！」

老人自言自語道：「得嘞，以後我還是換個綽號，就叫『王鐵騎』好了，與北涼鐵騎如出一轍，戰力甲天下嘛。」

然後老人笑咪咪地低頭望向白煜：「白蓮先生，你可是蹲地上老半天了，是不是深深陶醉其中不可自拔啊？放心，老夫能夠理解。」

白煜面無表情地抬起頭：「腳麻了，站不起來。」

老人嘴角抽搐，冷哼一聲。

徐鳳年默然落子，屠了好大一條大龍，白子瞬間竟是十去七八的淒涼下場。

年輕藩王優哉游哉地從棋盤上撿起陣亡棋子，一顆顆丟入老人擱在腿上的棋盒。

從呆若木雞狀態中還魂的老人正要伸手攔阻，年輕藩王斜眼道：「怎麼，要悔棋？這次悔棋也行，以後別想再來書房找我下棋。」

老人一番權衡利弊，哈哈笑道：「這局棋氣勢恢弘，妙絕千古，老夫雖敗猶榮啊！」

白煜終於好不容易站起身，彎腰揉了揉腿，自言自語道：「以後我要是再來這書房看人下棋，就自戳雙目。」

老人置若罔聞，仍是一臉滿足。

晉寶室挑了張椅子坐在棋墩旁邊，幫兩人收拾棋子。

老人雙手抱住棋盒，收斂笑意，問道：「可知納蘭右慈到底所謀為何？」

徐鳳年把棋盒放在棋墩角落：「大體上是想讓我幫助燕剌王父子拖住草原騎軍，最少一年半時間。」

王祭酒沉聲道：「你答應了？」

徐鳳年身體前傾，雙指拈住一枚棋子，淡然笑道：「這種事情，談不上答應不答應，因為沒有意義。答應下來，難道還真相信新離陽會善待北涼邊軍？不答應，難道北涼鐵騎就不打北莽蠻子了？」

王祭酒一語石破天驚，驚悚得正在彎腰收攏棋子的晉寶室手一抖：「那你有沒有想過，私下會晤老婦人，禍水東引？讓離陽兩遼邊軍雞飛狗跳，再讓入主太安城的趙炳、趙鑄父子去收拾爛攤子？北涼坐收漁翁之利，不說其他，最不濟也能少死人。」

徐鳳年坦然道：「想過。」

晉寶室瞪大眼睛，瞬間臉色蒼白。

徐鳳年笑了笑：「但也只是想一想而已。」

老人神色晦暗難明，死死凝視著年輕藩王的眼睛，試圖從中發現一些蛛絲馬跡。

老人吐出一口濁氣：「敢問這是為何？」

徐鳳年把指尖那枚棋子輕輕放回棋盒：「世間人，難分黑白。世間事，卻有對錯。」

老人不耐煩道：「你小子往簡單了說，別因為晉丫頭在這兒，就想著故弄玄虛，說句實在話，即便這閨女願意喜歡你，可你敢喜歡她嗎？」

晉寶室臉頰緋紅，怒視老人。

徐鳳年無奈道：「簡單而言很簡單，徐驍如果尚且在世，面對北莽百萬騎軍叩關壓境，會不會偷偷跑去跟老婦人說，妳帶著兵馬去打顧劍棠，咱們涼莽休戰？」

老人沒好氣道：「這不一樣，徐驍是徐驍，那老娘兒們當年喜歡你爹，你爹一個大老爺們兒拉不下臉，不願開這個口，有啥好奇怪的，可你徐鳳年不一樣！」

徐鳳年答非所問，與老人對視，問道：「北涼鐵騎遇敵不戰，還是北涼鐵騎嗎？」

老人雙手將棋盒重重拍在棋墩上，斥責道：「都死到臨頭了，還做什麼英雄？」

徐鳳年臉色如常：「這個問題，你不妨去問問北涼邊軍，問他們答應不答應。第一場涼莽大戰，涼州虎頭城、流州青蒼城下、幽州葫蘆口內，那麼多邊軍，不是什麼死到臨頭，而是已經死了。你現在跟我說可以少死人，沒用。」

老人痛罵道：「都是蠢貨！」

徐鳳年怒道：「別倚老賣老，我真揍你！」

老人一橫脖子，做了個抹刀手勢：「來，你小子往這裡來！」

徐鳳年立即嬉皮笑臉道：「不敢、不敢，來來來，咱們再下一局棋，保管你贏！」

老人將信將疑道：「當真？」

徐鳳年一本正經道：「君子一言，駟馬難追！」

老人馬上陰轉晴：「晉丫頭，趕緊別收拾了，我與這位當之無愧的弈林大國手再戰一局，妳且看我大殺四方。」

第二局棋很快結束。

又被屠龍的老人氣呼呼起身，揮袖離去，連棋墩、棋盒都不要了。

晉寶室沒把棋墩、棋盒取回，離開書房之前偷偷朝年輕藩王伸出大拇指，大快人心！

徐鳳年一笑置之。

就在此時，一名刑房諜子來到書房，輕聲道：「陸副節度使帶著七名陸氏子弟造訪。」

徐鳳年揉了揉眉心，點頭道：「讓他們來這裡便是。」

◆

青州陸氏曾是當之無愧的靖安道豪族，枝繁葉茂，尤其是早年在老家主上柱國陸費墀這株參天大樹的蔭庇之下，可謂生機勃勃，在以嗜好抱團結黨著稱朝野的青黨之中，被譽為陸家一枝最秀於士林。

只是舉族遷入北涼道的初期，卻頗為坎坷。陸氏子弟無論是在涼州官場還是北涼文壇，皆無建樹，主要是作為一家之主的陸東疆，長久都無官身，甚至傳言與那位清涼山未來王妃的父女關係，也極為敏感，這對陸氏一族四百餘人來說，無異於雪上加霜。

那段迷茫歲月，是如今陸氏子弟最不願意回憶起的慘澹光景，就連家族裡天真無邪的年幼稚童也被長輩耳濡目染，笑聲漸少，稍有無傷大雅的頑劣行徑，就會被鬱鬱不得志的長輩們大聲訓斥，哭聲漸多。

原本憑藉雄厚家底在涼州一擲千金、高朋滿座的陸氏府邸，從車馬稀疏到門可羅雀，不過短短一年而已。倒是同為清涼山徐家的親家、同為青州出身的商賈王家，卻如魚得水，往來無白丁，連纖離、天井兩座牧場都有王氏子弟的忙碌身影，原本是青州首富的王林泉便被北涼官場私下稱為武財神，與文財神李功德比肩而立。

這人啊，不怕大夥兒一起同是天涯淪落人，就怕貨比貨，王氏一族的飛黃騰達，襯托得高門陸氏越發滿腹牢騷。相傳曾有位初入涼州官衙便被同僚排擠得鼻青臉腫的陸氏得意子弟，一氣之下揚言要重返家鄉，對伯父陸東疆當面撂下一句「寧做青州鬼，不為北涼犬」。

這一切，隨著陸丞燕正式敲定為未來北涼正妃，驀然而改。先是一位陸氏俊彥得以在拒北城建造中擔任實權位置，品秩不高，卻是澈底沉寂下去的陸家在北涼官場重新崛起的破冰之始。

隨後作為龐大家族主心骨的陸東疆，更是官運亨通，一發不可收拾，一路高升，直至出任現今的一道副經略使，從二品，實打實的封疆大吏，放眼整座中原版圖，才四十出頭的名士陸譬窠，都算是最年輕的那撥地方文臣領袖。

這次陸東疆從陵州趕赴拒北城，車隊裡攜帶了六位陸氏年輕人。陸氏有四房，每一房都有最少一人獲此殊榮，能夠與副經略使一起覲見年輕藩王。加上原本就在拒北城為官的年輕一輩翹楚陸丞頌，陸東疆身後總計跟隨七名年輕人，在一位身穿青衫懸佩印綬的軍機參贊郎領路下，前往二堂求暑堂隔壁的那座書房。

陸東疆特意讓陸丞頌與自己並肩而行，後者如今已經由臨時負責新城糧草的度支主事，正式轉正，品秩由濁升清，通俗而言便是由吏轉官，鯉魚跳過了龍門。所以本就對陸丞頌寄予厚望的副經略使大人，嘴角掛滿笑意，聽著這位陸氏子弟講述一些拒北城趣聞，頻頻點頭，遮掩不住地欣慰。

曾經飽受藩鎮割據之禍的離陽朝廷在中原一統後，放權遠遠少於收攏權柄，除去封王就藩的王爺，任你是官至一道經略使和節度使的邊疆重臣，也絕無開府之權，擅自選取幕僚擔任擁有流品的朝廷官員，便是流徙千里的大罪。

只不過在北涼始終例外，無論是涼州邊軍還是關內官場，只要做到正三品，新老兩代藩王都對此睜一隻眼、閉一隻眼，向來任由那些屈指可數的文武要員開府，自行裁選幕僚，清涼山和都護府基本上都會痛痛快快批紅那個意義非凡的「可」字。

北涼是例外，陸東疆不例外這種例外，只不過副經略使大人到底是享譽士林的風流名士，愛惜羽毛，也沒有太過大肆提拔陸氏成員擔任高官，零零散散十餘人，多是一些剛剛躋身清流品秩的小官，大概這也算是對那位姓徐的女婿投桃報李了。

走在隊伍最後的年輕人出自陸氏四房。四房男丁稀少，在老祖宗陸費墀在世時便萎靡不振，這個名叫陸丞清的弱冠子弟，實在是沾了矮個子裡拔高個的便宜，否則若是別房子弟，如何都輪不到他去那座書房露臉。

陸丞清從年幼蒙學起便在陸氏家族內籍籍無名，資質中庸，文采平平，陸東疆自然而然將其視為不堪大用的愚鈍晚輩，只不過性情溫和，從不惹是生非，倒也讓人省心，此次來到拒北城覲見藩王，便捎帶上了這個父親很早就逝世的沉默年輕人。

陸丞清獨自吊在隊伍的尾巴上，腳步沉穩，目不斜視，並無其他同輩年輕人的好奇張望，更無前方兩名陸氏子弟那種志得意滿的神態。

不同於聲名鵲起的陸丞頌，也不同於其他的陸氏俊彥，陸丞清在跟隨家族遷入北涼後，依舊一心閉門苦讀聖賢書。所以陸家一蹶不振的時候，這個在家族沒有靠山的年輕讀書人失落最小，在陸家迅猛崛起之際，他也沒有藉著父輩積攢下來那與嫡長房僅剩的那點香火情，去跟「雙手懸滿印綬」的家主陸東疆討要一官半職，而是去往幽州青鹿洞書院潛心求學，日子依然平淡無奇，甚至至今也無同窗知曉他的陸氏身分。同窗相聚之時的針砭時事，指點江山，高歌清淡，從來沒有他陸丞清。

這次家族來信要他提前動身前往關外，陸丞清便來了，只背著一只書箱，咬咬牙僱用了一輛馬車，然後獨自在城外那座集市小鎮靜候聲勢浩大的副節度使一行人。

當時三房同齡人陸丞禾得知拒北城竟然並無高官出城相迎後，便發牢騷說拒北城這邊也太不講究了，若是換成太安城，以叔叔的顯赫身分，不說禮部尚書出面迎接，好歹也該有個禮部侍郎在城外翹首以待。被同齡人譏諷為榆木疙瘩的陸丞清，對此依然一如既往地冷眼旁觀，只聽，不說也不做。

求暑堂隔壁的那座藩王書房不大，也就四張椅子，年輕藩王一張，陸東疆當然有一張，既是拒北城地頭蛇更是陸氏年輕子弟一甲頭名的陸丞頌，也能占據一張，最後一張，陸東疆落座後眼神示意陸丞禾坐下，只不過眼神之中除了長輩鼓舞晚輩的意味，也有幾分不許節外生枝的提醒。

這個陸丞禾，便是那個在涼州衙門做官不痛快便痛快辭官的陸氏子弟，也是撂下那句狠話的年輕名士，只可惜這是在崇武弱文的北涼道，也許換成中原江南，便是一樁轟動士林的風雅美談。

陸東疆很早就對陸丞禾青眼相加，曾經親口讚譽為我「陸氏高標郎」。高標，即高枝，寓意山木之高也。在陸丞禾年少時，陸東疆就在靖安道文壇士林不惜為其鼓吹造勢，陸丞禾也的確不負眾望，為自己贏得「清談小國手」的綽號，是唯一能夠與相對更加務實的陸丞頌一爭高下的年輕人。至於木訥少言的陸丞清，恐怕被兩位同輩俊彥正眼相看的資格都欠奉。

一座書房四把椅子，年輕藩王當時站在門口起身相迎，領著他們步入屋子後，笑著站在那張普通至極的書案後，伸手向下壓了壓，等到老丈人陸東疆和三名年輕人都落座後，年輕藩王這才緩緩坐下。

書房不大，書籍檔案卻多，又無裝滿冰塊的冰盆擱置在牆角，哪怕年輕藩王之前已經打開窗戶，也難免稍顯逼仄而暑熱，這讓為了不失禮儀而衣襟嚴密的陸氏子弟都有些不適應。

幾個站在陸東疆、陸丞頌、陸丞禾身後的年輕人，在用眼角餘光打量書房後，都有些訝異，堂堂藩王用以處理軍機要務的正式書房，也太簡陋了，簡直就能用「寒酸」二字形容。

早年遠在靖安道青州的他們，對於傳聞中北涼那座梧桐院的遮奢程度，都大為好奇。當年中原文壇有一件趣事，有一位文采斐然的江南道名士，在廟堂上以罵徐驍作為為官第一等大事，歸隱田園後又以貶斥北涼邊事為人生第一大事，普通士族出身的老人在平步青雲後，晚年以擅寫婉約詩詞，流傳大江南北，內容辭藻華麗，尤其喜好描繪嬉遊宴飲，被江南道文林譽為「書寫富貴門庭院內事，氣韻之悠揚，真可謂金玉滿堂」。

結果不知如何傳入苦寒北涼，那位世子殿下便寄信去老人府邸，大致意思是你這寒門老兒一輩子也沒摸著富貴的門檻，滿篇什麼金、什麼玉，俗不可耐，末尾還贈送「雨打芭蕉一千聲，坐看錦鯉一萬尾」。言下之意，無疑是你這當官只當上從三品的老傢伙，所見識過的那點風花雪月，根本上不得檯面。

老人收到信後，憤懣之餘，也如獲至寶，立即向朝廷彈劾北涼徐家，什麼「徐驍私自挪用西北邊軍兵餉，中飽私囊至極，駭人聽聞」、「北涼皆窮，徐家獨富」，這類在後來一次次被言官忠臣頻繁借用的名言，都是從那位「骨鯁文人」的老人嘴裡率先流傳開來的。

只是隔了這麼多年，當北涼一萬大雪龍騎下江南的消息傳開後，曾經揚言「吾願一頭撞死徐瘸子」的老人，第一時間就迅速連夜舉家遷往太安城，一夜之間，能搬走的東西，一件不落，搬得一乾二淨。

書房對話，雖然年輕藩王沒有身穿蟒服，可畢竟陸東疆穿著一絲不苟的官服，但從頭到尾完全沒有半點君臣奏對的意味，倒像是尋常老丈人和女婿的閒聊，便是涉及官場事務，年輕藩王也帶著笑意，多是副經略使大人在說，年輕人認真傾聽，絕無半點不耐煩的神色。在這期間，年輕藩王甚至親自為屋內諸人倒了杯涼茶。

茶葉是產自陵州的白霜茶，如綠蟻酒一般，都土得掉渣，屬於夏茶，毫無嚼頭，且有濃重的澀味，也只有囊中羞澀的陵州鄉野老茶客才樂意品嘗。白霜茶之所以能夠被老涼王徐驍欽點為清涼山王府和北涼邊軍的「貢茶」，在於在那茶葉產地，曾有八百餘人一同進入涼州邊騎，而且湊巧都成為袍澤，在一場關外戰事中，八百騎主動負責斷後，全部戰死。

那個人口稀少，轄境內只有三座小縣的陵州小郡，當時便幾乎家家戶戶都縞素如白霜。對此，陸氏子弟恐怕連聽都沒聽說過，他們只是納悶，過慣了天底下最富貴悠遊日子的年輕藩王，如何能下得了這個嘴。當然了，大多年輕人只要能夠喝上這杯茶，哪怕再難喝，再難入腹，仍是甘之如怡。

唯有站在最角落的陸丞清，只覺得苦澀。

哪怕是短短的入城這一小段路程，他都在聽陸丞禾這些人聊著從北涼王府流入民間的古董珍玩，各自僥倖撿漏了幾件，各自遺憾錯過了幾樣。

陸丞清沒有任何閒餘銀子，就算有，他也不會買。

這一刻，陸丞清望著那位始終笑意溫煦的年輕藩王，覺得那杯茶的餘味更澀。

陸東疆應該也清楚如今關外大戰正酣，年輕藩王需要親自處理繁重事務，沒有長久逗留，很快便起身告辭。

年輕藩王起身之後，拿起擺放在桌案角落的一只長條錦盒，繞過桌子，遞給副經略使大人，歉然笑道：「這邊沒有什麼好東西，這一盒『竹管小紫錐』還是我讓人特意從梧桐院寄來的，不值什麼錢，只是勝在稀罕而已。」

陸東疆眼前一亮，接過盒子，哈哈笑道：「王爺有心了。從大奉王朝至春秋南唐，這惠州珠林郡的紫青兩毫便是貢品，奉律更是明確記載『歲貢青毫五兩，紫毫四兩』，尤以『石上老兔踞如虎，吃竹飲泉生紫毫』的紫毫筆最為珍貴，可惜舊南唐覆滅後，戰火殃及珠林郡，幾乎寸草不生，這種小紫錐便真是成了絕筆了，據說連那太安城的御書房，也僅有兩、三支小紫錐，且捨不得使用，只作觀賞之用。王爺，實不相瞞，我早年曾在青州尋覓十數載，仍是苦求不得啊，幸甚，幸甚！」

年輕藩王微笑道：「這算是歪打正著。」

陸東疆乘興而來、乘興而歸。

陸氏子弟想必也是與有榮焉。

就在年輕藩王起身把他們送出書房的時候，陸丞禾突然停步轉身，問道：「聽說王爺還是世子殿下的時候，曾經作過『雨打芭蕉一千聲，坐看錦鯉一萬尾』的詩詞？」

徐鳳年點頭笑道：「確實如此。」

陸東疆心知不妙，只是不等副經略使大人出聲阻攔，好似出囊之錐的陸丞禾便直截了當問道：「王爺本意當是以此來貶低江南道名士韓嘉靖的假富貴，對吧？」

徐鳳年仍是笑意不減，輕輕點頭。

手捧錦盒的陸東疆已經乾脆聽天由命，而且其實內心深處，也期待著一樁「歪打正著」的美事。

陸丞禾直言不諱道：「可王爺此言，無異於以五十步笑百步。金玉之詞堆砌而成的富貴詩自然並非真富貴，可王爺的聽潮湖錦鯉，梧桐院的千株芭蕉，與我之『小齋翻書淡淡風，高樓懸燈溶溶月』，如何？」

徐鳳年笑意更濃：「高下立判。其實當年我二姐也曾如你一般，對我狠狠罵了一通，說我比那姓韓的老傢伙還不如，驟然富貴，連韓嘉靖那份裝點門面的含蓄功夫都沒有了。」

這下子陸丞禾啞口無言了。

他是真沒想到年輕藩王會如此自揭其短，滿肚子錦繡草稿頓時沒了用處。

徐鳳年笑問道：「你就是那位說出『寧做青州鬼，不為北涼犬』的陸高標陸丞禾吧？你姐曾經在梧桐院跟我提起過你，說你才氣太盛。」

陸東疆一旁圓場道：「王爺，這小子才氣是有些，只是當不得『盛』字。」

徐鳳年笑而不語。

除了心滿意足的陸東疆，一行年輕人再度畢恭畢敬作揖辭別。

陸丞清仍是走在最後，不知為何，這位無名小卒的四房子弟突然鬼使神差地轉頭望去，剛好看到年輕藩王笑望向自己，同時輕輕對他拋出一樣小物件。

陸丞清下意識伸手接住那枚印章模樣的冰涼物件，握在手心後，一臉茫然。

年輕藩王朝他笑著眨了眨眼睛，便轉身走入書房。

瞬間汗流浹背的陸丞清竭力保持鎮靜，繼續緩緩前行。

稍稍鬆開手，低頭望去——果然是一枚羊脂白玉質地的小巧私章。

陸丞清手心握有的這枚，是一枚鑒賞印。

這類印章，用於鈐蓋書畫文物之用，興起於大奉王朝，而鼎盛於春秋九國。

篆刻有「贗品」二字！

這一枚私章，絕對是最富有傳奇色彩的鑒賞印，甚至極有可能在數百年以後，也無法被超越。

當世一幅幅價值連城的書畫真跡，註定要被一代代數百年甚至千年傳承下去的珍品，卻都曾鈐蓋有這兩個字。

陸丞清神情恍惚，失魂落魄。

他想不通年輕藩王為何會將這麼意義重大的物件，隨手拋給自己。

想不通為何不是贈給城府深沉的陸丞頌，不是鋒芒畢露的陸丞禾，甚至不是陸氏家主陸東疆。

徐鳳年坐回桌案後，笑了笑。

對於年輕人陸丞禾那點文人假清高的伎倆，只當是不太好笑的笑話看待。

陸丞燕的確提及過這個堂弟，只不過不是什麼才氣太盛，而是鬱氣滿腹如怨婦，牢騷太盛肝腸斷。可見陸丞燕對陸丞禾毫無好感可言，但是對父親陸東疆都能夠不假顏色的陸丞燕，對默默無聞的堂兄陸丞清卻十分看好。

她當時很鄭重其事地對徐鳳年說過，她爺爺雖然一直不曾流露出對陸丞清的任何器重跡象，可卻對她親口說過兩番評點：一是「滿門榆木不堪用，一棵檀木人不知」，榆木是說陸氏上下皆是平庸之輩，那檀木則是說那四房子弟陸丞清；二是「有亂世刺史之才識，有太平尚書之器格」，作為青黨領袖的上柱國陸費墀，對旁支子孫陸丞清的前程，顯然充滿期待。

那一盒六支小紫錐，其實是陸丞燕讓人從梧桐院送來拒北城藩邸，本意當然不是讓徐鳳年轉手送給陸東疆，純粹是想為她的男人好歹留下點什麼，便偷偷藏下了，這才沒有被徐北枳搜刮殆盡。

倒是那枚早已名動天下的鑒賞印，確實是徐鳳年捨不得從清涼山流入中原。

但是送給陸丞清的話，沒有什麼不捨得，送給讀書人而不是送給背書人，徐鳳年都捨得，一如當年向北涼寒士千金買詩文。

徐鳳年也沒有什麼功利心，畢竟陸丞清暫時仍然只是一塊尚未雕琢的璞玉而已，哪怕北涼用他，也得打贏了第二場涼莽大戰才行。

徐鳳年獨坐書房，閉目養神，沒來由記起與王祭酒那場對弈後，喃喃自語。

屠龍，屠龍，屠龍……

手提兩京，不送天子送中原……

◆

隨著慕容寶鼎部主力分兵兩路，分別向南推進至柳芽、茯苓兩鎮，與此同時董卓部十數萬私軍也已直逼懷陽關，攻城在即。

然而北莽突然再度更改既定部署，董卓部路線不變，繼續攻打懷陽關，但是命令慕容寶鼎部繼續南下，直接尋找左右騎軍這兩支北涼邊騎的野戰主力進行決戰！

而牽制柳芽、茯苓兩座軍鎮的任務，轉手交給驟然加速南下的兩位北庭權貴，河西州持節令赫連武威和寶瓶州持節令王勇。北莽皇帝也不至於天真自負到讓慕容寶鼎部獨力對峙北涼左右騎軍，南朝大將軍種神通與隴關貴族領頭羊完顏金亮，分別作為慕容寶鼎的後援，大概是清楚橘子州持節令的脾性，老婦人在檯面上的聖旨之外，更有一道密旨，措辭更為殘酷冷血——你慕容寶鼎若是不願建功立業，左右兩翼在柳芽、茯苓兩鎮以南的廣袤地帶踟躕不前，無妨，朕便讓種神通與完顏金亮替你南下殺敵！

所以之前還在慶幸不用去懷陽關死磕褚祿山的橘子州持節令，只得心情沉重地繼續領軍南下。他可以不在意聖旨或是皇帝陛下的口頭威脅，但是慕容寶鼎絕對不會以為太子殿下麾下的那支怯薛軍，與自己的兵馬碰頭後，會對自己這位叔叔手下留情，更何況他聽說皇帝陛下連以慕容、耶律兩個姓氏命名的兩支王帳鐵騎，都一併交給了自己侄子。

伸頭一刀，縮頭也是一刀，老奸巨猾的慕容寶鼎只得兩害相權取其輕，畢竟與涼州關外左右騎軍作戰，是許多北莽武將夢寐以求的事情，所謂的北涼鐵騎，主力一直是這兩支西北邊騎。

讓慕容寶鼎稍稍鬆口氣的理由有兩件事。一件事是第一場大戰之後，流州龍象軍從左右騎軍抽掉了數量可觀的邊軍精銳，曹嵬和寇江淮也帶走一些；第二件事則是老帥何仲忽退出左騎軍，同時李彥超帶領一大撥心腹青壯校尉轉投右騎軍，左騎軍暫時群龍無首，必然軍心動盪。

這些諜報軍情，若是在大戰開幕之前，在大量涼州遊弩手仍然位於虎頭城一帶四處游弋的時期，很難傳遞給西京北庭兩座廟堂，但今時不同往日，懷陽關已經被董卓重重包圍，截斷退路，澈底阻絕了與柳芽、茯苓和重塚三座軍鎮的聯繫。

重塚只有步卒守城，是一座死城，自然不用顧慮，柳芽、茯苓兩鎮各自駐紮有擅長長途奔襲的精騎，卻需要面對王勇、赫連武威兩位著名持節令不計傷亡的猛烈攻勢，已是泥菩薩過江自身難保。因此可以說在左右騎軍以北的涼州關外防線，已經被切割得支離破碎。

切斷本就兵力處於劣勢的北涼各大野戰主力聯繫之後，自然便是蠶食了，大快朵頤，以北涼武將的頭顱換取草原兒郎封侯拜將的軍功！

幽州葫蘆口內外，戰事寥寥，偶有接觸戰，也都是小規模數百騎的爭鋒，相較於涼州流州兩處戰場動輒萬騎的恢弘廝殺，實在是波瀾不驚。

流州青蒼城以北，在得到副將謝西陲部僧兵增援後，流州主將寇江淮對黃宋濮西線大軍展開第三次阻截戰。

不知為何，兩次大型騎戰都打得北莽邊軍暈頭轉向的寇江淮，在等到爛陀山僧兵的兵源補給之後，也許是騎步結合之後，寇江淮的調兵遣將已經超出能力極致，或是對同為大楚雙璧之一的謝西陲存有戒心，總之到最後這場仗打得極為刻板正統，也打得極為慘烈。

寇江淮以爛陀山僧兵作為中軍，結集中原常見的一座步陣，徐龍象和李陌藩各領一支龍象軍作為兩翼，經過臨時補充仍然沒有達到一萬人馬的流州騎軍，停留在步陣之後，作為最後進入戰場的有生力量。

由於寇江淮採取近乎消極的保守姿態，黃宋濮果斷放棄原先同樣相對保守的進攻姿態，澈底轉為大舉進攻。在那座本就易於戰馬馳騁的平原戰場，老將下令騎軍陣線大幅度拉伸，三支南朝邊騎同時展開轟轟烈烈的迅猛衝鋒。

不得不說在正兒八經的騎戰之中，尤其是讓草原騎軍得以發揮出最大程度的機動性，每一匹北莽戰馬的馬蹄落處，都堪稱充滿了精準把握戰機的侵略性。謝西陲部僧兵的步陣，澈底淪為戰場看客，除了僅是作為流州邊軍名義上的中流砥柱，根本沒有預想之中的拒馬效果，草原騎軍根本就對這座矛林森寒立盾如山的穩固步陣視而不見，若非寇江淮麾下的流州騎軍在關鍵時刻的果斷出擊，穩住已經傾斜向北莽的險峻態勢，恐怕流州邊軍就要在這場戰役之後成為過眼雲煙。

從頭到尾，好不容易從西域趕赴流州戰場的謝西陲部僧兵，不但沒有出現應有的奇兵效果，反而在寇江淮的調度下淪為雞肋，甚至某種意義上可稱之為累贅。

沙場之上，從第一場涼莽大戰落幕到之前兩次赴北阻截，龍象軍第一次出現如此慘重的傷亡，足足八千騎北涼精銳壯烈戰死，這讓黃宋濮部南朝主力終於獲得了北莽太平令拭目以待的小勝局面，原本已是憂心忡忡、哀鴻一片的南朝西京廟堂之上，頓時對兩場戰役失利飽受詬病的老帥轉為齊聲歌功頌德，不惜譽為離陽之齊陽龍。

西京兵部和禮部同時讓北庭王帳建言，此等姑塞、龍腰兩州邊境二十年未有之大捷，雖未斬下徐龍象、李陌藩、寇江淮、謝西陲等人頭顱，但皇帝陛下也應當為旗開得勝的大將軍黃宋濮按軍功封侯。

◆

拒北城藩邸，二堂書房，副節度使楊慎杏和涼州刺史一前一後拜訪年輕藩王。

這位春秋老將臉色沉重，雙手使勁握住椅沿，咬牙切齒道：「雖然流州那邊事先便有說法，可是將近萬餘龍象騎軍的戰死，加上三千餘流州騎軍的傷亡，真是……真是……」

老人好像完全不知應該如何評點流州戰役，便乾脆止住話頭，閉嘴不語。

西域密雲山口一役、青蒼城以北兩場漂亮阻截和臨瑤、鳳翔兩鎮的攻守，聯手造就的流州大好形勢，彷彿一夜之間便被寇江淮毀於一旦。難道真是應了時下藩邸內那句私下流傳越演越烈的流言蜚語，「流州成也寇江淮，敗也寇江淮」？

白煜比楊慎杏要晚一些來到書房，當時不知從何處拎來一只玲瓏袖珍的小銅香爐，與年輕藩王打過招呼之後，也不急於說話，就自顧自彎腰站在書桌旁，放下那只光可鑒人的古樸銅爐，卻也不是用以焚香，而是稀奇古怪地跑去書架那邊，翻來倒去，抽出一本早年拂水房諜報搜集匯總後紀錄北莽南朝主將履歷的密檔，然後提起那只銅爐中的押經爐，重重擱在了那本書之上，這才抬頭對一頭霧水的年輕藩王笑咪咪說道：「幫王爺狠狠鎮壓一下北莽黃老兒的氣運。」

楊慎杏滿臉狐疑，這莫不是龍虎山天師府的玄奇祕術？果真有用？

洞悉道門根柢的徐鳳年哭笑不得道：「白蓮先生怎麼也這般童真童趣？」

本來心情好轉幾分的楊慎杏在聽到年輕藩王揭穿白煜的老底後，差點一口老血噴出來。

白煜還不忘稍稍擰轉銅爐，將其擺正後，笑道：「王爺，寧可信其有，不可信其無，精誠所至、金石為開，心誠則靈嘛。」

徐鳳年只得無奈附和道：「對對對，白蓮先生所言甚是。」

楊慎杏看著這一雙上不尊、下不卑的奇怪「君臣」，忍不住會心一笑。

徐鳳年突然問道：「趙凝神在地肺山結茅隱居後，修行如何，可還順利？」

白煜微笑道：「托王爺的福，離陽趙勾沒了鍊氣士窺視天機，凝神在地肺山修行一事並未被察覺，順順當當，愜意得很，還寄信給我，勸我不如去那邊修心養性算了，省得在這北涼寄人籬下，處處仰人鼻息。」

徐鳳年氣笑道：「這趙凝神過河拆橋的本事，一點都不比他修道問道的功夫差。以後從北涼以外寄往先生處的信件，拒北城一律拒收。」

白煜連忙擺手道：「這可使不得，偶爾我還是會收到幾封女香客的信箋，也是需要一一回信的。只是我就奇怪了，為何如今信上，都要旁敲側擊我與王爺關係如何，能否為她們代勞向王爺討要幾幅墨寶，甚至還要說些她們侄女如何正值妙齡，如何如何大家閨秀、賢淑良人，真是讓人不知所云啊，很是失落啊。」

徐鳳年深呼吸一口氣，望向窗外，低聲下氣地柔聲道：「賈家嘉，別忘了妳馬上就要收到從西蜀捎來的禮物，所以白蓮先生這些話就別傳往四堂了吧？」

一顆腦袋輕輕擠開窗戶，下巴抵在窗欄上，少女瞪大眼眸，一副「你先說說看，我再聽聽看」的討價還價模樣。

徐鳳年嘿嘿道：「妳猜。」

少女一陣呵呵呵，消逝不見。

徐鳳年滿臉悲憤，欲言又止。

白蓮先生的插科打諢和賈家嘉的「耀武揚威」之後，書房內凝重氣氛輕鬆幾分。

等到呵呵姑娘跑去四堂那邊告狀，徐鳳年收斂神色，對楊慎杏沉聲道：「流州已經展開了三場阻截，寇江淮在密信裡並未詳細訴說第四場仗會怎麼打，只提出要跟我借用整條清源軍鎮防線的兵馬，你怎麼看？」

楊慎杏皺眉道：「王爺，確定是整條防線，而不僅僅是清源軍鎮的常備駐軍？」

徐鳳年點頭道：「包括涼州將軍石符的兵馬，寧峨眉的鐵浮屠，袁南亭的白羽輕騎！」

楊慎杏陷入沉思，呢喃道：「這個寇江淮，好大的胃口。」

然後楊慎杏小心翼翼問道：「以流州將軍的身分，向涼州邊軍伸手要權，而且一要就是數萬精銳，不但直接掏空涼州西門戶的家底，還要無形中凌駕於品秩更高的涼州將軍之上，會不會不太合適？」

不等徐鳳年回答，白煜已經搶先回答這個敏感的問題：「楊將軍，若是別處，自然大大不妥，在咱們這兒，倒是不用自己嚇唬自己，石符不會對此心懷芥蒂。當然，前提是打勝仗，萬一輸了的話，石符這輩子就算是跟寇江淮老死不相往來了，更壞的結果，甚至可能是涼州、流州兩支邊軍從此相互敵視。」

楊慎杏又問道：「寇將軍為何不願向拒北城給出他的大致用兵方略？」

徐鳳年搖頭道：「不知。」

楊慎杏勃然大怒，手掌重重一拍椅沿：「這個寇江淮，真是膽大包天，軍國大事豈能如此兒戲？」

徐鳳年不動聲色，猶豫片刻，伸手揉了揉眉心，自嘲道：「仗可輸，氣不可泄，這一直是我北涼鐵騎的規矩，既然是我親自把寇江淮推到流州戰局主事人的位置上，那這一屁股的屎尿，我就得幫他擦乾淨。」

楊慎杏試探性地問道：「要不然王爺再考慮考慮？」

徐鳳年搖頭道：「算了，你這就回去著兵房寫三封密信分別給石符、寧峨眉和袁南亭這三人，信上不用解釋調兵理由，寫完之後送到這裡由我蓋上大印即可。」

楊慎杏如釋重負，起身告辭大步離去。

徐鳳年抬頭望向白煜，笑問道：「那麼給寇江淮的那封信，是我親自來寫，還是勞煩白蓮先生？」

白煜眨了眨眼睛，好似沒聽懂。

徐鳳年沒好氣道：「別跟我裝傻扮癡，你與楊慎杏兩人和寇江淮的關係深淺，我不清楚，可你倆今天連袂來此，一個唱黑臉、一個唱紅臉，我又不是傻子，還能猜不出姓寇的搭上了你們這條大船？」

白煜一本正經道：「地方武將勾連朝中重臣謀取兵權，即便夠不上砍頭的死罪，怎麼也要丟官吧？」

徐鳳年瞪眼道：「還來！」

白煜哈哈大笑道：「我這就給寇江淮寫信去，就說王爺答應了他的一切要求，但是第四場阻截戰，他姓寇的若是不把第三場仗的損失連本帶利賺回來，拒北城藩邸就要讓他輕十斤！」

徐鳳年疑惑道：「什麼叫輕十斤？」

白煜伸出兩根手指敲了敲自己脖子：「腦袋沒了嘛。」

徐鳳年恍然大悟，隨即一拍桌子：「白煜，放你個屁！含糊其詞，不是給寇江淮找退路是什麼？到時候姓寇的吃了敗仗，隨隨便便摘掉頭盔臂甲，一樣是輕十斤！我上哪說理去？」

白煜一臉委屈道：「王爺，這可就是以小人之心度君子之腹了啊。」

徐鳳年板著臉揮手道：「滾滾滾，老子自己來寫這封信！」

白煜大搖大擺離開書房，嘖嘖道：「省了幾百字寫信工夫，可以多看好些頁的雜書嘍，快哉快哉。」

只聽年輕藩王學那賈家嘉呵呵一笑：「原本私藏了兩支小紫錐，送給某人，現在想想還是作罷，快哉快哉。」

只見那位曾經被離陽先帝趙惇稱讚為「寡人初見疑為神仙人」的白蓮先生，迅猛轉身，滿臉燦爛笑意，一路小跑到書案前，使勁瞇起眼，四處張望：「哪裡、哪裡，快拿出來！我就說嘛，最宜篆楷小字的紫錐，送給善寫大字的陸璧窠真是把如花似玉的傾城佳人，送給了女子，暴殄天物，暴殄天物至極！」

年輕藩王一臉欠揍表情，嘿嘿笑道：「你還真信啊，那盒小紫錐，一支不剩都給我老丈人帶走嘍。」

白煜如遭雷擊，僵硬轉身，跨過門檻的時候，高高舉起手臂，伸出一根中指！

可氣急敗壞的白蓮先生跨出門檻後，背後卻傳來詭計得逞的可惡笑聲：「這裡，兩支小紫錐，拿去。」

白煜停下腳步卻沒有立即轉身，天人交戰。

最後白蓮先生咬牙繼續前行，覺得年輕藩王多半還是虛張聲勢，自己萬萬不可再上當受騙了。

果不其然，等到白煜離開廊道走下臺階，徐鳳年也沒有挽留。

白煜一路走向戶房衙屋門口，卻依稀看到那位在藩邸最來去自由的呵呵姑娘，迎面向他走來，然後塞給他兩只纖細的長條錦盒，淡然道：「他送你的。」

那一刻，白煜說不感動肯定是假的。

長吁短嘆的白蓮先生坐回書房座位，百感交集，回神之後，輕輕打開小錦盒，小心翼翼提起毛筆湊近凝視，剎那間呆若木雞。

他娘的哪裡是什麼小紫錐，分明就是普普通通的羊毫筆！

長久呆滯之後，白煜莫名其妙地捧腹大笑起來。

一屋子目瞪口呆。

唯有白煜覺得真是快哉快哉。

放下手中羊毫筆後，視線孱弱的白煜睜大眼睛望向屋外，只是模模糊糊一片。

這位白蓮先生緩緩道：「終有一日，我中原羊毫筆之羊毫，盡出草原！」

◆

雄城有雄城的繁華，偏遠小鎮也有小鎮的熱鬧。這座位於離陽東南的小鎮，歷來就遠離戰火硝煙，若是正值太平盛世，還不覺得如何，可州郡城池那邊傳出些兵荒馬亂、人心浮動的跡象，那這裡就顯得尤為安詳。

小鎮附近有些以姓氏命名的村落，祭祖掛畫的時候，可都了不得，宋家村更是懸出了一位宋姓皇帝的祖先像，比起一些懸掛大奉開國功臣或是春秋小國尚書的村莊，自然是覺得要高人一等。

只不過這個宋家村的祖上顯貴，村子裡姓溫的幾戶外姓人家沾不了光。其實村子裡長輩，哪怕是讀過幾天書的，哪怕仔細翻過族譜，也對自己與那位宋氏皇帝有何淵源，說不出個子丑寅卯，據說村子裡曾經有好事者專程為此攜帶那小木箱子族譜，向小鎮上某位身負功名的年邁秀才公考究過，一樣說不出個所以然來。

誰都沒想到最後竟然是村裡公認最不上進的年輕後生，一個姓溫的傢伙，去了趟外地逛蕩了三年然後返回家鄉後，言之鑿鑿，說咱們村子的人死後，之所以在墓碑的碑頭上篆刻「蔭川」二字，裡頭大有講究。

當初大奉朝號稱讀書種子半出蔭川郡，而蔭川宋氏更是一等一的豪閥，出了許多文臣名士，那位在大奉末年先是以藩鎮割據自立，然後當上宋氏第一位皇帝的祖先，便出自蔭川宋氏高門的偏支，這宋家村的由來，想必是那一方割據勢力覆滅後，在那場名垂青史的甘露南渡之中，不斷輾轉遷徙，最終在此落地生根。

經過姓溫的年輕人這麼梳理一番脈絡，村子裡的長輩或多或少都聽明白了，就算沒整明白的，也假裝聽懂了。你聽聽，既是蔭川宋氏又是甘露南渡的，這得是多大的氣派，可見咱們這個宋家村雖說一百年來連個童生都沒出過，可祖上到底是大富大貴過的，而且想必是幾百年前祖輩氣運太盛，後世子孫們才不得不安安分分，實在是命裡與富貴無緣了。

姓溫的年輕後生，原本在村子裡很不受待見，不料這回瘸了腿落魄還鄉後，就跟渾然變了個人似的，非但沒了那副吊兒郎當挎木劍的模樣，還去小鎮上的酒樓打雜，不說靠哥哥、嫂嫂養活，甚至還能往家裡寄錢。更出人意料的是，年輕人還娶了位賢慧動人的媳婦，之前在村子祠堂外的空地上擺過酒席，那位小娘，讓好些姓宋的年輕人，不管成親沒成親的，都瞧直了眼。

姓溫的成親娶妻後，便不再借住在酒樓裡的雜房，攢下了些銀子，便在小鎮上租了座小院子。三間屋子，除去那間窗戶上貼滿大紅喜慶剪紙的婚房，一間小屋子用來擺放雜物，剩下一間也沒空著，被褥嶄新，給持家有道的女子打掃得乾乾淨淨、一塵不染，因為她男人說過了，以後也許會有他的兄弟來家裡做客，怎麼都得有個落腳的地兒，否則太不像話。再說了，讓朋友掏銀子去客棧酒樓住，既見外又浪費，不講究。

她順著他，心裡也覺得是這個理兒。雖說家裡如今也不寬裕，可小門小戶出身的她，家境只能算殷實，但其實是個心思大氣的女子。當初執意嫁給他，家裡無人願意點頭答應，愣是連嫁妝也沒出，她也咬著牙沒跟爹娘求什麼，好在日久見人心，如今她想帶著他回娘家，爹娘雖說還會給些臉色，不過幾位兄長都或多或少解開心結了，曉得他們爹是拉不下那個臉，也不便與那個妹夫在家裡酒桌上大碗喝酒，不過各自私底下都去過她家院子，都不忘帶酒帶肉的，已經像是一家人了。

她知道，什麼時候自己有了孩子，爹娘抱上了外孫、外孫女，到時候也就找到了臺階下，會澈底對他沒了芥蒂。只不過小鎮再小，開銷不小，靠著男人在酒樓當店夥計的營生，兩人過日子還算寬裕，可一旦家裡有了第三張小嘴兒，那就不好說了。

好在她的女紅手藝是出了名的俏，有姐妹家裡開布店鋪子，她那些一針一線縫製出來的精緻小物件，擺放在櫃檯上給買布客人的當添頭，店鋪生意也好了三兩分，所以這一月下來，她怎麼都會有個兩、三兩碎銀子入帳，竟是比當家做主的男人差不了多少。

小鎮這兩天熱鬧，處暑前後，離陽東南一帶自古便有過中元節的風俗，也有一些祭祖迎秋的活動。中元節雖然用他們這裡的方言土話說就是鬼節，說是閻王爺大發慈悲，特意在這段時日大開鬼門，讓已故之人回鄉見一見陽間子孫晚輩，以慰陰陽相隔的相思之情。

其實也就聽上去稍稍瘆人而已，成人、孩子都不忌諱什麼，只覺得是可以湊熱鬧的事情，僧人、道士都會開始普度布施，尋常百姓也會豎燈蒿放河燈。尤其是年幼稚童，能夠在爹娘懷裡或是踮起腳尖撐在橋欄上，或是趴在河岸青石板上，滿眼都是五彩絢爛的蓮花燈，心中快樂欣喜，不比能吃上月餅的中秋節來得少。

昨天他就去村子把侄子接回來，打算讓自己媳婦帶著孩子逛街，剛好媳婦心靈手巧，做了兩大竹籃子的河燈，要去橋邊販賣，相信以她的手藝，很快就會被出門夜遊的客人搶買一空。

他之前在院子裡親眼看著她編制紮燈，樣式繁多，花鳥魚蟲，寶蓮龜鶴，龍鳳呈祥，他真不知道天底下怎麼會有這麼巧的一雙手，所以他當時坐在板凳上乘涼，反正也搭不上手，要幫也只能幫倒忙，只能偷著樂和。

他的那位讀書人小侄子到了小鎮後，一開始還略顯拘謹，白天先給他帶去酒樓，乖乖在角落聽人說書，聽得津津有味。

孩子隨他爹的性子，內斂敦厚，言語不多，作為叔叔，喜歡又擔心。喜歡的是孩子的那份實在性情，擔心的是怕太老實了，長大以後容易吃虧。

姓溫的店小二所在酒樓，如今也算小鎮一個出名的地方，雖說如今鎮上酒樓大多雇請了說書先生說江湖故事，可是唯獨他們酒樓，說出來的故事總是最新鮮、最新奇，這一切自然都是他的功勞。

早先正是他耗費幾大水缸子的口水才成功說服酒樓掌櫃，千萬別吝嗇給說書先生掏出去往郡城甚至是州城的一筆筆路費，所以當這棟酒樓第一次說出大雪坪女子武林盟主的一夜觀雪悟長生，率先說出西北道教祖庭武當山的佛道辯論，說出江湖聖地武帝城的動盪變故以及吳家劍塚的百騎赴北涼後，可謂轟動小鎮，老百姓的茶餘飯後，都被酒樓說書牽著鼻子走，酒樓生意自然而然水漲船高。

不過生意興隆，掌櫃的日進斗金，可姓溫的作為當之無愧的頭號功臣，說書先生去往郡城「取經」的第一筆路費還是他偷偷墊付的，從不曾開口向酒樓掌櫃的索要分紅。他除了酒樓客人喝高了以後打賞的銅錢，酒樓支付給他的工錢，他進入酒樓第一天是多少，現在便仍是多少，一顆銅錢都沒有漲。

掌櫃的每天笑咪咪站在櫃檯後，看著姓溫的店小二始終殷勤跑腿，看著心思活絡的年輕人每天端茶送酒賠笑，也不知道這個老人心裡到底在盤算什麼。

今日酒樓說書先生便意氣飛揚唾沫四濺說到了一樁奇事，說是咱們離陽京城一位名叫祁嘉節的劍道宗師，作為太安城裡許多龍子龍孫和世家子弟的劍術師父，不知為何向那座山高水長劍氣高的東越劍池，討要了一柄絕世名劍，然後祁嘉節人先至北涼武當山的山腳，一座比他們所在鎮名氣大不了多少的小鎮，飛劍後至，一掠千萬里，向那位坐鎮西北邊關的年輕異姓王遞出一劍。驚天地、泣鬼神哪，雲海開萬里，劍氣動天人！不料那年輕藩王更是了得，拔地而起，傲立於北涼道和兩淮道邊境接壤的雲海之上，竟是擋下了那柄力可斬神仙的飛劍！

說書先生滔滔不絕，說至酣暢處，老人自己都說得瞠目結舌，更別提那些酒樓藉著故事下酒下飯的聽眾，一個個咋舌呆滯，停杯停筷，心神搖動，回神之後，故事尚未收尾，尚未聽到那句最惹人厭的「且聽下回分解」，當然是要再跟酒樓要一兩壺酒的。

溫姓店小二的侄子頭回聽人說書，更是頭回聽人說起江湖人、江湖事，更是目瞪口呆，聽天書一般，坐在叔叔給自己搬來的牆腳那條小板凳上，握緊拳頭，豎起耳朵，瞪大眼睛，只覺得聽江湖事比讀聖賢書，好像還要有意思些。

故事總有收尾處，酒樓也有關門時，說書先生的這個故事盡處，樓外已是夜幕時分，酒樓差不多便要打烊收工了。掙錢不少的酒樓掌櫃大概今兒心情不錯，讓廚子開了小灶，喊上姓溫的店小二和他侄子一起上桌，吃了頓好的。

這讓沒見過世面的孩子高興壞了，只不過到底是上過私塾念過書的小書生，吃飯的時候頗有幾分正襟危坐的意味，再饞嘴，下筷子也不快，飯桌上那些只有逢年過節才能開葷的大魚大肉，孩子也不敢多夾幾筷子，倒是酒樓掌櫃笑著幫孩子夾了許多，堆滿了飯碗。

孩子有些難為情，怯生生望向自己叔叔，店小二笑著說儘管放開吃，你掌櫃爺爺是鎮上的大善人，大方得很。孩子便對掌櫃的靦腆一笑，老人哈哈大笑，一邊給自己和店小二都倒了杯酒，一邊用筷子指了指二樓，對乖巧孩子說以後常來酒樓串門，下次聽人說書，爺爺幫你在二樓天井圍欄旁邊找個位置。

老人跟店小二對酌一杯酒，打趣道這孩子不像你，老實討喜。店小二自豪道，那是性子隨我哥，是有福氣的，讀書厲害著呢，以後保不齊就是一位秀才老爺了。孩子一本正經反駁道，先生說了，以後自己能考個童生就不錯了。

一輩子對讀書人最是崇敬的老人摸了摸孩子腦袋，感慨道，縣試、府試、院試，都是攔路虎，掌櫃爺爺跟你把話撂在這兒，以後每通過一門，咱們酒樓就給你包個大紅包，萬一考取了功名，童生也好，秀才也罷，可別忘了給咱們酒樓寫一塊匾額，給掌櫃爺爺長長臉面。

孩子使勁點頭，對老人高興道，叔叔給我買了好些紙筆，不過我現在都沒捨得用，還是像以前那樣在村裡溪邊用樹枝蘸水練字，放牛的時候也會在地面上撥畫，先生說笨鳥先飛、勤能補拙，總有寫出好字的時候，到時候就給掌櫃爺爺寫一副大大的匾額掛上。

大概是難得喝上酒，當店小二的叔叔打趣道，讀書好，讀書才有出息，讀過書的傢伙，將來拐騙媳婦回家也容易時，偷偷喜歡村子裡一位同齡女孩的侄子頓時滿臉通紅，瞪了叔叔一眼。姓溫的夥計與酒樓掌櫃相視一笑，喝酒喝酒。

吃過了飯，他讓侄子先回家，他自己還得幫酒樓打掃一番，回頭再在鎮上那座橋上那邊碰頭。

酒樓掌櫃看著忙著收拾碗碟的年輕人，喝著酒，略帶醉意道：「當初收留你，真沒想到有這麼一天，那會兒只是覺得你小子可憐，心想若不是逼到絕路上，也不至於來我這小破地方混吃等死，哪能想到你幫著酒樓掙大錢。說實話，這一年來，比酒樓前十年掙錢都要多。」

年輕人抬頭笑道：「掌櫃的好人有好報，應該的。」

老人笑著反問道：「應該的？」

年輕人納悶道：「難道不應該？」

老人感慨道：「好人有好報這種道理，你侄子那般的孩子願意相信也就罷了，我這麼個老傢伙，可真不敢信。」

老人直視這位忙裡忙外勤勤懇懇的店小二：「來這兒喝酒吃飯聽書的客人，都覺得你小子沒脾氣，可我不覺得，我始終覺得你小子……」

年輕人插科打諢道：「掌櫃的是想說沒出息吧？」

老人笑罵道：「放你娘的臭屁，真不曉得你媳婦怎麼瞧上你的！」

年輕人伸手指了指自己的臉，嬉皮笑臉道：「我爹娘把我生得俊啊，掌櫃的，這你可真羨慕不來。」

老人擺擺手，說道：「不跟你瞎扯，我今天是想跟你說件正經事。」

年輕人收斂笑意，束手站在酒桌旁邊：「掌櫃的，有事儘管開口，我溫華這人沒啥出息不假，可誰對我好，我心裡頭都記著，不敢說什麼滴水之恩、湧泉相報的大話，我也沒那份本事還人情，但要說一分恩情還一分，哪怕一次還不完，我溫華這輩子怎麼都要還完。所以掌櫃的，別跟我客氣。掌櫃的，要不是你肯收留，我這會兒指不定在哪兒砍柴燒炭或是給哪家人當短工呢，別說娶媳婦了，撐死了勉強養活自己，不讓自己餓死，就算攢錢給侄子買紙筆都難。」

老人笑了笑，抬頭凝視著這位眼神真誠的年輕人，放下手中酒杯，「酒樓大半事情給你一個人就包圓了，我這個掌櫃的每天都很清閒，所以說書先生說那些飄來蕩去的江湖故事，或是才子佳人和野狐志異，都聽在耳朵裡，有些聽過就聽過了，但是有幾句話，記在了心裡頭，其中有一句，大概沒誰在意，但我很上心，叫『自古做人難厚道』。

我越琢磨越是這個道理，做生意買賣是如此，與人做朋友更是如此。所以後來這酒樓的銀錢來往，我也放心交給你過手打理，起先我其實不是沒有顧慮，也的確有意想要看看你會不會往自己兜裡截留些，天底下的大生意，畢竟都是一顆一顆銅錢積攢起來的。

可是我很意外，從頭到尾，你小子都沒拿走一顆銅板，帳面上清清楚楚，帳面底下也乾乾淨淨，這很不容易。醇酒紅人臉，財帛動人心，這才是人之常情，所以啊，你小子是個厚道人。」

年輕人沉聲道：「掌櫃的，這話說得見外了。我溫華能有今天的安穩日子，都是掌櫃的恩德，要是再昧著良心從酒樓偷偷拿錢，我溫華就真不是個東西了，這種事情，我做不來的！」

老人點了點頭：「你也知道，我歲數不小了，一輩子就想著去郡城那邊買棟大宅子養老，剛好我兩對女兒、女婿都在那邊討生活。雖然老話都說，嫁出去的閨女、潑出去的水，可天底下哪裡有不念著子女好的爹娘，我那兩個女兒嫁人都嫁得馬馬虎虎，在郡城生活可不容易，這不就惦念上我那點棺材本了，想讓他們風光一些，不用租屋子寄人籬下。

我呢，以前是有心無力，攢下的三、四百兩銀子，在縣城還算湊合，到了寸土寸金的郡城真不夠看，今年托你溫華的福，老底翻了一番，小八百兩銀子，只要不是青兔巷、孩兒巷那種權貴紮堆的地方，也差不多夠買棟像樣的宅子了，剛好酒樓有你小子在，我最近就尋思著是不是把酒樓盤給你……」

店小二愣了愣，苦笑道：「老掌櫃，這麼大一棟酒樓，我就算砸鍋賣鐵也絕對買不起啊。」

老人笑呵呵道：「這棟酒樓以前約莫值個百兒八十兩銀子，如今不同往日，怎麼都該估價三、四百兩，這你心裡有數，我當然更明白，至於你小子有多少積蓄，我更清楚，所以我就想了個折衷的法子，你看行不行。

酒樓以三百兩銀子折算，這筆錢不用你急著出，以後每年分紅，別忘了就行，不過醜話說在前頭，還完了三百兩購置酒樓的本金，再以後酒樓若是仍然賺錢，這分紅，我這老掌櫃的可還是要你小子每年孝敬的，至於具體多少，我倒也不強求，你小子看著辦，總之你先顧好自己那個家。」

年輕人欲言又止。

老人揮手示意年輕人坐下：「也別覺得虧欠我，我啊，精明著呢，曉得你以後肯定能把酒樓生意做得越來越大，以你小子的厚道，每年分紅能少？我躺在郡城大宅子裡享福，就能每年白拿一筆銀子，賺大發嘍。」

年輕人坐回長凳，直起腰：「老掌櫃的，大恩不言謝！」

老人做了個撚指手勢，打趣道：「別嘴上說，將來靠銀子說話。」

年輕人突然笑道：「老掌櫃的，你就不怕以後我賴帳，還清了三百兩銀子就不捨得掏分紅了？」

老人挑了挑眉頭，然後指了指年輕人心口，然後指了指自己眼睛，說道：「之所以有這椿買賣，一是信得過你小子的良心，二是信得過我自己的眼力！」

年輕人和老掌櫃分別倒滿一杯酒，舉杯後：「都在酒裡頭了！」

兩人一飲而盡。

老人喝完酒，說道：「你小子趕緊去瞅媳婦吧。對了，自己去櫃子後頭拿一壺剛進的綠蟻酒，就當我慶賀你小子終於有自己的家業了。」

年輕人起身哈哈笑道：「得嘞！」

老人不忘提醒道：「慶賀歸慶賀，酒錢得記在你帳上！這綠蟻酒可不便宜，據說從北涼道那兒一壺才兩錢銀子不到，到了兩淮就一兩銀子往上，再從江南道到咱們這兒，嘖嘖，足足四兩銀子啊，這哪裡是賣酒，直接賣銀子還差不多。你小子悠著點喝，可別喝出味道就見底了。」

年輕人嘿嘿道：「我可捨不得自己喝！」

老人好奇問道：「咋的，是要送給你哥，還是給老丈人啊？」

直奔櫃檯的年輕人突然停頓了一下，轉頭咧嘴道：「都不是，給我兄弟留著，以後他來我家蹭吃蹭喝，就拿這酒招待他。當年……挺久以前，我和他一起廝混的時候，他總說天底下的酒，就數這綠蟻酒最有味道，那會兒他總喜歡拿這個饞我，後來分開了，我有次獨自經過他家鄉的時候，走得急，也沒喝上，也沒弄明白到底是個啥滋味。」

老人沒好氣道：「啥滋味？就是價錢貴，其他沒啥。我就不喜歡喝，太烈太衝，燒穿喉嚨，後勁更足，在我看來啊，真不如咱們這邊的自釀米酒好入口。」

年輕人笑咪咪道：「我那兄弟是半個江湖人，縱馬飲酒，自然是要喝最烈的酒，喝那軟綿綿的米酒，不算英雄好漢！」

老人樂了：「喲，還江湖人，而且聽你的話，你小子當年闖蕩江湖，走得挺遠啊？」

年輕人撓撓頭：「也就只是走得遠而已了。」

老人白眼道：「還吃過苦頭吧！」

年輕人一笑置之。

獨坐酒桌的老人舉杯慢飲，遙遙看著小心翼翼捧著酒壺的店小二，沒來由問道：「溫華，咱們酒樓的說書先生，好幾次說到那西北藩王承認自己有位相識於江湖的兄弟，與你小子湊巧同名同姓？那你的兄弟，是不是也該姓徐才對啊？」

年輕人站在遠處，笑臉燦爛：「巧了，還真是！」

老人哈哈大笑，揮手道：「臭小子！滾滾滾！」

杯中已無酒的老人搖晃了一下酒壺，空了，轉頭望向走向酒樓大門的年輕人，身形一瘸一拐，只是卻不給人淒慘或是滑稽的感覺，老人冷不丁大聲笑問道：「溫華，你小子真不是那個名動京城的劍客？」

雙手捧著那壺綠蟻酒的年輕人緩緩轉過身，做了個鬼臉：「掌櫃的，你看我像嗎？」

老人笑著沒有回答，再次揮揮手。

老掌櫃坐回座位，壺中杯中皆無酒了，百無聊賴的老人想了想，望向大門，自嘲道：「是不太像，也對，能像嗎？」

◆

年輕人離開酒樓後，快步走向那座小橋。

一路上沿河兩岸川流不息，放眼望去，靜謐河面上滿是點亮的河燈，星星點點，如同夏夜的星空。按照鄉俗的說頭，人死之後，那些無所依的遊魂野鬼，在中元節這一天，若是能夠找到那盞寫有自己名字的河燈，便能投胎轉世。

他當年就聽自己那位一起狗刨江湖的兄弟說過，佛家有托燈投生的講法，尤其是在陰間不得解脫的冤魂怨鬼，憑藉陽間江河之上的那盞荷花燈，即可得自在。他這輩子的愧疚之一，便是與家中兄長兩人只供得起一人讀書，哥哥把機會給了他，可他卻不愛讀書，也不知珍惜，成天只想著行俠仗義，嚮往那座刀光劍影的江湖。

所以他如今比哥哥、嫂嫂更喜歡對那個侄子念念叨叨，要孩子好好念書。他給侄子購置的紙筆，都是小鎮上最貴最好的，他不是希望侄子以後一定要考取功名，不是什麼光耀門楣，而是他打心眼裡覺得，男兒讀書，讀出滿腹學識，寫得一手好字，每年春聯不用求人，或者說以後有了孩子，可以自己去書本上為孩子取名，總歸是天大的好事。

練劍，想要練至天下第一，世間終究唯有一人而已。比拳頭硬，江湖總有拳頭更硬的武夫高手。可是讀書人從書本上讀出的道理，則絕不是帝王將相、達官顯貴們開口說出的道理，就一定會更大一些。

到了那座熟悉的青石板橋，他媳婦果然已經賣完兩籃河燈，侄子手裡拿著最後一盞。

她等到他走近後，柔聲問道：「怎麼要我留下一盞？還要寫那『北涼』二字？」

他微笑道：「我與妳說起過的那位小年，他是北涼人氏，如今西邊那邊在打仗，我就想著幫他祈福。」

三人一起走下橋頭，來到岸邊，他彎腰將那盞河燈輕輕放入河水。

三人乾脆肩並肩坐在岸邊，他揉了揉侄子的腦袋，讓孩子幫忙拿著那壺綠蟻酒，抬頭對自己媳婦笑道：「以後如果有機會見面，那傢伙如果喊妳弟媳婦，千萬別答應，一定要喊妳嫂子才行。」

她眼眸彎彎，促狹笑道：「你們倆這種事情也爭啊？」

他開心笑道：「別的事情可以不爭，唯獨這件事，絕對不能讓步！」

她微微紅著臉，無奈道：「那你還想著以後跟他成為親家？你說你們當初定下了娃娃親，人家也答應了？」

他語氣豪邁道：「他敢不答應？」

他媳婦笑了笑，不知為何，自己男人什麼都不講究不在意，只有說到他那位兄弟的時候，才會格外驕傲自豪。

有些時候，她甚至都有些小小的醋意了。

她不知道自己男人和他的兄弟當年一起經歷了什麼，才會這般放不下。

而她比誰都清楚，這個姓溫名華的男人，其實什麼都拿得起也什麼都放得下，連一個男人本該最在乎的面子，也從來說放就放。

他望向河面，輕聲道：「媳婦，妳放心，我不是惦念著當年走過的江湖，我只是惦念我那個兄弟。」然後他轉頭咧嘴一笑：「沒法子嘛，我知道沒我在的江湖，他混得再好，也會覺著沒啥意思的。」

瞧瞧，聽聽，又是這種口氣。

她白了他一眼。

他哼哼道：「媳婦，妳還真別不信，我誰啊，我兄弟又是誰啊，咱哥倆當年行走江湖，那可是……」

突然看到媳婦一臉玩味笑意望向自己，他立馬改口道：「那絕對是滿身正氣！嗯、當然，就是混得慘了些，飽一頓、餓三頓的。」

她抿嘴一笑。

他低頭對自己侄子說道：「你那個便宜叔叔老喜歡念叨一首詩，我說給你聽聽，你看在書本上見過沒？『日出扶桑一丈高，人間萬事細如毛。野夫怒見不平事，磨損胸中萬古刀』。」

才在村塾蒙學的孩子自然一頭霧水，使勁搖頭。

他重新抬起頭，癡癡望向漂滿河燈的璀璨水面，清風拂面，臉色寧靜。

他彷彿自言自語道：「綠蟻酒幫你留著，家裡屋子幫你空著，小年，還當我是兄弟的話，就別死在涼州關外啊。」

——雪中悍刀行第三部（六）夫子上武當　完

我曾惶惶如喪家犬，我亦享百代之尊崇，
我為萬世開風氣，我之家學即天下學。
我已蘊養浩氣八百年，看盡人世代謝、往來古今，
今日我直上武當山，要見你涼王心性根柢！

高寶書版集團
gobooks.com.tw

DN 263
雪中悍刀行第三部（六）夫子上武當

作　　者　烽火戲諸侯
責任編輯　高如玫
封面設計　陳芳芳工作室
內頁排版　賴姵均
企　　劃　方慧娟

發 行 人　朱凱蕾
出　　版　英屬維京群島商高寶國際有限公司台灣分公司
　　　　　Global Group Holdings, Ltd.
地　　址　台北市內湖區洲子街88號3樓
網　　址　gobooks.com.tw
電　　話　(02) 27992788
電　　郵　readers@gobooks.com.tw（讀者服務部）
傳　　真　出版部　(02) 27990909　行銷部 (02) 27993088
郵政劃撥　19394552
戶　　名　英屬維京群島商高寶國際有限公司台灣分公司
發　　行　英屬維京群島商高寶國際有限公司台灣分公司
初版日期　2021年 7 月

原書名：雪中悍刀行（19）天下共逐鹿
本作品中文繁體版通過文化部核准，核准字號文化部部版臺陸字第109076號。

國家圖書館出版品預行編目(CIP)資料

雪中悍刀行第三部（六）夫子上武當/烽火戲諸侯著. -- 初版. -- 臺北市：高寶國際出版；高寶國際發行, 2021.07
　面；　公分. --（戲非戲；DN263）

ISBN 978-986-506-134-0（平裝）

857.7　　110007269

GOBOOKS
& SITAK
GROUP©